Newton Compton Editores

Título original: *Two Wrongs Make a Right*

Primera edición: abril de 2023

Newton Compton Editores es un sello de Antonio Vallardi Editore S.u.r.l.
Av. de la Riera de Cassoles, 20. 3.° B. Barcelona, 08012 (España)
www.newtoncomptoneditores.com
Gruppo Editoriale Mauri Spagnol S.p.A.
www.maurispagnol.it

ISBN: 978-84-19620-00-2
Código IBIC: FA
DL: B 1.297-2023

Diseño y composición de interiores:
David Pablo

Impreso en abril de 2023 en Puntoweb s.r.l., Ariccia (Roma), en Italia.

Chloe Liese

Tú antes que yo

Traducción de María Luz García de la Hoz

Newton Compton Editores
Barcelona, 2023

Dedicada a la fuerza interior que encontré en mí cuando la necesité. Y a una esperanza indomable.

«¿De cuál de mis malas cualidades
os enamorasteis primero?»

William Shakespeare,
Mucho ruido y pocas nueces

Queridos lectores:

En esta historia hay personajes con realidades humanas que creo que merecen aparecer más en las novelas con una representación positiva y auténtica. Como persona neurodivergente con (a menudo) estados crónicos invisibles, me apasiona escribir novelas que proporcionen bienestar y confirmen mi creencia de que todos y cada uno de nosotros somos valiosos y capaces de ser felices por siempre jamás, si ese es el deseo de nuestro corazón.

Concretamente, esta historia explora las realidades de ser neurodivergente (de ser autista, de sufrir ansiedad) y navegar a través del vulnerable regalo de la vida y las relaciones. No hay dos experiencias humanas de ninguna condición o diagnóstico que sean iguales, pero gracias a mis propias experiencias vitales, así como a la comprensión de lectores auténticos, me he esforzado por crear personajes que reflejen los matices de su identidad. Por favor, tened en cuenta que esta historia también habla de reconocer una relación tóxica y curarse de ella.

Si alguno de estos temas afecta a alguien, espero que se tranquilice al saber que en esta historia solo se premian las relaciones amorosas sanas (con uno mismo y con los demás).

Besos y abrazos,
Chloe

Playlist

Capítulo 1: *Modern Girls & Old Fashion Men*, de The Strokes (feat. Regina Spektor)

Capítulo 2: *Cold Cold Cold*, de Cage The Elephant

Capítulo 3: *prom dress*, de mxmtoon

Capítulo 4: *Dream a Little Dream of Me*, de Handsome and Gretyl

Capítulo 5: *Honest*, de Tessa Violet

Capítulo 6: *Nantes*, de Beirut

Capítulo 7: *AGT*, de Mountain Man

Capítulo 8: *Hello My Old Heart*, de The Oh Hellos

Capítulo 9: *I Don't Wanna Be Funny Anymore*, de Lucy Dacus

Capítulo 10: *Ain't No Rest for the Wicked*, de Cage The Elephant

Capítulo 11: *Coffee Baby*, de Nataly Dawn

Capítulo 12: *Roma Fade*, de Andrew Bird

Capítulo 13: *Us*, de Regina Spektor

Capítulo 14: *Move*, de Saint Motel

Capítulo 15: *Yes Yes I Can*, de Rayelle

Capítulo 16: *Lost Day*, de Other Lives

Capítulo 17: *Feel Something Good*, de Biltmore

Capítulo 18: *Constellations*, de The Oh Hellos

Capítulo 19: *La Vie En Rose*, de Emily Watts

Capítulo 20: *A Question*, de Bombadil

Capítulo 21: *Slack Jaw*, de Sylvan Esso

Capítulo 22: *Talk*, de Hozier

Capítulo 23: *Your Song*, de Ellie Goulding

Capítulo 24: *Fine Line*, de Harry Styles

Capítulo 25: *Subway Song*, de Julianna Zachariou

Capítulo 26: *No Plan*, de Hozier

Capítulo 27: *Said and Done*, de Meiko

Capítulo 28: *Kiss Me*, de Vitamin String Quartet

Capítulo 29: *Let the Light In*, de Mister Wives

Capítulo 30: *Human*, de dodie (feat. Tom Walker)

Capítulo 31: *Crane Your Neck*, de Lady Lamb

Capítulo 32: *Power Over Me*, de Dermot Kennedy (version acústica)

Capítulo 33: *Halo*, de Lotte Kestner

Capítulo 34: *Sweet Creature*, de Harry Styles

Capítulo 35: *Honeybee*, de The Head and the Heart

Capítulo 36: *Left Handed Kisses*, de Andrew Bird (feat. Fiona Apple)

Capítulo 37: *Love You So Bad*, de Ezra Furman

Capítulo 1

Bea

Un consejo para espabilados: no vayáis a que os echen la buenaventura si no estáis preparados para oír cosas inquietantes.

Lo malo es bueno y lo bueno es malo.
Preveo guerra... ¿felicidad o desdicha, breve o larga?
Destaca una montaña construida sobre el desengaño.
Remóntala y aprende la lección.

¿Entendéis a qué me refiero? Inquietante.

No quería angustiarme. Pero al día siguiente de que me leyeran el sombrío porvenir, el horóscopo diario me despertó con un correo electrónico que no auguraba nada bueno. La advertencia cósmica era fuerte y clara. Tomé buena nota, universo. Buena nota.

Temblando con las botas Doc Martens puestas, decido dar una excusa para no ir a la fiesta. No me sale muy bien, ya que la fiesta la da mi hermana gemela, y es difícil decir no a mi gemela. Y cuando digo difícil, quiero decir imposible.

Así que, aunque el universo me ha advertido («Abróchate el cinturón, flor de pasión»), y el aire chisporrotea como el ozono antes de la tormenta, aquí estoy. Me he presentado puntualmente en la casa familiar (me he puesto un vestido y la máscara de cangrejo y he preparado una bandeja con queso y galletas). Y ahora, como cualquier gata asustada que se respete, estoy escondida en la despensa.

Hasta que llega mi hermana y me echa a perder el escondite. Las puertas de vaivén se abren de pronto y un haz de luz me ilumina como a un delincuente acorralado por la policía. Escondo el licor de pipermín en mi espalda y lo dejo en el estante justo a tiempo para demostrar mi inocencia.

–Aquí estás –dice Jules alegremente.

Me cubro la cara con los brazos y susurro:

–La luz. ¡Me hace daño a los ojos!

–No hay vampiros en este reino de animales disfrazados. Esa máscara de cangrejo que llevas ya asusta bastante. Vamos. –Me coge del brazo y me arrastra hacia el vestíbulo, a la jungla de invitados disfrazados de animales salvajes–. Quiero que conozcas a alguien.

–Jujú, por favor –gruño, arrastrando los pies. Pasamos al lado de un elefante cuya trompa me golpea la espalda, de un tigre cuyos ojos repasan hambrientos mi cuerpo, luego un par de hienas cuya risa es exactamente igual que la de las hienas–. No quiero conocer a nadie.

–Pues claro que no. Quieres beber en la despensa y comerte la mitad del queso y las galletas que trajiste antes de que nadie les eche el guante. Pero eso es lo que *quieres*, no lo que *necesitas*.

–Es un buen plan –gruño.

Jules entorna los ojos.

–Para una solterona excéntrica.

–Ojalá esos días duren mucho tiempo, pero estoy hablando de mi ansiedad.

–Después de haber sido tu gemela durante toda la vida –replica–, estoy acostumbrada a tu ansiedad y a tu poca capacidad para ser sociable, así que confía en mí cuando digo que este chico merece la pena.

El truco de esconderme para beber pipermín es el salvavidas de mi ansiedad social. Soy neurodivergente; para mi cerebro autista, conocer a extraños no es fácil ni tranquilizador. Pero con el truco de tomar a escondidas un par de tragos de licor (aturdida, más calmada), la experiencia no es tan abrumadora y mi acompañante no solo me encuentra casi sociable, sino con aliento a menta. Al menos, así es como suele suceder. Pero esta noche no. Esta noche tengo sombrías advertencias cósmicas planeando sobre mi cabeza. Y tengo un mal presagio sobre la incógnita a la que me está arrastrando mi hermana.

–Juuuules. Soy la niña que chilla en la tienda de comestibles. Para serlo solo me falta tener restos de galleta de chocolate en la mejilla y el cordón de la zapatilla desatado.

–Bibí –responde canturreando, mirándome sin conseguir ocultar lo horrible que le parece mi máscara de cangrejo de cartón. Me la levanta del rostro y me la coloca sobre el pelo. Yo vuelvo a bajarla. Me la vuelve a levantar.

Vuelvo a bajarla mirándola fijamente.

–Deja en paz la máscara.

–Oh, vamos. ¿No crees que ya es hora de que salgas del cascarón?

–Ni hablar, ni siquiera por ese comentario paternal.

Mi hermana suspira con fuerza.

–Al menos llevas un vestido bonito... Oooh, espera.

Nos detenemos al pie de la escalera y luego me arrastra detrás de la barandilla.

–¿Qué? –pregunto–. ¿Me dejas ir?

–Ya te gustaría. –Jules enarca una oscura ceja cuando mira mi vestido–. Fallo del guardarropa.

Bajo los ojos y veo una abertura en el costado. ¡Gracias, universo!

–Seguro que se ha roto. Debería ir al cuarto de baño para comprobarlo.

–¿Para que puedas esconderte otra vez? Yo diría que es otra cosa –dice subiendo la cremallera y sellando mi destino.

–Esta cremallera está en las últimas. No deberíamos correr el riesgo. ¡Podría salírseme un pecho!

–Ah, ah. Cogiendo con fuerza mi mano, Jules tira de mí. Soy un meteorito camino de la catástrofe. Al acercarnos a nuestro destino, me pongo a sudar.

Veo a su novio, Jean-Claude, y a Christopher, el vecino de al lado, amigo de la infancia, hermano suplente. Pero el tercer chico, que está de espaldas a nosotras y mide una cabeza más que ellos, es un desconocido, una figura alta y esbelta, con rizos rubio oscuro y un elegante traje color carbón. El chico se vuelve ligeramente cuando Jean-Claude le habla, revelando una parte de su perfil y sus gafas de montura de concha. Una cinta líquida de anhelos se despliega dentro de mí, alargándose hacia las yemas de mis dedos.

Distraída por esta sensación, tropiezo con la moqueta. No caigo de bruces porque Jules, que está acostumbrada a los abismales estímulos que se originan en mi propio cuerpo, me sujeta por el codo con fuerza suficiente para mantenerme erguida.

–Ya te lo dije –dice con suficiencia.

Estoy mirando una obra de arte. No. Peor. Estoy mirando a alguien a quien quiero convertir en una obra de arte. Mis manos se aferran con fuerza a la tela de mi vestido. Por primera vez en años, añoro mis viejas pinturas al óleo, el tacto suave de la madera con mi pincel favorito.

Mi mirada de artista se recrea en él. Su traje impecable revela la anchura de su espalda, la larga línea de sus piernas. Este hombre tiene un buen cuerpo. Es el atleta de tus sueños que olvidó las lentillas y tuvo que ponerse las gafas de repuesto. Las que lleva por la noche para leer en la cama.

Desnudo.

La fantasía inunda mi mente, bárbara, XXX. Soy una zona erógena andante.

–¿Quién es? –susurro.

Jules se detiene junto a su círculo y aprovecha mi aturdimiento para levantarme la máscara mientras susurra:

–West. El compañero de piso de Jean-Claude.

West.

Mierda. Ahora, por culpa de mi reciente inmersión en los romances históricos de tono subido, aún tengo más esperanzas con el chico, con un nombre como *West*. Imagino a un duque vestido como Dios manda, con pantalones de montar ciñendo sus caderas mientras pasea pensativo por un páramo barrido por el viento. Me preparo para la grandeza ducal y reprimo una oleada de ansiedad cuando Jules se introduce en el trío y West se vuelve para mirarme.

Unos asombrosos ojos castaños se clavan en los míos y se abren de par en par. Pero no me quedo mirándolos mucho rato. Tengo una gran curiosidad, demasiada emoción, mi mirada lo recorre absorbiendo los detalles. Su cuello se mueve cuando traga. Tiene un vaso en la mano de nudillos ásperos, las yemas de sus dedos son rojas, como en carne viva. Al contrario que el despreocupado Jean-Claude, cuya postura es de arrogante dejadez y lleva la corbata floja, no hay nada relajado ni despreocupado en él. Tieso como un palo, ni una arruga a la vista, ni un pelo fuera de sitio.

Su mirada también me recorre y, aunque no soy buena interpretando expresiones, soy excelente para advertir cuándo cambian. Observo el culminante momento en que sus rasgos se tensan. Y el calor que fluía por mis venas se convierte en hielo.

Veo que se fija en los tatuajes que culebrean por mi cuerpo, empieza por la danza de abejorros de mi cuello, desciende por mi pecho, bajo el vestido. Levanta la mirada hacia los rizos de mi cabello recién lavado y los desordenados mechones. Finalmente se fija en los pelos blancos de Puck, el gato de la familia, que llevo adheridos al vestido negro. Hay un puñado casi agresivo en la zona de mi regazo, donde Puck se había sentado antes de que lo arrojara al suelo. Don Limpio y Pulido parece pensar que olvidé pasarme la aspiradora de quitar pelusas. Me está juzgando, seguro.

–Beatrice –dice Jules.

Parpadeo y la miro a los ojos.

–¿Qué?

Tras veintinueve años de coexistencia gemela, sé que su sonrisa paciente y mi nombre completo significan que estoy en Babia. Y repite:

–He dicho que es Jamie Westenberg. Pero lo llamamos West.

–Jamie también está bien –dice el señor tras un incómodo silencio. Su voz es profunda y calmada. Mis huesos tiemblan como un diapasón. No me gusta. No me gusta nada.

Sigue escrutándome el hombre que ya he decidido que no va a arruinar a los *West* de la novela romántica y que en su lugar prefiere llamarse Jamie. Jamie el Censor le iría mucho mejor. Su mirada ha vuelto a recorrer los tatuajes de mi cuello, sobre mi clavícula. Su mirada crítica es como rayos X. El calor aflora en mis mejillas.

–¿Ves algo que te gusta? –pregunto.

Jules gruñe, le quita el vaso a Jean-Claude y se zampa la mitad de golpe.

Jamie me mira a los ojos y se aclara la garganta.

–Perdona. Es que me resultas... familiar.

–¿Ah, sí? ¿Por qué?

Vuelve a aclararse la garganta y se sube las gafas por el puente de la nariz.

–Los tatuajes. Me recuerdan... Por un momento creí que eras otra persona.

–Justo lo que quiere oír alguien que se devana los sesos diseñando tatuajes altamente personalizados –le digo–. Son tan vulgares que se pueden confundir fácilmente con los de otra persona.

–Es que creía que estarías acostumbrada a que te confundieran con otra persona –dice Jamie mirando a mi gemela.

–De ahí que los tatuajes sean tan personalizados –digo entre dientes–. Para parecerme a mí misma y a nadie más.

Jamie frunce el entrecejo mientras me evalúa.

–Bueno, nadie podría decir que te ha faltado empeño.

Christopher da un bufido con la boca metida en su vaso. Me paso el dedo corazón por la aleta de la nariz.

–Quizá West ha reconocido los tatuajes porque os habéis cruzado en la ciudad... en alguna parte... en algún momento, ¿no? –dice Jules esperanzada.

–Lo dudo –digo–. Ya sabes que no salgo mucho y, desde luego, no voy a sitios que le gusten a alguien tan estirado, quiero decir, tan serio como él.

Jamie entrecierra los ojos.

–Si tenemos en cuenta que el club al que Jean-Claude me arrastró el año pasado era un tugurio caótico en el que no faltó una molesta sobona que me vomitó en los zapatos... Quizá fueras tú.

Jean-Claude se frota el puente de la nariz y murmura algo en francés.

Sonrío a Jamie, aunque más bien le enseño los dientes.

–Los tugurios caóticos no son mi fuerte, pero fuera quien fuese la pobre mujer que tropezó contigo y te vomitó encima, imagino que solo fue una reacción involuntaria a la desgracia de conocerte.

Jules me da un codazo.

–¿Qué te pasa? –susurra.

–Recuerdo aquella noche y seguro que no era ella –le dice Jean-Claude a Jamie antes de dirigirse a mí–. West está dispuesto a morir como un triste solterón y la soledad lo ha vuelto maniático. Tendrás que perdonar sus malos modales.

Las mejillas de Jamie se vuelven de un color frambuesa oscuro mientras mira fijamente su vaso medio vacío.

¿Un solterón empedernido? Eso significa que no soy la única que está evitando las relaciones. Maldita sea. No quiero trabar amistad con don Cuatro Ojos con Palo en el Culo.

–Bea es igual –dice Jules, como la gemela entrometida que es–. Me enseñó las uñas cuando la encontré escondida esta noche. La solterona empedernida se puso salvaje. –Sonriendo a Jean-Claude, añade–: Pero yo también estoy empeñada en que esconda las garras y sea tan feliz como yo.

La pareja se mira de un modo empalagoso y se da un largo y lento beso que hace que se me atragante el queso con galletas que he comido. Cuando el beso se multiplica, Christopher se ajusta el reloj, Jamie inspecciona su vaso y yo me quito del vestido los pelos de Puck.

Christopher, tras apartar los ojos del reloj, me mira enarcando las cejas. Me encojo de hombros. *¿Qué pasa?*

Suspira y se vuelve hacia Jamie.

–Y bien, West, Jean-Claude y tú os conocéis desde hace tiempo, ¿no?
–Nuestras madres son amigas –dice Jamie–. Lo conozco de toda la vida.
–Es cierto –dice Christopher–. ¿Fuisteis al mismo internado?
–Nuestras madres, allá en París, que es de donde son. La familia de Jean-Claude no se mudó hasta que fuimos adolescentes, y luego ya no coincidimos académicamente hasta que estudiamos en la misma universidad.
Pongo los ojos en blanco. Claro, cómo no. Jamie es una de esas personas cuya madre *francesa* fue a un *internado*. Apuesto a que Jamie también. Lleva escrito «colegio privado» en todo el cuerpo.
Cuando Christopher le hace otra pregunta, Jamie apura el contenido del vaso. Huele a *bourbon* y naranja, y cuando traga, mi mirada baja de sus labios a su cuello.
Lo miro fijamente mientras hablan y me digo que no tiene por qué gustarme; es que a mi ojo de artista le encanta observar cómo la suave luz de la casa de mi familia baja por la larga línea de su nariz y acaricia los ángulos de su rostro, revelando unos pómulos marcados, una mandíbula afilada, unos labios apretados que deben de ser secretamente suaves cuando no los aprieta contra los dientes. A semejante palo estirado no debería permitírsele ser tan guapo.
–Bien, señorita Cangrejo –dice Christopher, golpeando con los nudillos mi máscara y metiéndome de golpe en la conversación–. ¿Te la has hecho tú misma?
–Pues claro –digo, sintiendo los ojos de Jamie fijos en mí y detestando el rubor que eso me produce–. A ti, en cambio, ni siquiera tengo que preguntarte, Christopher. Está claro que tu máscara de oso es comprada.
–Siento decepcionarte. Algunos de nosotros estamos demasiado ocupados para venir con una máscara propia a la fiesta de cumpleaños de Jean-Claude.
–Bueno, al menos el color hace juego.

El pelo oscuro y los ojos ámbar de Christopher son del mismo tono que el de la máscara. Deslizo los dedos por sus cuidados rizos y se los alboroto un poco.

Christopher me tira de la oreja.

–¿Has oído hablar del espacio personal? Retrocede, apestas a pipermín.

Esquivo el siguiente tirón.

–Mejor que oler a *bourbon*.

Jamie nos observa en silencio, con la frente fruncida, como si nunca hubiera visto a dos personas bromeando.

Sin darme tiempo a soltarle una impertinencia por eso, los tortolitos se separan con un sonoro beso, que deja a mi hermana sin aliento y con las mejillas sonrosadas.

–Qué cosas se le ocurren a Juliet –dice Jean-Claude con un suspiro y sin dejar de mirar a mi hermana–. Un baile de disfraces, lleno de gente con la que tengo que compartirte... –Acercándola hacia sí con fuerza, le ajusta el cuello del vestido para taparle el comienzo de los pechos–. Cuando lo único que necesito eres tú.

Jules sonríe y se muerde el labio.

–Quería que fuera algo especial. Tú siempre me tienes para ti.

–No lo suficiente –gruñe él.

Parte de la vehemencia con la que Jean-Claude trata a mi hermana hace que se me ponga la piel de gallina. Llevan poco más de tres meses juntos y, en lugar de moderarse tras el primer frenesí, como los chicos con los que Jules ha salido antes, Jean-Claude parece apasionarse cada vez más. Hasta el punto de que no puedo estar en nuestra casa en albornoz porque él siempre está allí, en el sofá, en nuestra cocina, en la habitación de mi hermana. Las entrañas me dicen que es demasiado.

Pero Jean-Claude trabaja en la compañía de Christopher y lo han ascendido recientemente, lo que significa que Christopher confía en él, y eso ya es mucho. Más que eso: Jean-Claude parece que hace a Jules muy feliz. Aunque no lo entiendo, no puedo negarlo. Por eso hasta ahora no he dicho nada sobre mis temores.

–Bien –dice Jules sonriendo–. Ya que somos los anfitriones, deberíamos mezclarnos con los demás, Jean-Claude. –Le da un codazo a Christopher y enarca las cejas–. ¿Te importaría comprobar si hay suficiente hielo en el bar?

Christopher frunce el entrecejo, pero su expresión se ilumina inmediatamente.

–Ah, claro. Las obligaciones del bar. Voy volando.

Y nos dejan a Jamie y a mí. Juntos. Solos.

El aire se carga de tensión.

Si me sintiera una persona madura, me habría esfumado. Para ayudar. Para servir bebidas. Para rellenar bandejas con aperitivos. Pero no me siento así. Mi vena competitiva se sobrepone a la lógica. Estoy perversamente deseosa de demostrar a Jamie que se equivoca conmigo. No se me puede confundir con un demonio caótico con tatuajes vulgares que hace meses vomitó en sus zapatos en un tugurio.

Bueno, igual sí soy un poco demonio caótico, pero no es culpa mía que sea un poco torpe. En todo lo demás, me ha etiquetado mal y voy a sacarlo de su error para demostrárselo. El único problema es que eso requiere algo que se me da fatal: la charla insustancial.

–¿Qué... estás... bebiendo? –pregunto. Ya sabéis. Charla insustancial.

Jamie levanta los ojos y me mira con recelo, como si no estuviera seguro de qué pretendo. Ya somos dos.

–Algo pasado de moda –dice al final, sus palabras tan limpias y educadas como su aspecto. Luego mira mis manos vacías–. ¿Tú no tomas nada?

–Ah, sí. Acabo de darme un lingotazo en la cocina. Ya sabes, un poco de lubricante social.

Abre unos ojos como platos. Yo me muero por dentro.

Lubricante. Tenía que decir precisamente *lubricante*. Demasiado para una charla insustancial.

–Ya veo –dice, ajustándose la máscara de león que lleva sobre el impecable cabello rubio oscuro.

Mi bomba *lubricante* ha arrojado las aguas conversacionales a un pozo de gran profundidad. Estábamos a punto de ahogarnos cuando Jamie me ha lanzado un flotador de dos palabras. Así que lo recojo y le lanzo otro.

–Bonita máscara –digo.

–Gracias –dice observando la mía–. La tuya es...

–¿Horripilante? –Acaricio una de las pinzas del cangrejo de cartón–. Gracias. Me la he hecho yo misma.

Parpadea como si estuviera intentando con todas sus fuerzas decir algo bonito de la máscara.

–Es... impresionante. Parece... –se aclara la garganta– difícil, ¿no?

–No mucho. Además, soy pintora, así que me gusta la artesanía creativa. –Y entonces, como me siento muy juvenil, añado–: Como mis tatuajes.

Traga saliva y se ruboriza espectacularmente cuando su mirada baja por mi cuello hasta el pecho, siguiendo el rastro del abejorro. No estoy segura de por qué se ruboriza, ya que apenas se ve nada. Mi vestido negro cae liso, pues, a diferencia de Jules, no salí beneficiada en el reparto de pechos. La maldición de las hermanas gemelas: rostro similar, pechos desiguales.

Jamie se queda en silencio tras mi última frase. Es una recompensa gloriosa. Ahora soy yo quien sonríe educadamente y él quien deja que nuestra conversación desfallezca lentamente hasta morir. Estoy a punto de cantar victoria cuando aparece Margo. Sonriéndome desde su escasa estatura con un traje naranja y una máscara de zorro que le recoge los rizos negros, Margo dice:

–¿Queréis un cóctel, guapos?

–Por el cielo, sí. –Le cojo una copa, observando su profundo color rojo y su tentador aroma. Margo es coctelera y prepara las mejores bebidas. Yo bebo cualquier cosa que me dé. Como casi todos en esta fiesta, también es una amiga de Jules, porque mi gemela es el núcleo de nuestra célula social, al contrario que yo, que vivo felizmente en el borde de la membrana social semipermeable.

Aunque tengo amigos, son a través de Jules, pero eso me basta. A través de Jules conocí a Margo, que está casada con Sula. Y al conocer a Sula, para quien trabajo ahora, volví a tener un trabajo artístico que me sirve para pagar los gastos. La estrategia social de mi hermana puede ser agotadora, pero también hace mi vida mejor. Sin Jules atrayéndome hacia su esfera y obligándome a socializar, estaría más sola y con un empleo mucho peor pagado, sobre todo desde que las cosas dieron un vuelco hace un par de años.

Siguiendo con mi campaña para demostrar que no soy un demonio caótico, me porto con educación y hago las presentaciones mientras Margo ofrece la mano a Jamie.

–Jamie, Margo.

–En realidad –dice él tras estrecharle la mano y soltársela–, casi todo el mundo me llama...

–¡West! –grita una voz detrás de nosotros, dándome tal susto que doy un salto de medio metro y lanzo directamente hacia el pecho del interpelado el brillante cóctel rojo.

A Jamie le tiembla la mandíbula cuando da un paso atrás y se sacude el líquido que le gotea en la mano.

–Disculpad –dice, arqueando la ceja con actitud de censura. «¿Lo ves? –dice esa ceja–, eres un demonio caótico». Luego da media vuelta y desaparece entre la jungla de invitados.

Tierra, trágame.

Pero el universo está en silencio, así que aquí me quedo. El meteorito que acaba de impactar silba en su cráter.

Capítulo 2

Jamie

Jean-Claude me mira con confusión cuando llego al pie de la escalera. Me he cambiado de ropa en el cuarto de baño de la planta de arriba. Bueno, en uno de ellos. Esta casa me recuerda la de mis padres, al menos por el tamaño. Ahí es donde acaban los parecidos. Esta casa parece un hogar.

–¿Qué ha pasado? –pregunta.

Me ajusto los puños hasta que los botones quedan en el centro de las muñecas.

–Beatrice. Menos mal que he traído una camisa de repuesto.

Me da una palmada en la espalda y suspira.

–Eres uno de esos neuróticos que lo tienen todo previsto.

–Siempre llevo ropa de repuesto. Soy pediatra, Jean-Claude. ¿Sabes cuántas veces a la semana me vomita un niño encima?

–Está bien. –Da un sorbo a su vaso y señala hacia el gran salón donde ha tenido lugar el desastre del cóctel–. Espero que no la mandes a paseo –dice en voz baja.

–¿A quién?

Jean-Claude mira alrededor y se pone a hablar en francés. Ambos lo hablamos con fluidez gracias a nuestras madres, pero él solo lo utiliza cuando quiere chismorrear sobre otros.

–Estoy hablando de Bea. Ya sé que es más bien… extraña, pero es encantadora cuando la conoces. A su manera.

–No voy a mandar a nadie a paseo. No hace ninguna falta, ya que ella y yo no volveremos a vernos. –Estaba en mi peor momento de angustia social, de donde sé que no proceden mis mejores cualidades. Beatrice también se aseguró de que me enterara. Después del desastre, ¿por qué íbamos a buscar la compañía del otro?

–Esta noche puede que no –concede Jean-Claude mientras nos dirigimos al vestíbulo–. Pero en el futuro la vas a ver muy a menudo.

–¿Qué? –digo, deteniéndome de golpe.

Esboza una sonrisa lobuna y se palpa el bolsillo.

–Voy a pedir a Juliet que se case conmigo.

–¿Casaros? Lleváis tres meses juntos.

Jean-Claude parece turbado.

–Suficiente para saber que quiero que sea mía para siempre. No todo el mundo se mueve a tu paso glacial, West.

La expresión me duele, pero me la echo a la espalda, como siempre hago cuando hablo con él.

–Está bien. No quería ofenderte. Solo estoy sorprendido.

Su mirada se posa en Juliet, que anda mezclada con los invitados, y ni siquiera la exótica máscara de plumas de cisne eclipsa su amplia sonrisa.

–West –dice sin dejar de mirarla–, llevas demasiado tiempo solo, regodeándote en esa tontería de seguir soltero. Estás solo y triste. ¿Por qué no dejas que eso cambie esta noche?

–No estoy solo ni triste –digo en español para indicar que la pequeña charla privada ha terminado–. Estoy ocupado.

No hay tiempo para echar de menos una relación amorosa cuando estás inmerso en el trabajo. Y sí, quizá esté trabajando demasiado para así no conocer a alguien o tener una cita a toda costa, pero si tu última relación hubiera terminado como la mía, tú también preferirías seguir soltero.

A la velocidad del rayo, cruza por mi mente el momento en que conocí a Lauren en una comida local para recaudar fondos, hasta el día que ella terminó la relación. Pensaba que había encontrado a alguien que encajaba perfectamente en mi vida, que quería exactamente lo mismo que yo... un trabajo médico importante, una rutina, una vida ordenada. Y resulta que solo había encontrado a alguien que me veía útil por un tiempo y que me dejó cuando ya no encajaba en sus planes.

Durante el año pasado usaba el brusco abandono como

excusa para declinar situaciones sociales, cuando en realidad simplemente estaba demasiado cansado para pensar en volver a intentarlo, para que luego me dijeran que no soy bastante, para que me quitaran de golpe la alfombra de debajo de los pies. No, una larga y tranquila soltería es lo que necesito, y no socializar es la mejor manera de lograrlo. Por desgracia, parece que la excusa del abandono ha caducado con Jean-Claude, que jugó la carta de «Es mi cumpleaños, soy tu compañero de piso, y es de mala educación no asistir».

Sabía que iba a funcionar. Tenía razón.

–Si no eres desgraciado, entonces, ¿por qué te compadeces? –pregunta.

–No me compadezco.

–Sí lo haces. –Agita el vaso mirándome fijamente con sus ojos azules–. Y ya es hora de que te diviertas un poco.

–¿Divertirme?

–Sí, divertirte. Como esta noche. Esto es divertido.

–Mmm. –Me rasco el pómulo en el punto donde me roza la máscara–. ¿Y la diversión implica que me pique todo? Esto es poliéster, ¿verdad?

Jean-Claude pone los ojos en blanco tras su máscara de cobra algo escalofriante y luego se vuelve para mirarse en el espejo del pasillo, revolviéndose el ya despeinado cabello castaño, con el que pasa una enorme cantidad de tiempo cada mañana para que parezca que no se ha peinado en absoluto.

–No sé de qué está hecha la máscara. Pero sí sé que te sienta bien ser un león. Ahora solo tenemos que encontrar a alguien que te haga rugir.

–Vete de aquí. Vamos. Piérdete.

Me da un golpecito en la espalda.

–¡Esta noche vamos a pasarlo bien! El amor está en el aire, el vino fluye. –Sonríe mientras se aleja–. Nunca se sabe qué puede pasar.

El estómago me da un vuelco. Esa mirada. Conozco esa mirada. Es diabólica.

Quiero alejarme todo lo posible. Así que me abro paso entre la gente, buscando un rincón aislado de la casa para sentarme, donde pueda sacar mi teléfono y leer. Solo un rato. Por suerte, existen los teléfonos en los que leer libros.

–¡West! Hola otra vez. –Una de las amigas de Juliet me ha cogido del brazo. Acabo de conocerla, la de los rizos oscuros y máscara de zorro. Necesito un momento para recordar su nombre.

–Hola, Margo.

Margo sonríe.

–¿Buscas algo?

–Sí, un sitio tranquilo para sentarme.

–Conozco el lugar idóneo para ti. Ven. –Me guía hasta la parte trasera de la casa y señala un rincón acogedor que parece cómodo y ordenado. Dos sillones color mostaza, una estrecha mesa lateral y una lámpara Tiffany cuya pantalla de cristales pintados arroja colores caleidoscópicos a nuestro alrededor.

–Gracias –digo.

Margo vuelve a sonreír.

–Encantada de ayudar.

Me siento en uno de los sillones y estiro las piernas, saco el teléfono del bolsillo y empiezo a leer. Solo será un par de minutos. El tiempo imprescindible para terminar el capítulo que interrumpió la llegada del taxi.

Se está tranquilo aquí, pacíficamente apartado del caos de la fiesta. Hay una ventana entreabierta y el aroma del otoño se nota en el aire. Es uno de esos momentos absolutamente perfectos.

Hasta que Bea entra por una puerta de vaivén que hay en un extremo de la habitación, en la que no había reparado, y me da un susto de muerte.

Me yergo en el sillón y casi tiro la bonita lámpara.

–Beatrice.

Beatrice pone los ojos como platos bajo la elaborada máscara de cartón.

–James.

–Jamie –corrijo, aunque no sé por qué diablos le dije a esta insoportable mujer que podía llamarme por mi nombre, cuando solo unas pocas personas se han ganado esa intimidad en toda mi vida.

–Bea –replica–. Si tú me llamas Beatrice, yo te llamo James. ¿Qué haces aquí?

Pierdo la capacidad de hablar durante diez segundos eternos. Siempre he sido así: se me pone un nudo en la lengua cuando me vence la ansiedad. Pero esta noche es peor. Con ella.

Miro a Bea, empezando por sus largas piernas y las finas líneas de tinta negra de su piel, hasta el escote, que es un suplicio por lo bajo que es, aunque revele poco. Su cabello es oscuro, salvo en las puntas, que le llegan a los hombros y están teñidas de rubio claro. Pero son sus ojos los que hicieron que desaparecieran las palabras de mi mente la primera vez que la vi. Irisados con azul y verde, bordeados por una nube de gris, como olas en el océano agitándose bajo un cielo tempestuoso.

–Margo me enseñó este lugar –consigo decir al fin. Me siento incómodo por estar sentado, porque eso me hace más bajo que ella, de modo que me pongo en pie. Ahora soy más alto. Eso resulta aún más incómodo–. ¿Y qué haces tú aquí? –pregunto.

–Me han enviado para asegurarme de que ningún invitado esté sin champán cuando Jules brinde por el chico del cumpleaños.

–Ah. –Me aclaro la garganta.

Qué raro. ¿Por qué iban los amigos de Juliet, y supongo que también los de Jean-Claude, a enviarnos al mismo rincón de la casa después del desastre anterior?

–Coge una –dice Bea, acercándome la bandeja de copas burbujeantes.

Doy un paso atrás sin pensar.

–Es champán, James, no un cóctel molotov.

–Las bebidas en tus manos no son solo bebidas, Beatrice. Son misiles.

–Vaya –dice–. Eres la hostia de...

Antes de que Bea termine el insulto que va a lanzarme, se abre a su lado la puerta de vaivén. En lugar de un insulto, me lanza seis copas de champán helado en los pantalones.

Tras cambiarme de ropa *otra* vez, entro en la cocina con los pantalones mojados en la mano, y me sorprende ver a Beatrice ante la encimera, con una intensa mirada felina en los ojos.

Me pongo la máscara de león, meto los pantalones empapados en champán en mi bolsa y me estiro los puños de la camisa.

–A pesar de mi disfraz de depredador –le digo–, me siento víctima.

–Créeme, yo tampoco quería pasar así la noche. –Corta un trozo de queso *brie*, lo pone entre dos galletas y se lo lleva a la boca. Y dice antes de tragar el bocado–: ¿De quién fue la idea de la máscara de león?

–La cogí en el vestíbulo. Tu hermana tenía unas cuantas para los invitados que no habían traído ninguna.

Bea deja de masticar.

–No entiendo a los que os ponéis disfraces impersonales y fríos. Las máscaras caseras son lo único bueno de esta noche.

–Bueno, tú eres pintora. Es normal que pienses así. Yo no toco el papel de seda ni el pegamento desde el siglo pasado, y me gustaría seguir así.

–Qué existencia más triste. Estar ocupados es uno de los grandes placeres de la vida. Además, ¿de qué otra forma podría celebrar que sea cáncer? –dice, acariciándose la máscara–. No hay máscaras de cangrejo en el mercado.

–Me pregunto por qué.

–Oh, piérdete. Al menos yo llevo mi signo del zodíaco. ¿En qué manual pone que un capricornio debe llevar una de un león? Me gustaría saberlo.

La miro y me ajusto las gafas, que la máscara ha descolocado.

–¿Cómo sabes mi signo?

No es que crea en el horóscopo y todas esas paparruchas, aunque técnicamente mi cumpleaños me coloca en el mapa astrológico como capricornio.

Bea da un bufido.

–James, si tuvieras algo de cabra, estarías saltando por las montañas mientras hablamos.

–Eso no es una respuesta.

–Lo es –dice, reanudando la masticación de la galleta–. Lo que pasa es que no es la respuesta que querías. En fin, ¿has terminado?

–Sí, aunque ¿por qué esperabas...?

–Es Jules quien te espera. Tengo órdenes de llevarte y hacerle una señal para que pueda empezar el brindis. –Arruga la frente y me recorre con la mirada–. ¿Te has *cambiado*?

–Sí.

–Como era de esperar, traías unos pantalones de repuesto sin una arruga. –Ataca otra galleta–. Eres capricornio.

–Qué poco imaginaba que había que venir preparado para una catástrofe. Si hubiera sabido que tú y los recipientes de alcohol ibais a hacer historia esta noche...

Bea emite un leve gruñido. Con esos ojos felinos y la máscara de cangrejo está incongruentemente seductora.

Debe de ser por lo bien que le queda el vestido. Y por mi largo periodo de abstinencia. Eso explica que vea atractivo lo que debería obligarme a salir huyendo en dirección opuesta.

Aliso los puños de la camisa, tirando primero de uno y luego del otro, y vuelvo a mirarla a los ojos.

–Te perdono, dicho sea de paso.

Sonríe, aunque más bien parece que enseña los dientes.

–Qué generoso. Podrías perdonar a Jean-Claude, que ha empujado la puerta sin llamar, como una estampida unipersonal de elefantes.

–Dado que Jean-Claude es un ser humano, habría que decir estampida humana unipersonal.

Me mira con fijeza, claramente enfadada.

–Vámonos. No soporto esto.

–¡Eh, vosotros dos! –dice Margo cariñosamente cuando salimos juntos al vestíbulo–. Qué imagen tan encantadora. –Hace una seña a Juliet, que sonríe y levanta la copa de champán–. Vamos. Jules está a punto de brindar; ¡ya llegará la hora de jugar!

–¿Jugar? –pregunto con un hilo de voz.

Beatrice se inclina hacia mí y dice:

–Es algo que la gente hace a veces, James. Es una cosa que llaman... «diversión».

Es imposible que sepa lo certero que ha sido este dardo. Como una flecha que se clava en una diana, las palabras me alcanzan el pecho con un impacto mortal.

Diversión.

Es difícil divertirse cuando has estado angustiado toda la vida, cuando los lugares y las personas nuevas hacen que se te cierre la garganta y se te ponga rígido el pecho, cuando vayas donde vayas, te dicen que llevas el apellido familiar y su reputación a cuestas, y que el castigo si fracasas será un infierno.

Ahora manejo mejor la angustia que cuando era niño, pero la acusación da en una vieja cicatriz y reabre una herida que nunca se ha cerrado del todo.

No se me ocurre nada ingenioso para devolver la pulla que ha lanzado contra mi insulsez, ninguna respuesta aguda. Beatrice parece sorprendida y frunce la frente mientras desvío los ojos y miro anhelante el cóctel que lleva Margo en la mano. Santo Dios, me gustaría tomar algo, pero con Beatrice cerca, ¿merece la pena arriesgarse?

–West. –Tomando la decisión por mí, Christopher me ofrece una copa, igual que la que he tomado antes. Se ha subido la máscara de la cara y la lleva sobre el cabello oscuro; entiendo el gesto como un permiso tácito para hacer lo mismo con la mía.

Estoy deseando tomar un buen trago, pero antes tomo precauciones y discretamente me aparto otro metro de Beatrice.

–Gracias –digo a Christopher.

Christopher asiente con la cabeza.

–Es lo mínimo que puedo hacer después de haber asustado a Bea. Te convirtió en un cuadro de Pollock con el zumo exótico de Margo.

–Estoy aquí, ¿recuerdas? –replica rápidamente la aludida.

Christopher le acaricia el pelo con cariño.

–¿Cómo iba a olvidarlo? –Levanta su copa y la choca con la mía–. Perdona otra vez.

–No pasa nada –digo–. Salud.

Ambos tomamos un largo trago.

Beatrice me fulmina con la mirada.

–O sea que no te molestas en beber las burbujas que te ofrezco, pero aceptas el *bourbon* viril que te ofrece Christopher.

–No es nada personal. Es solo que no me gusta el champán. Y masculinizar el *bourbon* es una muestra de sexismo.

Sus ojos color tormenta oceánica brillan como un relámpago.

Christopher se echa a reír.

–Oh, vamos –dice a la muchacha–. Ha sido gracioso.

–No te metas conmigo, Papá Oso.

–¿Papá Oso? –pregunto.

Bea mira a Christopher y le baja la máscara.

–Es el hermano que nunca tuve.

Christopher vuelve a subirse la máscara.

–Alguien tenía que cuidar de ti, Wilmot.

–Crecimos juntos –explica Bea–. Es el vecino de al lado.

Christopher sonríe.

–Conozco muchas anécdotas embarazosas sobre Bea.

Bea entorna los ojos peligrosamente.

–Ni se te ocurra.

Antes de que la cosa empeore, Juliet silba para atraer la atención de los asistentes.

–Muy bien –dice, subida en una silla, al lado de la puerta de la calle–. ¡Gracias por venir esta noche! Estoy muy contenta de que hayáis podido venir para celebrar el cumpleaños de Jean-Claude. Antes de que pasemos a divertirnos, me gustaría proponer un brindis –dice, levantando la copa.

–Espera. –Jean-Claude se acerca e hinca una rodilla en tierra al tiempo que abre la caja del anillo–. Antes quisiera decir algo.

–¿Qué demonios...? –dice Bea.

Christopher le da un codazo.

–Chist.

–¡Llevan saliendo tres meses!

–Bea –dice, mirándola con seriedad.

Cuando vuelvo a concentrarme en la petición que tiene lugar junto a la puerta, Juliet ya está moviendo la cabeza afirmativamente, con las manos sobre la boca.

Entre gritos, vítores y aplausos, levantamos las copas y brindamos por el compromiso y por el cumpleaños. Bea está atónita mientras la gente se abalanza sobre la feliz pareja para felicitarla.

Yo no tengo ni idea de qué decir.

–¡Atención! –dice una mujer, subiéndose a la silla que Juliet ocupaba un minuto antes. Su cabello es de un azul brillante, a juego con su máscara de pavo real–. ¡Para los que no me conozcan, soy Sula, amiga de Juliet!

Margo lanza un grito de admiración en el centro de la concurrencia y Sula le guiña un ojo.

–Nuestro primer juego de la noche comienza ahora. Vamos a empezar y dejemos unos minutos solos a los recién prometidos. Jules y Jean-Claude, vosotros dirigiréis la búsqueda. Pero antes todo el mundo tiene que esconderse. ¡No hay límites! Una vez os encuentren, os uniréis al equipo de búsqueda, y la última persona en ser encontrada se llevará el premio ¡Adelante!

Capítulo 3

Bea

Soy muy competitiva y el objetivo de este juego es ser el último en ser encontrado. Pero no es ese el motivo de que esté utilizando mi escondite. Solo quiero estar sola el máximo tiempo posible. Por una vez, me importa un bledo ganar.

Hay una docena de pequeños cuartos roperos en la gran casa georgiana de mis padres. Pero Jules no conoce este del tercer piso. Tiene demasiado miedo desde que nuestra amenazadora hermana pequeña, Kate (que ahora está al otro lado del mundo, perdiéndose esta vomitiva fiesta, la muy suertuda), inventó cuando éramos niñas una historia de fantasmas sobre el tercer piso que aterrorizó a mi gemela.

Si Jules sube aquí arriba, será como último recurso, y seguro que no sube sola.

El armario de las escobas está en mitad del pasillo del tercer piso y se disimula entre los paneles de madera de la pared. Pero si te fijas en los detalles (y yo lo hago), se nota la ranura en la madera. Así fue como lo encontré hace veinte años.

Apretando con suavidad, noté que la puerta se abría y la cerré en silencio tras de mí. Una diminuta bombilla baña el lugar con un débil resplandor. Huele a pulimento de madera con limón y a los saquitos de cítricos variados que mamá guarda en varios recodos y rincones de la casa, «para mantener fresco el lugar», cuando se van de viaje, lo cual sucede a menudo. A mis padres les encanta viajar y pasan gran parte del año explorando rincones cálidos del mundo. Transmitieron esa inclinación a Kate, que no ha pasado en casa más que unas pocas semanas desde que se graduó en la universidad. Lo que daría por estar en su pellejo ahora mismo... a miles de kilómetros de toda esta tontería.

Comprometidos, pues qué bien. Después de *tres* meses. Sé que hablo como una carca, pero caramba. ¡Tres meses!

Me quito la máscara y cierro los ojos mientras me acomodo sobre una caja de rollos de papel higiénico, y me levanto el vestido para poder estirar las piernas. Dentro está muy silencioso. Me gustan los ambientes silenciosos... Una suave brisa, el rítmico sonido de las olas en el mar. Pero el silencio de aquí es vacío y doloroso. La clase de silencio que me impide oír nada que no sea mi respiración agitada y los latidos de mi corazón.

Juliet se ha *comprometido*. Me froto el pecho, me duele. Lo siento abierto y no hay pegamento para arreglarlo.

Justo cuando se me llenan los ojos de lágrimas, oigo unos pasos en el pasillo. Suaves y firmes. Se detienen delante de la puerta y oigo el rumor de una mano que se desliza por la madera. ¿En serio? Esto no puede estar pasando. Nadie debería haber encontrado este escondite.

La puerta se abre de golpe y se cierra. Dentro del armario se encuentra ahora la alta y esbelta forma de la última persona que esperaba o querría ver.

Jamie.

Da media vuelta y se lleva una mano al pecho cuando me ve.

–Dios mío –murmura, cerrando los ojos. Al retroceder, tropieza con las estanterías, produciendo un ruido infernal.

–Chist –susurro–. Si vas a destrozar mi escondite, al menos hazlo en silencio. ¿Y cómo lo has encontrado?

–A todo el mundo le da miedo el tercer piso. Es un lugar lógico al que ir. –Se ajusta los puños de la camisa hasta que los botones quedan hacia la mitad de la parte inferior de la muñeca–. Y Sula, ¿se llama así la del pelo azul?, creo que mencionó que el tercer piso era una buena opción.

Aprieto los dientes. Todo esto parece un complot de mis amigos. Nos han estado pinchando y azuzando toda la noche, desde que Jules nos presentó a la fuerza. Luego Jean-Claude y Christopher se esfumaron con ella, para dejarnos solos. Margo me envió más tarde al cuarto trasero con el champán, para dar un recado. Jules me puso a cargo de Jamie antes de su brindis. Y ahora Sula hace que me siga, seguro que después de verme subir la escalera.

–Malditos entrometidos.

–¿Perdona?

–Nada –digo–. Iré a esconderme a otra parte. –Me pongo en pie y paso al lado de Jamie para buscar el pequeño resquicio de la puerta que me permitirá abrirla. Pero cuando lo intento, no se mueve.

Vuelvo a intentarlo, tirando más fuerte.

Y de repente recibo una oleada de calor, el aroma de algo mucho mejor que el pulimento de madera y los cítricos. Cierro los ojos un momento. Maldita sea. ¿Por qué tiene que oler Jamie a... a un paseo por un espeso bosque en una mañana fría y nublada? A salvia, a madera de cedro y a tierra mojada por la lluvia.

Trago saliva y lo miro. Está justo detrás de mí, mirando la puerta con el entrecejo fruncido.

–¿Qué ocurre? –dice en voz baja. Su aliento me susurra en el cuello. Naranja y *bourbon*, el cóctel que se ha tomado.

Vuelvo a tragar saliva. El cuarto cada vez me parece más pequeño.

–Está atascada.

–¿Atascada?

–Sí –susurro con acritud–. Gracias a ti.

–¿Qué dices? Lo único que hice fue cerrarla al entrar.

Doy media vuelta para encararme con él y es un error, porque nos deja uno frente a otro en este diminuto espacio, donde no hay sitio donde ir. Jamie traga aire súbitamente y sus costillas se dilatan, su pecho roza el mío. Me apoyo en la pared cuando siento en las venas un calor que no deseo.

–Si la cierras con mucha fuerza –digo, sin molestarme en ocultar el tono acusatorio de mis palabras y tratando con todas mis fuerzas de no hacer caso a los latidos acelerados de mi corazón–, a veces se atasca.

–¿Y cómo iba a saberlo yo?

–¡No tenías por qué! ¡Y tampoco tenías por qué estar aquí!

Aprieto los dientes, luchando por contener las lágrimas de frustración. Solo quería estar sola. Y, en lugar de eso, estoy atascada en un armario con este condescendiente, pretencioso, irritantemente atractivo reprimido al que le he derramado alcohol, no una, sino dos veces, en la misma noche en que mi hermana se ha comprometido de manera inesperada con un tío en el que no estoy muy segura de poder confiar.

Y ahora voy a llorar delante de él, porque, sinceramente, no aguanto más.

–¿Te encuentras bien? –pregunta Jamie en voz baja.

Lo miro parpadeando, sin encontrar palabras. ¿Es... amabilidad? ¿Del maniático capricornio?

Jamie me mira desde lo alto.

–¿Tienes claustrofobia? Si es necesario, podría derribarla con los hombros.

Mierda. Ahora sí que va a ser imposible contener las lágrimas. No estaba preparada para ser tratada con amabilidad. No por este cardo borriquero con gafas que mide uno noventa y no sé cuántos centímetros. No cuando estaba herida y más lo necesitaba.

Se me escapa un gemido. Luego otro. Luego un sollozo que reprimo a tiempo llevándome una mano a la boca.

–Oh, no –susurra como hablando consigo mismo, quitándose la máscara que llevaba en lo alto de la cabeza y tirándola a un lado–. Por favor... por favor... no llores.

Los sollozos sacuden mi pecho. Mantengo la mano sobre la boca, pero ya soy una catarata. El poco maquillaje que llevo me chorrea por las mejillas, moqueo y soy el vivo retrato del desastre emocional.

–No... no puedo parar.

–Muy bien. –Me mira tan preocupado que aún me siento peor. Lloro con más fuerza–. ¿Qué...? –Traga saliva con fuerza–. ¿Qué podría ayudarte?

Un abrazo. Un fuerte apretón. Pero no puedo decirle eso. No puedo pedirle que me abrace. Así que me rodeo a mí misma con los brazos y bajo la barbilla para esconder las lágrimas.

De repente está más cerca, el calor de su cuerpo me envuelve.

–¿Puedo abrazarte? Es decir, ¿necesitas un abrazo?

Miro fijamente el suelo. Tímida. Dispuesta a arreglármelas sola. Pero tiemblo por la necesidad de alivio que me producen los apretones, la bendita calma que me empapa con un abrazo fuerte. A regañadientes, asiento con la cabeza.

Sin perder un momento, Jamie me estrecha entre sus brazos, me aprieta contra su pecho, como si entendiera exactamente lo que necesito. No me frota la espalda. No es un abrazo a medias. El zumbido insistente de mi piel empieza a remitir. Enseguida empiezo a respirar mejor, apretada contra él, fuertemente rodeada, con mi oreja sobre su corazón latiendo al mismo ritmo que este.

Él parece tranquilo e inexpresivo, pero el golpeteo de su corazón dice que está lejos de sentirse así. Hace que me pregunte si Jamie es eficaz disimulando que está bien cuando en realidad está asustado. Si no es así, ¿qué oculta bajo su tersa y limpia superficie?

Bueno, era limpia. Ahora está llena de manchurrones gracias a mí.

Me aparto un poco y me froto los ojos y la nariz, luego froto inútilmente su camisa, manchada por mi maquillaje, mis mocos y mis lágrimas.

–Siento lo de tu camisa –susurro, consciente de que sigue abrazándome muy fuerte, de que todo entre nosotros se está alineando casi demasiado bien.

Jamie parece haber notado lo mismo. Su respiración ha cambiado. Y la mía también. Es más rápida. Hueca.

–¿Qué? –pregunta, confuso.

–Tu camisa –digo, tratando de mantener la respiración tranquila y lamentando de inmediato esa decisión, que hace que mis pechos rocen el suyo–. Siento haberte manchado la camisa. Esta vez... y la anterior... y los pantalones.

Una media sonrisa aparece en su boca.

–Está bien. Vine preparado.

–Muy *boy scout* por tu parte.

–Es que lo soy. –Su tono es tan serio como siempre, pero hay una débil chispa en sus ojos que es nueva, una calidez que está en sintonía con la amabilidad que acaba de mostrarme.

Hace que me pregunte qué habría pasado si hubiéramos visto este aspecto de cada uno al principio, si no hubiéramos empezado tan mal. Al meditarlo ahora, experimento la extraña y absurda esperanza de que en un universo paralelo, donde no ha ido todo al revés, la Bea alternativa y el Jamie alternativo hayan hecho mejor las cosas y estén escondidos en un pequeño armario por motivos legítimos.

El silencio llena el estrecho espacio y parece como si el mundo girase mientras nos miramos fijamente por un breve momento. La expresión de Jamie se suaviza. La profunda arruga de su frente se desvanece. La dura y delgada línea de su boca cambia y se transforma en una incipiente sonrisa. Pero son sus ojos lo que no puedo dejar de mirar. Sus ojos de color avellana que despiden un fuego dorado que baila sobre las últimas hojas verdes del verano. Son maravillosos.

Qué raro es esto. Estoy encerrada en un armario de escobas con el chico con el que no he tenido más que encontronazos toda la noche. Y me está abrazando con fuerza. Me está consolando.

Me pregunto si habré cambiado de cuerpo. Si estoy ahora en ese universo paralelo, si somos la Bea y el Jamie alternativos, porque estoy apoyada en él, mis manos se deslizan por su pecho y siento que Jamie respira lentamente... una respiración coordinada, constante, que busca un control que me calienta de los pies a la cabeza. Me coge de la cintura con fuerza, acercándome más.

En medio de la lozana calma tengo una revelación que dice que Jamie no es solo un tipo difícil, sino también prometedor.

Quizá sea como Cornelius, mi erizo mascota. Solo tengo que darle un baño de burbujas para que se vuelva abierto y adorable.

Mierda. Mi cerebro está despegando y me tiemblan las piernas al imaginarlo.

La nariz de Jamie me roza el cabello, y respira en él como si le faltara el aliento. Miro hacia arriba cuando él mira hacia abajo y nuestras bocas casi se tocan. Nos miramos. ¿Vamos a besarnos? No vamos a besarnos.

Dios mío. ¿Vamos a besarnos?

Bajo la mirada a su boca. Su mano se desliza por mi espalda y junta nuestras caderas. Él gruñe, yo me quejo.

Y un ruido nos devuelve a la realidad, arrancándonos de aquello, fuera lo que fuese. Al separarnos, saltamos como imanes que se repelen. Jamie se golpea la cabeza con una estantería y yo tropiezo al retroceder y hago que nos caiga encima una pila de toallas.

–Lo siento –murmura, mirándome con los ojos abiertos de par en par–. Yo no sé... no sé en qué estaba pensando.

–Yo tampoco –susurro con las mejillas rojas de vergüenza.

No tiene tiempo de decir nada más porque la puerta se abre de golpe. Jean-Claude sonríe con aire triunfal. Detrás de él están Jules y una multitud.

–¿Qué pasa aquí, eh?

–Nada –dice Jamie, sin mirarme mientras sale del armario lo más deprisa que puede–. Disculpadme.

Se dirige a la escalera y desaparece.

Nada. Aunque no debería, su rechazo escuece.

Creía que ya no podía sentirme más humillada esta noche. Pero, por supuesto, Jamie Westenberg ha demostrado de nuevo que estaba equivocada.

Capítulo 4

Jamie

Estoy en casa, en la oscuridad, tendido en la cama, mirando al techo. No puedo dormir. Si cierro los ojos, lo único que veo es a Beatrice en mis brazos. Esos ojos celestes, moteados de verde hierba, con una nube gris bordeando el perímetro. Ese delicado dibujo en tinta que asoma por su músculo trapecio, y se pierde bajo el escote del vestido. La tela que ceñía su cintura y cuya cremallera mis manos ansiaban bajar, para sentir cada costilla, la curva de las caderas, luego acercarla más y...

Miau.

Miro a mis gatos, que están a los pies de la cama. Son dos pares de ojos en la oscuridad.

–Tenéis razón –les digo–. Es mejor no seguir con esa idea. Esa mujer es un tornado tatuado de cócteles voladores y comentarios astrológicos no solicitados. No podríamos ser más diferentes e incompatibles.

Y casi la beso.

Por todos los santos, ¿en qué estaba pensando?

–No pensaba –explico a los gatos–. Ese es el problema. Una razón más para no volver a verla.

Los gatos vuelven a maullar.

–Bueno, eso es cierto. Con Jean-Claude y Juliet comprometidos, seguro que la veré a menudo. –Suspiro y me froto la cara–. Tendré que estar ocupadísimo y con mucho trabajo.

Los gatos no tienen respuesta para esto. Yo tampoco la tengo para este dilema, ni para lo que pasó en el armario. Apenas habíamos hablado entre nosotros antes de quedar atrapados allí, y lo único que conseguimos fue un fracaso total.

Entonces, ¿por qué quise besarla?

¿Y por qué me dio la sensación de que ella también quería besarme?

Gruñendo, cierro los ojos y empiezo a catalogar todos los huesos del cuerpo humano. Normalmente, eso consigue que me duerma. Es la versión médica de contar ovejas.

Pero ni siquiera eso funciona. Porque según los nombro, los imagino en el cuerpo de Beatrice.

Clavícula. Sombras besando sus clavículas.

Mandíbula. Sus dientes apretados, fruncidos sus suaves labios.

Carpo, metacarpo y dedos. Su mano diestra sujetando una copa de champán, recogiendo migas de galleta y queso blanco como la nieve. Un dedo solitario deslizándose en su boca, chupando queso *brie* con un erótico ¡pop!

–Muy bien –murmuro al vacío. Desde luego, no a mis gatos, que siguen mirándome con aire de censura en esos ojos que me recuerdan otra mirada felina que destellaba con desdén.

Aparto las sábanas y me levanto.

–Es hora de darse una ducha fría y repasar el latín.

Capítulo 5

Bea

—Beatrice Adelaide.

Con algo de retraso, soy consciente del alegre tintineo que anuncia la apertura de la puerta de la tienda y de la voz que acaba de pronunciar mi nombre completo.

Levanto la mirada y arrugo la frente al ver a Jules.

–¿Qué haces despierta tan pronto?

–Hay una cosa que se llama café –dice–. Y otra, despertador.

Su sonrisa es inocente mientras avanza por Edgy Envelope, la tienda de artículos de papelería de Sula, para la que diseño y de la que soy encargada. Pero conozco a mi hermana mejor que nadie, y huelo la diablura en ella, además de la pastelería que ha visitado cuando venía hacia aquí. Está tramando algo. No sé qué, pero tras una semana durmiendo mal por culpa de aquella horrible fiesta, estoy demasiado cansada para sonsacárselo. Así que me apoyo en el viejo mostrador de cristal, sobre el que están mi cuaderno de dibujo y los lápices de colores.

Las mañanas de los lunes son tranquilas y suelo pasarlas haciendo garabatos, meditando nuevas ideas. Cuando entra un cliente, hago los dibujos a un lado y ni el más listo sabe que Bea, que trabaja en la caja registradora, también es la artista mejor pagada de la tienda.

–Me resulta familiar –dice Jules.

–¿Qué?

Señala el papel que hay bajo mi lápiz.

–He dicho que me resulta familiar.

Miro el dibujo y lo tapo con la mano abierta. Es el perfil de la persona que no es en absoluto responsable de que duerma mal y con quien desde luego no he soñado todas las noches desde que nos vimos atrapados juntos en un diminuto armario. No es el chico cuyas manos me rodearon la cintura, atrayéndome hacia sí, escena que por supuestísimo no he recreado en mi cerebro adormilado ni he evocado al despertarme excitada y al borde de un convulso desahogo.

Porque nunca soñaría con una persona que me hizo sentir como una cagada de perro desde el momento en que nos presentaron hasta aquella apresurada salida, en que quedé como una tonta.

La mano de mi hermana se dirige al cuaderno de dibujo y lo aparto de golpe.

–No curiosees en mi arte –digo.

Jules se vuelve sonriendo y va hacia mi rincón de la tienda, la colección de Deseos de Papel. Coge una tarjeta con un intrincado diseño floral y parpadea.

–¿Qué es esto? –pregunta.

–Oye, dedos de mantequilla, deja esa tarjeta.

Jules la abre.

–No sé de qué estás hablando.

–Oigo crujir el papel de envolver en tu bolsillo y hueles a cruasán de chocolate. Si no has comprado uno en Nanette's antes de llegar, me compro un sujetador con aros.

Riendo, deja la tarjeta en su lugar y da media vuelta.

–Jujú –advierto–, si la manchas, la compras.

Coge un sobre con un suspiro y lo pone en el mostrador junto con la tarjeta. Apoya los codos en el cristal y acaricia con los dedos la delicada cadena de un collar que está en exposición.

Le aparto la mano.

–¿Es que tienes que tocarlo todo?

–Dice la persona más sobona que conozco. Bueno, cuéntame –dice, apuñalando la tarjeta con un dedo con una manicura perfecta–. ¿Qué es?

No necesito volver a mirar el dibujo. Una vez he conceptualizado una imagen, se queda en mi cabeza para siempre.

–Es una vulva.

–¡Nooo! –Vuelve la tarjeta para mirarla desde un ángulo que le permita distinguir el diseño oculto.

Estoy acostumbrada a esta rutina. Hace año y medio que amplié mi ámbito de artista erótica y empecé a aceptar encargos privados con lo que me da de comer: la colección de Deseos de Papel. Un extenso muestrario de tarjetas, artículos de papelería y otros objetos artísticos basados en el papel. Mis diseños para los Deseos de Papel abarcan desde escenas de naturaleza suntuosa hasta arte abstracto geométrico que contiene una secreta imagen sensual.

Empezó como una broma una noche que fui al cine con Jules, Sula y Margo y cogí una borrachera de campeonato. Sula, dueña de Edgy Envelope, se enamoró de la idea de crear un surtido de artículos de papelería que pudieran regalarse al pariente más mojigato, que nunca sabría qué le han regalado, así como a la persona amada cuyo remitente quiere que sepa exactamente en qué está pensando. Ahora es lo que más se vende en Edgy Envelope.

–Qué buena eres –susurra Jules–. ¿Crees que podrías hacer algo así para mis invitaciones de boda?

¿Ya estamos hablando de invitaciones de boda? ¡Se ha prometido hace una semana!

–Ni hablar. Mamá las captaría enseguida.

–Pero no le importaría. De hecho, estoy segura de que está deseando presumir de ti la noche de partida de cartas de las mujeres. Incluso a papá le gusta tu arte.

–Porque es incapaz de distinguir lo que contiene y sigue felizmente ignorante.

Jules sonríe.

–Exacto. Así que no admitiré un no por respuesta. Mis invitaciones de boda serán originales de Beatrice Wilmot.

Pongo la tarjeta en el iPad de la tienda que utilizamos para las transacciones y la cargo en mi cuenta. Meto la tarjeta y el sobre en una de nuestras bolsas de papel reciclado estampadas con el logo de Edgy Envelope y miro a Jules, que está cogiendo a escondidas trozos del cruasán de chocolate que lleva en el bolsillo.

–Bueno, ahora que ya tenemos lista esta falsa compra –digo–, ¿a qué debo el honor de una visita un lunes tan temprano? ¿No deberías estar aún durmiendo, dado que Jean-Claude y tú habéis estado gimiendo como pandas cachondos hasta las tres de la mañana?

Jules sonríe tímidamente y se lame el pulgar manchado de chocolate.

–Te pido disculpas. Hacía tiempo que nuestras agendas de trabajo no se sincronizaban. Y cuando estoy tan excitada, yo...

–¿Gritas? Sí. Sí, ya lo sé. Ahora, dejemos a un lado tu vida sexual.

–Bueno, no tendrás que ser testigo de mi vida sexual mucho más tiempo. Jean-Claude y yo vamos a buscar casa propia.

El estómago me da un vuelco.

–¿Ya?

–No te preocupes –dice rápidamente, cogiéndome la mano–. Ya te buscaremos a alguien para compartir el piso antes de irme. Ya sabes lo maniática que soy y lo difícil que es encontrar un alquiler con un precio decente por aquí. Seguro que tardaremos tiempo en encontrar algo que nos guste a los dos.

Respiro hondo y me da la sensación de que bebo un té demasiado caliente.

–Bien. Claro.

–Buscaremos a alguien juntas, ¿vale? –dice Jules, sonriendo amablemente.

Quiero decirle que es duro sentir que ya no hay un «nosotras» porque su novio (perdón, su *prometido*) nos está separando. Pero eso sería comportarme como la típica Bea, reacia a aceptar cambios, sobre todo cuando estoy a siglos de sus prioridades de matrimonio, niños y cabalgar hacia el atardecer.

–Sí –asiento, forzando una sonrisa.

Jules me suelta la mano y sonríe más abiertamente, luego se aclara la garganta y dice:

–Bien, por qué estoy aquí: quiero hablar. Has estado muy huraña desde la fiesta. ¿Es por lo que ocurrió con West?

–*Jamie*. Y sí, es culpa tuya y de todos esos gamberros. ¡No dejasteis de pincharnos y azuzarnos hasta que terminé encerrada en un armario con él!

Donde casi nos besamos, coño.

Esto me lo guardo para mí. No voy a admitir que estuvimos a punto, hasta que él se lo pensó mejor y salió corriendo. Ya me siento bastante humillada.

–¡Pero si no lo planeamos! –dice Jules, mirándome a los ojos–. ¿Por qué te enfadaste tanto? ¿Pasó algo?

–¡Ya te he dicho que no!

Jules levanta las manos en un gesto de rendición.

–¡Vale, vale! Es que parecías nerviosa. Aún lo pareces.

Porque fue una noche horrible, asquerosa, mala y desastrosa.

Jules mueve los pies, rascando las tablas del suelo con los tacones de sus Mary Jane.

–No creo que él quisiera ofenderte al irse como un...

–¿Como un animal rabioso que escapa de una jaula? –sugiero.

–Se puso nervioso. Jean-Claude me contó que West es muy duro consigo mismo y que se pone nervioso en las reuniones sociales.

–Bienvenido al club. Yo no me porto así y también soy socialmente ansiosa.

–No. Tú solo tiras cócteles a la ropa de la gente.

Le lanzo una mirada asesina.

Jules arquea una ceja.

–No te estoy criticando. Solo explico un hecho. Tuvisteis un comienzo bastante accidentado. Esa noche no fue propicia para que diera lo mejor de sí mismo. Y tú tampoco estabas en tu mejor momento.

No tengo respuesta para eso. Porque tiene razón. Aunque sea una grosería.

–Sigamos –digo–. ¿Qué es lo que quieres? ¿A qué has venido realmente?

Jules me lanza una de sus largas e incisivas miradas de gemela y frunce levemente el entrecejo.

–Tengo... tengo algo para ti.

¡Ooooh! Me encantan los regalos. Aunque odio las sorpresas.

–¿Qué es?

Su expresión se despeja al alargar la mano.

–Dame tu teléfono y lo sabrás.

Me golpeo el bolsillo de la falda instintivamente.

–De eso nada. La última vez que te di el teléfono, el fondo de pantalla acabó con tu único tatuaje, y ambas sabemos dónde está.

Jules bate las pestañas.

–Estaba borracha cuando lo hice. Pero ahora estoy sobria como una santa, y créeme, esto te va a gustar.

–Explícate, Jujú.

Mi hermana se vuelve y examina los frascos de perfume que se alinean en la pared junto con velas e incienso con los signos del zodíaco. Culpo a Sula de mi reciente obsesión por todo lo astrológico.

–Bibí, ya sé que no te gusta hablarme de tus cosas, pero hay algunas que solo los más adultos y sabios entienden. Y soy mayor que tú.

–¡Por la inmensidad de doce minutos!

–La sabiduría de quien viene antes al mundo es innata –dice Jules con serenidad–. No supone diferencia alguna que sean doce años o doce minutos.

Rocía el aire con un poco de perfume y pasa a través de la nubecilla.

–Ese ni siquiera es tu signo –gruño.

No me escucha y vuelve a tapar el frasco.

–Mira, solo quiero que seas feliz, y no lo eres. Ya no sales con nadie. No has tenido una cita en años...

–Soy feliz porque ya no tengo citas, porque no he salido con nadie en años.

Enarca una ceja.

–¿De veras?

–¡Sí! Es la verdad.

Bueno, la verdad en parte. Vivo feliz porque no pueden romperme el corazón. Y no pueden romperme el corazón si no se lo doy a nadie. Aunque echo de menos las relaciones sexuales. Solo que no quiero liarlas con los sentimientos, que son aún más sensibles que mi cuerpo. Lo ideal es un polvo de vez en cuando, pero encontrar a alguien dispuesto a ello no es fácil si soy incapaz de socializar fuera de mi grupo de amigos, que o bien están emparejados o son medio parientes.

En resumen, estoy entre la espada y la pared: para mí, las relaciones sexuales están dentro de las relaciones sentimentales, pero no quiero una relación sentimental, y no soy capaz de tener las unas sin las otras.

Mientras contempla su perfecta manicura, Jules dice como sin darle importancia:

–Vale, si tan feliz eres, ¿cuándo fue la última vez que echaste un polvo?

La fulmino con la mirada, porque sabe perfectamente la respuesta. Somos gemelas. Nos lo contamos casi todo.

–Ya sabes que estoy disfrutando de una larga temporada de abstinencia.

Da un bufido y baja la mano.

–¿«Disfrutando»? Vamos, Bibí, sé sincera.

–¡Bueno, vale! –Rocío el mostrador con un limpiador casero de Sula y lo froto con rabia–. Soy feliz, pero no echo un polvo desde hace una eternidad.

–Vale. Lo que significa que no eres feliz del todo. Y por eso necesito tu teléfono. Tengo la solución.

Aprieto con fuerza la botella del limpiacristales de aceite esencial, esperando contra toda esperanza.

–¿Me has encontrado un compañero sexual que quiere darse un revolcón conmigo sin sentimientos y con una actitud de despreocupado abandono?

–Sexo, sí. ¿Sin sentimientos? No es probable. No me parece de esa clase.

Mi esperanza explota como un globo lanzado al espacio.

–Lo que significa que esperas que tenga una cita con ese tipo. No pienso salir con nadie nunca más, Juliet.

–Lo harás este sábado. –Saca el teléfono del pantalón y lo pone de tal forma que ni siquiera torciéndome puedo leer la pantalla mientras escribe–. Solo una cita –añade antes de guardárselo en el bolsillo y alargar la mano de nuevo–. Es lo único que te pido. A las diez de la mañana. En el banco del parque que hay enfrente de Boulangerie.

La miro incrédula.

–¿Perdona?

–No hace falta pedir disculpas. Sabía que llegaría este momento. Sufriste una mala ruptura hace *dos años...*

–¡Dieciocho meses, por si lo quieres apuntar en tu libreta! –Aspiro con fuerza por la nariz–. Jules. No nos entendemos. No voy a verme con nadie ni el sábado, ni en un banco, ni en una panadería que es...

–¿Francesa? –dice dulcemente, golpeándome la nariz con la punta del dedo–. Vale, doctora Seuss. Pero sí te verás con alguien. Porque no eres feliz y eso tiene que cambiar.

Cierro las escotillas. Me aprieto el cinturón y adopto el entrecejo más ceñudo.

–Eres una prepotente de la especie más canalla, ¿lo sabes, verdad?

–Por supuesto que lo sé. Soy la mayor.

–¡Otra vez no! –grito.

–Bibí, dame tu teléfono. Te voy a dar su número. A él le están dando el tuyo mientras hablamos.

–¿Qué? –barboto–. ¿Cómo te atreves a darle mi número a un desconocido...?

–No es exactamente un desconocido. –Aprovechando mi conmoción, me saca el teléfono del bolsillo de la falda–. Es alguien que encaja en tu perfil. Una pareja ideal, lo intuyo. ¿Sabes cuántas novelas de amor he leído? Sé de lo que estoy hablando.

–Bueno, con esa gran experiencia como guía, ¿cómo podría decir que no? Esto es absurdo. No voy a salir con nadie.

Jules ya está escribiendo en mi teléfono, sus dedos vuelan sobre la pantalla, porque su zalamera cara puede desbloquear mi teléfono como si fuera yo misma. Maldita sea la hermandad gemelar casi idéntica. Todo porque soy incapaz de memorizar una contraseña de números. Cada vez que creo que lo he conseguido, se me bloquea el teléfono. Números y nombres se mezclan en mi cerebro y luego se me cuelan como por una criba.

Me pongo de puntillas para verla escribir.

–¿Ben?

–Benedick –dice–. Es su segundo nombre, pero llámalo Ben. Él te conoce por el tuyo.

–Odio el nombre de Adelaide.

–Y por eso te llamará Addie.

Cierro los ojos y vuelvo a respirar profundamente.

–Esto es ridículo.

–Qué va, es brillante. Todo el mundo está de acuerdo.

Abro los ojos como platos.

–¿Todo el mundo?

–Bueno… –Jules se recoge un rizo castaño chocolate tras la oreja–. Quiero decir que todo el mundo está de acuerdo conmigo en que sería una gran pareja para ti. Incluso Margo.

–¿Margo? –Abro la boca–. Si a Margo no le gusta nadie.

–¿Quién está hablando de mí, cariño? –Sula cierra la puerta de atrás y se descuelga el bolso, que deja en la rejilla de su bicicleta–. Odio a los putos conductores de coches, dicho sea de paso.

La miro por encima del hombro.

–¿Quién ha estado a punto de echarte de la calzada esta vez?

–Un gilipollas haciendo el imbécil con una camioneta de chasis elevado.

Mi hermana y yo lanzamos un gruñido de solidaridad. Sula se quita el gorro, se frota el revuelto cabello azul cielo y se baja la pernera, que se había remangado para pedalear.

–Ya lo he superado. En fin. –Sula me sonríe–. Bueno, ¿y qué te parece esa cita...?

Jules carraspea con fuerza y hay un intercambio de información telepática entre ellas.

Sula sonríe torpemente, retrocediendo hacia el despacho.

–Yo, bueno... tengo que llamar al fontanero, que aún no me ha dicho nada por el escape. Las papelerías y las inundaciones no casan bien –dice, y desaparece por el pasillo.

Me vuelvo hacia Jules.

–Sois muy sutiles.

Jules aspira con fuerza por la nariz y vuelve a escribir en mi teléfono.

–Bueno, aquí está el plan. Operación Primera Cita con Ben...

Pero en realidad no es Ben. Es alguien a quien se supone que tengo que escribir un mensaje, un tipo del que solo conozco el segundo nombre y que mi hermana y sus amigos creen que es ideal para mí. ¿Quién es? ¿Y cómo es que lo conocen todos menos yo?

Jules me pasa el teléfono deslizándolo por el mostrador de cristal que nos separa.

–Escríbele. Hoy. Habla con él. Toda la semana. Nada de detalles, por si la cosa no funciona. Solo él y tú. Conoceos.

Miro mi teléfono y luego a ella.

–¿Hablas en serio?

–Mucho. –Coge mi mano–. Escúchame. Sé que el amor romántico no es para todo el mundo, pero te he visto feliz y enamorada antes, Bea.

Siento un escalofrío. Detesto recordarlo.

–El amor es lo que te va –dice suavemente–. Y que te quemaras una vez no quiere decir que no vayas a encontrar al príncipe azul.

–Toma castaña.

–Vale, me he pasado con la metáfora. Pero tengo razón. Quieres amor. Te mereces amor. Conseguirás amor.

–Bien, eso es todo lo que necesitaba oír. ¡Ahora, por arte de magia, vuelvo a creer en la felicidad eterna!

Jules no se rinde.

–Habla con él. Sé tú misma.

–Juliet...

–Beatrice, voy a ponerme a tu nivel. –Apoya los codos en el mostrador y me mira a los ojos–. Eres una de las mejores, más cariñosas, encantadoras y bellas personas que conozco. Pero eres una cabezota. Estás sola. Quieres una relación. Y te aterroriza darle la oportunidad a alguien. Intento encontrar una forma de ayudarte a correr ese riesgo y a que te sientas a salvo corriéndolo. Sobre todo porque pronto, cuando esté viviendo con Jean-Claude, si no has encontrado a nadie, estarás sola. Y no me gusta.

El estómago me da un vuelco. Se me hace un nudo en la garganta al pensar en esos cambios.

–Estaré bien.

Sus ojos buscan los míos, suaves, de un plácido verde grisáceo que heredamos de mamá.

–Sé que estarás *bien* –dice–. Pero la vida es muy corta para estar solo *bien*.

–Eres una romántica. Estás enamorada –digo–. Es normal que pienses así.

Me trago la frase «cuando te rompen el corazón, entiendes lo importante que se vuelve la palabra "bien"». Porque no le desearía ese dolor a nadie, y mucho menos a Jules.

–Bea, te conozco. Muy al fondo, bajo todo ese dolor, tú también piensas lo mismo. –Se endereza y me suelta la mano–. Envíale un mensaje de texto. Si no lo haces, te lo enviará él a ti.

Miro el teléfono. Es increíble.

–¿Se supone que tengo que escribir a un desconocido?

–No es un desconocido del todo, ¿recuerdas? Es alguien que me parece bueno para ti.

Suspirando, pongo en sus brazos la bolsa de regalo con la tarjeta de Deseos de Papel y el sobre.

–Vete ya.

–Sí, querida –dice retrocediendo, con un brillo pícaro en la mirada–. Recuerda. Escríbele. Sé tú misma. Para que, cuando llegue el momento, te sientas cómoda en su presencia...

–Este sábado –termino débilmente.

–Exacto. Oh, ¿y sabías que en Boulangerie hay mesas de ajedrez?

–Querida hermana, por favor. Conozco todas las mesas de ajedrez de la ciudad.

Jules sonríe.

–Creo que a él también le gusta el ajedrez.

–Mmm. –Acaricio la superficie del teléfono con los dedos, pensando en lo que acaba de decir. Si le gusta el ajedrez, imagino que no será tan malo.

–¿Me prometes una cosa para el sábado? –dice Jules.

–¿Qué?

Abre la puerta y cruza el umbral.

–Ten la mente abierta.

Capítulo 6

Jamie

Esto es grave. Ni siquiera una semana de carreras embrutecedoras con mi clima favorito (mañanas otoñales nubladas y frías) consigue que deje de dar vueltas en la cabeza a lo que ocurrió con Beatrice.

Tengo las manos sobre la licuadora, que está convirtiendo mi desayuno en un agradable zumo, pero mi mente está en el armario de la tercera planta de los Wilmot. Atrapado en el momento en que me di cuenta de lo estrechamente que la abrazaba, cuando el mundo se había reducido al brillo de su piel bajo aquella débil luz, a la curva de su espalda y a sus caderas.

Sigo sin poder creer que casi la besara.

Cierro los ojos ante el ruido creciente de la licuadora y recuerdo su aroma... Un toque de menta en su aliento, el sensual encanto de su cabello, semejante a los higos maduros y la madera de sándalo.

Jean-Claude cierra la puerta a su espalda y me saca de mis pensamientos. Hace una mueca al oír la licuadora.

–¿Te encuentras bien? –pregunto.

Me lanza una mirada avinagrada y se sienta en un taburete ante la barra en la que desayunamos.

–Demasiado vino anoche. ¿Café?

Sirvo una taza y se la pongo delante.

–Tómatelo.

Engulle la mitad de un sorbo, deja la taza y me dirige una mirada de aprobación.

–Deberías haber venido anoche –dice. Su teléfono zumba y lo saca, arruga la frente mientras lee; luego escribe algo como respuesta–. Juliet insistió en que se unieran unos amigos y algunos eran de la variedad femenina atractiva.

–Un paciente tuvo una urgencia. –Es mi mentira de siempre. Nadie cuestiona a un médico cuando dice que responde a la llamada del deber.

–Mentira –dice antes de tomar otro trago de café–. No estabas trabajando. Estabas esquivándome.

Echo el contenido de la licuadora en un vaso alto de cristal.

–Si fue así, yo diría que está justificado, considerando que la última vez que estuve en una reunión social por ti terminé encerrado en un armario con la misma mujer que me había bañado en licor. Dos veces. Tuve que cambiarme completamente por su culpa.

Y casi la besaste, susurra mi mente, *sin analizarlo, sin preocuparte ni pensártelo dos veces.*

Tonterías. Casi besé a Beatrice porque estaba... confundido. Tenerla cerca, sentirla consolada entre mis brazos y con aquel ataque, fue desorientador. Como caminar por una ciudad desconocida en la oscuridad y doblar en dirección prohibida por una bocacalle. Que tenerla entre los brazos no fuera totalmente desagradable no significa que el hecho fuera inteligente ni que tuviera ningún sentido.

–West, escucha. No vas a olvidar a Lauren si te cierras cada vez que conoces a una mujer que te puede gustar.

–Yo no he hecho eso. No hay nadie a quien conquistar.

Se guarda el teléfono en el bolsillo.

–Entonces tendrías que haber hecho esto hace tiempo.

–¿El qué?

–Tener otra cita.

Doy un gruñido.

–Jean-Claude, no.

–West, sí. Tienes que volver a salir. Empezar de nuevo.

–¿Con quién, exactamente?

–Alguien adecuado para ti. Vamos. –Alarga la mano–. Dame tu teléfono.

–¿Para qué? –pregunto con recelo.

Jean-Claude me indica con la mano que se lo dé.

–Voy a darte el número de la señorita Te Conviene. Juliet tiene a la persona perfecta para ti.

–Ahora mismo no tengo tiempo para citas.

–Nadie te está pidiendo que te cases y sientes la cabeza –dice–. Es solo una cita. Una cita. Juliet ya lo ha preparado todo. Os tenéis que ver el sábado en el banco del parque que hay frente a Boulangerie a las diez en punto.

Lo miro con la boca abierta.

–¿Has concertado una cita por mí? ¿Sin preguntarme siquiera?

–Bueno, técnicamente fue Juliet. Al ver mi teléfono conectado al cargador, muy cerca de él, se inclina y lo coge antes que yo.

–Jean-Claude...

–West. –Escribe el número en mi teléfono y lo añade a mis contactos–. Ya está. Ve enviándole mensajes hasta el sábado. Y no habléis de otras personas. Mantén el anonimato todo lo posible.

–¿Por qué?

Se encoge de hombros.

–Por si no conectáis. Así os podréis separar sin que os resulte incómodo si os volvéis a encontrar de nuevo.

–¿La conozco?

Toma otro sorbo y me lanza una mirada enigmática.

–No seré yo quien te lo diga.

–Esto no tiene sentido.

–Pues claro que sí. Tanto si es alguien que conoces como si no, tendrás un nuevo comienzo y seguirás en el anonimato si no funciona. Habla solo de ti mismo, familiarízate con ella. Y eso es mejor hacerlo con mensajes de texto. No hay peligro de tus torpes silencios, de ese comportamiento rígido que tienes cara a cara.

–Pues claro. Es mucho mejor escribir mensajes, así tengo tiempo de sobra para analizar cada frase que escribo, en lugar de analizarlas en una conversación directa.

Jean-Claude suspira.

–Olvidaba lo mucho que necesitas que te cojan de la mano.

–Ya no estamos en la universidad y, desde luego, no necesito que pilotes por mí. Solo estoy afirmando un hecho. Tengo tendencia a ser...

–¿Frío? ¿Rígido? ¿Exigente? –sugiere–. Sí. Pero cuando tienes confianza con alguien, no eres tan malo. Relájate y sé tú mismo.

–No me lo puedo creer. Me estás dando el número de una desconocida. Peor aún, ¿tiene ella el mío?

–No es una desconocida, bueno... no del todo –murmura.

–Qué reconfortante.

Me mira fijamente.

–Juliet le ha dado tu número y tu segundo nombre, abreviado. Ella te conocerá como Ben. Mantenlo así hasta que os veáis.

–¿Qué?

–Como he dicho, si mantenéis el anonimato hasta el día de la cita, será más fácil terminar si la cosa no funciona. Por el contrario, si la cosa va bien, ya tendréis tiempo de aclararlo.

Me froto los ojos bajo las gafas, masajeando el puente de la nariz.

–Ya me duele la cabeza.

Jean-Claude me pasa el teléfono y me entra la curiosidad. Miro el número y el nombre que hay encima. «Addie».

–Addie. ¿De qué conoce Juliet a esta Addie? ¿O a quien se oculte bajo ese seudónimo?

Jean-Claude se rasca la barbilla y mira a otro lado.

–Oh, se conocen hace mucho. Desde la infancia. Juliet jura que la reserva para alguien bueno... para la persona adecuada. Ella cree que eres tú.

–¿Y cree que esta mujer me va a aceptar? ¿Y cómo sabe ella lo que me conviene?

Jean-Claude hace un ruido muy francés con la garganta antes de tomar otro sorbo de café.

–No creo que ni tú sepas lo que te conviene. Y no digas que Lauren, que era una petarda.

–Era totalmente adecuada. O sea, no ella concretamente, sino su estilo de mujer. Organizada. Estable. De mi misma profesión...

–Sí, sí –dice, agitando la mano–. Ya sé lo plasta que eres con eso. Crees que necesitas a alguien igual que tú, pero no es así, West. Necesitas a alguien que te patee el culo.

–Eso suena fatal.

Suspira y se pone en pie con el café en la mano.

–Desde que te conozco, siempre has ido a lo seguro. Prueba algo nuevo. Mira dónde te lleva. Aunque... –sonríe con picardía– aunque acabe en un desengaño, ¿no? Puede ser tan grande o tan pequeño como tú quieras.

A mitad del pasillo se vuelve y dice:

–Ah, y... le gusta el ajedrez. Eso ya es algo.

Maldita sea. No puedo rechazar de buenas a primeras una cita con una mujer a la que le gusta el ajedrez. Gruñendo, miro el número en el teléfono.

Y cuando treinta minutos después me siento en el despacho para organizarme la jornada, sigo mirando el número. Dando sorbos al té verde, leo los historiales de los primeros pacientes y trato de olvidarme.

Pero entonces vuelvo a mirar el teléfono, dudando si enviar un mensaje o no.

Es un mensaje de texto, solo un mensaje.

Pero parece mucho más. Parece que vaya a salir de mi vida, que es del estilo del Día de la Marmota, para introducir algo nuevo. ¿Estoy preparado para algo así?

Durante casi un año, mi vida ha sido una nube monótona, no deprimente como dice Jean-Claude, para mí no. Me encanta la monotonía y la rutina. Aun así, puede que Jean-Claude no esté equivocado del todo. Quizá he ido demasiado a lo seguro. Últimamente siento que flaquea mi gusto por los días predecibles. La vida ha empezado a estar un poco vacía, un poco descolorida.

Quizá esté un poco solo.

Aunque no sé con exactitud adónde va a llevarme enviar un mensaje a esta tal Addie, me doy cuenta de que quiero explorarlo.

«Prueba algo nuevo –ha dicho Jean-Claude–. Mira dónde te lleva.»

Respiro hondo y escribo.

Capítulo 7

Bea

Mi teléfono zumba en mitad de esta tranquila mañana del lunes.

Levanto la vista del cuaderno de dibujo y leo.

NSRB: ¿Qué hacen los argentinos cuando juegan al ajedrez en un país árabe?

Mi teléfono dice que es No-Soy-Realmente-Ben, «NSRB», como he etiquetado su número. Espero a responder, pensando que quizá el mensaje no está completo. Pero no sigue nada más, ni presentaciones predecibles, ni formales «¡buenos días!». Ha ido directo al grano, que es como a mí me gusta. El alivio me sale con un suspiro largo y lento. No tengo que fingir. No tengo que meterme en estúpidas charlas insustanciales.

BEA: No lo sé. ¿Qué?

Su respuesta llega a los pocos segundos:

NSRB: Buscar jeque mate.

Doy un bufido.

Sula, que esta en la habitación trasera, asoma la cabeza.

–¿Todo bien? –pregunta sonriendo.

–Bien –digo, agitando la mano y guardando el teléfono.

Cuando desaparece en el despacho, vuelvo a sacarlo y lo dejo sobre el mostrador.

BEA: Vas a causarme problemas en el trabajo. Me has hecho reír.

NSRB: ¿Ah, sí? No contaba con hacerte reír. Pero me han dicho que tenemos el ajedrez en común. Un buen chiste me parecía una buena apertura.

Sonrío.

BEA: Lo ha sido. Será difícil seguir, NSRB.

NSRB: ¿NSRB?

BEA: No-Soy-Realmente-Ben. NSRB.

NSRB: NSRB, me gusta. Tenemos una forma de pensar parecida. Yo te tengo como SA. Seudónimo Addie.

Otro bufido risueño.

BEA: ¿Seudónimo? Bonito vocabulario.

NSRB: Demasiadas horas leyendo durante los raros y torpes años jóvenes.

BEA: Bueno, no eres el único. Yo también era rara y torpe de joven. Aún lo soy.

BEA: Hablando de rarezas, ¿no te parece raro no dar el nombre auténtico?

NSRB: Lo raro es no saber tu nombre de pila. Claro que toda esta situación es extraña. Pero no mala. Al menos para mí. Dicho esto, si no te sientes cómoda, podemos dejarlo. No tengo ni idea de cómo te han liado, pero no quiero que te sientas obligada. Y puedo decirte mi nombre si eso te ayuda.

Miro fijamente el teléfono, sopesando las opciones. Hasta ahora todo ha discurrido bien, quizá porque no estamos usando nuestros nombres, quizá porque tengo algo seguro tras lo que esconderme. Tener un seudónimo es una ventaja, porque si la cosa no funciona, no sería realmente yo a quien rechazaría. Sería a Addie. Creo que prefiero que no sepa mi nombre.

BEA: Mejor mantengamos los seudónimos por el momento, ¿vale?

NSRB: Me parece bien. Tenemos un montón de tiempo hasta el sábado y siempre podemos volver a pensarlo. Suponiendo que ambos estemos conformes con vernos cuando llegue el sábado.

Miro el teléfono. Esta extraña tensión me tira por dentro. No dejo de pensar en Jamie y aquel casi beso de la semana pasada. Qué ridículo es que me sintiera molesta y avergonzada por aquella camisa rígida y almidonada que salió corriendo del armario como si yo fuera una enfermedad contagiosa. Eso demuestra lo mucho que necesito echar un polvo, lo urgente que es un buen cambio en mi vida amorosa.

La verdad es que estoy un poco desesperada y eso es lo único que me queda. No es que haya conocido a muchos excelentes candidatos últimamente. No soporto los programas de citas ni la charla insustancial en un bar... por no hablar de toda esa socialización que raramente da frutos y aún más raramente conduce a la cama. Si mi hermana y sus amigos quieren enviarme a un encuentro ideado por ellos... a caballo regalado, no le mires el diente.

BEA: Me parece bien. Quiero ser franca, no estoy segura de buscar algo serio. Sé que acabamos de empezar a hablar, pero no quiero que te llames a engaño.

NSRB: Gracias por tu sinceridad. Yo tampoco estoy seguro de lo que quiero. Vayamos día a día y seamos abiertos el uno con el otro sobre cómo nos sentimos. Es un extraño acuerdo y no habrá que culpar a nadie si sale mal.

BEA: Es muy extraño, sí. Pero a veces lo extraño puede ser bueno.

NSRB: ¿Es muy extraño decir que ya me gusta hablar contigo?

Sonrío de nuevo y recorro las palabras con el dedo.

BEA: Espero que no. Si lo es, a mí también me pasa.

He decidido perdonar a mi hermana al cincuenta por ciento. Lo suficiente para dejarle que me prepare la cena mientras dibujo sobre la isla de la cocina.

–Sus *nuggets* de dinosaurio, señora. –Jules deja el plato medio bailando–. Como diría Jean-Claude, *bon appétit!*

–Si cocinara alguna vez –murmuro.

–Sí, lengua de víbora, esa crítica sería justa si no fueras tan culpable de depender de mi talento culinario. Por cierto, de nada.

Levanto la cabeza y hago una mueca a las cuatro zanahorias minúsculas que ha puesto en mi plato, nadando en un charco de salsa.

–Me has endilgado verduras.

–Supercrujientes –dice.

Me acerco el plato con un suspiro.

–Gracias, supongo.

–De nada, rayo de sol. –Jules apaga el horno y deja su ensalada jardinera al lado de la mía, un colorido paisaje con *nuggets* en forma de dinosaurio merodeando por él.

–Debería hacerle una foto –digo.

–Pues claro que sí. Es muy mono.

Busco el teléfono, lo pongo en modo cámara y ajusto el ángulo. Lo acerco, lo alejo.

–Muy bien, Annie Leibovitz –dice Jules–. Algunas tenemos hambre.

Hago la foto antes de que baje el tenedor y haga añicos el paraíso de los dinosaurios.

–La tengo.

–Bien –dice, masticando–. ¿Quieres contarme qué ha estado haciendo tu culo?

Subo la foto a Instagram con la frase: «Posible dibujo después». Quedará requetebién en una tarjeta, sin los *nuggets* de pollo en forma de dinosaurio. Seguro que puedo esconder una pose de placer solitario en la ensalada.

–Bibí.

Dejo el teléfono.

–¿Qué pasa con mi culo? ¿La carga de la existencia? ¿La cruel verdad de que para seguir abierto un negocio tiene que tener clientes? –Mojo el *nugget* en el charco de kétchup–. Ha sido un día muy largo en el trabajo. Demasiada gente.

Jules niega con la cabeza, sin dejar de comer ensalada.

–Desde luego, no estás hecha para atender al público.

–Sí, bueno, eso es cierto. Pero si dejo de trabajar como dependienta en Edgy Envelope, tendré que volver a pintar para ganarme un sueldo. Y viendo que estos días no podría pintar ni aunque me fuera la vida en ello, estoy atrapada.

Jules me da una patada por debajo de la isla.

–Ya pasará. El bloqueo creativo es algo que les ocurre a todos los artistas.

La culpa me afecta con fuerza inesperada. Siempre ocurre lo mismo cuando Jules es amable y me recuerda que ninguna de mis hermanas conoce la historia al completo, que esto es mucho más que un bloqueo creativo. Es el residuo de una relación de mierda cuya suciedad todavía no he podido limpiarme por completo, psicológicamente hablando, y que me impide seguir pintando.

Eludiendo su mirada, le digo:

–Apenas he podido dibujar algo original en las últimas semanas. Es como si mi cerebro se hubiera quedado vacío de ideas. Últimamente, mi mayor inspiración ha sido esa ensalada de *nuggets* de pollo.

–Quizá esa cita del sábado, tener algo de romanticismo, vuelva a poner en marcha tu maquinaria creativa.

Me pongo una zanahoria entre los dientes.

–No estamos hablando de eso.

–¿Os habéis enviado algún mensaje? –pregunta, haciendo caso omiso de mi comentario.

Cojo mi *nugget* tiranosaurio rex y golpeo con él su diplodocus hasta que se le desprende la cabeza.

–¡Qué burra eres! –Jules lanza su pterodáctilo a mi plato y machaca mi triceratops.

–¡Ese es uno de mis favoritos, cabeza hueca!

Jules señala su *nugget* decapitado.

–Disculpa. ¿Te has tomado hoy la pastilla para la hipocresía?

Empapo una zanahoria en la salsa y la uso para pintarle la mejilla de blanco lácteo.

Jules ahoga una exclamación. Se apodera de medio tomate cherri de su ensalada y me lo pone en la nariz.

–¡Aprende, Rudolph! –alardea.

–¡Juliet! –chillo–. ¡Detesto los tomates!

Estamos a punto de iniciar una guerra de comida cuando rasga el aire el zumbido del telefonillo.

–Ya voy yo –dice, levantándose de un salto y limpiándose la mejilla con la servilleta. Le tiro otra zanahoria y fallo por un kilómetro mientras pulsa el botón del intercomunicador.

–¿Sí?

–¿Juliet?

Un escalofrío me recorre la columna vertebral. Conozco esa voz.

–Siento molestarte –dice Jamie–, estaba...

–¡Hola, West! –dice Jules–. No hacen falta explicaciones. ¡Sube!

Una ola de calor se apodera de mí y mi memoria vuelve volando al armario. El casi beso. Sus manos sobre mí. La horrible vergüenza de verlo salir corriendo después.

–¿Por qué ha venido?

Jules se encoge de hombros.

–No lo sé. Por eso lo he invitado a subir, para que nos lo cuente.

–Podría contarlo desde abajo, sin necesidad de subir la escalera.

Jules pone los ojos en blanco.

–No voy a dejarlo en la calle como si fuera un desconocido sospechoso. Es nuestro amigo.

–*Tu* amigo.

Jules abre la puerta y me sonríe.

–Te estás ruborizando.
–Juliet. –Pillo otra zanahoria empapada en salsa y se la tiro. Pero a quien doy en plena cara es a Jamie, que cruza el umbral en ese momento. La zanahoria cae al suelo con un golpe sordo y en su cara se forma un dibujo del test de Rorschach.
–¡Por Dios, Bea!
Jules busca un pañuelo de papel y se lo da a Jamie.
La humillación me quema las mejillas. Me pongo en pie, recojo la zanahoria y la tiro a la basura.
–Lo siento –murmuro.
–No pasa nada –dice Jamie, limpiándose la frente–. Debería habérmelo esperado. Parece que es tu forma de presentarte.
Doy media vuelta.
–La tuya es tu tiesa condescendencia.
–Oh, vamos. –Jules ríe con nerviosismo–. Portaos bien, los dos. Ha sido un pequeño malentendido. La zanahoria era para mí, no para ti, West. Bea lo lamenta.
Jamie y yo nos miramos. ¿Cómo pude estar a punto de estampar mi boca contra la suya en un armario? Ese momento parece estar a siglos de distancia. Jamie está con la boca apretada, los ojos entrecerrados, todo tan correcto en su apariencia que quiero tirarle de la camisa hasta que se arrugue, revolverle el pelo inmaculado y ladearle las gafas en esa perfecta nariz de mierda que tiene.
Se vuelve a mirar a mi hermana.
–Siento la intrusión. Creo que he perdido las llaves. Es probable que se quedaran en la oficina. No puedo entrar en el apartamento y supuse que Jean-Claude estaría aquí, ya que no contestaba a mis llamadas.
–Está liado en el trabajo –dice Jules–. Puedes usar mi llave. La buscaré en el bolso.
Me da un pellizco al pasar y susurra:
–Sé buena. –Y se va por el pasillo hacia su cuarto.
Dejándonos a Jamie y a mí solos. Otra vez.

Mojo en el kétchup el dinosaurio mutilado, que francamente parece una porquería, y me vuelvo en el taburete para mirarlo de frente. Él mira a cualquier parte de la habitación menos a mí, con la barbilla tensa.

–Tienes salsa en las gafas –digo.

Se queda paralizado y luego, lentamente, se vuelve para mirarme.

–Supongo que sí –dice con frialdad.

–¿No vas a limpiarlas? No pareces de esos que quieren que la salsa les oxide las bisagras.

Le tiembla el ojo izquierdo.

–Ya me ocuparé de eso cuando llegue a casa.

–Te pillé –digo, metiéndome en la boca el último *nugget*.

–¿Esas cosas con forma de dinosaurio son *nuggets* de pollo? –pregunta.

–¿Y qué si lo son?

Se aclara la garganta.

–Sorprendente elección para la comida de un adulto. Y por lo que veo, tu plato de verduras consiste en una solitaria y minúscula zanahoria nadando en salsa. Quizá tu concepto de la nutrición sea como el de casi todos los americanos. Deplorable.

–¡Eran cuatro zanahorias!

–Ya, pero solo te has comido tres –dice–. Una de ellas ha acabado en mi frente.

–¡Aquí está! –canturrea Jules, cortando la tensión.

Jamie le coge la llave y asiente educadamente con la cabeza.

–Gracias –dice–. Beatrice... –añade entre dientes.

Cuando Jules cierra la puerta, saco el teléfono y busco mis mensajes de texto con No-Soy-Realmente-Ben. Nos hemos mandado algún mensaje más estos últimos días, pero tras este miserable recordatorio de lo absolutamente estúpido que es Jamie, estoy dispuesta a volcarme en esta cita. Tengo que sacarme de la cabeza aquel casi beso y el rostro arrogante de Jamie Westenberg. Para siempre.

BEA: Estoy a punto de arrancarme los pelos. Me vendría bien un chiste de ajedrez ahora mismo.

NSRB: Te contaría uno, pero ahora mismo estoy tan exasperado que apenas puedo escribir.

BEA: ¿Qué te ha pasado?

NSRB: No me apetece contarlo. Es alguien que disfruta sacándome de quicio.

BEA: Tío. Lo mismo. He estado entre gente durante ocho horas en el trabajo y de pronto tropiezo con la última persona que me apetecía ver. No tengo el estómago para tonterías después de haber estado todo el día socializando.

NSRB: Pues ya somos dos. Siento que hayas tenido un día como el mío, pero me alegra saber que no estoy solo.

BEA: Yo también siento que hayas tenido un mal día.

NSRB: Bueno, vamos a ver si podemos hacer algo para remediarlo, ¿vale? Ahí va otra adivinanza: ¿Qué hace un jugador cuando tiene mucha hambre?

Tamborileo con los dedos en la encimera.

BEA: Ni idea.

NSRB: ¡Comerse un caballo!

BEA: Vaya. Chiste cutre, cutre, cutre, NSRB.

NSRB: Pero te has olvidado unos segundos de tu mal día, ¿no? Quizá incluso te he hecho sonreír.

Escondo el teléfono cuando Juliet me mira y enarca las cejas con aire cómplice. Que me parta un rayo si no estoy sonriendo de oreja a oreja.

Capítulo 8

Jamie

Horas después de mi traumático encuentro con Beatrice y la zanahoria, zumba mi teléfono. Estoy en la cama con un libro. Un mensaje de Seudónimo Addie ilumina la pantalla.

SA: ¿Te sientes completamente solo alguna vez?

JAMIE: Sí. ¿Y tú?

SA: Sí.

SA: Pero creo que es culpa mía.

Me vuelvo en la cama, pongo un marcapáginas en el libro y dedico toda mi atención al teléfono.

JAMIE: ¿Por qué?

SA: Ya te dije que soy rara, pero es el tipo de rareza que no encuentra acogida en ninguna parte. Es como si mi forma de ser fuera insuficiente por una parte y excesiva por otra. A veces siento que no pertenezco a ningún lado y que si fuera más así y menos asá, encajaría. ¿Tiene sentido?

JAMIE: Lo tiene. Es como cuando crecía de golpe y los pantalones se me quedaban cortos y las muñecas me sobresalían de las mangas. Lo único que podía hacer era pensar que nada iba a encajar nunca más.

SA: ¿Qué hacías entonces? Es decir, ¿cómo te enfrentabas a todo eso?

JAMIE: Calculaba qué prendas me quedaban mejor y ahora son las que me pongo para estar en el mundo. Así aprendí a encajar.

SA: ¿Y eso no es soledad? ¿No te gustaría ponerte simplemente lo que quieres llevar? ¿Que pudieras ser siempre tú sin que importe lo que te pones?

SA: Estoy un poco achispada.

SA: Mejor olvida esto. Lo siento. Soy como el desconocido borracho que te llora en el hombro y te cuenta sus mierdas personales sin que hayas preguntado por ellas.

El corazón se me acelera al leer sus palabras. Como si las hubiera escrito yo.

JAMIE: No tienes que disculparte. Me gusta hablar de eso. Nadie quiere hablar de esas cosas. Solo yo. Y tú, por lo que parece.

SA: ¿Prometes que no lo dices por decir?

JAMIE: Lo prometo. Y en respuesta a tu pregunta, sí es soledad eso de llevar ropa para integrarse, ropa que no es necesariamente mía, sino más bien algo que he accedido a ponerme. Pero hace mucho tiempo que no me pongo otra cosa. Creo que me sentiría muy raro si lo hiciera. Puede que ni siquiera supiera qué ponerme.

SA: No lo sabes hasta que lo intentas, ¿verdad? Quizá te sientas libre.

El corazón se me acelera aún más, me duelen los dedos de querer escribir todo lo que llevo enterrado dentro. Escribo la respuesta pero vacilo, dudando entre enviarla o borrarla. Mis gatos saltan sobre mis piernas y se estiran; uno me hace perder el equilibrio y mi pulgar aprieta la tecla de envío antes de tiempo. Mi humillación aumenta conforme llega a una torre de telecomunicaciones y aterriza en nuestros mensajes.

JAMIE: No sé si me he sentido libre alguna vez. ¿Qué significa eso?

SA: No lo sé. Supongo que cuando no me entienden o me siento sola, recuerdo que al menos soy leal a mí misma y sé quién soy. Para mí, eso es ser libre. Que la persona que soy no sea negociable. Que yo soy yo. A veces solo deseo que esa identidad tuviera un lugar entre los demás.

Trago saliva y recorro sus palabras con los dedos.

JAMIE: A la gente no le gusta admitir esa clase de soledad, pero, por si sirve de algo, creo que todos nosotros estamos un poco solos. Aunque la mayoría no somos lo bastante valientes para confesarlo.

SA: ¿Lo dices en serio? ¿No te he asustado con mi crisis existencial de borracha nocturna?

JAMIE: Si me vieras la cara, sabrías que no.

SA: ¿Por qué? ¿Qué haces?

Me llevo una mano a la mejilla y palpo los músculos, que ya habían olvidado cómo levantar la extraña curvatura de mi boca.

JAMIE: Sonreír.

El teléfono zumba cuando cierro la ducha. Piso la alfombrilla del baño apartándome de la cara las mechas húmedas y me ato una toalla a la cintura. El estómago me da un vuelco cuando veo quién es.

SA: Malfamado NSRB. Así que te dije que era del tipo creativo.

JAMIE: Lo dijiste. Pero fuiste frustrantemente parca en detalles.

SA: Los detalles vendrán dentro de una hora. Ahí va un chiste.

JAMIE: Soy todo oídos.

SA: ¿Por qué los artistas no juegan al ajedrez con melenudos?

JAMIE: No lo sé. ¿Por qué?

SA: Porque la ocasión la pintan calva.

De mi pecho brota una risa seca.

JAMIE: ¿Y ahora quién cuenta chistes cutres?

SA: ¡Tú fuiste quien empezó esta semana! Solo estoy cerrando el círculo.

SA: ¡Uf! Me tiemblan las piernas y tengo unos nervios... ¿Tú no?

Muevo la pantalla y repaso todos los mensajes de los últimos días. Desde el horrible encuentro con Beatrice y la zanahoria, los mensajes de madrugada que crucé luego con Addie son fluidos, unos días hay más comunicación que otros, pero siempre ha habido algo interesante. Nunca la he visto ni he oído su voz, no conozco su auténtico nombre, pero siento una innegable conexión con la persona que hay en el otro extremo de este diálogo.

JAMIE: Yo también estoy nervioso. Nervioso y excitado.

SA: Yo también me siento así. Llevaré un vestido amarillo brillante. No podrás confundirte.

JAMIE: Soy alto, pero como me gusta sentarme en los bancos, saberlo no te será de mucha ayuda. Jersey azul marino y gafas.

SA: Vale. Me despido. Tengo el pelo como si hubiera metido los dedos en un enchufe. Tengo que domesticarlo.

SA: Por favor, borra esto último. Cuando me veas, imagina que siempre he ido bien peinada.

JAMIE: Si no te importa, prefiero imaginar tu pelo alborotado.

SA: En ese caso, quizá me presente como soy al natural.

Una sonrisa tiembla en mi boca mientras escribo.

JAMIE: Estaré esperándote.

Capítulo 9

Bea

En algún momento de los últimos cinco días empezó a gustarme este tío, No-Soy-Realmente-Ben. NSRB es un encanto, inteligente, divertido, se expresa como un caballero y estoy a punto de conocerlo. He llegado unos minutos antes. Esto es en parte porque quiero verlo de lejos pero no furtivamente. También porque algo de la forma en que se expresa y la rapidez con que responde a los mensajes me da la sensación de que es superpuntual. No quiero decepcionarlo llegando tarde.

No me cuesta ningún esfuerzo recorrer el largo trecho que hay entre mi casa y el banco que queda delante de Boulangerie, así absorbo la gloriosa mañana de otoño en todo su esplendor. El mundo es un mosaico de piedras preciosas. Hierba esmeralda. Hojas ambarinas meciéndose en la brisa bajo un cielo zafirino y adornado con nubes blancas como diamantes. Es uno de esos días en que podría sentarme en cualquier parte solo con mis lápices de colores y un papel, y dibujar durante horas.

Pero no tengo horas, tengo minutos. Así que sigo andando.

Al acercarme, mis ojos se detienen en un hombre sentado en el banco donde conoceré a NSRB; tiene un libro abierto en las rodillas. Siento columna abajo un escalofrío de advertencia. Tiene un perfil marcado. Nariz larga, barbilla angulosa, pómulos altos. Labios que aprieta suavemente contra los dientes mientras lee. Está cañón.

Claro que lo que me enciende es que está leyendo un libro. Hay espacios enteros de Instagram dedicados a fotos de tíos buenos leyendo en público. La humanidad lo dice: leer un libro hace que alguien *sexy* sea más *sexy* aún.

Lo observo mientras aminoro el paso y me acerco al banco. Su postura es excelente, su vestimenta impecable...

Ooooh, no. No puede ser.

Pero sí es. Es *él*.

El tío bueno con un libro no es otro que Jamie Westenberg, instalado en el banco donde se supone que voy a encontrarme con NSRB dentro de cinco minutos. Qué suerte. Qué sorpresa más tonta. Encontrarme justo antes de mi cita nada menos que con Jamie McJuezyparte.

Me detengo detrás del banco. Al darse cuenta de que hay alguien mirándolo, levanta los ojos, marcando con el dedo la página que está leyendo. Sus ojos recorren mi cuerpo y se abren como platos cuando llegan a mi rostro.

–¿Beatrice? –dice con voz ronca.

–James. –Hago una reverencia. Porque a veces soy rara y hago cosas así.

Cierra el libro de golpe y, sin dejar de mirarme a los ojos, lo guarda en la mochila que tiene al lado. Y luego hace algo que creo que no olvidaré nunca.

Se levanta. Como si yo fuera alguien por quien hay que levantarse. Lo miro, alto y erguido, en pie por mi causa mientras mi corazón se acelera a tope. Tratando de pasar por alto la sensación de flan y merengue, me subo el bolso en el hombro, pero mis ojos no hacen caso del mandato mental y recorren su cuerpo. Por desgracia, el brillo del sol le sienta bien al condenado.

Muy bien.

Hasta ahora, nuestros encuentros habían sido en interiores. Nunca lo había visto a la luz del día. Nunca en los gloriosos días otoñales. Y ahora desearía no haberlo hecho.

Porque bajo el sol otoñal, el cabello oscuro de Jamie es de un increíble color bronce, con una débil promesa de oro entre los oscuros rizos. Sus ojos avellana son esmeraldas con incrustaciones doradas y su cuerpo alto y esbelto aún se parece más a una estatua. Es como las esculturas que admiro en los museos europeos, obras de arte que hacen que me enamore dibujar la forma humana. Bajo la luz de la naturaleza, Jamie Westenberg, detesto admitirlo, es un ejemplar magnífico.

–Siéntate –digo, porque yo necesito sentarme. Me tiemblan las rodillas por su culpa–. No hace falta que sigas de pie por mí.

No se sienta. Me mira, recorriendo todo mi cuerpo. Ya me habían inspeccionado antes, pero esto es otra cosa. Jamie parece que esté componiendo un rompecabezas.

–Tu pelo... es suave. Y tu vestido –murmura– es totalmente amarillo.

Me toco el pelo con timidez, luego miro mi oscilante vestido camisero del color de las varas de oro que florecen alrededor.

–Sí –digo lentamente–. ¿Y?

Me mira a los ojos, se lleva la mano abierta al pecho.

–Alto pero sentado en el banco. Jersey azul. Gafas.

Las piezas encajan cruelmente en su sitio cuando ambos decimos al unísono:

–*¡Tú!*

Me coge por el codo cuando doy media vuelta y me sienta con firmeza en el banco. Su mano se ha alejado antes de que pueda enterarme de que me ha tocado... El brusco roce de sus dedos, la seca calidez de su mano...

–Si te sientes en peligro de desmayarte, pon la cabeza sobre las rodillas –dice.

Me pongo el bolso en el regazo.

–Joder, qué mierda.

Jamie se sienta y aparta su mochila. También parece atónito.

–Así que tú eres...

–Seudónimo Addie –digo, mirándolo–. Y tú eres...

–Malfamado NSRB.

–¿Ben? –pregunto.

–Benedick –murmura–. Segundo nombre. ¿Addie?

–Adelaide. No te preocupes, ya sé que es horrible.

–Beatrice Adelaide –dice–. No es horrible. Prueba a llamarte James Benedick y verás cómo acabas en el patio de recreo.

Con un estilo muy poco Jamie, apoya los codos en las rodillas y la cabeza en las manos. Se alisa el pelo.

–Esto es inconcebible.

Se me escapa la risa. Imagino al protagonista de *La princesa prometida* gritando: «¡Inconcebible!»

Jamie levanta los ojos y baja las manos.

–¿Te parece divertido? ¿Que nos hayan tomado el pelo?

–No, es porque has dicho... No importa. –Me miro las botas y junto los pies, las emociones se me acumulan, son demasiadas para ponerles nombre. Hay una que sobresale entre las demás... cabreo. Estoy cabreada.

–Esos desgraciados –murmuro.

Jamie suelta un gruñido de acuerdo.

–¡No puedo creerlo! –digo–. Jules es tan muermo...

–¿Y Jean-Claude? –Se vuelve y me golpea el muslo con el suyo. Estrujo la tela del vestido para contener la descarga eléctrica que me llega de su cuerpo–. Voy a estrangularlo.

La última emoción y, con diferencia, la más fuerte, me llega como una ola por detrás. Me siento triste al saber que NSRB no existe. Solo es Jamie. El quisquilloso y exigente Jamie. Cuando la promesa de No-Soy-Realmente-Ben se desvanece, también se evapora mi último rayo de esperanza. Tras casi dos años de querer seguir adelante sin saber cómo, he tenido la oportunidad de llegar a alguna parte con alguien. Y ahora se ha ido.

El golpe final lo ha provocado Jules. Mi hermana me ha mentido. A sus anchas.

–¿Por qué lo habrán hecho? –inquiero.

–No estoy seguro. También yo me lo pregunto.

–¿Qué sentido tiene emparejarnos?

–Ninguno. A menos... –Frunce la frente–. No, no importa.

–Dilo –digo volviéndome hacia él, chocando accidentalmente con sus rodillas–. Dime qué estás pensando.

–Vives en el mismo barrio que yo. Ya sabes lo difícil que es encontrar un alquiler decente. Jean-Claude es muy consciente del dinero...

–¿Quieres decir un tacaño?

Jamie frunce los labios.

–Lo defendería, pero ahora mismo no es precisamente mi ídolo.

–Pues no lo defiendas. Sigue con lo que crees que han hecho.

–Bueno, es imposible que crean que tú y yo congeniamos.

Lanzo una carcajada.

–¿Te lo imaginas?

Jamie entrecierra los ojos.

–No tienes por qué reírte tan fuerte.

–¿Perdona? Tú eres el que acaba de decir que es imposible que piensen que formamos buena pareja.

–Yo no lo he dicho así.

–Oh, por Dios. –Me llevo las manos a la cara–. ¿Podemos hablar sin discutir durante, no sé... tres minutos? Está empezando a dolerme la cabeza.

Aspira con fuerza por la nariz y levanta la barbilla.

–Vale.

Se hace un silencio incómodo. Me tiro de las cutículas y evito mirar las inquietas manos de Jamie, sus nudillos, las yemas de sus dedos, tan despellejadas que duele mirarlas. Si no fuera porque estoy a punto de meterle un puñado de hormigas por debajo del pantalón, le ofrecería la crema de manos que preparaba mi abuela y que hace maravillas.

Respiro hondo y me tranquilizo. Al menos lo suficiente para preguntar:

–Y bien, ¿qué razones crees que tenían para hacer esto, si no era para emparejarnos?

Jamie me lanza una mirada rápida.

–Quizá Juliet y Jean-Claude nos quieran tener lejos. Si tú y yo iniciamos una relación, podrían hacer algo así como intercambiar su sitio. Tú vives conmigo y Jean-Claude con tu hermana.

–Vaya. Eres aún más malpensado que yo.

Jamie se mira las manos y se rasca un nudillo con el pulgar.

–Mi especialidad es pensar siempre lo peor. –Hace una larga pausa mientras se estudia las manos–. No quiero pensar eso. Pero es la explicación más lógica.

–O puede que crean que somos demasiado lastimosos para encontrar pareja. Como si fuéramos los últimos de la clase de gimnasia, que siempre acaban de pareja.

Suspira con fuerza.

–Supongo que yo sí merezco esa descripción. Pero tú no.

–¿Qué quieres decir?

No tiene tiempo para responder. Suena un claxon y ambos nos sobresaltamos. Miro al otro lado de la calle, hacia el origen del ruido y el perezoso tránsito de media mañana: padres empujando cochecitos infantiles, parejas paseando de la mano, ciclistas y corredores que pasan. Y entonces los veo.

–Jamie.

Inclina la cabeza hacia mí, bañándome con su aroma a madera y niebla matutina. Tiene que ser muy caro para oler tan bien.

–¿Qué pasa? –dice en voz baja.

Vuelvo la cabeza y casi rozo su nariz con la mía. Ninguno de los dos retrocede.

–Al otro lado de la calle, no mires. Escucha y luego mira como por casualidad. Al otro lado de la calle hay dos personas conocidas con unos disfraces de pena.

Jamie se mira las manos, recorriendo con el pulgar una hendidura que tiene en la yema de otro dedo. Luego, lentamente, mira al otro lado de la calle. Un relámpago de rabia tensa sus rasgos antes de recostarse en el banco y cruzar los brazos.

–¿Qué coño le pasa a la gente?

–Ojalá lo supiera. Yo no los entiendo. En absoluto.

Lanzando otra mirada de soslayo al otro lado de la calle, veo a Jules y a Jean-Claude ataviados con el estilo de la traición despreocupada. Jules lleva una gorra de béisbol, un chaleco acolchado y leotardos, y calza unas botas de pelo que en otra circunstancia no se pondría ni muerta. Jean-Claude lleva una camisa de cuadros que está muy lejos de su habitual estilo universitario y es casi irreconocible gracias a...

–¿Se ha teñido el pelo Jean-Claude? –pregunta Jamie.

–Se lo ha rociado de blanco, como la cosa esa que se usa en Halloween.

–Es inquietante –murmura.

–Es inaceptable, eso es lo que es. Han jugado con nosotros, Jamie. Han jugado con nosotros como si fuéramos balones de playa, joder.

Hacía años que Jules no hacía nada parecido... idear una maniobra para vencer mi obstinación. Todo lo que dijo el lunes en Edgy Envelope me resuena en el cráneo y, en una empática y diminuta parte de mi corazón de gemela, me gustaría reírme de todo esto y olvidarlo, porque conozco a Jules y sé que cree que está haciendo lo que debe para ayudarme.

Pero solo puedo concentrarme en el daño. Mi hermana y mis amigos, que Jules dijo que apoyaban todo esto, jugando a ser Cupido... Es como si dijeran que no soy deseable tal como soy, que estoy indefensa y desesperada sin que ellos me arrojen a los brazos de alguien. Que tengo que ser manipulada, no: engañada, para conseguir una pareja.

Y claro que reconozco que no soy fácil. No soy encantadora y sofisticada como Jules, ni aventurera y mundana como nuestra hermana pequeña, Kate. Soy un espíritu libre a mi manera y quizá algo intratable para los demás. Soy una soñadora solitaria, a menudo perdida en mi propio mundo. Soy sensible y me asusto con facilidad. Tengo límites y fronteras que la mayoría de la gente no tiene.

Pero soy capaz de amar y de ser amada. Puedo compartir la pasión si el ambiente es el correcto. Solo necesito tiempo. Y tras lo que ocurrió con Tod, voy a necesitar a alguien muy especial.

He de admitir que en mis peores momentos me da miedo pensar que no hay nadie especial por ahí, y que buscarlo con demasiado empeño no hará sino confirmarlo. Así que normalmente no lo busco. Me he quedado en esta rutina, cansada de tener tan poco, pero temerosa de buscar algo más. Lo que reconozco que no es muy saludable.

Pero ¿esta es *su* solución? Las personas que supuestamente más me quieren y me entienden me han tendido una trampa para que acuda a una cita. Y con alguien que la semana pasada nos recordó a todos lo torpe, patosa y horrible que puedo ser cuando me relaciono con los demás.

Cuanto más lo pienso, más me cabreo.

–No puedo creer que hayan hecho algo así –digo a Jamie–. Es decir, este plan está lleno de agujeros.

–No si contaban con que fuésemos sistemáticos, lo cual... –Me mira ajustándose las gafas. Camisa blanca recién planchada y abotonada hasta arriba. Jersey azul marino. Y esa maldita montura de concha que resalta el color ámbar de sus ojos. Es irritantemente atractivo, y no me hace ninguna gracia reconocerlo ahora–. Sé que yo soy sistemático. E imagino que, a tu manera... tú también lo eres.

Lo miro con furia.

–Tienes mucho talento para utilizar muy pocas palabras y hacer que suenen fatal.

Tiene la gentileza de ruborizarse.

–Solo quería decir que tu hermana te conoce bien.

–Ajá.

–Sinceramente, Beatrice, mi intención no es ofenderte con cada palabra que digo. Intento expresar que Juliet sabía cómo enfocar esto para que tú le hicieras caso. Igual que Jean-Claude supo cómo enfocarlo para mí. Sabía que seguiría las reglas que me había impuesto.

Entiendo lo que quiere decir, aunque sigue sin gustarme.

–Jules sabía que me tragaría todo ese rollo del anonimato para protegerme.

Nada más decirlo, me gustaría suprimir esas palabras del aire y volver a metérmelas por la garganta.

Jamie frunce el entrecejo.

–¿Protegerte de qué?

–Olvida lo que he dicho.

–No creo –dice–. Cuéntame.

Nos miramos fijamente. Jamie parpadea antes.

–¡Punto para mí! –exclamo.

–¿Sabes qué? No mereces ningún punto. No sabía que estuviéramos compitiendo.

–Está claro que era un duelo de miradas. Gané yo. Punto.

Jamie niega con la cabeza.

–Exijo un premio de consolación. La verdad.

–Bueno, vale. Si no sabías mi nombre auténtico y perdías el interés en mí, no me lo tomaría como algo personal... no sería tan doloroso.

–Ya veo –dice, mirándose las manos–. Bueno... al final ha resultado ser una tontería.

–Exacto. Todo esto ha sido un bromazo.

Otra vez se impone el silencio entre nosotros. Luego dice en voz más baja:

–Quería decir que, en nuestras conversaciones de esta semana, no he perdido el interés.

–Oh –exclamo, abriendo unos ojos como platos.

Oh.

Aún estoy procesando lo que ha dicho cuando Jamie carraspea y me mira.

–Ciertamente, esto no es lo que esperaba ni lo que nos merecemos.– Se pone en pie y se cuelga la bolsa del hombro–. Pero yo digo que al menos podríamos aprovechar para tomar algo caliente y echar una partida de ajedrez.

Yo también me levanto y lo miro atónita. ¿Después de la mierda que nos han hecho comer nuestros «amigos» lo va a dejar pasar por una partida de ajedrez y una taza de café? Ni de coña.

–Quiero algo más que café y ajedrez, James. –Miro con los ojos entornados a los casamenteros que no dejan de espiarnos–. Quiero venganza.

Capítulo 10

Jamie

Bea sorbe el café de un tazón que acuna con las manos. La miro a través de las volutas de vapor que se elevan desde la superficie. Se aparta soplando el largo flequillo de los ojos. No es la primera vez que lo pienso, pero al saber que es la que está detrás de los mensajes de esta semana, me parece más arriesgado reconocer la verdad... Beatrice es muy guapa.

Incluso cuando tarda diez minutos en hacer un movimiento.

–No bromeabas al decir que eras una jugadora lenta de ajedrez.

Me lanza una mirada asesina.

–No veo bien el tablero. Tengo que meditar todas las posibilidades.

–Tómate tu tiempo. No tengo nada que hacer.

–James –advierte, adelantando por fin un peón–. No es mi problema si eres adicto al trabajo. Es sábado, por el amor de Dios.

–El sábado es un día esencial en mi semana laboral.

–¿Qué haces?

Mirando el tablero, medito mi siguiente jugada a la luz de su último movimiento.

–¿Los fines de semana? Todo lo que no puedo hacer durante los días laborables. ¿Profesionalmente? Soy pediatra. –Levanto los ojos y compruebo que Bea me está mirando–. ¿Qué pasa?

–¿Pediatra? –dice con un hilo de voz–. ¿Atiendes a bebés y a niños?

–Eso es lo que hacen los pediatras normalmente.

–Listillo –murmura, volviendo a centrarse en una servilleta de papel que hay bajo su mano. Ha estado dibujando y no dejo de lanzar miradas de reojo para ver cómo progresa. No estoy seguro de lo que habrá detrás de esas rayas negras y curvas que traza con tanta delicadeza que no rompe el fino papel. Aunque la idea que encierran es un misterio, hace que sienta una intensa necesidad. Hace que quiera ver más.

–¿Qué estás dibujando? –pregunto.

Se queda paralizada y tapa la servilleta con la mano abierta, la arruga y la retira de la mesa para guardársela en el bolsillo del vestido.

–Por mí no hace falta que pares.

Unas motas de color tiñen sus mejillas mientras elude mi mirada.

–Está bien. Lo que dibujo no es para el consumo público.

–¿Y eso?

Vacila un poco y me mira con aire desafiante.

–Soy artista erótica.

–¿Qué?

Debe de hacerle gracia mi expresión, porque se le escapa una risa, brillante y centelleante como el confeti.

–Artista erótica. Celebro la sensualidad del cuerpo humano con el arte. En Edgy Envelope, la tienda de Sula, diseño tarjetas, artículos de papelería y otros objetos de papel que contienen sutiles imágenes eróticas camufladas. ¿Eso es un problema?

–Pues, pues... –Parpadeo sin dejar de mirarla–. ¿No lo es?

Lo estoy pasando fatal procesando esta información. Bea dibuja desnudos. Arte erótico. ¿Se dibuja a sí misma?

Me sube la temperatura.

–Eso me ha parecido una pregunta –dice, mirándome con aire crítico.

–Te pido disculpas. No. No lo era. Y no lo es. Quiero decir un problema. –Pero me he puesto caliente, mi mente se vuelve pornográfica, da pinceladas con pintura húmeda, piel desnuda y...

–Genial –dice Bea, arrancándome de mis pensamientos obscenos–. Hablemos de por qué estamos aquí. Porque incluso después de comerme una magdalena de chocolate del tamaño de mi cabeza, sigo cabreada.

–Lo entiendo.

Entrecierra los ojos.

–¿De veras? No pareces molesto.

Miro el tablero y muevo el alfil.

–Estoy... turbado.

–¿Serás capullo?

–¿Qué? Turbado, así es como me siento.

–Estoy hablando de las piezas que mueves, Jamie –dice, mirando el tablero.

Tomo un largo sorbo de té verde mientras veo que medita sus posibilidades. Está vencida, a menos que...

Maldita sea. Mueve la reina para alejarla del peligro.

–Bien –dice, sorbiendo su café–. ¿Qué estabas diciendo?

Avanzo el caballo.

–Estaba diciendo que me siento turbado.

–Bueno, yo también lo estaría si acabara de tomarme un bollo de jengibre con té verde –dice con una mueca de asco.

–Perdona, pero el té y el jengibre son compañeros tradicionales.

Da otro sorbo al café, exagerando lo mucho que le gusta.

–Mmm. El café es lo mejor. El café y el chocolate. ¿Té verde? ¿Jengibre? Saben a jabón de manos y a limpiasuelos.

Me llevo a la boca el último trozo de bollo y lo riego con un largo sorbo de té. Bea me mira con expresión de repugnancia. Un escalofrío le recorre todo el cuerpo. Es tan subversivamente agradable hacer que se estremezca que apenas puedo tragar sin reírme.

–Eres un hombre extraño. –Bea analiza la situación del tablero moviendo la cabeza–. ¿Cuál es la estrategia?

–Bueno, abriste con una defensa francesa, así que aquí estamos.

–No hablo de la partida, Jamie. Hablo de los entrometidos que son responsables de que tú y yo estemos tomando café juntos en lugar de evitarnos como si fuéramos apestados.

–Café *y* té verde. No discriminemos.

Acerca la mano a un peón, pero se arrepiente y se queda mirando el tablero.

–Estoy cabreada. Tú turbado. Pero eso no soluciona nuestro problema. Mi hermana fue tan pesada con que volviera a salir con alguien que me engañó para concertarme una cita.

–Jean-Claude hizo lo mismo. –Pensando en la situación, tomo otro trago de té–. Es una ironía desesperante que no podamos librarnos de su presión emparejadora hasta que tengamos otra cita...

–Oh, Dios mío. –Bea abre unos ojos como platos–. Eso es, genio.

–¿Qué? ¿Qué genio?

Se agita en la silla.

–Tenemos que convencerlos de que su plan ha funcionado. Tenemos que fingir que nos hemos enamorado.

–No te sigo. ¿Por qué íbamos a fingir una relación romántica? –En cuanto las palabras salen de mi boca, entiendo la lógica de la propuesta–. ¡Ah! Para que nos dejen en paz.

–Bueno, sería un golpe inesperado. –Sus ojos brillan con malicia–. Fingimos un romance para echar por tierra sus fantasías, James. Les daremos a probar su propia medicina de mierda y les demostraremos lo que duele que te manipulen.

–¿Cómo?

Bea acerca la cabeza, envolviéndome con su suave y cálido aroma, que es inquietantemente agradable.

–Hacemos como que salimos juntos, que piensen que es gracias a ellos, los convencemos de que lo pasamos del copón. Y luego...

Se me enciende una bombilla en la cabeza.

–¿Luego rompemos?

–Sí. –Asiente con aire triunfal–. Luego rompemos.

Me recuesto en la silla y me paso la mano por la barbilla.

–No creo en la venganza, por principios.

Pone los ojos en blanco.

–Dios nos libre de que te desvíes un milímetro de tu código moral, so capricornio cascarrabias.

–¿Quieres dejar de decir tonterías astrológicas?

Bea ahoga una exclamación.

–Retira eso. No son tonterías.

Suspiro con fuerza.

–Beatrice...

–Tú –dice, agitando el índice en mi dirección– no podrías ser más capricornio. Consúltalo y prepárate para morder el polvo, señor Reglas y Normativas.

–Las reglas y las normativas existen por una razón. Proporcionan orden y estructura, establecen expectativas claras y dictan la conducta apropiada...

–Que nuestros «amigos» han infringido por completo –replica.

–Y como ellos han cruzado la línea, ¿nosotros también tenemos que hacerlo? Dos errores no suman un acierto.

–A quien dijo eso nunca lo engañaron de mala manera. Las normas son para las personas que se adaptan dentro de sus límites y sacan provecho cuando las cumplen. Yo no soy de esas personas. Vivo con mi propio código y no pienso dejar pasar toda esta mierda.

No tengo nada que decir a eso porque no podríamos ser más diferentes en ese punto. Las normas me mantienen a salvo. Las normas son mi seguridad, el marco de mi vida.

Un silencio incómodo cae entre los dos.

–Siento haberte contrariado –digo finalmente–. Sé que no estamos de acuerdo en esto.

Bea vuelve a mirar el tablero.

–El eufemismo del siglo. En fin. Está bien.

La miro mientras estudia la jugada, peleándome conmigo mismo. ¿Debería pensarlo mejor? ¿Cómo voy a olvidar mis normas para acceder a un plan de venganza... un plan que no solo nos obligará a vernos a menudo sino que además requiere fingir que tenemos una relación? Sinceramente, ¿podría tener un falso romance (¿un *falsomance*?) con una mujer con la que solo he compartido catástrofes físicas y una docena de comentarios bruscos?

Salvo la pasada semana. Salvo por esos mensajes de texto. Ben y Addie se llevan bien, ¿no? ¿Por qué no vais a poder congeniar Bea y tú?

Maldito sea aquel momento en el armario. Malditos los mensajes y la sonrisa que notaba en ellos, la risa que sentí en muchas charlas matutinas. Malditos sean Jean-Claude y Juliet y sus supuestos amigos por hacer este lío más lioso de lo que era.

De repente, el dedo de Bea roza el mío. Casi tiro el té.

–¿Zurdo? –dice.

–¿Qué? –balbuceo–. Ah, s... sí. ¿Por qué lo preguntas?

Levanta la mano izquierda para enseñarme unas manchas de tinta en la base de los dedos.

–Yo también.

Su expresión es cauta, pero parece una oferta de paz. La acepto.

–Es duro –digo– estar en el lado equivocado de los documentos.

–Y de los tiradores de las puertas.

–Y de los teclados de diez dígitos.

–¡Aaahh! –dice–. ¿Y los frenos de las bicicletas?

Levanto el brazo izquierdo para enseñarle la cicatriz que tengo en la muñeca y que se debió a una fractura del radio. Apreté con demasiada fuerza el freno izquierdo, que detenía la rueda delantera, y salí volando por encima de la bici.

–Lo aprendí por las malas.

Nuestras miradas se cruzan un momento y a Bea le sube el rubor desde el cuello hasta las mejillas. Mira a otro lado, y se fija en sus dedos manchados de tinta. Cuando dirige la mirada a la ventana, se queda extrañamente quieta.

–Malditos bastardos.

Miro hacia donde mira ella. Los entrometidos siguen allí, ahora sentados en el banco de nuestra cita. Jean-Claude tiene inclinada la cabeza con el pelo rociado de blanco y mueve los dedos sobre el teléfono. Julie mira furtivamente hacia Boulangerie desde detrás de sus gafas de sol, con el teléfono en la mano, como si poco antes nos hubiera apuntado con él.

–¿Nos estaba filmando? –pregunta.

–Seguro –dice Bea entre dientes–. O haciendo fotos. Contándoselo a los otros.

–¿Los otros?

Me mira arqueando una ceja.

–El fin de semana pasado, en la fiesta, tú y yo nos cruzamos muchas más veces de lo normal. Margo, Sula, incluso Christopher, están en el ajo.

La miro atónito.

–¿En serio?

–En serio, James.

La tensión sanguínea se me dispara, la cólera me quema por dentro. Soy jugador de ajedrez. Puedo apreciar la belleza de una estrategia ganadora. Pero las personas no somos peones, y nuestras vidas personales no son partidas que puedan jugar otros.

–Muy bien –digo–. Estoy contigo. Quiero sangre.

Bea se ríe y me mira.

–Uuuh.

–Es decir, metafóricamente hablando. Sangre emocional. Espera...

Bea alarga la mano por encima de la mesa y la pone sobre la mía. No se me escapa que son las manos izquierdas y no deja de ser raro tocar a otra persona que las mueve como yo. Es inquietante tener algo en común con Beatrice.

–Sé lo que querías decir –dice en voz baja.

Mirando nuestras manos, observo mis acciones como si estuviera fuera de mí mismo, sin dirigir el centro de mando. Acaricio su palma con el pulgar, recorro manchas de tinta casi desvanecidas y callos que son la prueba de lo que cuesta el arte, de lo complicado que puede ser crear ilusiones. Bea traga aire cuando mi mano llega a su muñeca. La retira en el momento en que la suelto.

–Quizá no sea muy inteligente. –Me aclaro la garganta y evito su mirada–. Buscar la venganza. No recuerdo cuándo hice algo tan impulsivo o revanchista por última vez. Pero, maldita sea, seguro que sienta de maravilla.

–Solo tienes que pensar –dice– en el careto que pondrán cuando rompamos. Merecerá la pena. Detendrá todo este intrusismo casamentero de una vez por todas. Bien, ¿cuánto tiempo aguantamos? Tiene que ser el suficiente para convencerlos, pero no tan largo como para desviarnos de lo más importante.

–Suena bien –admito.

–¿Saldremos juntos hasta...?

–¿Tenéis alguna celebración tradicional en la que romper una relación sea un verdadero bombazo? ¿Navidad, por ejemplo? Aunque eso sería demasiado tiempo.

Bea se frota la nariz.

–Dios mío, no.

–Lo siento –digo fríamente–, ¿sería demasiado horrible fingir que sales conmigo tanto tiempo?

–Sinceramente, un poco. Y no hagas como si tú pudieras fingir más tiempo.

Buena respuesta.

–¿Acción de Gracias? ¿Tus amigos se reúnen ese día?

Su expresión se ilumina.

–¡El Día de Acción Amistosa! Oh, es perfecto. Vale, eso nos da...

–Algo menos de dos meses.

–Dos meses. Es aceptable.

–Estoy de acuerdo.

Bea acerca la cabeza y dice:

–Vamos a tener que convencerlos. Los quiero comiendo de nuestra mano.

Miro de reojo el banco donde está nuestro público, enviando mensajes a sus colegas de conspiración, regodeándose en su perversa broma. Pronto se darán cuenta de que la broma se ha vuelto contra ellos.

–Lo entiendo. Me comprometo a hacerlo.

–Excelente. ¿Trato hecho? –Alarga la mano izquierda y se la estrecho con la mano que toda la vida me han dicho que no hay que ofrecer.

Procuro no mostrar que me parece estupendo.

–Trato hecho.

Capítulo 11

Bea

Jamie y yo salimos de la cafetería Boulangerie, parpadeando ante el fuerte sol de la mañana.

Mientras me pongo de espaldas a la calzada y a nuestros antagonistas de la acera de enfrente, Jamie, de cara al sol, levanta la cabeza y me mira entornando los ojos.

–Están vigilando, ¿verdad? –pregunto.

–Sí. –Se sube el bolso al hombro–. Supongo que deberíamos darles algún gesto amoroso.

–Sí. –No puedo reprimir una sonrisa–. Un «gesto amoroso» tiene sentido.

La luz del sol se intensifica y entorna más los ojos.

–Te burlas de mí.

–No, Jamie. Cuando no sabía que eras tú, me gustaron mucho tus palabras de veinte puntos en el Scrabble. Mi vocabulario se amplió esta semana *inmensamente*, gracias a Malfamado NSRB.

Jamie mira al suelo y se sube las gafas por la nariz.

–Pues adelante –dice, con las mejillas rojas.

–Seamos discretos –aconsejo–. No vayamos a pasarnos.

Levanta los ojos, sus pestañas ahumadas adquieren un matiz de bronce bruñido.

–Buena idea. Demasiado pronto podría levantar sospechas.

–Vale. Bien. –Carraspeo–. Allá voy.

Me acerco a él hasta que nuestros pies se tocan. Lentamente, le acaricio la cara con las manos, bajo hacia la barbilla, la ligera aspereza de su vello facial me cosquillea los dedos. Cierro los ojos, palpo con mis manos de escultora los ángulos y planos de su rostro. Luego, cuando todavía me queda algo de valor para guiar mi tacto, me pongo de puntillas y le doy un beso en la mejilla. En la barbilla. En la comisura de la boca.

A Jamie se le detiene la respiración, la tensión lo pone rígido. Y cuando empiezo a dudar de lo que he hecho y me pregunto si no habré ido demasiado lejos, me rodea la cintura con las manos para sujetarme. Me abraza, me estrecha. Vuelve el rostro lentamente hasta que su boca me roza la oreja.

Y por un momento olvido por qué estamos haciendo esto. Cierro los ojos, imaginando su boca húmeda y cálida sobre la piel sensible de mi cuello, sus dientes mordisqueando la línea de mi clavícula, dejando un largo y radiante mordisco.

–No se están perdiendo ni un segundo –dice, haciendo añicos la fantasía.

–Bien. –Mi voz es temblorosa e irregular, lo que por supuesto no tiene nada que ver con el hecho de que mi cuerpo hierve de energía y es consciente del calor que irradia el cuerpo de Jamie y de su aroma canallescamente amenazador.

Se aparta sin dejar de mirarme.

–Adiós, Bea.

–Adiós, Jamie.

Nos volvemos al mismo tiempo y nos separamos, espalda contra espalda, armados y listos, como en los duelos de mis romances históricos. Solo que aunque nuestras personalidades siempre estarán enfrentadas, nosotros ya no lo estamos, no en plan «preparados, apunten, fuego». Esta falsa relación es nuestro disparo al aire. Ahora, de alguna manera, Jamie y yo estamos en el mismo bando. Ya no será un él contra mí, sino un nosotros contra ellos.

Recuerdo el roce de su dedo en mi muñeca, la calidez de su tacto cuando besé la comisura de esa boca dura e intransigente.

Nosotros contra ellos; va a resultar difícil acostumbrarse.

Caminando todo lo deprisa que puedo, voy sin rumbo y llena de confusión.

¿Adónde voy, toda temblorosa por un beso y un abrazo de despedida, y con el fuego de la humillación de haber sido engañada ardiéndome en el pecho? Podría coger un tren hasta la casa de mis padres, que está vacía. La tendría para mí sola. Pero pensar en un viaje en tren ahora mismo (olores extraños, paradas y puestas en marcha constantes, la amenaza de un vagón atestado) me quita la idea de la cabeza. No podría soportarlo después de una mañana de tanto trastorno. Y tampoco puedo ir al apartamento. Me arriesgo a encontrarme con Jules, y todavía no estoy preparada para verla. Estoy demasiado irritada.

Mis pies tienen voluntad propia y pronto estoy a una manzana de Edgy Envelope. Me detengo al cruzar la calle. ¿Podría entrar en la tienda? Sula y Margo no van a volver. Los fines de semana es Toni quien dirige el establecimiento, junto con universitarios que trabajan temporalmente, para que Sula y Margo puedan tener algo de vida propia.

Eso responde a mi pregunta. Ninguno de los intrusos casamenteros estará en la tienda. Edgy Envelope es el lugar perfecto para ir.

Abro la puerta y me saluda el familiar tintineo de la campanilla que cuelga del dintel. Toni no levanta la cabeza. Atiende a un cliente, y detrás de él hay otros seis en cola. Miro alrededor en busca de alguno de los universitarios de fin de semana, pero enseguida me doy cuenta de que Toni está solo.

Voy al otro lado del mostrador y le pregunto si quiere ayuda.

–¿Son mis galletas de chocolate blanco y macadamia el tema de la leyenda pastelera?

–Eso parece un sí.

Toni entrega al cliente una bolsa de papel con las asas unidas por una de sus intrincadas y bonitas cintas. Esbozando una de sus brillantes sonrisas, dice:

–¡Muchas gracias! Agradezco su paciencia.

Me pongo a su lado y abro el otro ordenador, tecleo mi identificación de empleada y luego la contraseña. Tras atender a los seis clientes que quedan, Toni y yo nos derrumbamos sobre el mostrador de cristal.

–Uuuuf –dice–. Gracias por la ayuda.

–No es nada. ¿Por qué estás solo?

–McKenna está enfermo.

–¿Por qué nadie me avisó? Habría venido a ayudarte.

Toni se ruboriza mientras se recoge el pelo negro como la tinta en una pequeña cola de caballo.

–Bueno, tú tenías una cita y yo no quería, en fin...

Se rasca la nariz. Lo cual me revela que oculta algo.

Ahogo una exclamación.

–¡Tú también estás metido en toda esta mierda!

–Vale, mira... escucha. –Me mira muy seriamente–. Me obligaron.

–Te obligaron.

–¡Sí! Anoche Sula y Margo me enviaron un mensaje diciendo que tenías una cita y que no había que molestarte. Eso es todo, te lo juro. ¿Eso lo mejora algo?

Lo fulmino con la mirada.

–Pues no.

–¿Y qué tal...? –Se inclina y a continuación se levanta con un plato colmado en el que no puedo ver pero sí oler que son las *mejores* galletas de limón del mundo–. ¿Y qué tal ahora?

–Oh –digo con un suspiro.

Aparta la servilleta que las cubre.

–Hechas con amor. Y una pizca de culpa.

–Ajá. –Me llevo una a la boca y la mastico, paladeando con fruición la galleta de mantequilla y el relleno de limón–. Esa pizca de culpa realmente le da un toque extraordinario.

Toni deja el plato y coge una para él.

–Bien –dice, agitando la galleta–. ¿Qué tal ha ido?

Le lanzo una mirada asesina y me llevo otra galleta a la boca. No esperaba tener que mentir tan pronto. Supuse que este no estaría en el ajo porque es la única persona de nuestro grupo de amigos que no entró a través de Jules. Sale con nosotros de vez en cuando, a veces al cine, pero casi siempre en noches de juegos, ya que a su novio, Hamza, le encanta salir y hace miles de planes para la pandilla. Y además, Toni está muy metido en el círculo de artistas locales. Así fue como él y yo nos conocimos, aunque no nos hicimos realmente amigos hasta que consiguió un trabajo aquí, para aumentar sus ingresos. Cuando empezó a trabajar en Edgy Envelope, yo ya había salido de la escena artística gracias, en gran parte, a Tod.

Se me atraganta la galleta. Me basta con pensar en el gilipollas de mi ex para estar a punto de ahogarme.

Toni me golpea la espalda.

–¿Estás bien?

–Sí. –Respiro con dificultad y saco del bolso la botella de agua para beber hasta que se me despeja el nudo de la garganta.

Toni me mira preocupado cuando bajo la botella.

–Pareces inquieta.

–Tú también lo estarías si de repente te vieras saliendo con Jamie Westenberg.

–¿Quién? –Cuando le lanzo una mirada de incredulidad, añade–: Ya te he dicho que casi no sé nada, solo que no había que molestarte en tu cita de hoy.

Saco el teléfono y pulso el icono de la aplicación donde puede que esté ya la foto de Jamie. ¿Cómo es eso? Pues es que hice una búsqueda rudimentaria en internet para ver qué encontraba sobre el tipo que me metió mano y casi me besó en el armario de las escobas. Nunca está de más asegurarse de que no ha matado a nadie con un hacha.

–Jo, está de muerte. –Toni mira la foto del perfil de Jamie en LinkedIn. Y sonríe. De oreja a oreja.

–Basta.

–No puedo. –Su sonrisa se amplía–. Guapo, guapo. Me da la sensación de que es un tipo tradicional, solterón empedernido, de los de gafas. Y desde luego me da vibraciones de que es un caballero total en la calle y un tigre entre las sábanas.

–¿Qué?

–Ya sabes, en público es todo educación y buenos modales, pero en el momento que se cierra la puerta, te arroja sobre su escritorio de caoba, te levanta la falda y te azota las nalgas.

–Antonio Dabrowski. –Cruzo las piernas y me ruborizo de los pies a la cabeza–. Compórtate.

Toni me quita el teléfono y amplía la foto de Jamie.

–Uf. Es adorable. Está tenso y sin una arruga. Pero también está claro que frecuenta el gimnasio. Mira esos hombros bajo la camisa. Y un punto extra: las gafas significan que lee.

–Las gafas no significan que lea. Significan que es miope. Su impresionante vocabulario sí que significa que lee.

–Es igual. Me has entendido.

Recojo mi teléfono, lo meto en el bolsillo y cojo otra galleta.

–Sí. Es un ratón de biblioteca y esconde un cuerpo atlético bajo esos pantalones carcas sin una arruga.

–Vaya. –Toni enarca las cejas–. ¿Dices que estáis saliendo? ¿Eso significa que os vais a ver más veces y a tantear experiencias? ¿Vosotros solos?

Me tomo mi tiempo para masticar otra galleta y al final me la trago.

–Definitivamente solos –digo, saboreando la mentira en la lengua junto con el último bocado de limón y mantequilla.

–¡Bien, estoy deseando conocerlo! Me da que va a ser un buen novio.

Me recorre una oleada de inquietud. Sonrío forzadamente y me como otra galleta.

–A mí también me da.

Capítulo 12

Jamie

No soy un hombre violento, pero después de lo que ha hecho, si hoy veo a mi compañero de piso, me entrarán ganas de darle un puñetazo. Por suerte, evitar a Jean-Claude es fácil. Prácticamente vive en el piso de Juliet y Bea, así que vuelvo a casa y paso el resto del día encerrado, hasta bien entrada la tarde, poniéndome al día con la información médica, mirando por encima algunos seminarios y leyendo un artículo larguísimo hasta que la pantalla del ordenador se pone borrosa y el estómago me empieza a gruñir. Entonces me doy cuenta de que no he comido nada desde el bollito de jengibre y el té de esta mañana, y que no hay nada en la nevera.

Esta no es mi hora habitual de ir a comprar, aunque, claro, hoy nada ha sido habitual. No desde esta mañana, cuando apareció Bea en el banco de enfrente de la cafetería Boulangerie.

Me detengo en mitad del pasillo de la tienda, con la mano apoyada en el bolsillo trasero del pantalón, donde me quema el teléfono. Pensamientos ansiosos llenan mi cerebro. ¿Estuve frío cuando nos separamos? ¿Debería haberle enviado un mensaje más tarde? ¿Por qué soy tan desastre para estas cosas? ¿Y por qué una relación falsa de diez horas ya lleva camino de ser un dolor de cabeza mayor que la última relación que tuve?

Por los altavoces anuncian que la ternera está de oferta y la noticia me saca de mi ensimismamiento.

Nada de mensajes, me digo, empujando el carrito. No hace falta pasarse. No hay motivo para comportarse como un novio entusiasmado y loco de amor.

Porque es obvio que no lo estoy ni lo soy. Ni loco de amor. Ni su novio. No de verdad.

–¿Hablando contigo mismo en el pasillo de la tienda, James?

Casi me estrello contra las latas cuando me vuelvo de golpe.

–¿Beatrice?

Hace una breve reverencia y los artículos que lleva en la cesta tintinean.

–¿Qué estás haciendo aquí? –pregunto.

–Bueno –dice, acercándose con aire cómplice–. Probablemente lo mismo que tú. Por desgracia, después de todo pasé el día trabajando y ahora estoy comprando lo que necesito en la única tienda que hay cerca de mi piso.

Muy bien. Nuestros pisos no están muy lejos uno del otro. Seguro que esta es la tienda más habitual para los dos. Solo que yo suelo venir a primera hora de la mañana.

No digo nada de esto porque mi capacidad cerebral está monopolizada por su vestimenta, que marea mis neuronas. Bea llena el silencio.

–Quizá no nos hayamos cruzado nunca porque tenemos horarios distintos –dice–. A mí me gusta venir por la noche. Está más tranquilo.

–A las siete de la mañana esto parece un pueblo fantasma –consigo decir al fin–. Soy un comprador tempranero.

–Pues claro que sí. Madrugador. Comprador tempranero. Seguro que corres una maratón por la mañana, luego te preparas un zumo con cero hidratos de carbono antes de comprar tus productos orgánicos.

–Una mirada al cadáver abierto de alguien que sufrió malnutrición y tú también comerías sano.

–Quita, quita –dice–. Paso de eso. Prefiero vivir en la ignorancia.

No puedo apartar la mirada de sus calientapiernas. Están cubiertas de ornitorrincos con bocadillos de diálogo. El primero que veo dice: ¿NO HAY PEZONES? NO HAY PROBLEMA.

Beatrice se da cuenta de lo que estoy mirando y baja los ojos.

–Bueno, no esperaba encontrar a ningún conocido. Son mis pantalones repelentes.

–¿Pantalones repelentes?
–Para mantener lejos a los moscones.
–Ah. –No puedo dejar de mirarlos–. Los ornitorrincos son mamíferos, ¿no? –Señalo el texto que he leído, al lado de su cadera–. Y entonces, ¿cómo los alimentan?
Bea sonríe de oreja a oreja, toda ella dientes blancos y chispeantes ojos azul-gris-verde. El mundo oscila ligeramente. Esa sonrisa es peligrosa.
–Las hembras sin pezones alimentan a sus hijos a través de unos pliegues que tienen en la piel del abdomen.
–Ya veo. –Bea ha dicho pezones y me he ruborizado como un colegial. Me aclaro la garganta, tengo las mejillas ardiendo. Cuando despego la mirada de los ornitorrincos, veo que sigue con la cesta de la compra en la espalda, como si la escondiera–. ¿Por qué escondes la cesta?
Bea se pone como un tomate.
–¿Cesta? ¿Qué cesta?
–La que tienes en la espalda.
–¡Ah! –dice, encogiéndose de hombros–. Bah, no es nada.
–Si es comida procesada, prometo no decir nada. No estoy trabajando.
Bea arquea una ceja.
–¿De veras? No veo que hayan pasado muchas horas desde tu último sermón.
–Ah, sí. Es eso de los capricornios, ¿no?
Otra sonrisa ganadora se abre paso en su rostro.
–¡Ja! Has cedido y te has investigado, ¿no?
–No.
Puede que sí lo haya hecho. Brevemente.
–Seguro que sí. –Agita la cesta a su espalda, haciendo una mueca como si le dolieran los hombros–. Bueno –dice alejándose torpemente para mantener la cesta oculta–. Ha sido divertido.
Como me sigue mirando, Bea no ve las cajas de aperitivos apiladas a un lado. Tropieza con ellas y no se cae al suelo porque

la cojo a tiempo de la muñeca. Cuando tiro de ella hacia mí, aterriza contra mi pecho.

–Mierda –exclama, apoyando las manos en mi cintura para recuperar el equilibrio.

Me envuelve su perfume y sus cálidas manos me queman a través de la ropa. Trago saliva, suplicando a mi cuerpo que permanezca frío. Hace un año que no me toca nadie. Eso es todo.

–¿Estás bien? –pregunto.

Bea se incorpora, retrocede rápidamente y casi resbala con una de las bolsas de aperitivos del suelo.

Vuelvo a sujetarla, esta vez por el codo.

–Calma.

–Vale. –Asiente con la cabeza, respirando entrecortadamente–. Vale. Estoy bien.

–Estupendo.

Nuestras miradas se cruzan durante un largo momento antes de que Bea desvíe la suya. La sigo con los ojos y me quedo helado al ver su cesta caída y el contenido desparramado por el suelo de contrachapado de la tienda.

Una docena de magdalenas. Midol para los dolores menstruales. Compresas para la noche. Dos latas de Chef Boyardee. Y...

Madre mía. Es la botella más grande de lubricante que he visto en mi vida.

Bea lanza un grito y se agacha para recoger sus cosas. Me arrodillo a tiempo de recoger las magdalenas y las latas de Chef Boyardee mientras ella guarda los artículos que claramente quiere esconder en el fondo de la cesta.

–Gracias –dice, cogiendo rápidamente lo que le doy mientras intenta sin éxito esconder el lubricante, las compresas y las píldoras para la regla–. Qué humillación...

–Bea –digo acercándome y bajando la voz–. Soy médico. No me va a dar un ataque por ver indicios de tu regla.

Se pone como un tomate.

–Caramba, Jamie. Tenías que decirlo.

–¿Qué? Es algo natural... –Se pone más colorada. Me siento

avergonzado–. Perdona. No quería que te sintieras incómoda. Solo quería que supieras...

–Está bien –replica–. No estoy segura de por qué me pongo así. No me avergüenza tener el periodo. Me he ruborizado por tu... –Respira lentamente y exhala el aire–. Está bien. Vamos a... Vámonos.

Antes de que pueda responderle, nuestros teléfonos pitan a la vez. El mío lo hace con una melodía que viene con el teléfono. El de Bea con la canción *Bad Girls* de M.I.A.

Sacamos el teléfono y lo consultamos.

A Bea se le ponen los nudillos blancos.

–Joder, mi hermana está pisando suelo resbaladizo.

Juliet ha enviado un mensaje de texto al grupo que reza: «¡Bolos en el Alley este viernes a las 9 en punto! He reservado dos pistas. Traed dinero para los zapatos y mucho espíritu competitivo ☺.»

Empiezan a llegar las respuestas. Todo el mundo está disponible como por arte de magia y responde de inmediato.

–Bueno –digo guardando el teléfono en el bolsillo–. Desde luego, no están poniendo muy difícil que queramos vengarnos, ¿verdad?

–Definitivamente no. –Bea suspira y se frota los ojos–. Antes de que nos interrumpieran, te interrumpí yo a ti. Estoy un poco alterada. ¿Qué estabas diciendo?

–Solo que... –Necesito algo de valor y respirar hondo antes de que las palabras me salgan– aunque tú y yo estemos fingiendo, es de cara a los demás. Puedes ser sincera conmigo. Francamente, es más fácil si lo eres.

Arquea una ceja.

–No me pareces una persona que quiera los niveles de sinceridad de Bea Wilmot.

–Reconozco que no soy de los cálidos y acogedores. Respondo con brusquedad aunque no sea mi intención. Sé que empezamos con mal pie y parece que soy totalmente incapaz de no ofenderte, pero no es mi intención, te lo juro.

Bea se muerde el labio y mira al suelo.

–Me siento como si me estuvieras juzgando.

–Yo siento lo mismo contigo.

–No te juzgo. –Me mira a los ojos. Bea da un paso adelante y se detiene–. De veras que no. Vive tu vida de comida sana y ropa planchada. No voy a estropeártela. Pero no me sermonees por ser diferente.

–No es eso. Quizá me cueste expresarme porque soy un poco estirado, pero...

Bea da un bufido y cambia de expresión.

–Lo siento. Sigue.

–Pero si vamos a seguir con esto, quiero que te sientas cómoda conmigo. Puedes contarme que estás con el periodo y comprar compresas delante de mí. No tienes que esconder las latas de raviolis, ni las magdalenas, ni ninguna otra cosa. Y prometo que intentaré con todas mis fuerzas que no te arrepientas de tu sinceridad.

Se hace el silencio entre nosotros.

–Muy bien –dice al fin–. Eso es... –se sorbe el moco y se limpia la nariz–. Eso es genial.

¡Dios mío! La he hecho llorar.

El médico que llevo dentro se hace cargo de la situación, razonando que si sus compras son las oportunas, su cuadro hormonal hace que en esta época del mes sea propensa a llorar por cualquier cosa. Es el momento en que el consuelo (un abrazo cariñoso, una palmada, una comida caliente que no tenga que preparar ella) se acepta con gratitud.

–¿Qué te parece si...? –Las palabras mueren en mi garganta.

–¿Ehmmm? –Levanta la cabeza con los ojos acuosos y la nariz roja por las ganas de llorar.

–¿Por qué no vienes a casa a cenar?

Capítulo 13

Bea

Empieza a preocuparme que esta mañana, al levantarme de la cama, me haya dado un golpe en la cabeza. Quizá no me haya despertado todavía y el día transcurrido no haya sido más que un sueño psicodélico.

Solo que cuando volví del trabajo y oí a mi hermana cantando en la ducha, su hipocresía me produjo una opresión en el pecho que era dolorosamente real. Cuando me escondí en mi dormitorio, tras colgar en la puerta un viejo cartel escrito a mano que dice NO MOLESTAR, para revolcarme en la autocompasión, sentí todo muy real. Y después la punzada que sentí en el estómago cuando la tía Flo nos castigó con su habitual visita mensual también fue incontestablemente real. Lo bastante real para ir a la tienda con los pantalones de ornitorrincos y humillarme delante de Jamie Westenberg.

Jamie Westenberg, que me invita a cenar. Que es... *simpático.*

Es difícil negar que todo ha sido real hasta que tropecé con la pila de aperitivos. Quizá fue entonces cuando me golpeé la cabeza.

–Me estás invitando... a cenar –repito con escepticismo.

Jamie se aclara la garganta y se sube las gafas por la nariz.

–Bueno, sí. Una cena tardía, por desgracia, pero una cena. –Observa mi expresión–. No pongas esa cara. Sé cocinar, ¿sabes?

–Tranqui, señor West. Acabo de sufrir una experiencia traumática. Esto es un giro de ciento ochenta grados.

Le tiembla la barbilla. Se ajusta el reloj hasta que la esfera queda en el centro de la muñeca.

–Solo estoy siendo práctico. Si vienes conmigo ahora, podrás ponerte cómoda mientras yo preparo algo de comida. Luego podemos hablar de la estrategia de esta relación de pega a la luz –se golpea el bolsillo donde lleva el teléfono– del último giro de los acontecimientos.

Me miro los pantalones de ornitorrincos con un nudo en el estómago que me duele más que la menstruación. Soy un imán para los desastres y seguro que mancho su impoluta cocina. Discutiremos. Me hará sentir aún más mierda después de este día de mierda. Además, ni siquiera sé por qué me invita. Quizá sienta lástima por mí, una tontaina que va de acá para allá con artículos para el periodo y unos pantalones llenos de mamíferos acuáticos que hablan.

No, no necesito tanta energía en mi vida.

–No tienes por qué cargar conmigo –arguyo–. Estoy segura de que estarás cansado. Has trabajado todo el día.

Se quita una microscópica pelusa del jersey. Está tan inmaculado como esta mañana. ¿Vivirá en un limbo de perfección? ¿Tendrá ropa igual para cambiarse a mitad del día?

Mierda, ahora imagino que se desabrocha la camisa. El algodón liso resbala por sus fuertes pectorales y firmes músculos...

–También tú has trabajado –dice, reventando la burbuja de mis lujuriosos pensamientos.

Es cierto. Toni y yo casi nos desmayamos cuando cerramos Edgy Envelope.

–Sí, pero yo vendo artículos de papelería. Tú salvas criaturas.

Jamie casi esboza una sonrisa.

–He pasado nueve horas mirando una pantalla.

–¿Trabajo de administración? ¿No tienes personal que lo haga por ti?

–Lo tengo y es muy bueno. Pero se trata de Educación Médica Continua, un programa en el que tengo que entrar para mantener la licencia y seguir estando cualificado para ejercer la medicina. –Se aclara la garganta–. En cualquier caso, esta próxima semana la tengo ocupada al máximo. Y al final nos esperan los bolos, a los que supongo que iremos...

–Oh, claro que iremos –digo–. ¿Eres bueno?

Levanta un hombro. Señor, hasta sus encogimientos de hombros son admirables.

–Pasable.

–Excelente. Entonces no tendremos que hacer trampas.

Su boca se tuerce para sonreír a medias.

–No tendremos que hacer trampas, no. Tampoco sé hacer trampas a los bolos. Pero si queremos tener la posibilidad de pasar por una pareja en ciernes y no solo por un sólido dúo de bolera, es la única noche en que podría consolidar nuestras relaciones, porque el resto de la semana lo tengo muy ocupado. Lo siento, no siempre es así.

–Está bien. Yo no... –miro alrededor y bajo la voz, porque conociendo mi suerte seguro que si hablo más alto Jules y Jean-Claude saldrán de detrás del estante de las conservas y nos estropearán el plan– no soy realmente tu novia. No me debes tiempo ni explicaciones.

Mira a otro lado.

–Vale. Solo quería decir... que es... lo que he dicho...

No sé por qué alargo la mano hacia él, pero es que me siento culpable, como si lo hubiera malinterpretado o él me hubiera entendido mal a mí. Está esforzándose por mantener esta conversación. Si alguien puede empatizar con él, soy yo.

Como persona autista, me cuesta un riñón desenvolverme en un sistema social que no es intuitivo. Un sistema cuyas normas he tenido que aprender y cumplir mejor o peor sin romperme por dentro. Es más difícil con personas desconocidas, pero a veces lo es más con la gente que conozco y quiero. Algunos días, no importa a quién tenga delante, me cuesta mucho, tal como creo que le está costando a Jamie ahora.

Así que alargo el brazo y mis dedos rozan los suyos. Le cojo la mano y la aprieto suavemente.

–Lo siento. No quería dejarte sin palabras. Has sido muy considerado al explicarte. No debería cagarla así.

La tensión desaparece de sus hombros.

–No quiero que pienses que espero que te ajustes a mi horario. No siempre es tan exigente.

La amabilidad de sus palabras me sobresalta. Me aparto y aprieto los puños, como si así fueran a apagarse las chispas que danzan bajo mi piel.

–Gracias, muchas gracias. Pero, como sabes, todos los de la papelería están dispuestos a cambiar el turno y a sustituirme si hace falta, así que tengo flexibilidad. No me importa ajustarme a tu agenda cuando necesites que lo haga.

Parpadea rápidamente y en su frente se forma un surco, como si mis palabras lo hubieran confundido.

–Bueno... gracias. –Vuelve a apoyar las manos en el asa del carro de la compra. Veo que sus nudillos se ponen blancos–. Vale. Entonces, ¿te parece que cotejemos?

No llego a oír toda la frase. «¿Te parece?». Suena sacado de los romances históricos que tengo en la mesilla de noche y sonrío. Sujeto la cesta con más fuerza, sin importarme que todo el mundo vea mi lubricante extragrande y las compresas nocturnas.

–Creo que sí.

Cuando Jamie cierra la puerta de su piso detrás de mí, dos gruesas bolas de pelo se nos acercan emitiendo miaus que parecen gritos de dolor. O quizá estén muertos. Y nos persigan. Gatos zombis. Eso es. Además, tienen ese balanceo típico de los no muertos.

–¿Qué ocurre con esos peludos? –pregunto.

Jamie pasa por delante de mí con las manos cargadas de bolsas reutilizables (por supuesto) y las deja con cuidado sobre la encimera. Los gatos pasan por mi lado y se enroscan en sus piernas, lanzándome miradas de recelo.

–¿Qué ocurre con ellos? –dice.

Los miro con cautela. Uno es gris y con ojos azul claro y el otro blanco y con iris color verde menta. Ambos me miran fijamente.

–Parecen un poco... ¿hostiles?

–No creo. Son señores de trato fácil.

Jamie saca los artículos de una bolsa y los coloca ordenadamente sobre la encimera.

–¿Los tienes desde que eran recién nacidos?

–No. Son una adquisición reciente.

–Así que son gatos viejos del refugio que nadie quería y estaban a punto de ser sacrificados.

Madre mía, si ha rescatado a los gatos...

Jamie carraspea y dice:

–En cierto modo, sí.

Maldita sea. Primero es médico de niños. Ahora rescata gatos zombis en su momento de mayor necesidad. Puaf.

Y entonces todo empeora. Se levanta el jersey para quitárselo por la cabeza, revolviendo la marea de olas bronceadas. Se alisa el pelo, se desabotona los puños y se sube las mangas de la camisa. Abre el grifo y se frota las manos de una forma que puedo asegurar que es su costumbre, mirando al vacío, siguiendo un orden de gestos que revela venas y tendones bajo una fina capa de vello color rubio bronce. Me tiemblan las rodillas.

¡Por Dios, saca fuerzas, Beatrice!

Me acerco al fregadero para lavarme las manos después de él y me pongo a limpiar los alimentos.

–Ya me ocupo yo de esto –digo–. Tú ocúpate de la cocina.

Frunce el entrecejo.

–¿Estás segura? No te encuentras bien y...

–Jamie –digo, dándole un caderazo–. He sufrido esto todos los meses durante catorce años. Soy una profesional. Hacer algo es una buena distracción. Y te prometo que no voy a tirar nada. Ni a romper vasos ni a derramar ningún líquido. Solo lavaré las verduras. Estoy bien. Anda. Cocina.

Buscándome la mirada, hace otro de sus caballerosos ademanes afirmativos.

–Si insistes –dice y se vuelve hacia la nevera con un puñado de productos perecederos.

Y no miro su trasero, firme, redondo y respingón bajo los pantalones carcas sin arrugas.

Bueno, no mucho rato.

El gato gris me bufa. Me ha pillado con las manos en la masa.

Tengo que enfriarme. Tengo que dejar de pensar en la extraña atracción que siento por Jamie. ¿Y si es mi fantasía húmeda de un cuerpo de atleta con gafas de montura plateada a lo Gregory Peck y encima guapo? ¿Y si lo es porque se ocupa de los niños y rescata gatos geriátricos y dice chorradas adorables como «¿te parece?» o «si insistes...»?

Es mi opuesto, tan diferente de mí que resulta cómico. No tiene sentido soñar despierta que me pongo de rodillas y convierto a don Limpio y Pulido en un malhablado despeinado. La fantasía tiene que parar.

Aunque mi mente ha decidido que es hora de echar el freno y desistir de comerme a Jamie con los ojos, estos no han recibido la orden. Lo recorren hambrientos. Sus anchos hombros. Los músculos de su espalda destacando bajo la camisa cuando rebusca en la nevera. Su increíble trasero y esas largas, largas piernas.

–¡Ay! –exclamo mirando al gato blanco, que ha clavado sus uñas en mis pantalones de ornitorrincos–. Vale –le digo–. ¡Lo he pillado!

Bufándome mientras retira las uñas, el gato me evalúa con una amenazadora mirada verde. Si pudiera levantar la patita y hacer el gesto de «te vigilo», lo haría. Como represalia, le saco la lengua. Se vuelve con una pirueta, levanta el rabo y me enseña el culo. Estoy segura de que lo ha hecho intencionadamente.

–Los gatos son muy territoriales, James.

Cierra la puerta de la nevera y se pone en cuclillas. Joder, qué mierda. Los músculos de sus piernas estiran los pantalones. Tengo que mirar a otro lado para no fijarme en sus muslos.

De espaldas a Jamie, oigo el suave ronroneo de los gatos y el leve rumor que produce Jamie cuando les rasca bajo la barbilla.

–Solo son viejos y tienen sus manías –dice, poniéndose en pie y acercándose a la encimera.

–¿Y por qué los adoptaste?

Jamie frunce el entrecejo mientras se concentra en desempaquetar los últimos artículos.

–Hay demasiados gatos sin hogar y, éticamente, es razonable que los primeros en ser adoptados sean aquellos cuyas vidas están acabando. Un gesto práctico.

Reprimo una sonrisa.

–Por supuesto. Práctico.

–Precisamente. –Se hace el silencio entre nosotros mientras rebusca entre los artículos que ha dejado en la encimera–. Y... me encontraba un poco solo.

Se me hace un nudo en el estómago. Lo miro. El agua me baña las manos y el pimiento verde que estoy lavando.

–Yo me compré el erizo también porque me encontraba sola.

Mira hacia mí pero evitando mis ojos y coge suavemente el pimiento.

–¿Un erizo? Parece peligroso. Con todas esas púas.

–En la superficie puede que Cornelius parezca peligroso. Pero las superficies punzantes a veces esconden entrañas muy tiernas.

Jamie me mira a los ojos.

–¿Y eso cómo lo supiste?

–Con el tiempo –digo–. Y paciencia. Y baños de burbujas.

Casi rompe a reír, pero el sonido queda ahogado en su garganta, cálido y gutural.

–Baños de burbujas, ¿eh? Ojalá a mí me funcionara, pero estos dos no quieren ni oír hablar de baños.

–¿Os lleváis bien? –pregunto.

El gris me mira con ojos asesinos. Luego me enseña los dientes. Siento un escalofrío.

–Pues sí –dice Jamie, apartándome de las mortales amenazas telepáticas del gato–. No parece importarles que trabaje muchas horas. Dejo la calefacción al máximo y tienen cama en las ventanas que dan al sur para que puedan dormir al sol todo lo posible. Parecen bastante felices cuando estoy en casa.

–Duermen contigo, ¿verdad?

Casi esboza una sonrisa.

–Puede que a veces nos acurruquemos juntos en la cama.

Mientras dejo los últimos comestibles limpios en un papel para que se sequen, observo en Jamie, que está colocando los ingredientes, el orden exacto de sus movimientos. Todo en él parece preciso y meditado. Siento curiosidad por saber si habrá un lado salvaje escondido en uno de esos bolsillos emocionales. Me dan unas ganas adolescentes de descubrirlo.

–Parece que estás planeando algo –dice, sacando un libro de cocina de una estantería–. ¿Estrategias para lo que nos espera?

–Algo así.

Nuestras miradas se cruzan. James aparta antes la suya y carraspea.

–Bueno, ¿por qué no descansas un rato?

–Prefiero comerme una magdalena.

Reprime algo que iba a decir y vuelve a carraspear.

–Si no hay más remedio... Aunque te advierto que si te la comes en el sofá, Sir Galahad y Hada Morgana acudirán a buscar una parte.

–Perdona, ¿cómo los has llamado?

Entonces ocurre. Ocurre de veras. Jamie sonríe. Una sonrisa suave, leve y ladeada, pero ahí está. La veo desplegarse y mi corazón se transforma en un globo dorado que explota y derrama una lluvia de chispas doradas en mi pecho.

–De pequeño me fascinaba la leyenda de Arturo –dice, pasando las páginas del libro de cocina–. Siempre quise tener gatos para llamarlos Sir Galahad y Hada Morgana. Pero solo nos dejaban tener perros con aburridos nombres como Bruno y Jasper...

–*¿Jasper?*

–No me mires así. Yo no se lo ponía. Estos gatos son los únicos a los que he bautizado personalmente.

Lo miro con las últimas chispas doradas aterrizando en mis costillas.

–Es adorable.

–Es un poco infantil, pero me hizo feliz.

Se encoge de hombros. He decidido llamarlo Jamie Encogimiento. Aunque uno elegante.

Abro la caja de las magdalenas, saco dos y dejo una delante de él.

–Brindo por eso –digo, chocando mi magdalena con la suya y dándole un buen bocado a la mía–. Más vale tarde que nunca, hay que hacer que los sueños infantiles se hagan realidad.

Mira la magdalena frunciendo el entrecejo.

–No como dulces antes de la cena. No estoy juzgándote. Aunque no deberías... Es malo para el sistema endocrino.

–He enseñado a mi sistema endocrino a aceptarlo. –Sonriendo con la boca llena, lamo el glaseado que se me ha quedado en la comisura de la boca–. Son maravillosas si quieres mantener el páncreas alerta. No te obligaré a saltarte las normas, pero si lo haces, no se lo diré a nadie.

Jamie me observa la boca y a continuación me mira a los ojos. Veo la duda reflejada antes de decidirse.

–Bueno –dice al fin, quitando cuidadosamente el papel–, supongo que una magdalena antes de cenar no me hará daño.

–Ese es el espíritu.

Sonríe. Con esa sonrisa suave y ladeada que de nuevo llena mi corazón de chispas de oro.

–Tengo la sensación de que vas a ser una mala influencia, Beatrice.

–Ah, James –digo, con la lengua impregnada de dulce crema de mantequilla–. Ahora sí que lo has pillado.

Capítulo 14

Jamie

Dios cuida de mí el viernes, porque ningún paciente llega tarde ni las consultas de la tarde se alargan y, cuando por fin puedo irme a casa, el reloj de muñeca me asegura que no llegaré tarde a la bolera.

Tras darme una ducha muy caliente y cambiarme de ropa, recojo lo que necesito, me pongo una chaqueta y corro escaleras abajo. Vuelvo a mirar el reloj, las ocho y media. Tiempo suficiente para pasar a buscar a Bea e ir en taxi juntos al Alley.

JAMIE: Voy camino de tu casa. ¿Puedo pedir un taxi?

BEA: Sí, estoy lista.

JAMIE: ¿De verdad estás lista del todo?

BEA: Si quieres decir que como soy chica no puedo estar preparada a tiempo, eres muy sexista.

BEA: Ahora que lo pienso, ¿por qué no pides el taxi para las 8:50?

Tras pedir el taxi, me guardo el teléfono en el bolsillo y paseo hasta casa de Bea disfrutando del frescor de las lilas y de las pálidas vetas rosadas del crepúsculo. Bea me abre la puerta en cuanto llamo al telefonillo.

Llego al rellano dos tramos de escaleras más tarde. Tiene la puerta abierta y suena una suave música funk, junto con un débil golpeteo cuyo origen no consigo imaginar. Cierro la puerta y rápidamente descubro el motivo.

–Hola –dice Bea. Tiene algo metido en la boca. Salta sobre un pie y da un fuerte taconazo en el suelo–. Malditas botas.

Me gustaría decir que estoy mirando las botas, pero no es así. Estoy mirando sus piernas (piel pálida, largos músculos). La curva de sus pantorrillas, el flexible músculo del muslo, que desaparece bajo un amplio vestido negro con un diseño de flores diminutas.

–No te preocupes –dice, malinterpretando mi silencio–. Llevo un pantalón corto debajo. Tu falsa novia no va a enseñar el culo esta noche.

–Bueno –digo con voz ronca.

No se da cuenta. No deja de masticar mientras sigue dando taconazos en el suelo.

–Ven. –Estrecho el espacio que nos separa, me arrodillo y me doy palmadas en el muslo. Bea no hace nada y levanto la cabeza–. ¿Bea?

Se saca de la boca lo que ahora reconozco como medio *bagel* de semillas (a juzgar por las de sésamo y amapola que me caen encima). Bea parpadea lentamente.

–Yo, verás... no quiero ensuciarte los vaqueros. ¿Son vaqueros? ¿De veras? ¿O son de vestir con aspecto de vaqueros?

La fulmino con los ojos entornados.

–Muy graciosa.

–¡Hablo en serio! ¡Eh! –chilla cuando levanto su pie y me lo pongo sobre el muslo–. Ni siquiera había podido imaginarte con tejanos. Jamie con tejanos es como Bea con poliéster. Inconcebible.

–Llevo vaqueros, Beatrice –murmuro, tirando de los cordones–. Esto es un lío. ¿Cómo pensabas meter el pie sin deshacer los nudos?

–Pura determinación –dice sin dejar de mordisquear el *bagel*.

–Mmmm. Está claro que es un sistema que te funciona.

–Ya salió don Mojigato.

Tiro de los cordones con más fuerza de la necesaria, haciendo que Bea se tambalee y tenga que ponerme una mano en el hombro para no perder el equilibrio. De repente está más cerca, abierta de piernas, con el pie apoyado en mi muslo. Mi cara está al nivel de su pubis y es demasiado fácil dejar volar la imaginación. Levantarle el vestido hasta las caderas, poner una de sus piernas sobre mi hombro y enterrar la cara en su...

–¿Todo bien ahí abajo? –pregunta.

Desvío la mirada, rezando para que mis mejillas no estén de color rojo subido mientras aflojo los cordones.

–Solo sorprendido de que no hayas roto nada saltando a la pata coja –digo cuando el pie entra suavemente en la bota–. Algunas cosas no deberían forzarse. –Dejo un pie en el suelo y cojo el otro para repetir la operación–. Por ejemplo, las botas de combate que tienen la misma elasticidad que mis camisas de vestir.

–Bueno, al menos tú te conoces a ti mismo –dice–. ¿Has venido corriendo? Estás jadeando.

Estoy a punto de decirle: «Jadeo porque estoy de rodillas ante ti y no me siento incómodo en esta postura».

–He trabajado hasta tarde –digo–. Así que tuve que correr un poco. Pero estoy bien.

–¿Los consultorios médicos no cierran a la hora de cenar?

Vacilo un momento y Bea intenta retirar el pie. Se lo impido, cogiéndola por el tobillo, y no paso por alto la calidez de su piel bajo mi tacto.

–Hago turnos rotativos con unos cuantos médicos que ofrecen cuidados gratis en refugios de la ciudad por las noches. Esta última semana me ha tocado a mí.

Bea abre unos ojos como platos.

–Oh. Vaya.

Contengo la respiración, esperando algún cumplido irónico sobre mi superioridad moral. Pero no oigo nada. Levanto los ojos hacia Bea y me está mirando con curiosidad. Se introduce en la boca el resto del *bagel* y se frota las manos. Me sacudo las semillas que aterrizan en mis vaqueros.

–Lo siento –dice, chupándose el dedo y utilizándolo para recoger las migajas que le han caído en el pecho.

Me obligo a mirar a otra parte.

–¿Por qué no me lo dijiste? –dice–. Me refiero a eso del turno médico nocturno. Parece uno de esos datos esenciales que deberías haber comentado mientras comías magdalenas.

Enhebro los cordones por los agujeros de la primera bota, termino y me pongo la otra en el muslo.

–No parecía importante para nuestro acuerdo.

Le rodeo el tobillo con la mano y le rozo el talón de Aquiles cuando le acomodo la bota.

Bea respira hondo.

–Me sobas mucho por ahí, matasanos. No estoy aquí para que me hagas una revisión.

–Pues no sería mala idea –digo, estrechando los nudos–. Como he dicho, puede que hayas sufrido algún traumatismo en los pies por querer calzarte unas botas que no estaban suficientemente abiertas. –Le aprieto el tobillo con fuerza–. El maléolo posterior está bien. El peroné... El maléolo medial también. Maléolo lateral... –Le aprieto la parte tierna del pie con el pulgar y lo deslizo hasta la espinilla–. El astrágalo... está como nuevo.

Me mira con los ojos entornados.

–Qué macarra. Apuesto a que así es como lías a las señoras, con esa actuación de doctor McSueño.

Termino de anudar los cordones con dos fuertes lazos dobles. Y antes de que pueda decirle que nunca he tocado a una mujer con tanto detallismo y que nunca quise sentir la paradójica fuerza y fragilidad de sus huesos, suena mi teléfono. Lo saco del bolsillo y leo el mensaje.

–Ha llegado el taxi –digo.

Bea baja el pie de mi muslo.

–Vamos, James –dice, corriendo hacia la puerta y apagando el equipo de música. Coge una cazadora motera negra y luego un bolso color amarillo canario y salimos–. Vamos a patear el culo de algún casamentero.

Por suerte, el Alley es un local anticuado y no una de esas boleras automatizadas con tecnología de destellos en la oscuridad. No lo soportaría. No tengo estómago para espacios así. Son como un disparadero de mi ansiedad.

–Recuerda –susurra Bea, que avanza a mi lado–. Cíñete a la verdad todo lo que puedas. Respuestas cortas. Ambos estamos enfadados con ellos.

–Para eso no habrá que fingir –murmuro.

Me lanza una mirada cómplice. Es brillante y auténtica y hace que una corriente de *algo* zumbe por mis venas. Levanto la mirada y veo a Jean-Claude dirigiéndose hacia nosotros.

–Voy a buscar unos zapatos –dice Bea, alejándose.

Como no estoy listo para enfrentarme al traidor, me centro en mi bolsa, me siento y me ato los zapatos de bolos. Advierto que Jean-Claude me mira, pero como sé que mentir no es uno de mis fuertes, me quedo callado, esperando a que sea él quien haga el primer movimiento.

–Has traído zapatos –dice.

Levanto la cabeza sin dejar de atármelos.

–Pues claro, he traído los míos. No me hagas hablar de la dudosa higiene de los zapatos de alquiler.

Carraspea.

–¿Qué tal va todo con Bea?

Me pongo en pie.

–¿Te refieres a la mujer de la cita con la que me engañaste?

–Oh, vamos. Engañar es un poco fuerte. Yo diría más bien...

–¿Manipular?

–Iba a decir «maniobrar». –Se encoge de hombros–. En cualquier caso, has venido con ella, ¿no?

–Sí, Jean-Claude, he venido con ella. –Inspecciono las bolas que hay al lado y busco una que le vaya bien a Bea. No es baja, pero tampoco alta. Necesita una del tamaño adecuado para su mano. Las hay de color rosa fuerte y negro clásico. Entonces encuentro una que es como una canica (color crema con espirales de agua, coral y amarillo canario, como las florecillas de su vestido de esta noche). Elijo esa.

Cuando levanto la vista, Bea vuelve con sus zapatos en medio del estruendo de bolas que chocan contra bolos. Anda con un paso rápido y despreocupado que me hace reír sin razón alguna. Ojos entornados, balanceando los brazos. Está ausente, pensando en otra cosa.

–Conozco esa expresión –dice Jean-Claude.

–¿Qué expresión? –murmuro sin dejar de mirar a Bea.

–La de un hombre que cae en la red –dice, como si yo conociera la experiencia–. No tienes que hacerte el indiferente conmigo, West. Sé lo atractiva que puede ser una Wilmot.

–Una mujer –corrijo.

–¿Qué diferencia hay? –dice, agitando una mano.

Estoy pensando qué responder cuando veo a Juliet acercarse a Bea, que se ha sentado y se quita las botas sacudiendo las piernas para ponerse los zapatos de bolos. Juliet habla con ella y los hombros de Bea se tensan mientras su hermana continúa hablando. Cuando mira en mi dirección, su expresión es tensa. No sé si eso significa que quiere que me acerque o no, pero prefiero pecar de cauteloso.

–Disculpa –digo a Jean-Claude.

Me planto al lado de Bea con rápidas zancadas y la conversación se detiene. Un silencio incómodo cae entre los tres.

–Toma –digo, ofreciendo a Bea la bola que parece una canica–. Juliet. –La saludo con la cabeza.

Juliet me mira fijamente.

–Hola, West.

–¿Me has traído una bola? –pregunta Bea.

–Sí. Creo que es el tamaño idóneo, pero pruébala a ver.

Se pone en pie y mira la bola que llevo en la mano.

–Gracias, Jamie.

–Si prefieres otra, puedo ir...

–No –dice cogiendo la bola y acariciándola con los dedos–. Es perfecta.

La miro a los ojos, noto la tensión que irradia su cuerpo.

–¿Todo bien? ¿Necesitas algo?

Frunce levemente el entrecejo, pero enseguida recupera la tersura de la frente.

–Sí. Pero me basta con un trago. ¿Vodka con zumo de arándanos? Gracias –añade, dándome un golpecito con el hombro.

Juliet está en silencio, mirándose los zapatos mientras Bea sujeta con fuerza la bola.

–Enseguida vuelvo –digo, esperando animarla.

«Estamos juntos en esto», le dije en el taxi.

Y ahora me doy cuenta de cuánta razón tenía.

Capítulo 15

Bea

James se aleja, pero antes guarda su bola y al pasar me pone en el hombro una mano cálida y firme. Aunque es un toque ligero, hace que me sienta mejor. Me recuerda que cuando llegamos al Alley, se volvió hacia mí y me dio con las rodillas, impidiéndome abrir la puerta. Dijo: «Cuando estemos ahí y todo el mundo nos bombardee, no olvides que estamos juntos en esto».

Su sinceridad me aceleró el corazón y abrí la puerta del taxi antes de cometer una ridiculez, como abrazarlo sin que haya público para verlo. Porque esa sería una pésima razón para abrazar a Jamie Westenberg.

Ahora, al verlo desaparecer por la esquina, camino del bar, me alegro doblemente por no haberlo hecho. Nuestra dinámica necesita estar claramente definida en mi cabeza. Esto es fingir. Es construir un engaño. La última relación que tuve estuvo construida también sobre un engaño y, joder, sí que fingí un montón. Fingí ser feliz. Fingí que me sentía amada. Fingí que estaba bien. El engaño era primordial para Tod. Retorcía las cosas y deformaba la verdad y, para sostener nuestra relación, tuve que creerme esas mentiras. Esta vez es diferente. Esta vez sé la verdad. Esta vez la mentira es una de mis condiciones.

–¿Bibí? –La voz de Jules me devuelve al presente–. ¿Me has oído?

La miro balanceando la bola.

–No, lo siento.

–He dicho que has estado muy distante toda la semana. No nos hemos visto ni una sola vez.

Ha sido a propósito. Y os digo que se necesita habilidad para esquivar a tu compañera y gemela cuando vives con ella en un piso de ochenta metros cuadrados.

–He estado ocupada –respondo.

–Bueno, vale. Esperaba que pudiéramos hablar ahora, ya que no hemos podido antes.

Suspirando, dejo la bola al lado de la de Jamie.

–Vamos –digo, señalando con la cabeza el lavabo de señoras–. Tengo que hacer pis. Vayamos y hablemos.

Detrás de mí, Jules se apresura a ponerse a mi altura.

–Estás enfadada conmigo.

–Sí, Jules. No me gusta que me mientan.

Jules se ruboriza.

–Lo siento, Bea. Sé que fue algo retorcido. Pero no se me ocurría otra forma de que dieras una oportunidad a West. Intenté hablar contigo en el trabajo, pero estabas tan en contra de él que esto es lo único que se me ocurrió...

–¿Así que tú y nuestros «amigos» me habéis manipulado? –digo con voz cortante, deteniéndome en seco y volviéndome súbitamente en el pasillo que conduce al baño–. El engaño en grupo es realmente una putada...

–¿Qué? –Jules levanta las manos–. No, no. Nuestros amigos no tuvieron nada que ver en esto.

–Sí, claro. El día de la fiesta no parabais de juntarnos.

–Bueno, en la fiesta sí –admite–. Pero cuando Jean-Claude os encontró en el armario y todos vieron lo incómodos que estabais, se sintieron fatal. Desde entonces todo ha sido cosa mía... Bueno, y de Jean-Claude.

–Joder, estoy muy confusa.

Mirando el suelo, Jules se frota la frente y suspira.

–Lo que dije en Edgy Envelope la semana pasada era verdad, que los amigos lo aprueban. Pero no han estado metidos en nada desde la fiesta. Cuando conseguí que quedarais delante de Boulangerie, les dije que tenías una cita, pero no las circunstancias. No quería que nadie te obligara a ir al trabajo o te invitara a hacer otra cosa y te diera una razón para rechazarlo. Así ha sido. Lo prometo.

Se me forma el vacío en el estómago. La piel se me cubre de sudor frío.

–Entonces... ¿no tienen nada que ver con todo el cuento de los mensajes y la cita?

–No –dice Jules con firmeza, mirándome a los ojos–. Nada que ver. Nadie lo sabe salvo Jean-Claude y yo. Y nunca lo sabrán, te lo juro. Reconozco que he ido un poco lejos, pero, maldita sea, Bea, créeme.

–Me engañaste. No mereces que te crean.

Jules alarga las manos.

–¡Porque no atendías a razones!

–¡Era decisión mía!

–Muy bien –grita–. Tienes razón, ¿vale? Debería haberte dejado seguir enfadada y desgraciada.

–Mejor que ser pasivo-agresiva y manipuladora –respondo.

Un silencio incómodo se instala entre las dos mientras asimilo todo esto. Todos mis amigos creen que Jamie y yo hemos salido juntos voluntariamente. No se trata de una intriga colectiva. Ha sido la petarda de mi hermana y el petardo de su novio, que se han entrometido donde no debían.

Durante un momento pienso en mandar al infierno todo este plan de venganza, pero ¿sabéis?, estoy cansada de ser un felpudo para toda esta mierda. Cuando Tod y yo terminamos, juré que nunca dejaría que nadie me destruyera ni jugara con mis emociones como él. Y sigo en mis trece. Es hora de que estos imbéciles aprendan una lección.

Jules no se va a ir de rositas solo por no haber involucrado a otras personas en sus maquinaciones. Y vale, mis amigos no estaban en el ajo de la cita, pero incitaron, pincharon y se entrometieron en la fiesta, y estuvieron todo el año pasado (a pesar de asegurarles que no estaba interesada en salir con nadie) poniendo posibles parejas en mi camino.

Quizá mi agravio no sea tan extremo como imaginé al principio. Quizá mi venganza no será tan grande. Pero este grupo tiene que meterse en la mollera que no puede desestimar mis deseos, aunque solo sea porque en el fondo todos quieren que sea feliz. El camino del infierno está empedrado de buenas intenciones. No todos han ido tan lejos como Jules, pero se han pasado de la raya.

–¿Bibí? –dice Jules, sacándome de mis agitados pensamientos.

Me adelanto, entro en el baño, me meto en el primer escusado abierto y cierro la puerta de golpe. La puerta del baño se abre muy poco después y Jules entra en el escusado contiguo.

–Pues sí que estás enfadada –dice, como si eso le hubiera sorprendido.

Respiro lenta y profundamente antes de decir:

–Jules, sé que me quieres. Sé que a tu retorcida manera creías que estabas haciendo lo mejor para mí. Pero no necesito eso. Necesito sinceridad. Necesito que tú y el resto del grupo respetéis que viva mi vida a mi manera, y puede que no se parezca a la vuestra, pero es igual de legítima.

Oigo ruido de pies en el escusado contiguo. Jules se pone a patalear cuando está nerviosa.

–Nuestra intención era buena –dice en voz baja.

Apenas puedo reprimir una risa cínica. No me dice nada nuevo. Ahora aprenderán qué consiguen con su «buena intención».

Cuando salgo, mi hermana ya se está lavando las manos y mirándose al espejo. Nuestras miradas se encuentran en la limpia superficie.

–Lo siento mucho, Bibí –dice–. ¿Estamos en paz?

–Lo estaremos.

Al poco rato asiente con la cabeza, mirándose las manos mientras se las lava.

–¿Puedo hacerte una pregunta? Si estás tan enfadada, ¿por qué has venido con West?

–Porque –aprieto los dientes, detesto decir esto aunque esté mintiendo– no ibais muy desencaminados. Los mensajes funcionaron y quedamos, ¿vale? Vamos a probar. Eso es todo lo que sacarás. –Doy media vuelta y abro la puerta del baño con el hombro y dejo que salga primero.

–¡Eeeh! Genial. Lo sabía. ¡Lo sabía! –Jules gira sobre sus talones y avanza de espaldas, interpretando un horrible baile de alegría para entrar en la bolera–. Vale. Me calmo. Estoy tranquila. –Abre unos ojos como platos al mirar por encima de mi hombro–. Vaya...

–Vaya, ¿qué?

–West viene hacia aquí con una cara de la hostia. Ha... creo que ha empujado a uno que se interponía en su camino y...

–Bea. –Jamie me coge del brazo y me atrae hacia sí.

–¡Jamie! –digo, frunciendo el entrecejo–. ¿Qué haces?

Tiene las mejillas sonrosadas. Y en sus ojos avellana hay un brillo intenso mientras pone mi vaso de licor en una mesa cercana que tiene la altura de la barra.

–Quédate quieta un segundo.

Lógicamente, como me dice que me quede quieta, forcejeo para librarme de su mano.

–Jamie. Suéltame.

–Bea, por favor. Tu...

Me suelto y me alejo a toda prisa.

–Sí, sí, sí –murmuro.

Recojo bola y voy al final de la pista para tranquilizarme. No me gusta que me toquen sin avisar. Es como si sufriera una descarga eléctrica y necesito desesperadamente espacio. Es algo sensorial, pero Jamie no sabe que es algo que me ocurre. No le he explicado mis asuntos sensoriales. Está claro que esto tenía que pasar, considerando que es nuestra primera salida en público. Ya la he cagado a lo grande.

–¡Bea! –susurra Jules, acercándose y procurando no resbalar con los zapatos de bolos–. ¡Espera!

–Juliet –exclamo, levantando la bola hasta la barbilla–. Necesito espacio.

Mientras me vuelvo con la bola en la mano, oigo la voz de Jamie, que grita mi nombre... demasiado tarde. La bola le golpea directamente en la ingle. Lanza una exclamación sorda y áspera. Me vuelvo otra vez y suelto torpemente la bola mientras Jamie se dobla hasta el suelo.

–¡Oh, Dios mío, Jamie! Lo siento mucho... ¡Uff!

Me coge de la muñeca y me acerca hasta donde está. Con un suave movimiento, su cuerpo se pone sobre el mío, clavándome en el suelo polvoriento. Suenan unos bolos cercanos cuando los alcanza una bola. Miro a Jamie atónita.

–Perdona –jadea.

Apoya la cabeza en el hueco de mi cuello, buscando aire. Reconozco su respiración entrecortada, es el sonido universal del varón cuyas partes pudendas sufren. A pesar del dolor que sin duda siente, se mantiene de tal forma que su peso no me aplasta. Pero no es suficiente. Siento el calor que mana de sus ropas, de sus largas piernas y duros músculos. Cada vez que respira sus costillas rozan las mías y una ola de calor me recorre todo el cuerpo.

Trato con todas mis fuerzas de no fijarme en el grueso bulto de su entrepierna, que está pegada a mi pelvis, pero es muy difícil evitarlo. Es un hombre grande y pesado, respira esforzadamente con la boca contra mi piel y mi imaginación insiste en creer que respiraría así después de haberme cabalgado y ocasionado un glorioso y ruidoso orgasmo.

Estoy atónita. Y caliente de la hostia.

Cuando Jamie habla por fin, su voz está más cerca de lo normal.

–¿Te encuentras bien?

–Jo, Jamie. Soy yo quien te ha machacado las partes con una bola de bolera. Creo que debería ser yo quien preguntara. Pero si quieres explicar por qué te has convertido en un novio tan ardiente y me has tirado al suelo, me encantará oírlo.

Se aclara la garganta y se incorpora lentamente. Sus mejillas vuelven a tener un tinte rosáceo.

–Tu vestido, Bea. Estaba... –traga saliva– remetido en los pantalones.

Me pongo colorada como un tomate. Los pantalones en cuestión son como un tanga que me deja al aire medio culo.

Me llevo la mano atrás con torpeza, pero no puedo hacer nada con él encima. Lo miro a los ojos y susurro:

–No alcanzo. Puedes... –digo jadeando y su mano se desliza entre mi espalda y el suelo. Siento el calor de su tacto por debajo del vestido. Jamie saca la tela de debajo del tanga hasta que asoma por la cadera, ocultando mis partes a cualquiera que pudiera estar fisgando. Y cuando miro alrededor, descubro avergonzada que la mitad del público de la bolera está atenta a lo que ocurre.

–Ya estás tapada –dice–. Me he puesto encima de ti porque al revés...

–Me habrían visto el culo todos los presentes y sus abuelas.

El rubor de Jamie se acentúa.

–Pues sí.

Suspirando, le acaricio la mejilla.

–Gracias por arreglar el desaguisado. Eres un auténtico caballero, James. Pero también pesas mucho. Ahora quítate de encima de una vez.

Jamie mintió como un bellaco al decir que jugaba a los bolos pasablemente.

Es un puto animal.

Y yo soy *muy* competitiva.

Con Jamie de mi lado, soy Gollum guardando el Anillo, el emperador Palpatine con Anakin bajo su dominio, Thanos con el Guantelete del Infinito.

Qué despreciable soy.

–Bien –digo. Estoy de pie en un asiento, al lado de la máquina que escupe las bolas, masajeando los hombros de Jamie como un entrenador animando a su principal jugador–. Puedes hacerlo. Puedes hacerlo.

Levanta la cabeza hacia mí y suspira.

–Eres inquietante.

–Querrás decir competitiva. –Aprieto sus hombros con más fuerza–. Soy competitiva. Piensa en el trofeo, James.

James se vuelve balanceando la bola. Ya está muy lejos de aquí el quisquilloso cuatro ojos que conocí. Ante mí hay un hombre flexible y cálido, concentrado devastadoramente en el juego y deliciosamente sudoroso.

Está tan comestible en este momento que lo arrastraría a un rincón propicio del Alley y lo besaría hasta la semana que viene. Sus rizos están despeinados, un mechón de bronce le cae sobre la frente. Lleva las mangas subidas hasta los codos y en su camisa se han formado unas pocas arrugas sexis. El sudor perla su frente y tengo que esforzarme para no imaginarlo sudando, con la cabeza echada atrás por el placer mientras se arroja sobre mí como cuando se me veía el culo, pero esta vez sobre un colchón.

–Bea –dice.

–¿Qué? –Lo miro sin respirar, ruborizada hasta las orejas–. Nada.

–¿Nada? Solo he pronunciado tu nombre.

–Está bien –digo carraspeando.

Jamie no puede saber que me pone cachonda. Tenemos una agenda a la que ajustarnos y tener relaciones sexuales sin amor la mandaría al traste. Quizá con otra persona funcionaría, pero no con Jamie. Lo nuestro es un *simulacro* de flirteo y todo en Jamie proclama a gritos que necesita seis citas *en serio* para hacerle el amor lenta y fervientemente a su pareja. La mirará a los ojos y contendrá el orgasmo durante cuarenta y cinco minutos. Es un amante consumado y generoso. Creo que si le pidiera relaciones quedaría traumatizado. Yo sería una salvaje. No me comportaría como una señora con Jamie. Lo tiraría sobre un sofá con nuestras ropas a medio quitar y lo montaría como a un caballo de rodeo.

–¡Estás retrasando el juego! –grita Margo.

Sula atrae a Margo a su regazo y le hace una pedorreta en el cuello.

–Cállate y déjalos solos. Recuerda nuestros primeros días.

Toni y su novio, Hamza, intercambian miradas cómplices. Jules tiene la osadía de dar un codazo a Jean-Claude y dedicarle una sonrisa de connivencia. Mi cólera se reaviva y llega a un nivel abrasador, como si el regodeo ajeno fuera un barril de pólvora arrojado a las llamas.

–Jamie –digo, apretándole los hombros–. Tenemos que ganar.

–Puede que tengamos alguna posibilidad –dice– si no me partes el cuello con esos apretones.

Contraigo las uñas.

–Lo siento.

–Perdonada –dice, esbozando una sonrisa–. Esta vez no me sigas. A duras penas hemos evitado repetir la acometida anatómica de tu bola, pero esta vez casi te salto los dientes.

Bajo de la silla en la que estaba subida y caigo a su lado con una pose de bailarina de ballet. El suelo es resbaladizo. No me doy un morrón de milagro.

–Solo quería darte ánimos...

–Darme ánimos –murmura–. Retrocede. No quiero hacerte daño.

–No puedo evitarlo. Estoy demasiado emocionada.

Me lanza una larga y dura mirada que me produce un delicioso y pícaro escalofrío en la columna vertebral.

–Beatrice.

Maldita sea, qué voz tiene cuando se pone serio. Es lava que va directa a mis oídos y me baja hasta el fondo del estómago, donde se aposenta y se derrite entre mis muslos. Trago saliva con dificultad.

–¿James?

–¿Quieres ganar o no?

–¿Me lo preguntas en serio?

–No –dice, volviéndose hacia la pista–. Lo digo para subrayar un hecho. Es lo que se llama una pregunta retórica.

Entorno los ojos.

–Qué arrogante...

Entonces me doy cuenta de que me ha distraído a propósito el tiempo suficiente para echar el brazo atrás y enviar la bola volando por la pista. Aterriza con un estruendo.

¡Pleno!

Grito como si hubiéramos ganado los Mundiales, como si fuéramos los Parapléjicos, que llevaban ciento siete años sin comerse una rosca. La adrenalina me corre por las venas. Me pitan los oídos. Mi corazón late cuando corro hacia Jamie y me abrazo a él como un koala que acaba de encontrar su primer eucalipto.

–¡Lo conseguimos! –chillo.

Jamie tensa los músculos para sujetarme y le rodeo la cintura con las piernas. Nuestras miradas se encuentran y si su sonrisa convierte mi corazón en oro líquido, su risa me hace ver el cielo. Es cálida como la miel y resplandeciente, rica y profunda, y tan inesperada que rodeo su cuello con los brazos y aprieto mi cuerpo contra el suyo.

Me sujeta con fuerza, me coge el rostro con la mano y entonces hace lo último que yo habría esperado de don Limpio y Pulido.

Me besa.

Y sabe bien. No, bien no. Mejor. Lo mejor. Un beso inolvidable.

Su boca roza la mía fugaz y suavemente. Nuestras miradas se cruzan un instante y busco ansiosa su boca. Su pulgar se desliza por mi barbilla, su boca saborea la mía con profundos y lentos besos, un débil mordisco en mi labio inferior hace que le ciña la cintura con las piernas. Al hacerlo nuestros cuerpos se acercan más. Jamie respira hondo y baja la mano por mi espalda, apretándome contra él. Introduzco los dedos en su pelo y sus manos recorren mi cuerpo.

Su lengua acaricia la mía, gruñe, un gruñido ronco y profundo, mientras a mí se me escapa una exclamación. Jamie se pone de lado y su boca mariposea la mía suavemente. «Más –dice su beso–. Ábrete, dame más, dámelo todo...».

La caída de unos bolos nos sobresalta y nos separamos.

Jamie me mira con los ojos abiertos de par en par.

–Ah, el amor juvenil –dice Jean-Claude.

Jules suspira con aire soñador.

Los ignoro y miro a Jamie, que tiene una expresión que no soy capaz de interpretar.

–¿Estás bien? –pregunto en voz tan baja que creo que se entera porque me lee los labios.

–Sí –dice, dejándome lentamente en el suelo.

Pero cuando recogemos nuestras cosas y nos despedimos, y cuando esperamos en la fría noche un taxi y compartimos una silenciosa carrera que termina en la puerta de mi casa, tengo la extraña sensación de que Jamie no está bien, en absoluto.

Capítulo 16

Jamie

Estos últimos días he sido un seudonovio horrible. Estoy evitando a Beatrice.

Porque el beso no estaba programado. Bueno, sí, pero no de esa forma. Se suponía que sería un beso carente de emoción. Ensayado. Como dos actores cinematográficos que representan su papel. Y no el intenso choque de cuerpos que se produjo, no ese beso desesperado que me aceleró el corazón y provocó que cada parte de mi cuerpo ansiara cada vez más.

Se supone que una relación simulada no debería ser complicada. Un beso no debería inspirarme pensamientos locos y ridículos sobre que Bea me besaba de verdad cuando lo hizo. Esta situación escapa a mi control.

–¡Doctor West! –Luca, un paciente de siete años, me saluda con la mano cuando Ned lo lleva a la consulta para comprobar sus constantes vitales.

–Hola, Luc –digo, guardando el teléfono en el bolsillo. El teléfono con el que desde luego, y por enésima vez desde que nos separamos el viernes, no pienso enviar un mensaje a Bea–. ¿Has atrapado a algún malvado últimamente?

–¡Diez! –exclama con vehemencia–. Utilicé mi máquina destructora de villanos. –Se levanta la camisa, dejando al descubierto la bomba de insulina que le puse hace unas semanas.

–¡Guau! –dice Ned, rodeando el brazo de Luca con el manguito del esfigmomanómetro–. Será mejor que lo mantengas a salvo. No podemos dejar que los malos se acerquen a tu máquina destructora.

Acariciando la bomba como un vaquero acariciaría la funda de su pistola, Luca sonríe.

–Créeme, la tengo bajo control.

–Se le da muy bien cuidar de su máquina destructora de villanos –dice la madre de Luca–. Y yo me siento mucho mejor sabiendo que Luca lo hace bien. Ahora sé que está a salvo.

–Y tú también estás a salvo, mamá –dice, agitando las piernas en la silla mientras Ned le quita el esfigmomanómetro–. No te preocupes.

Una sonrisa se abre camino en mi rostro. No hay nada como los niños. Su inocencia y calidez. Su ingenua transparencia. Me resulta mucho más fácil tratar con ellos que con adultos. Porque con los niños no hay una agenda oculta, solo sus ideas y sentimientos sinceros. Al contrario que los casamenteros y muchos adultos, a los que no parece preocuparles manipular a personas y situaciones a su gusto.

La culpa me agría el estómago. ¿Estoy tratando a Bea mejor que todos esos entrometidos con mi silencio? Tres días después del beso en la bolera, ¿se estará preguntando por qué este silencio? Claro que ella tampoco ha dado señales de vida. Quizá sienta alivio de que no le escriba.

Peor aún, quizá no le importe en absoluto.

–Vale, chaval –dice Ned–. Todo está bien. Volvamos a tu habitación para que descanses.

Levanto la cabeza y miro a Luca.

–Nos vemos pronto, ¿de acuerdo, Luc?

El niño sonríe cuando sale con su madre y Ned.

–De acuerdo, doctor West.

En cuanto doblan por el pasillo, camino de la habitación, el teléfono me vibra en el bolsillo.

BEA: Todavía no hemos salido juntos de verdad y ya me estás evitando. Podría decirte que estoy decepcionada, pero sinceramente solo estoy impresionada.

Se me escapa un gruñido. No puedo hacerme el sueco. No *debería* hacerme el sueco.

JAMIE: Soy un desastre.

BEA: Qué va. Solo estás asustado porque el mejor beso de tu vida te lo dio tu novia de pega.

No tiene ni idea.

Me quedo mirando el teléfono pensando una respuesta que no le haga salir corriendo. Porque si fuera sincero, le diría: «*Bueno, ahora que lo has dicho, Bea, el hecho es que ha sido el mejor beso de mi vida. Besándote quería hacer cosas que nunca me he permitido ni concebir siquiera. Estaba a treinta segundos de arrastrarte a un rincón infestado de gérmenes de esa vieja y polvorienta bolera, levantarte el vestido y...*».

El teléfono zumba de nuevo.

BEA: Vale, te he asustado, ¿no? Yo me limité a dar un beso.

BEA: Maldita sea, quiero decir que NO ERA EN SERIO.

JAMIE: Beatrice, lo siento. Esto es asunto mío.

BEA: ¿Qué quieres decir? ¿Qué asunto?

Le debo algo más que esta explicación vaga e incompleta. Le debo más que una disculpa. Pero saber qué decir y cómo decirlo no son mi fuerte.

Contengo la respiración y aprieto el teléfono, suplicando a mi cerebro que desenrede todo el lío que tengo dentro. Mi corazón se acelera. Empiezo a sudar. Cada segundo que pasa hace más daño, pero no puedo...

–Doctor West –llama Gayle.

Doy un respingo y golpeo con el codo el ordenador donde he estado tomando notas de los pacientes, llenando la pantalla con una ristra de caracteres al azar. Las selecciono, las borro y guardo el documento.

Unos pasos rápidos me obligan a volverme hacia la entrada de mi cubículo.

–¿Qué puedo hacer por ti, Gayle?

La jefa de administración me mira con una amplia sonrisa y cálidos ojos castaños.

–Mejor explícaselo a esta encantadora joven.

Sigo la mirada de Gayle y me quedo pasmado.

–¿Bea?

Allí está, dando un taconazo con las botas que llevó al Alley, las que até apoyadas en mi muslo, ella con las piernas abiertas delante de mí…

Mala asociación de ideas.

Carraspeo. Me rocío tres veces las manos con el desinfectante y me las froto. Abro la puerta de mi lado de la sala de espera y le indico con la mano que se acerque.

–Entra, Bea.

Bea avanza, dirigiendo a Gayle una de sus peligrosas sonrisas.

–Encantada de conocerte –dice.

–¡Lo mismo digo, cielo!

Gayle me hace un gesto cómplice con las cejas cuando Bea se cruza conmigo.

Cuando se detiene al otro lado de la puerta, me quedo mirándola. En la mano lleva…

–¿Me has traído té?

Levanta un vaso con tapa.

–Gunpowder verde o lo que tomaras en Boulangerie. Y ese bollito con sabor a limpiasuelos que te gusta.

–¿Por qué?

Bea mira hacia recepción. Los tres empleados de administración vuelven súbitamente la cabeza para mirar sus ordenadores.

–Deberíamos hablar en privado –digo. La conduzco por delante de mí con la mano en sus riñones–. Al final del pasillo y la primera puerta a la izquierda.

Trato con todas mis fuerzas de no mirar la suave curva de su trasero mientras camina delante de mí, su larga y firme zancada puntuada por el ruido de sus botas.

Pero fracaso estrepitosamente.

Cuando cierro la puerta, Bea se sienta en la camilla, arrugando el papel con las corvas. Mira alrededor, apreciando el decorado de las paredes, que consiste en animales del bosque, incluso erizos, a los que sé que adora, dado que tiene uno de mascota.

–Muy bonito.

–Supuse que te gustaría la decoración.

–No se parecen en nada a Cornelius –dice–, pero están bien.

Levanta el vaso y el paquetito de papel impermeable para que los coja. Dejo a un lado el paquetito, pero cojo el vaso y lo abro. Es Gunpowder verde, en efecto. Térreo y amargo. Huele a gloria.

–Muchas gracias –digo tras dar un lento sorbo–. ¿Qué te ha traído por aquí... con té?

Bea hace una mueca y cierra un ojo.

–Tengo que confesarte algo. Y disculparme.

–Eso suena deprimente.

Respira hondo, se endereza y dice:

–Jules me contó una cosa el viernes cuando estábamos en los lavabos. Los amigos no tuvieron nada que ver con nuestra cita.

Casi tiro el té.

–¿Qué?

–Bueno, parece ser que en la fiesta sí estaban de acuerdo en jugar con nosotros. Pero Jules dijo que lo único que se les ocurrió fue concertarnos una cita, según ella, y que fueron Jean-Claude y ella quienes lo idearon todo. Así que no ha sido un engaño grupal. Tendría que habértelo dicho cuando me enteré, pero fui egoísta y la idea de dejar escapar la oportunidad de devolverles la jugada... –Deja la frase sin terminar y se frota la cara antes de bajar las manos al regazo–. Estoy enfadada con mi hermana y, sinceramente, sigo cabreada con mis amigos. Aunque no fueron tan lejos como ella...

–En la fiesta se portaron con prepotencia.

Bea parpadea sorprendida.

–Pues sí.

–¿No creíste que entendería tu visión de las cosas?

Se encoge de hombros.

–Supongo que creí que estarías dispuesto a perdonarlos. Supuse que cuando te contara la verdad, querrías abandonar la venganza.

–Y... tú no quieres hacerlo.

–No –admite–. Joder, quiero dejar algo muy claro. Quiero que dejen de estar detrás de mí y de organizarme citas de una vez por todas, pero tú eres parte de este engaño, mereces la verdad y tienes derecho a dar tu opinión sobre qué haremos de ahora en adelante.

Tardo un momento en asimilar sus palabras y en estructurar las mías.

–Para mí esto no cambia nada. Apenas conozco a tus amigos. Cuando accedí al plan, lo hice para fastidiar a Jean-Claude y quitármelo de encima.

–Entonces, ¿seguimos adelante? –pregunta lentamente.

–Seguimos.

Una sonrisa ilumina brevemente su rostro.

–Gracias –dice en voz baja, y añade–: ¿Estamos bien entonces? No hemos hablado apenas. Lo cual es estupendo. Obviamente. Es decir, ¿por qué íbamos a hablar? Ya sé que en la bolera se nos fue todo un poco de las manos. Prometo que la próxima vez que salgamos no me subiré a ti como si fueras un árbol.

Encajo la culpabilidad como un puñetazo. Detesto haber hecho que se sintiera incómoda.

–Bea –digo suspirando y frotándome el puente de la nariz–. Siento haber estado tan raro. Tengo el cerebro paralizado desde el Alley. No sabía qué decir. Así que no dije nada. Pero eso es tratarte con injusticia.

Bea busca mi mirada.

–Entonces, ¿no me has estado esquivando porque me subí encima de ti como un koala en celo después de volvernos locos en un partido de bolos de una amistosa noche de viernes que al final pareció ser cuestión de vida o muerte? ¿No estás enfadado?

Doy un paso hacia ella y dejo el té en el estante más cercano.

–En absoluto.

–Ah. –Se mira la falda, acariciando la tela con los dedos. Otra vez negra, esta vez con un diseño de diminutos arco iris–. Bueno.

–Creo... –las palabras se me atascan en la garganta, pero respiro hondo y las expulso a la fuerza– creo que deberíamos hablar sobre qué necesitamos para que todo esto sea más cómodo, para que funcione.

–Muy bien –dice lentamente, frunciendo la frente–. ¿Por qué suena como si estuvieras sugiriendo que nos cortemos las uñas de los pies?

Arrugo la nariz.

–Qué cosas se te ocurren.

–Bueno, estoy mirando tu preciosa cara deformada por una mueca de asco... –Se paraliza y abre unos ojos como platos–. Bórralo. Olvida lo que he dicho.

El calor enrojece mis mejillas y corre por mis venas hasta que cada rincón de mi cuerpo arde de curiosidad, entre otras cosas. La miro atónito. ¿Le parezco guapo?

Por el cielo, la idea es tentadora. También peligrosa, porque hace que tenga ganas de contarle la verdad. «A mí también tú me pareces guapa. Me acaricio cada noche y me digo que no es tu cuerpo lo que deseo ni tu boca lo que me muero por volver a saborear».

No puedo decirle eso. No es lo mismo decirle «eres guapa de cara» que confesarle que «desde que nos conocemos me masturbo pensando en ti todas las noches». Hay un abismo. Sobre todo si ella no lo hizo en serio.

¿O sí?

–Mira, olvida lo que he dicho –dice Bea, ruborizándose–. Creo... creo que me he quedado obnubilada. O que he sufrido un aneurisma.

«Ay».

–¿Has dicho aneurisma?

Me inclino a su lado para buscar el otoscopio y percibo un aroma de higos con un sensual fondo de madera de sándalo. Ese perfume podría poner a cualquier hombre de rodillas.

Sus pupilas se dilatan cuando me mira.

–¿Qué vas a hacer?

Saco el otoscopio del estuche y enciendo la luz.

–Mirarte por si hay síntomas de aneurisma intracraneal. Algunos médicos desestiman los diagnósticos de los pacientes, pero a mí me parece que son muy capaces de conocer el funcionamiento de su propio cuerpo. Me tomo muy en serio tus preocupaciones.

Bea entorna los ojos.

–James.

Me meto entre sus piernas hasta que sus rodillas me rozan los muslos.

–Beatrice.

Nuestras miradas se encuentran. Ella desvía la suya.

–Vale, no he tenido ningún aneurisma.

Apago la luz y me inclino otra vez para dejar el otoscopio en su sitio.

–Yo solo... –Se apoya en la pared con una queja y arruga la frente mirando al techo–. Puede que encuentre tu cara un poquitín besable. Cosa exclusivamente sexual, te lo juro. Eso es lo que quería decir.

La lujuria entra en mi sistema fragmentando sus palabras que, como gotas de lluvia largamente esperadas, empapan mis ideas resecas (cara, beso, sexo...) y me imagino asiéndola por las caderas, abriéndome paso a besos por la suave y cálida piel de sus muslos y encontrando su húmedo y caliente...

Joder. Esta temporada de abstinencia va a ser mi muerte.

Bea exhala lentamente el aire de los pulmones; sus mejillas siguen de un rojo brillante.

–Muy bien. Hagamos como que estos dos últimos minutos no han existido.

–Estupendo. –Siento mis mejillas tan calientes como las suyas. Ambos evitamos mirarnos a los ojos.

–¿Qué decías? –dice Bea–. ¿Sobre hacer que las cosas fueran más fáciles para los dos?

–Bien –digo carraspeando–. Creo que empeoré las cosas el viernes cuando tomé las de Villadiego a causa de una broma inofensiva.

Levanta la mirada hacia mí y guarda silencio unos momentos.

–Está bien.

–No lo está. Tendremos que volver a besarnos y a comportarnos como pareja. No puedo sentirme igual de incómodo después. Sería agotador para los dos.

La última frase queda suspendida en el aire, un lapsus freudiano de proporciones colosales.

–Tienes razón –dice al fin.

–Creo que nuestro plan sería más fácil si nos sintiéramos más cómodos. –Me subo las gafas por la nariz y luego me meto las manos en los bolsillos de la bata–. Creo que deberíamos intentar ser amigos.

–¿Amigos? –dice arrugando la frente.

–¿No? –¿Por qué de repente dudo de todo, desde las palabras que acabo de pronunciar hasta la corbata que elegí esta mañana, solo por la breve palabra que ha salido de su boca?

–Amigos –repite. Esta vez suena menos incrédula, más tanteadora. Como cuando se prueba un vino desconocido y se saborean sus matices–. Entonces... quieres decir que si fuéramos amigos, fingir que somos algo más no nos estresaría tanto.

–Exacto.

–Tiene sentido. Acepto.

Su expresión cambia y sonríe cuando baja de la camilla de un salto. Su falda revolotea cuando aterriza.

–Bien. Bueno... vale. –Sinceramente estoy algo asombrado porque no haya puesto objeciones, pero lo daré por bueno.

–Me voy a la calle. Te dejo con tus pequeños pacientes –dice, dirigiéndose hacia la puerta–. Sigue haciendo un buen trabajo. Salvando niños. Curando enfermedades. Solucionando el hambre en el mundo.

Sujeto con una mano el té y el bollo y abro la puerta con la otra para dejarla salir.

–Me voy –dice–. ¡Oooh! Espera. Casi se me olvida.

Rebusca en su bolso y saca un frasco de cristal con tapón de rosca.

–Quizá te parezca raro –dice–, pero es la pomada de manos de mi abuela. Pensé... –Señala mis manos callosas–. Quizá te alivie. Los dedos agrietados son dolorosos.

–Me la estás... dando... a mí.

–Sí –dice lentamente–. ¿Te parece bien? Si no es así, no te preocupes. Ya la usaré yo...

–¡No! –Me sale más fuerte de lo esperado–. Puedes... dejarla en el bolsillo de mi bata.

Da un paso hacia mí y mete el frasco en mi bolsillo. De repente soy consciente de cada centímetro de su cuerpo. De cada centímetro del mío. Está bajo mi brazo levantado, cercana y cálida, envolviéndome con su suave aroma. Nuestras miradas se cruzan.

–Gracias –consigo decir al fin–. Por la crema de manos y por el té y el bollito. Nadie... nadie había hecho algo así por mí. Ha sido muy considerado de tu parte.

Bea frunce la frente con perplejidad. Pero el entrecejo desaparece en el acto y vuelve a sonreír. Da un paso atrás.

–Para eso están los amigos, ¿no?

Amigos.

Perfecto.

Capítulo 17

Bea

No voy a mentir. El poder recién descubierto que tengo sobre mis amigos y la traidora de mi hermana no tiene precio. Incluso en el trabajo tengo una influencia que no había tenido jamás. Jules no deja de hacer mis comidas favoritas para intentar sonsacarme detalles mientras mastico. Sula y Toni me colman de favores en el trabajo en busca de detalles jugosos. Todos sienten una gran curiosidad sobre cómo van las cosas con Jamie, y aunque yo creía que tendría que mentir como una bellaca para que estos imbéciles creyeran que Jamie y yo tenemos una relación real, resulta que lo que mejor funciona es ser misteriosos y contar lo menos posible.

Los mantengo en un suspense total. La venganza es gloriosa.

–¿Otra galletita de frambuesa? –me ofrece Toni, colocando una bandeja de galletas aún calientes bajo mis narices.

–No debería –digo.

Concentrada en mi cuaderno, esbozo una glicinia que trepa por un viejo enrejado de madera. Pero mi lápiz no deja de desviarse de las delicadas flores hacia la alta silueta de un hombre apoyado en el arco. Sin camisa. Ágil. Cabello rizado al viento. Gafas de montura de concha.

–Bea –gruñe Toni–. Me muero. ¿No vas a contarme nada?

–Quizá. –Cojo otra galletita y me la meto en la boca. Me voy a quedar sin hambre para la cena, pero no puedo parar–. Pero solo porque estas galletas están cojonudas.

Toni lanza una exclamación de victoria y levanta los brazos.

–Y si hoy te ocupas tú del reparto –añado.

Baja los brazos.

–Qué malvada eres.

–Mejor que empieces a mover el culo. Hay un montón de cajas –digo, mirando el teléfono para ver la hora–. Menos tres minutos.

Gruñendo, Toni va a la parte trasera, donde se oye el abyecto pitido de una furgoneta de reparto que da marcha atrás.

Y ahora no tendré que estar allí, oyéndolo junto a la oreja ni sudando a chorros mientras la descargo, antes de mi primera cena de «seamos amigos» con Jamie.

Gloriosa, hermosa venganza.

La furgoneta deja por fin de pitar y oigo el susurro de la puerta deslizante. Toni lanza una fea maldición en polaco y sigue murmurando para sí. Seguro que mi nombre está en ese batiburrillo de palabras que no entiendo ni de lejos.

–Que no sepa lo que dices –grito–, ¡no significa que no me dé cuenta de que es una guarrería!

–¡Me importa un bledo! –responde.

Saboreando el silencio, vuelvo a concentrarme en el dibujo. Apenas han pasado dos minutos cuando suena la campanilla de la entrada y aparece Jules.

–¡Hola, Bibí!

Mi hermana sonríe mientras rodea la mesa expositora, que está cubierta de artículos que Toni acaba de colocar.

–Jujú.

Sigo con el dibujo, dejando que el lápiz vaya donde quiera. Pero lo que quiere es un poco inquietante.

«Jamie. Jamie. Jamie».

¡Uf! Esto tiene que parar.

–¿Qué dibujas? –pregunta mi hermana con dulzura, apoyando los codos en el mostrador de cristal.

Cierro el cuaderno de golpe y lo guardo en el bolso.

–Nada.

Me mira mientras recojo los lápices y el teléfono y saca una cajita de bálsamo labial con color.

–¿Con tiempo para la cita? –dice, ondulando sugestivamente las cejas.

La miro ceñuda, atrapada en una retorcida red de fastidio y amor a regañadientes. Quiero cogerla por los hombros y meterle el sentido común a la fuerza. Ya sé que solo quiere verme camino de la felicidad, pero ojalá no hubiera hecho semejante guarrada para conseguirlo.

Es raro querer vengarse de alguien a quien, a pesar de lo mucho que me ha irritado, sigo queriendo con toda mi alma. Quiero castigar a Jules por haber ido demasiado lejos. Y también quiero nuestra vieja intimidad para poder contarle todo lo que me pasa. Pero no puedo tener las dos cosas. He elegido darle una lección y eso requiere distancia emocional.

–Bea –dice con impaciencia, frunciendo la frente–. ¿Dónde estás?

Me como otra galleta de frambuesa de Toni.

–Estoy, eeeh... soñando despierta.

–¿Con Jamie?

«Con la venganza».

Su sonrisa es ufana. Apenas consigo reprimir las ganas de lanzarle una galleta a la cabeza. Los dulces de Toni son demasiado buenos para malgastarlos.

–Ocúpate de tus asuntos, Juliet.

–¿Desde cuándo hago yo eso? ¡Oooh! Qué buena pinta tienen.

Alarga la patita hacia la bandeja de las galletas, pero se la aparto de un manotazo.

–No hay golosinas para los entrometidos.

–Para las hermanas mayores bienintencionadas –corrige, esquivando mi siguiente golpe y robando una galleta–. Hermanas que buscan tu química con alguien, aunque seas demasiado obstinada para reconocerlo, y que te dan el empujoncito que necesitas.

–¿Empujoncito? ¿Así es como lo llaman ahora?

–Lo siento –dice, llevándose la galleta a la boca. Se frota las manos–. ¿Vas a salir o no con el tipo hacia el que *yo* te empujé?

Mi entrecejo se intensifica.

–¿Qué planes tienes? –pregunta–. ¿Iréis a algún sitio de moda? Vas muy bien vestida.

–No, no es verdad.

¿O sí lo es?

Me miro la falda plisada color verde jade con la ancha cintura elástica y mi jersey favorito azul cobalto con un lazo tejido en el hombro. Quizá me haya esmerado algo más con mi apariencia cuando me preparé para venir a trabajar, sabiendo que luego iría directamente a cenar con Jamie. Pero, como siempre, me vestí basándome en las telas y costuras con las que más cómoda me sentía por la mañana.

–Voy a cenar con Jamie. Nada especial.

–¿Ya está? –dice, entrecerrando los ojos–. No me gusta tu nueva faceta privada.

–Tú hiciste al monstruo, Frankenstein. No me culpes a mí.

Suena de nuevo la campanilla de la puerta y el umbral se llena con el metro noventa y tantos de Jamie Westenberg que, aunque lleva como siempre pantalones de vestir y de veinticinco alfileres, parece de alguna manera más arreglado esta noche. Su camisa es de un blanco inmaculado y lleva desabrochado el último botón, dejando al descubierto el hueco de su cuello. Sus pantalones son informales, de un complejo color aceituna oscuro que me recuerda las pinturas al óleo y las largas y soñadoras horas que pasaba en mi estudio. Lleva en el brazo un jersey color gris brezo y en la muñeca un elegante reloj de acero inoxidable que me recuerda lo sensuales que son sus antebrazos.

Un grito de admiración rasga el silencio.

Lanzo una mirada asesina a mi hermana.

–Lárgate.

–Jean-Claude es el dueño de mi corazón, pero vamos, ¡estás genial, West! –dice, encogiéndose de hombros.

Aparte de una pincelada de color en las mejillas (me sorprende lo fácilmente que se ruboriza Jamie) y un fuerte carraspeo, nadie sabe lo mucho que le fastidia a Jamie que lo inspeccionen de arriba abajo. Yo no me di cuenta hasta que el otro día se me escapó que tenía un rostro bello y me miró como si hubiera dicho que la luna es morada.

–Ah –dice, carraspeando otra vez–. Muy bien. Gracias.

Echándome el bolso al hombro, grito hacia la parte de atrás:

–¡Me voy ya, Toni!

–¡Que te den mucho por el culo! –grita Toni–. ¿Cómo voy a arreglármelas para vaciar la furgo y ocuparme de la tienda?

–Yo diría que eso es problema tuyo.

–¡Y ni siquiera he podido echarle un vistazo a Sexy Westy!

Jamie se ruboriza hasta las orejas.

–Iré a ayudarlo –dice Jules dando un bufido–. Vosotros os podéis ir, no hace falta que esperéis.

Me detiene y me tira de la blusa que llevo bajo el jersey.

–Jules –digo, tratando de escapar de ella–. Para.

–El lazo –dice, dirigiéndose a la parte de atrás–. Lo pusiste mal. Y tu pelo, Bea. Un poco de espray olas de playa y...

–Yo creo –dice Jamie con sus ojos fijos en los míos– que Bea está espectacular tal como es. –Da un paso adelante y me coge de la mano y me aparta de mi hermana–. Vámonos.

Jules se queda con la boca abierta cuando James me guía fuera de la tienda hasta la calle. El sol se está poniendo en el horizonte y colorea todas las superficies con docenas de sutiles tonos de coral, melocotón y mandarina.

–Vaya –digo, deteniéndome para ver el atardecer, porque, francamente, soy incapaz de perderme el mejor trabajo de la naturaleza. Jamie también parece encantado de contemplarlo. Está en silencio a mi lado, entrecerrando los ojos a causa de la fuerte luz. Cuando el viento se levanta, los cierra del todo, como si estuviera absorbiendo el momento. Cuando los abre, me dedica uno de sus caballerosos movimientos de cabeza y echamos a andar.

Advierto que aún me lleva de la mano, que sus dedos no están agrietados y que sus nudillos no están tan rojos. Ha usado la crema que le di. Trato de no preguntarme por qué la diminuta luz que llevo dentro luce con más brillo a causa de eso.

–Lo has hecho muy bien en la tienda –digo–. Gracias.

–Te protege mucho, ¿verdad?

Miro alrededor mientras andamos. No tengo ni idea de adónde vamos, pero Jamie parece que sí, de modo que lo sigo.

–Sí. Es la mayor.

–¿Qué? –pregunta Jamie con cara de sorpresa–. Sois gemelas.

–Doce minutos de diferencia. Tal como lo ve ella, podrían ser doce años.

–Dinámica de gemelas –dice, entornando los ojos.

No sé en qué lugar se encuentra Jamie entre sus hermanos, solo sé que tiene tres porque me lo contó la noche de los pantalones de ornitorrincos y las compresas. Comimos magdalenas y, mientras cocinaba, nos contamos algunos detalles para asegurarnos de que engañábamos a los entrometidos en la bolera. Yo me habría quedado para saber más, pero entonces me di cuenta de que estaba haciendo pasta primavera, que es, digamos, una comida algo problemática para mí, ya que tengo problemas con las texturas de casi todas las verduras. Así que alegué calambres y cansancio y me fui pronto.

Me enteré de lo suficiente para afrontar nuestra primera salida en grupo y probablemente baste. Pero aunque no necesite saber más sobre Jamie... quiero saber.

–¿Cuál es tu lugar en el clan Westenberg? –pregunto.

–Segundogénito –dice. La expresión de Jamie parece más oscura, como si una sombra le hubiera cruzado el rostro, y hay una monotonía desconocida en su voz que me pone sobre aviso. Soy muy rápida para detectar cambios de expresión o de voz en las personas, pero interpretarlos se me da fatal. Se necesita valor para pedir ayuda cuando hay que entenderlos. Y yo todavía no he llegado a ese nivel.

No sé exactamente qué ha ido mal, solo que así ha sido. Así que le ofrezco algo que a mí me hace sentir mejor. Un firme apretón de la mano. Mis dedos rozan sus nudillos curados.

–¿La crema te ha servido? –pregunto.

Jamie mira ceñudo nuestras manos enlazadas.

–¿Perdón? Ah. Sí. Mucho. Tengo que lavarlas y desinfectarlas tantas veces en el trabajo que se me resecan y nunca he encontrado nada que funcione tan bien. Gracias de nuevo.

–Me alegro. Y de nada.

–Lo siento –dice, soltándome la mano–. No me había dado cuenta de que aún la llevaba cogida.

–No pasa nada –digo, volviendo a engancharme a él–. Además, deberíamos practicar. Por... por aquello de la plausibilidad.

–La plausibilidad. –Cuando su mirada se encuentra con la mía, la sombra que oscurecía su expresión desaparece y casi esboza una sonrisa–. Claro.

–Es el mejor *pho* que he comido en mi vida.

Trago un bocado de fideos de arroz. Espero no llamar la atención por evitar las verduras.

Jamie emite un murmullo de acuerdo mientras se introduce una cucharada de caldo entre los labios.

Los cuales no miro, obviamente.

No con mucho detalle.

Y es que tiene aquí un aspecto perfecto y la luz es ideal para hacerle un dibujo con claroscuros. Tengo tantas ganas de empuñar los carboncillos y de empezar a dibujarlo que me pican las manos y la inspiración me aguijonea el cerebro. Encierro el impulso en un armario de la mente repleto ya de cosas de Jamie. Sus besos. Su aroma adictivo. Su firme y cálido apretón cuando vamos de la mano. La forma en que la luz juega con sus rasgos y hace brillar sus ojos. No puedo abrir esa puerta para elegir una cosa con serenidad. Me caerían encima como un alud y, cuando consiguiera salir de debajo del montón, no estoy segura de si me gustaría lo que vería... porque son muchísimas las cosas que me gustan de Jamie Westenberg, alias Ni una Arruga en los Pantalones, incluso cuando habla como si concursara en *Pasapalabra* o cuando me condena en silencio por castigarme el páncreas con demasiado azúcar.

Reconocer lo mucho que me gusta Jamie es un riesgo que no puedo permitirme correr.

Así que cierro de golpe la puerta de ese armario mental, echo la llave y sigo adelante. Tras un trago de refresco, le digo:

–No puedo creer que nunca haya oído hablar de este lugar.

–Un secreto bien guardado –dice. Al dejar la cuchara, sus ojos miran mi cuenco y sé que estoy perdida–. Te estás dejando las verduras. ¿Es que no te gusta el sabor?

–Bueno. –Se me mueven las piernas bajo la mesa–. Podría decirse que no.

Jamie frunce el entrecejo.

–¿Por qué no me lo has dicho?

Ojalá no me preocupara tanto decepcionar al muy consciente de la comida sana doctor Jamie, pero por alguna extraña razón, es así. Por eso me lo he guardado para mí todo lo que he podido.

–Yo no... bueno... no como... verduras.

Parpadea mientras me observa.

–No comes... verduras.

Me remuevo en la silla y me llevo la mano al collar, un fino cordón de cuero con pequeños abalorios de madera y metal con los que juguetеo cuando mis manos necesitan hacer algo.

–Mmmm.

Me preparo para la censura. Una conferencia sobre alimentación equilibrada y hábitos saludables. Pero no empieza.

En lugar de eso, Jamie dice:

–Ya veo. ¿Es un problema con la textura?

Vaya. No es lo que esperaba.

–Pues sí.

–Por eso te fuiste corriendo cuando preparé pasta primavera en mi casa. –Suspira y se pellizca el puente de la nariz–. Debería haberte preguntado qué te gustaba. Me he acostumbrado tanto a cocinar solo para mí este último año que he perdido la costumbre. Lo siento.

–No pasa nada, Jamie.

–Sí que pasa –dice con firmeza–. Fue de muy mala educación.

Le doy un golpecito en la pierna con la mía.

–Por favor, no te castigues.

Me mira a los ojos.

–Me siento fatal. Podría haber preparado algo que te gustara. ¿Y los purés de verduras?

–Hasta ahora no ha habido suerte. O están llenos de grumos o muy espesos. No me pasan por la garganta. A veces puedo soportar el brécol crudo y las zanahorias, pero eso es todo.

–Ah, sí. –Tuerce la boca–. Recuerdo tu afición a las zanahorias baby.

Me echo a reír.

–Lo siento. No fue mi mejor momento, pero la cara que pusiste cuando la zanahoria te dio en la frente...

Enarca una ceja y se esfuerza por adoptar una expresión seria, pero su boca se mueve como si tratara de reprimir una sonrisa.

–Mis gafas olieron a mayonesa durante días.

–Dios mío –digo, haciendo una mueca–. Lo siento mucho, de veras.

Ahora es él quien me da en el pie.

–Estoy exagerando. Solo olieron hasta que llegué a casa y las lavé.

–¿Me perdonas? ¿Ahora que sabes lo mucho que detesto las verduras?

–Perdonada. –Jamie sonríe y se lleva a la boca otra cucharada de *pho*.

–Maldita sea, James. Qué manera de hacerme quedar mal. Yo me meto contigo por tu comida saludable y ahí estás tú, sin reprocharme que sienta aversión por las verduras.

–Estoy acostumbrado como médico –dice–. Muchas personas de todas las edades tienen problemas sensoriales como ese. No hay nada que reprochar.

Sonrío. El Jamie que no critica es un tipo majo.

–Aparte de eso, ¿te ha gustado el *pho*? –pregunta–. ¿El caldo y los fideos al menos?

–Mucho. No estaba exagerando, es el mejor *pho* que he comido. ¿Cómo encontraste este lugar?

Miro alrededor. Es una casa de comidas que parece de la especie a la que nunca iría Jamie Westenberg. Lo imagino comiendo en un lugar lujoso con música de piano y copas de cristal tallado. En su lugar, estamos en el Pho Ever, un lugar que solo puedo describir como un alegre caos, con mesas desiguales, coloridos tapices en las paredes y el aire cargado con el suave aroma de especias e incienso.

Jamie se retrepa en la silla y cruza los brazos.

–¿Tan imposible es creer que encontré un lugar chulo como este yo solo?

–Sí –digo con sinceridad.

Me premia con una sonrisa de oro macizo, pequeña y pícara, difícil de ganar.

–Bueno, tienes razón. Lo encontré gracias a Anh, una compañera de trabajo. El local es de su tío y ella trajo a la oficina un almuerzo para todos hace unos meses. Después de eso, ya no pude ir a ningún otro vietnamita. Normalmente, pido comida para llevar, pero esta noche me pareció bien hacer una excepción.

–¿Por qué?

Se quita las gafas, saca un pequeño paño del bolsillo de la camisa y limpia meticulosamente los cristales.

–Creí que te gustaría.

–¿Lo has elegido por mí?

Vuelve a ponerse las gafas y me mira.

–Sí.

Así de sencillo. ¿Por qué lo hace? ¿Por qué convierte el mundo en algodón de azúcar rosa y una ola de felicidad me traspasa el cuerpo?

–¿Te gusta el lugar? –pregunta.

–Sí. –Sonrío–. Es exactamente algo que yo elegiría.

–Bien –dice con calma. Mira su *pho* y hunde la cuchara en el caldo.

Tras un breve silencio, carraspeo y dejo a un lado la cuchara.

–Así que estamos aquí para conocernos mejor. ¿Deberíamos compartir más información personal? ¿Como íbamos a hacer antes de que me escabullese la última vez?

–Me parece bien –dice–. Tú primero.

–¿Por qué yo?

Me mira, subiéndose las gafas por la nariz.

–Porque ha sido idea tuya.

Entorno los ojos.

–Vale. Muy bien, ya sabes que tengo dos hermanas. Sabes que estudié Bellas Artes.

Jamie asiente con la cabeza.

–He vivido en esta ciudad toda mi vida –continúo–. Me gusta vivir en la ciudad, su familiaridad, pero he viajado por Europa con mi hermana pequeña, Kate, y ha sido la cosa más estresante y divertida que he hecho en mi vida, así que creo que me gustaría viajar más por ahí. Mi estación favorita es el otoño, mi comida favorita el azúcar...

Jamie suspira y sacude la cabeza.

Lo miro con sonrisa de triunfo.

–Me gusta la música a todo volumen y dibujar. Ah, y te diré algo más. Me dan pánico los murciélagos.

–¿Padres? –pregunta.

–Mi padre, Bill, es bastante tranquilo, profesor de literatura jubilado. Mi madre, Maureen, es jardinera, bibliotecaria voluntaria y puede aguantar el whisky como nadie...

–Espera –dice Jamie–. Tu padre se llama Bill Wilmot. Igual que...

–William Wilmot –digo, tomando una cucharada de *pho*–. Sí. ¿Verdad que es cruel?

–Cruel, sí. ¿Sin precedentes? No. No puedo creer que sean verdaderos algunos de los nombres con los que han castigado a mis pequeños pacientes.

–Oooh, cuéntame.

Me lanza una mirada de «ni por asomo».

–No puedo. Sería una infracción de la ley de protección de datos.

–De datos pelagatos. Vamos. Quiero el nombre más ridículo.

–De eso nada, Beatrice. Siguiente.

Soplo con fuerza, haciendo volar mi flequillo, que vuelve a aterrizar sobre mis ojos. Me lo aparto con la mano.

–¿Alguna vez te desvías de tu código de conducta?

–Si tenemos en cuenta que estoy comiendo *pho* en un lugar en el que no pego ni con cola, con una mujer con la que lo único que me une es un plan de venganza al que me opuse categóricamente, sí.

–Buen razonamiento.

–Gracias. Ahora háblame de ti.

Lo miro con aviesa intención.

–Creo que es tu turno, James.

–Bien –dice, recostándose en la silla con las manos cruzadas sobre su plano abdomen. Tengo que dejar de desnudarlo mentalmente de una maldita vez, pero me cuesta. Soy retratista de desnudos experimentada. Mi defecto es desnudar a las personas con los ojos de la imaginación, y mucho más cuando están para comérselas, como él.

–Mi padre es cirujano, descendiente de una larga estirpe de cirujanos, y eso es su vida. Es inglés, bueno, lo era su padre, su madre es americana, pero aunque creció en Inglaterra, tiene la doble nacionalidad y estudió Medicina aquí, en Estados Unidos. Mi madre es francesa, de familia adinerada, no estudió ninguna carrera y hace muchas obras de caridad.

Eso explica su forma de hablar. Hay algo encantadoramente formal en él, algo más fresco, más elegante que en el típico americano.

–Fui a un internado –dice–. Luego hice cursos preparatorios en la universidad, después ingresé en la Facultad de Medicina y aquí estoy.

–Vaaale. Pero... ¿qué aficiones tienes?

Mira al techo con la frente arrugada.

–Hacer ejercicio. Cocinar. Leer. Trabajar.
–El trabajo no es una afición.
–Para mí sí –dice–. Me encanta mi trabajo.
Reprimo una sonrisa.
–¿Por qué con niños?
–Porque son el lado esperanzador de la práctica de la medicina. Por supuesto, hay un porcentaje que he de enviar al especialista pediátrico si hay síntomas preocupantes, pero, en general, consigo mantener a los niños sanos y verlos crecer. –Se encoge de hombros–. Para mí tiene sentido y es mucho menos deprimente que otras especialidades médicas.
–Eso es… –digo tocándome la cabeza– muy bonito.
Se ruboriza y se ajusta el reloj.
–¿Qué te gusta leer? –pregunto.
–Me gusta todo. Ficción, no ficción, poesía. Los libros son como una aventura… hacia lo desconocido desde la comodidad de mi sillón.
Sonrío.
–Es una buena forma de explicarlo. ¿Miedo a algo?
Se queda pensativo y dice:
–Me aterroriza quedar atrapado en medio de bailes acrobáticos.
Me estremezco y levanto mi refresco para brindar.
–Brindo por eso –digo y chocamos los vasos.
–¿El peor beso? –pregunto.
–¿Qué? –dice, parpadeando.
–Tu peor beso.
–¿Para qué necesitas saber eso?
«Porque quiero ver una diminuta grieta en tu armadura. Un atisbo de vulnerabilidad».
–Parece que me estás sonsacando en busca de material para burlarte –dice.
Trazo con las manos un halo imaginario sobre mi cabeza.
–¿Quién? ¿Yo? Vamos, es para estrechar relaciones. Y una novia debe saber eso.
Se toca la cabeza sin dejar de mirarme.

–Sarah Llewlyn. En el baile de primavera del instituto. Fue horrible. *Yo* me sentí horrible. ¿Y el tuyo?

–Heidi Klepper. Heidi era genial. Yo no. Le metí demasiado la lengua. Fue un desastre.

Se echa a reír y vuelve a concentrarse en el *pho*.

Me doy cuenta de que me he confesado inadvertidamente. Y él... ni se inmuta.

–Ejem. Bueno, obviamente, dado lo que acabo de decirte, está claro que no soy normal... –Mi voz se desvanece y Jamie me da un golpe con el pie.

–Puede que tenga un palo metido en el culo –dice con suavidad, mirándome a los ojos–, pero confía un poquito en mí. No he hecho suposiciones sobre tus tendencias sexuales.

El corazón me late con fuerza. Mi círculo social es predominantemente *queer*, mi gemela es bi, yo soy pan. Mi mundillo es especialmente comprensivo y receptivo con mi naturaleza y eso lo valoro mucho. Y aunque la ciudad sea un lugar muy progresista, nunca se sabe quién va a tener una actitud contraria.

–Creí que te sorprendería.

–Eso sería –dice, tomando un sorbo de té verde– despreciablemente heteronormativo por mi parte, ¿no crees?

Sonrío. Sonríe. Y el local parece un poco más cálido.

–Sí.

–Si quieres hablar más de eso, te escucho –dice, dejando el té en la mesa–. Cuéntame lo que te gustaría que supiera como novio tuyo. Bueno, seudonovio. Es decir... ya sabes a qué me refiero.

Sonrío al ver que se ruboriza y se sube las gafas por la nariz.

–Me atraen las personas por quiénes son, no por lo que tienen debajo de la ropa. –Señalo el *banh bao*–. Y me gustan los *dumplings*.

Sonríe más abiertamente y empuja el plato en mi dirección.

–Todo tuyo.

Aparto el cuenco de *pho* y pincho el último *dumpling* con los palillos.

–¿Y tú? Si es que quieres hablarme de eso. No pasa nada si no lo haces.

Se rasca la cabeza con la mirada fija en el té.

–Hasta ahora solo me he sentido atraído por mujeres, pero creo que soy algo lento. –Vacila y añade–: Necesito tiempo para sentirme... cómodo en una relación.

–¿Y...? –Trago saliva nerviosa y le golpeo suavemente la rodilla con la mía–. ¿Estás cómodo conmigo?

Levanta los ojos y, cuando nuestras miradas se encuentran, siento una oleada de calor.

–Sí. A pesar del dolor que me causaste por ser un capricornio cascarrabias.

Río echando la cabeza hacia atrás.

–¡Es mi prerrogativa como cáncer quisquillosa!

–Sí, lo sé. Hice una búsqueda astrológica y leí sobre los cáncer –dice, sacudiendo la cabeza–. Parece agotador. Espero que duermas bien por la noche.

Río con más fuerza y mi hilaridad encuentra un débil eco en Jamie. Las risas se esfuman y el silencio cae entre nosotros nuevo y pacífico. Jamie me mira a los ojos. Es como mirar una ola en retroceso y pierdo totalmente la orientación.

–Entonces –digo, esforzándome por mantenerme erguida, por alejarme de lo que me atrapa como una corriente submarina y me arrastra cada vez más cerca de él–, ¿qué opinas de lo que hicimos en la bolera? Aparte de ser campeones.

Cuando dejo los palillos en la bandeja vacía de *dumplings*, Jamie hace una seña al camarero.

–Yo lo llamaría un éxito. Creo que fuimos convincentes.

Ya lo creo que fue un beso convincente, joder. Lo recuerdo y la calentura me sofoca. Sus manos rodeando mi cintura. Su boca sobre la mía, roces de labios a cuál más profundo y hambriento. Y los muslos juntos.

–Sí –digo y me sale un gallo–. Yo también lo creo.

El camarero trae la bandeja con la cuenta y, antes de que me dé tiempo a coger el bolso, Jamie ya tiene la billetera en la mano y unos billetes crujientes (pues claro que lleva efectivo) ya están limpiamente bajo la pinza. Entonces se levanta y retira mi silla.

–Jamie, yo quería pagar a medias.

–Por favor, Bea. Tengo que gastar el dinero en algo. Si no, tendré que ir de compras con Sir Galahad y Hada Morgana. No puedo gastar el dinero duramente ganado en árboles para gatos, peces eléctricos de pilas y ratones bordados de Etsy.

Con un suspiro de resignación, dejo un billete arrugado de diez dólares al lado de sus limpios billetes de veinte, a modo de propina. En pocas palabras, de Jamie y Bea.

–Y dime –inquiero mientras sorteamos las mesas para salir a la noche cerrada. Me ciño la cazadora–, ¿planchas los billetes de cincuenta dólares antes o después de plancharte la ropa interior?

Emite una risa baja y profunda cuando echamos a andar por la calle.

–Por favor, Beatrice. Pago a otra persona para que me planche el dinero. Y la ropa interior.

Me detengo en seco.

–¿De verdad tú...? –digo, volviéndome a mirarlo–. ¿O es una broma?

Él también me mira.

–Creo que sí.

El viento nocturno nos envuelve y las primeras hojas caídas bailan sobre la acera. La extraña jovialidad de Jamie calienta el aire que nos separa. Y me da el valor que necesitaba para ser valiente, como lo ha sido él, y contarle la única cosa que los nervios me impidieron contarle durante la cena.

–¿Jamie?

–¿Sí, Bea?

Me obligo a mirarlo fijamente y respiro hondo.

–Soy autista. No te lo he contado enseguida porque nunca se lo cuento a nadie enseguida. He aprendido que es mejor no molestarse en explicarlo hasta que sé que alguien va a formar parte de mi vida. Ahora que estamos haciendo esto... lo de la falsa relación, tratar de ser amigos, quiero ser sincera sobre quién soy.

Jamie se acerca y me coge lentamente la mano y la aprieta. El silencio cae entre nosotros. La clase de silencio que empiezo a notar que le gusta tanto como me gusta a mí, un silencio que deja espacio para soñar despierta, que deja tiempo y paciencia para encontrar las palabras adecuadas.

–Gracias por contármelo –dice en voz baja–. Por confiar en mí.

Sonrío con un alivio que me hace flotar sobre la acera.

–De nada.

–Si hay algo que pueda hacer para que las cosas sean más fáciles entre nosotros, ¿me lo dirás?

El corazón me da un vuelco. Maldita sea. ¿Por qué es tan perfecto mi seudonovio?

–Te lo diré, Jamie. Prometido. –Doy un paso por la acera, su mano todavía agarra la mía. Pero al dar el paso siguiente tengo que retroceder porque Jamie sigue en el mismo sitio.

–¿Beatrice? –dice.

–¿Sí, James?

Me acerca suavemente hasta que casi estamos pecho contra pecho y me mira fijamente a los ojos.

–Que me lo hayas contado significa mucho para mí.

–Significa mucho que no te hayas comportado ahora como si fuera una persona diferente.

Me remete un mechón de pelo tras la oreja cuando el viento me lo echa sobre la cara.

–No te veo diferente. Te veo mejor.

El corazón me da un vuelco y acelera.

–Es una bonita forma de decirlo.

Tragando saliva con esfuerzo, me aprieta la mano.

–Yo... –dice carraspeando–. Una buena confidencia se merece otra: tengo ansiedad, convulsiones. Tomo medicación y voy a terapia.

Le aprieto la mano y se la acaricio con el pulgar.

–Gracias por confiar en mí. Y tal como dijiste tú antes... dime si puedo hacer algo para que las cosas sean más fáciles entre nosotros.

Me mira con seriedad, recorriendo mi rostro con su mirada.

–Lo haré.

–Bien –digo, sonriendo.

Nos quedamos en silencio, frente a frente, mirándonos con ojos renovados. Me siento como si estuviera con un amante por primera vez inmediatamente después de quitarme la ropa. Desnuda. Nerviosa. Emocionada. Estoy tan fascinada como cohibida. Y creo que Jamie se siente igual.

Pero como seguimos paseando, me siento relajada. Y lo miro más de lo que debería, ya que lo veo ahora bajo una nueva luz.

Cuando lo conocí, no sabía qué hacer con Jamie, porque era frío, tenso y difícil de entender. Apenas me daba nada con lo que trabajar. Pero ahora sé lo divertido que puede ser con los mensajes y, si el momento es oportuno, también en persona. Sé que se le da bien la cocina y es amable con los animales. Que la menstruación no lo echa para atrás y que está deseando saltarse las normas y comerse una magdalena antes de cenar. Que no me considera diferente por mis tendencias sexuales y mi autismo, sino mejor. Que tiene ansiedad y convulsiones, que se esfuerza de manera que mucha gente se avergüenza admitir, pero se siente lo bastante valiente y a salvo como para confiar en mí.

No me gusta que tal como lo veo ahora me resulte mucho más atractivo de lo que estoy dispuesta a reconocer. No me gusta sentirme reconfortada cuando su mano coge la mía y le da un ligero apretón. Pero tampoco puedo negarlo. Entonces, ¿qué?

–Hemos llegado –dice.

Levanto la cabeza sorprendida al ver que es el edificio donde vivo.

–¿Estamos en casa?

–En la tuya. –Señala con el pulgar por encima del hombro–. La mía está a cinco minutos por ahí.

–¿Tan cerca vivo del mejor *pho* de la ciudad?

Jamie arquea una ceja y se inclina hacia mí.

–Pues sí. Si por «cerca» te refieres a un paseo de veinte minutos.

–¿Hemos caminado durante veinte minutos? –Me aturde parecer un loro desorientado. Me ruborizo–. Oh, Jamie. Siento haberme despistado. No es nada personal, te lo juro. Es que a veces mi cabeza se pierde y...

–Bea. –En su cara se dibuja una de sus dulces, cálidas y pícaras sonrisas–. Está bien. Hemos estado en silencio, pero era un silencio común. Lo he disfrutado inmensamente.

Se aparta, llevándose consigo su calidez y su aroma a madera. Estira la mano por delante de mí, abre la puerta de la entrada de la finca y me conduce dentro amablemente. Luego inclina la cabeza. Una inclinación estilo Jamie. Profunda y ligeramente caballerosa.

–Buenas noches, Bea.

–Espera.

Se detiene, sujetando la puerta para que no se cierre entre nosotros.

–¿Sí?

–¿Quieres subir un rato? –Trago saliva, estoy nerviosa–. ¿Para... conocer a Cornelius?

El silencio cae entre nosotros.

–Bueno –dice al fin, entrando en el vestíbulo–, no puedo negarme a que me presenten a un erizo, ¿verdad?

Capítulo 18

Jamie

Bea se detiene bruscamente cuando entramos en el apartamento. Juliet y Jean-Claude están sentados juntos en el sofá, Jean-Claude con el ordenador y un montón de papeles a su lado y Juliet acurrucada bajo su brazo leyendo.

–Vaya, vaya –susurra Bea mientras cierro la puerta–. No les hagas caso.

Juliet levanta la cabeza y su expresión concentrada pasa a ser alegre.

–¡Bibí! ¡West! –Cierra el libro de golpe y nos hace una seña–. Venid aquí. Jean-Claude, deja de trabajar.

Jean-Claude frunce el entrecejo y mira brevemente por encima del sofá y nos saluda con un educado movimiento de cabeza.

–No puedo. Christopher me ha dado un montón de trabajo.

Hay un matiz de contrariedad en su voz.

–Eso es lo que consigues por ser excelente y conseguir un ascenso –dice Juliet, dándole un beso en la mejilla y volviéndose después para mirarnos–. ¿Queréis tomar algo? ¿Comer...?

–Nada –dice Bea, tirando con cariño de una mecha que se ha soltado del moño de Juliet–. Solo voy a presentarle a Cornelius. Pero gracias.

–Vaya, ¿estás segura? –dice su hermana, con expresión triste.

–Juliet –dice Jean-Claude con sequedad–. Déjalos en paz y ven a sentarte conmigo.

Bea lo mira ceñuda, pero su hermana se limita a poner los ojos en blanco y a sonreír.

–Estamos trabajando para mejorar el gusto de Jean-Claude por las citas dobles.

El mencionado suspira y toma un trago de whisky, expresando a todas luces irritación. Jean-Claude no es de los que salen con gente cuando tiene una novia. Cuanto más dura la relación, menos lo veo.

–Aprecio la oferta –digo–, pero tengo que trabajar mañana. No puedo estar despierta hasta tarde. Pero gracias.

–Muy bien –dice Juliet, mirándonos y sonriendo más ampliamente.

–Basta –dice Bea–. Tu regodeo es insoportable. –Me toma de la mano y tira de mí hacia el pasillo–. ¿Alguna vez has tenido un erizo? –me pregunta por encima del hombro.

–No, nunca.

–No es problema –dice, abriendo una puerta del final del pasillo–. Te enseñaré cómo es.

Me detengo en el umbral. Su dormitorio es muy bonito. Paredes azul oscuro, un edredón blanco en la cama con una manta turquesa encima que parece pesada. Una mesa llena con sus utensilios de pintura manchados con todos los tonos del arco iris y una silla naranja en forma de huevo que cuelga del techo y está llena de coloridas prendas de ropa.

–No te fijes en el desorden –dice, cogiendo el montón de ropa sucia y metiéndolo a toda prisa en el armario.

Caen unas bragas moradas y aterrizan sobre el cálido suelo de madera. Bea no se da cuenta.

Yo sí. Son sencillas. Sin encaje. Ni adornos. Y aun así, solo el verlas hace que mi pecho se quede sin aire y se me acumule sangre hirviente en el sur.

Me vuelvo, cierro los ojos y respiro profundamente, lo cual no ayuda porque el aroma de Bea está concentrado aquí, suave y sensual. Higos maduros y madera de sándalo me envuelven como una caricia, torturándome, pues me imagino echándola sobre su cama, respirándola mientras recorro a besos su cuerpo y saboreo su parte más dulce y cálida.

–¿Jamie?

Abro los ojos. Bea está frente a mí con aire preocupado.

–¿Estás bien? –pregunta.

–Lo siento. Me escuecen los ojos.

–¿Quieres gotas? Las tengo por todas partes. Me escuecen los ojos cuando estoy dibujando. Aunque últimamente no lo haya hecho mucho.

–Gracias, no.

–Muy bien –dice, acercándose a una estructura escalonada de madera y mallas de fibra.

–Dices que no has dibujado mucho últimamente. ¿Has estado muy ocupada? –pregunto, siguiéndola.

Al principio no me responde y se acerca a lo que parece ser el domicilio de Cornelius.

–Últimamente no he tenido mucho éxito dibujando –dice en voz baja, mirando por debajo del nivel superior, que también es una malla–. Ahora mismo tengo un bloqueo creativo.

–Lo siento. Debe de ser frustrante.

–Lo es. Pero pasará. Ya me ha ocurrido antes. Y lo he superado.

–¿Cómo?

–Con paciencia. Esperando a que me encontrara la inspiración. Y con muchas galletas de Toni.

Bea desliza la estructura superior, dejando al descubierto un pequeño tronco hueco con una abertura redonda. Al lado hay un montoncito de piedras, una especie de caseta con el armazón de corteza de abedul y en el otro extremo un pequeño bolsillo de tela que parece...

–¿Eso es un dónut?

Bea me sonríe.

–De Kate, mi hermana pequeña. Tiene una relación muy seria con los dónuts y le gusta coser. –Bea vuelve a mirar la estructura, sin dejar de hablar, pero con la vista fija en el tronco, que inclina a un lado, bajando la voz–. Kate es reportera gráfica y casi nunca está en casa, así que nos envía objetos que nos hacen sentir como si estuviera cerca. Funciona. Cada vez que veo ese pequeño saco de dormir de Cornelius con forma de dónut, pienso en ella.

Miro a Bea. Parece concentrada mientras hace un ruido suave y mira dentro del tronco.

–Os queréis mucho –digo–. Las tres.

–Sí.

–Eso debe de ser estupendo.

–Pues sí. Pero con el cariño llega el conflicto. Ya has visto cómo somos Jules y yo. Tiene sus altibajos. ¡Aaah, ahí está! –dice y su voz se vuelve dulce y melodiosa–. ¡Hola, amiguito!

Un diminuto erizo asoma del tronco, olisqueando antes de saltar a las manos de Bea.

–Cornelius –dice con seriedad–. Tengo noticias y puede que no te gusten, pero mereces saberlas. Ya no eres el único hombre de mi vida. Hay alguien más.

Cornelius levanta la cabeza con precaución, mirándome con sus oscuros ojitos.

–Muchas gracias por contarle que te he secuestrado delante de sus narices. Ahora sí que me *querrá*.

–Vamos, lo superará. En cuanto se coma unos gusanos, será agua pasada –dice, acariciándole las púas con la mano–. O debería decir arena pasada.

–¿Eso es lo que es? ¿Un cajón de arena?

–Bueeeno –dice dulcemente sin dejar de mirar a Cornelius–. Le encanta estar ahí.

Miro a Bea, que sujeta tiernamente a la criatura espinosa, acariciándola sin miedo. Le gusta este ser espinoso al que da algo de miedo aproximarse al principio. Desata el nudo de ansiedad que siempre tengo en el pecho, liberando una oleada de alivio que me recorre el cuerpo. Si ella puede amar a esta criatura, con púas y todo, quizá podría...

No, nada de amor. Claro que no, pero quizá... Entendedme. Qué raro sería.

Me pilla mirándola y sonríe.

–Lo siento, le hago más caso que a ti. Algunas personas tienen perros terapéuticos. Yo tengo un erizo terapéutico.

–Se te ve muy cómoda con él. ¿Siempre ha sido así de fácil manejar una bola de agujas?

Ríe levemente.

–No son tan punzantes. No es como un puercoespín ni nada de eso –dice, besándole la punta del hocico–. Pero no, no siempre fue fácil. Hicieron falta tiempo y paciencia. Y una vez que se me enroscó en el dedo... no fue divertido.

–¿Cuánto tiempo tardasteis en sentiros cómodos el uno con el otro?

Bea inclina la cabeza para observar a Cornelius, que ha empezado a moverse entre sus manos como si buscara algo.

–La verdad es que no lo recuerdo. Sé que tardamos un tiempo. Había estado con otra persona antes, alguien a quien le gustaba la idea de tener un erizo, pero no estaba preparado para cuidarlo.

–Eso ocurre a veces con las mascotas.

–Demasiado a menudo. La gente no debería quedarse con alguien para amarlo y esperar que obre según su conveniencia. Tienes que conocer a una criatura viva donde está y quererla por lo que es, no por lo que tú quieres que sea.

Una débil sonrisa se abre paso en mi boca.

–No creo que muchas personas se acerquen a los humanos de esa forma, Bea, y mucho menos a los animales.

–Bueno, pues deberían –dice, volviéndose hacia mí–. ¿Quieres cogerlo?

Miro de reojo las púas del erizo.

–Creo que quizá deberíamos empezar por conocernos mejor.

–Jamie Westenberg, no estarás asustado, ¿verdad?

–Bea Wilmot, no estarás utilizando tácticas intimidatorias, ¿verdad?

Bea me dirige una de esas amplias sonrisas que me dejan fuera de juego y que vuelven sus ojos del color del océano en un día soleado.

–Quizá.

–Bueno, pues enhorabuena. Está funcionando –digo, desabrochándome los puños de la camisa y arremangándomela hasta los codos–. Muy bien. Dime qué he de hacer.

–Relájate y quédate tranquilo y quieto levantando la mano de este modo –dice, acercándose y poniendo su mano bajo la mía, rozándome los dedos y el dorso de la mano–. Espera –añade en voz baja.

Cornelius pasa de la mano de Bea a la mía, sorprendiéndose al oler mi dedo índice.

–Lo siento –le digo–. Uso mucho gel desinfectante. Seguro que huelo a jabón antiséptico y a alcohol isopropílico.

Cornelius olisquea como si estuviera de acuerdo. Pero entonces me pone la diminuta zarpa en la mano y sigue olisqueando, estirándose hasta poner también la otra zarpa. Tras un momento de duda, avanza hasta posarse en mis palmas abiertas. Es sorprendentemente ligero y sus zarpas me hacen cosquillas.

Bea se aparta, se agacha al lado de la estructura de madera y abre una mininevera. Luego la cierra con el pie y abre un contenedor.

–Vamos a recompensarle, ¿de acuerdo?

–Por supuesto.

Bea pone unos pedazos de comida sobre mi mano (dados de manzana, a juzgar por el olor dulce) y Cornelius rápidamente los mordisquea y se adentra en mis manos.

–¿Qué opinas? –pregunta.

La miro a los ojos y me doy cuenta de que sonrío.

–No es un gato de geriátrico, pero servirá.

Cornelius salta de mis manos al techo de su hogar y revisa los alrededores antes de meterse entre sus piedras.

–Bien –digo a Bea–. Creo que ha sido una buena sesión de acercamiento.

–Extraordinaria. Pero tienes que entender que ahora es una responsabilidad. Te conoce. Tendrá expectativas. Nada de entrar y salir de su vida.

–¿Y tengo que hablar ya con él con toda confianza?

–Mi ericito se merece lo mejor –dice sonriendo.

Miro a Cornelius y lo veo desaparecer en su caseta.

–Creo que ya lo tiene. –Me bajo las mangas de la camisa y miro el reloj–. Tengo que irme. Mañana trabajo temprano.

–Pues claro –dice Bea, adelantándose a abrir la puerta de su dormitorio. Y entonces se queda paralizada con la mano en el pomo.

Tanto que le pregunto:

–¿Qué pasa?

Se vuelve para mirarme y se apoya en la puerta.

–Estaba pensando –susurra– que tendremos que tener una despedida romántica ahí fuera.

La inquietud se apodera de mí. No sé muy bien cómo es una «despedida romántica», pero seguro que implica un boca a boca.

Se me acelera el corazón al recordar el desastre que fue el beso de la bolera desde el punto de vista de la actuación teatral. Porque no fue una actuación, en absoluto. Fue placentero y se suponía que no tenía que serlo. Solo tenía que ser un paso premeditado en el camino de la venganza.

Pero esta vez es diferente. En la bolera no estaba preparado. Fue algo espontáneo. Esta vez está planeado. Eso debería facilitar las cosas, quizá un poco. Hará que sea menos... afectuoso. ¿No?

–Vale –digo a Bea y me digo a mí mismo–. Está bien.

La sigo fuera por el pasillo hasta que llegamos a la sala de estar, donde Jean-Claude y Juliet siguen en el mismo sitio.

Juliet levanta los ojos de su novela romántica.

–¡Hola! –dice, haciendo amago de levantarse, pero el brazo de Jean-Claude alrededor de su hombro se lo impide y la mantiene a su lado. Acto seguido le da un beso en la sien.

–Relájate, Bea puede acompañarlo a la salida. Quédate conmigo.

Bea mira ceñuda a Jean-Claude y abre la puerta de la escalera.

–Cuando quieras darte cuenta, llevarás una correa como los perros.

–¡Bea! –exclama Juliet. Jean-Claude entorna los ojos hasta que son dos rendijas y Juliet se aparta de él y lanza a Beatrice una mirada de «*¿Qué coño estás haciendo?*».

–Bueno, ya nos vamos –digo, empujando a Bea al exterior.

Bea cierra la puerta y se vuelve hacia mí.

–¿Cómo puedes ser amigo suyo?

–Es complicado –susurro–. Es más un pariente forzado que un amigo.

–Ya, bueno, pues yo lo repudiaría.

Casi sonrío.

–No están mirando, así que podemos despedirnos aquí –digo, animado por la idea. Así no tendré que besar a Bea mientras me esfuerzo (sin conseguirlo) por no disfrutarlo–. No tienes que acompañarme hasta la calle.

–Oh, sí, lo haré –dice, empezando a descender las escaleras hasta la planta baja–. Veinte dólares a que Jules, mientras hablamos, está en su dormitorio mirando tras los visillos como una idiota. Bueno, suponiendo que Jean-Claude la deje levantarse del sofá. Es demasiado riguroso con ella. No he exagerado, ¿verdad?

Me encojo de hombros.

–Siempre ha sido así. Cuando está enamorado, se obsesiona.

–Es raro –dice Bea–. Que estéis juntos, sea un pariente de pega u otra cosa. Es un tipo raro.

–Siempre hemos estado juntos. Nuestras madres son como hermanas, así que hemos tenido vacaciones familiares y fiestas familiares y luego terminamos matriculándonos en la misma universidad. Solo es un poco... pegajoso.

Bea hace un ruido polisémico con la boca.

–Bien –digo carraspeando–. Suponiendo que Juliet haya escapado de sus garras para espiar por la ventana, ¿en qué... ha de consistir la despedida romántica?

–En un beso con lengua, de los de novela.

Piso mal un escalón y me sujeto a la barandilla a tiempo.

–¿De acuerdo? –pregunta.

–Sí. Bien.

No estoy bien. En absoluto. Mi mente no deja de dar vueltas al «beso con lengua».

–Te juro que estas escaleras son una trampa mortal –dice Bea–. Tropiezo en ellas al menos una vez al día. Tengo moratones por todas partes. Ya te digo, soy un accidente andante.

–No deberías decir eso de ti.

Bea arquea una ceja y mira por encima del hombro cuando abre la puerta de la calle y sale al exterior.

–Pero es cierto.

Cogiéndome de la mano, mira disimuladamente las ventanas del apartamento y tira de mí hasta el bordillo de la acera.

–Ahí está –dice.

–¿Está mirando?

Bea asiente con la cabeza sin dejar de mirarme.

–Están los dos. Tienes expresión de intranquilidad. ¿Tan terrible es besarme?

–No, Bea. En absoluto... –digo acercándome mientras busco las palabras para responder, pero se me atascan en la garganta, como un embotellamiento que lleva a un choque en cadena.

Estoy a punto de decirle: «Lo terrible es lo mucho que deseo besarte. Que quiero besarte de muchas maneras. Y practicar con tu cuerpo ceremonias poco caballerosas mientras estás ahí, ruborizándote, mirando al suelo, balanceando la falda».

Bea me acaricia suavemente la mano con el dedo.

–Escucha –dice, ajena a la espiral de mis pensamientos–, no tenemos que besarnos. No si no quieres. Nunca tienes que hacer nada conmigo que te resulte incómodo. Es que supuse, por lo del beso de la bolera, que no te importaría...

–No. No me importa, eso es. –Miro su boca, la línea de su clavícula, la curva de sus hombros y el borde de su tatuaje, una espiral de puntos cuya composición no puedo adivinar. Le acaricio la mejilla con los dedos y luego los introduzco entre su pelo–. Es solo... que esta vez es diferente. La última vez, en la bolera, fue... impulsivo.

Me acaricia la otra mano, sus ojos buscan los míos.

–¿Sabes? Fue un gran beso –dice en voz baja–. Por si acaso lo dudas. Al menos, lo fue desde mi punto de vista.

Una ola de placer invade mi cuerpo.

–Opino lo mismo.

–Muy convincente, desde luego –dice mirándome la boca–. Los teníamos comiendo de nuestra mano.

–Desde luego.

–Bueno –dice aclarándose la garganta y parpadeando–. La última vez me besaste tú. ¿Qué te parece si esta vez te beso yo? Sería lo justo.

–¿Tú me besarás?

Asiente con la cabeza con seriedad, buscando mi mirada otra vez.

–Y más te vale devolverme el beso.

Siento el extraño impulso de sonreír y un extraño pinchazo de afecto me hiere el pecho.

–Prometo devolverte el beso. Por aquello de la plausibilidad, por supuesto.

–Por aquello de la plausibilidad –dice Bea sonriendo–. Por supuesto.

El aire está más cálido, el espacio que nos separa se espesa a causa del silencio. Lo rompo dando el paso que nos sitúa pie contra pie mientras el viento empuja su falda contra mis piernas.

–¿Lista? –susurro.

Lentamente, se pone de puntillas con los ojos fijos en mi boca.

–Eso espero.

Me inclino, acortando la distancia que nos separa.

Cuando nuestras bocas se encuentran, la plausibilidad es en lo último que pienso.

Capítulo 19

Bea

Jamie se inclina, cálido y alto, con sus ojos avellana brillando al mirarme. Me tiemblan las rodillas y no pretendía asir su camisa y arrugar la tela con los puños, pero lo hago. Necesito algo a lo que agarrarme, algo que me ancle mientras el mundo se desvanece alrededor.

Sus manos descansan suavemente en la base de mi cuello y con los pulgares me acaricia las clavículas. Siento una lluvia de chispas bajo la piel mientras el corazón me late con fuerza.

Me obligo a recordar que saqué la carta más alta. Es mucho más fácil besar a alguien en el calor del momento, como hizo Jamie en la bolera. Pero ¿ahora? Ahora soy yo quien tiene que besarlo mientras la luz de la luna baña su hermoso rostro con un brillo ultraterreno y el viento empuja mi falda hacia él, como si la misma naturaleza me incitara. Mi determinación se disuelve. Esto no parece seguro ni falso.

Parece peligrosamente real.

–Beatrice –susurra, sacándome de mi espiral de pensamientos.

Mis ojos encuentran los suyos.

–¿Mmm?

Nuestras miradas se cruzan y nos acercan. Su olor me domina, el aroma a salvia, madera de cedro y niebla. Cuando expulso el aire, es más profundo, un poco más fácil.

–Soy yo –dice, como si de alguna manera supiera que necesito que me recuerden que no estoy repitiendo la historia.

Que con él estoy trasponiendo lo que me hicieron hace casi dos años.

En aquel entonces creí haber encontrado el amor y resultó ser mentira. Ahora estoy viviendo una mentira que no tiene posibilidades de convertirse en amor. Eso es lo que quiero y es lo que tengo con Jamie... límites y confianza, quizá incluso una pequeña amistad. Con él estoy a salvo.

Mientras estoy de puntillas, sujetando su camisa en busca de valor, me pregunto si lo que compartimos, esta inversión de lo que me rompió el corazón, será lo que acabe por recomponerme.

Mis labios rozan los suyos ligera y suavemente. Él respira hondo, retirándose tan ligeramente que casi no lo noto. Pero lo noto. Y espero. Paciente. Quieta. Jamie mira mi rostro, sus manos se deslizan por mi cuello y el aire me abandona, siguiendo el camino de su caricia.

Cuando sus dedos llegan a mis mejillas, cierro los ojos, me pierdo al encontrar su boca profunda y reverente. Jamie suspira cuando suelto su camisa y le rodeo la cintura con los brazos, estrechándolo contra mí, pecho contra pecho, corazón contra corazón. Saboreo el té verde que bebió en la cena. El toque de pipermín cálido, embriagador y totalmente *él*.

Mis piernas se deshacen cuando su lengua frota la mía. Todo lo que conozco de Jamie es su represión, su control, pero ahí está, saboreándome, gruñendo con fuerza, perdiéndose en mí, aunque solo sea por un breve instante. Hace que se me llenen los ojos de lágrimas.

Estaba en lo cierto. Y no lo estaba. Besando a Jamie siento que aunque esté a salvo, también estoy en peligro. No, él no va a herirme de la forma en que me hirieron antes, pero podría hacerme creer de nuevo. En algo que perdí. Algo que no estaba segura de volver a sentir. Me aterroriza esperar y correr el riesgo de que esas esperanzas queden defraudadas.

Sus manos bajan de mi cara hacia las caderas, me aprieta contra su miembro duro y grueso, tirante bajo los pantalones. Mi cabeza cae hacia atrás cuando sus labios recorren mi cuello, sus caricias suben por mis costillas hasta alcanzar la tierna curva de los pechos, acercándose lentamente a los pezones. Me dejo llevar por sus caricias y presiono todo mi cuerpo contra el suyo.

–Por favor –susurro.

Jamie sonríe con la boca en mi cuello, sus manos se deslizan por mi cuerpo, curvándose en mis nalgas, apretándome contra sí.

–¿Por favor qué, Beatrice? ¿Qué necesitas?

Esa voz. Baja y ronca, como si colgara de un hilo, cuando lo único que quiero es hacerle callar.

–Necesito...

Pero no puedo hablar mientras Jamie me masajea el culo y empuja su miembro duro y grueso contra la parte de mí que está desesperada por consolarse y quiere algo dulce y torturador que me haga daño...

BAM BAM BAM.

Abro los ojos y me fijo en el mundo que me rodea. Dormitorio. Luz del sol. Sábanas cálidas. El aire sale de mí cuando me incorporo y me siento en la cama, el pulso del deseo insatisfecho me quema entre las piernas. Suenan de nuevo tres fuertes golpes en la puerta.

Es entonces cuando me doy cuenta de que el despertador del móvil emite treinta segundos de música de guitarra acústica. A juzgar por la hora que es y la hora a la que puse la alarma, lleva sonando una hora. Y yo que creía que mis sueños solo eran capaces de poner en marcha bandas sonoras épicas.

–¡No lo soporto más! –grita Jules.

–¡Lo siento! –respondo a gritos.

Busco el teléfono, apago la alarma y vuelvo a tenderme en la cama, escondiendo la cara bajo las almohadas.

Qué sueño. La leche.

Aunque no todo ha sido un sueño. Hasta el momento en que las manos de Jamie empiezan a vagar por mi cuerpo y su boca a acariciarme el cuello, eso fue exactamente lo que pasó anoche... Un beso que me dejó con ganas de sentir todo lo que mi subconsciente captó y revivió mientras dormía.

Por supuesto, Jamie se comportó comedidamente, como un caballero, como siempre. Me acompañó a la calle y se quedó al otro lado de la puerta mientras yo echaba la llave, poniendo un vestíbulo entre nosotros.

Tenía el corazón acelerado. Los labios ardiendo de besos. Durante un momento lo vi enmarcado por la puerta y la luz de las estrellas y deseé que su cabello sedoso y su piel cálida y su largo y duro cuerpo se movieran sobre el mío.

Entonces me volví y subí los peldaños sin mirar atrás.

Tengo un serio problema.

Deseo a Jamie. No sé lo lejos que llega este deseo, pero el deseo en sí, sea de lo que sea, es irresistible.

Aparto las sábanas y hago una mueca cuando toco con el pie el frío suelo de madera. Me pongo una bata, me recojo el pelo con una horquilla, me hago un moño a toda prisa, me siento ante el escritorio y abro el cuaderno de dibujo mientras busco el bote de los carboncillos.

Miro fijamente el papel, la creatividad me escuece en la punta de los dedos, la resolución fluye por mis venas. Voy a dibujar a Jamie Westenberg para sacarlo de mi organismo. Voy a hacerle una sangría a este *deseo* hasta verterlo por completo en el papel y haré algo nuevo, aunque luego lo queme todo, aunque ninguno de los dibujos vea la luz del día.

Mi corazón ya se llevó lo mejor de mí la última vez.

No volverá a pasar.

Sigo en el mismo sitio que cuando me levanté, sin sentir el paso del tiempo. Mis auriculares rezuman música de cuerdas, el crudo deslizamiento de un violín, el dolor tallado de un violonchelo. Un calambre en la espalda, la sensibilidad que he perdido en el culo y el hambre que me retuerce dolorosamente el estómago me indican que llevo sentada mucho tiempo.

Más golpes en la puerta significan que llevo aquí demasiado tiempo. Al menos según Juliet, la gallina madre.

BAM BAM BAM.

Los golpes son menos fuertes que por la mañana, ahogados ahora por los auriculares y la música. Pongo la música en pausa y me los quito de los oídos.

–Pasa.

La puerta se abre de golpe.

–Qué bonito es hacer esto dos veces el mismo día –dice con ironía.

–¿Qué haría sin ti, Juliet? ¿Dibujar hasta morir? ¿Tener algo de paz? ¿Vivir felizmente ajena a la capacidad de la gente para decir sarcasmos?

Cuando entra en mi habitación, Juliet ataca mis sábanas y me hace rápidamente la cama.

–Estás aburrida. Y sola. Levántate. Es la hora de las películas.

Parpadeo atónita. Las noches de películas han sido raras desde que Jean-Claude y ella empezaron su idilio arrollador, pero no tan raras como para que haya olvidado a qué hora empiezan.

–¿Ya son las ocho?

Terminada la cama, Jules pasa por mi lado y abre las cortinas. Fuera está oscuro.

–Vaya.

Me vuelvo en la silla y observo el cielo, que es como un cristal ahumado, teñido por las luces de la ciudad.

–Dúchate, por favor –dice, suavizando el comentario con un pequeño tirón de pelo–. Apestas.

–Sí, mami. –Dejo los carboncillos en el bote y cierro el cuaderno de dibujo. Pero cuando Jules sale del dormitorio, lo abro un momento y paso las páginas. Es como una película lenta y detallista, como solían ser las viejas películas de dibujos animados. Cada hoja es un estudio diferente de Jamie, de alguna parte o de cuerpo entero. Los largos y elegantes dedos de nudillos ásperos. Su fuerte perfil. Tomando té ante un tablero de ajedrez, con un mechón rebelde caído sobre la frente. Cogiendo mi rostro con las manos, con su boca a un susurro de la mía.

Miro el último dibujo. El beso de anoche. Siento en el estómago un nudo que no tiene que ver con el hambre.

Dibujar no me ayuda. Dibujar me empeora. No, el dibujo no puede hacer eso. Mi arte siempre ha estado relacionado con emociones complejas, sobre todo después de Tod, pero nunca he creído que el arte pueda empeorar nada. El arte solo revela, nos hace más sinceros. Lo que pasa es que algunas veces ser sincero hace que parezca que las cosas son peores. Porque cuando te enfrentas a los hechos, tienes que vivir con ellos. Finalmente, tienes que hacer algo al respecto.

Y no tengo ni idea de qué hacer.

Para sobrellevarlo, tengo que distraerme hasta que me llegue la aclaración como un piano caído del cielo. Por ahora, beberé una copa de vino y ahogaré mis preocupaciones en uvas fermentadas.

Tras una breve ducha y un cambio de ropa, tengo un nombre para mi problema, y eso es un paso. Lo llamo Paradoja de Jamie. Necesito que Jamie ejecute la venganza (para vengarme yo) y necesito distanciarme de él para no caer por la resbaladiza pendiente del amartelamiento hasta el peligroso territorio que no quiero ni nombrar.

–¡El amor! –grita Margo en la cocina, señalándome con una espátula. Parpadeo como si me hubiera lanzado una maldición–. Lo veo ya en tus ojos.

–No te lo estás tomando con calma, como dijimos –dice Sula por encima del hombro en un rincón del sofá–. Hola, Bea.

Levanta su vaso de vino para saludar.

–Hola, tú –le digo–. Cabello morado. Me gusta.

–Necesitaba un cambio –dice sonriendo–. Bueno. Yo quería ser más sutil, pero Margo lo ha estropeado, así que solo preguntaré: ¿Cómo va todo con el alto y elegante West?

–Todo va bien con Jamie, muchas gracias.

Sula enarca una ceja morada.

–Parecía algo más que bien cuando os besasteis en la bolera.

–Deberías haberlos visto anoche, después de haber quedado para cenar –dice Jules desde la nevera, sacando una botella de vino blanco–. Jodidamente adorables. Ya lo dijimos todos en la fiesta de Jean-Claude y teníamos razón: ¿No sería adorable que estuvieran juntos?

Aprieto los dientes. Maravilloso. Tengo que hacer que estoy loca por Jamie y soportar el cachondeo del grupo.

–Ya sé que todo empezó un poco friqui –dice Sula–, pero sigo pensando que es romántico.

–Ejem –digo, cruzándome de brazos, con la irritación arañándome la piel–. Necesito vino para esto.

–¿No vas a contarnos nada? –Margo me mira esperanzada, ofreciéndonos unos aperitivos.

–Más sal. Y nanay.

Margo frunce la frente y echa un poco de sal marina a los aperitivos.

–Esta nueva versión callada de Bea no me gusta nada. Rechazo esta actualización.

–Por eso vamos a ver una película romántica esta noche –le dice Jules–. Emborracharemos a Bibí con vino y la ablandaremos con comedias románticas para que nos lo cuente todo.

–¿Comedias románticas? –digo, arrugando la nariz–. Qué angustia. Quiero sufrir. Dadme *Shakespeare enamorado. Expiación. Triste San Valentín...*

–Para, por Dios –dice Toni, saliendo del cuarto de baño–. Antes de que pidas *Titanic*. Esas no son románticas. Hemos venido en busca de finales felices, ¿no?

Acepto a regañadientes su abrazo porque sigo molesta con todos estos entrometidos, sea cual sea su nivel de culpa.

–Devuélveme el abrazo, cacahuete –dice.

Mi respuesta es una palmada en la espalda.

–Estás muy necesitado esta noche.

Cuando Toni me ha apretado hasta sacarme el jugo, Jules me da un vaso de vino blanco.

–Tendrás que esperar a otro momento para ver llorar a Keira Knightley –dice–. Solo finales felices. No puedo con los desengaños.

–¿Sabes qué odio yo? –dice Sula mientras Margo se derrumba a su lado en el sofá con los aperitivos en la mano–. Odio esas películas que te hacen creer que estás hecha para el amor. Que te ponen contenta por dentro, con unas relaciones sexuales increíbles, grandes personajes, todas las emociones, y luego... bum... no terminan juntos.

–O uno de ellos muere –dice Toni, sombrío–. Eso no son romances.

–¿Ah, no? –pregunto.

La habitación al completo me responde:

–¡No!

–Vale –murmuro con el rabo entre las piernas mientras me siento en un sillón–. Solo preguntaba.

–Tú lees novelas románticas –dice Margo–. ¿Cómo es que no sabías eso?

–Supongo que nunca caí en la cuenta de que siempre terminaban juntos.

Jules suspira.

–Le he prestado mis novelas históricas románticas y así es como me lo paga. Ni siquiera ha captado la mejor parte del género: felices para siempre.

Tomo un sorbo de vino y me encojo de hombros.

–Las leo por las folladas y por los diálogos de fantasía.

–Vale, pero seamos claros –dice Toni–. Romance significa final feliz. Historia de amor significa que cogen una novela romántica, le cortan el diez por ciento final y lo reemplazan por desgracias.

–Muy bien. –Sula levanta su vaso de vino para brindar–. Estoy en el Equipo Romántico. Y si no, prefiero ver algo que ya empieza mal. Es horrible empezar felices y terminar tristes.

–Digo lo mismo. –Jules coge el mando a distancia, pone en marcha la película y da un sorbo al vino–. No hay nada peor que pensar que vas a ver una película romántica, meterte en la piel de una pareja feliz y ver luego que las fuerzas externas los separan, o peor aún... ver que dos personas enamoradas se destruyen entre sí.

Cuando oigo aquello, me quedo paralizada con el vino camino de la boca. Esa es mi solución para... todo. No solo para conseguir la mejor venganza, sino para resolver la Paradoja de Jamie.

La raíz de mi problema con la Paradoja de Jamie es que no hay nada falso entre nosotros, no hay interpretación, no hay guion. Tras acordar provisionalmente no asumir lo peor de cada uno, ahora estamos improvisando sobre la marcha, cuidando del otro mientras decidimos cómo ser amigos. No estoy segura de hasta dónde nos llevará esa conducta (más allá de los besos) para convencer al grupo de que nos estamos enamorando. Desde luego, no va a ayudarme a mantener controlados los sentimientos.

Necesito un manual, directrices sobre cómo actuar cuando estoy con Jamie. De esa forma, mis emociones no se desmadrarán y seguirán siendo lo bastante creíbles para los entrometidos a los que estamos manipulando. ¿Qué mejor material para trabajar que esas sensibleras películas que tanto gustan a mis amigos?

Me asalta la inspiración como siempre hace, repentina, abrumadora, ocupando todos mis pensamientos. Busco el teléfono, pulso la página de notas y escribo:

Sesión de estudio de comedias románticas.

Citas estilo comedia romántica. Documentarse en redes sociales.

Utilizar material de comedias románticas delante de los «amigos».

–¿A quién estás escribiendo? –pregunta Jules, lanzándome una mirada cómplice–. ¿Jaaamie?

No levanto la vista del teléfono y busco los mensajes para ver los últimos diálogos con el susodicho.

–Sí.

–Ooooh –corean todos.

–Poned la película ya, bichos raros –digo, entornando los ojos.

Cuando comienzan los créditos y una música pop llena el cuarto, pongo mi plan en marcha.

BEA: James, ¿cuántas comedias románticas has visto?

El teléfono pita treinta segundos después.

JAMIE: 3

Por supuesto que ha visto alguna. Y como es lógico, sabe exactamente cuántas.

JAMIE: Dos me gustaron. La tercera era un cliché de 90 minutos. ¿Por qué?

BEA: Esas películas van a ser nuestro billete de primera clase a Villavenganza.

JAMIE: No entiendo.

BEA: Reserva este miércoles para nuestra próxima «cita». Me toca a mí planearla. Ya te lo explicaré.

JAMIE: Tengo la fuerte sensación de que no va a gustarme.

Le envío el emoticono de un malvado sonriendo, mi favorita.

BEA: No sé por qué dices eso.

Capítulo 20

Jamie

–¿La mejor? –digo a Bea, mirando por encima del hombro–. *10 razones para odiarte.*

Me coge de la chaqueta y avanza detrás de mí arrastrando los pies. La multitud nos ha separado dos veces en el invernadero y tratamos de que no vuelva a pasar.

–Sí, es el no va más en comedia romántica. Pero ¿cuánto podemos aprender de esa película? La guerra de pinturas no –dice, tirándome de la chaqueta–. Demasiado sucio para don Limpio.

–Demasiado *peligroso* –respondo.

–No sé a qué te refieres, Jamie. Una pistola de pintura y yo, no podría haber mejor combinación.

Le lanzo una mirada escéptica.

–Yo estaba pensando en pintar por números. ¿No es un juego que practican los niños actualmente? ¿Actividades pasadas de moda de nuestra juventud? Suena adecuado para colgar en Instagram. Mucho menos estresante que las flores carnívoras.

–Mira que eres gruñón. Esa venus atrapamoscas casi ni te rozó.

–¡Casi me devoró la mano!

–Ssshhh –dice–. Estás asustando a los niños. Un pediatra como tú debería saber esas cosas.

–Beatrice.

–James. –Me detiene frente a un enrejado cubierto de glicinias–. Quédate aquí.

–Sigo sin entender la necesidad de llegar tan lejos con la cita. Creía que lo estábamos haciendo bien.

Bea resopla con impaciencia.

–Tú no oyes a esos descerebrados parloteando sobre su amor por los finales felices. No los oyes fanfarronear sobre su habilidad casamentera.

–Sigo pensando que es algo radical.

–¿Qué tiene de malo inspirarse un poco en las comedias románticas? Vamos, no te rajes ahora. ¿Qué más nos ha enseñado *10 razones para odiarte*?

–Que el malo siempre conquista a la chica –digo–. Patrick Verona es un capullo hipócrita con Kat Stratford durante demasiado tiempo. Y nos preguntamos por qué prospera la masculinidad tóxica. ¡Porque la romantizamos!

–Estás muy pesado hoy –dice suspirando–. Pesadísimo.

–Vale. ¿Quieres ideas? Tengo una actividad excelente parecida a la guerra de pinturas. Jean-Claude estaba quejándose el mes pasado porque Juliet lo arrastró a un cursillo de pintura especial para parejas. Incluyen noches de citas.

Bea enciende el teléfono y lo pone en modo cámara.

–Creo que eso sí es un poco radical.

–Oh, no, no lo creas. Si tengo que sufrir otra versión casi literal de *La pequeña tienda de los horrores*, te juro por Dios que tendrás que ir a un cursillo de pintura para parejas principiantes.

Bea abre la boca.

–Eso no está tan mal.

–Pintar tampoco. Tú tuviste tu idea. Esta es la mía.

Bea me fulmina con la mirada.

–Dame un minuto. Estoy pensando una respuesta sorprendente.

–Esperaré.

–Vale –dice. Se pega a mí y hace un selfi. Mi cabeza queda fuera del encuadre–. Maldita sea, James, sé útil, ¿quieres?

–Suplico vuestro perdón –digo ceñudo–. Tengo dos días laborables libres al mes y estoy gastando uno de ellos cociéndome por dentro mientras estornudo como un loco gracias a ti. Luego tienes la osadía de sermonearme sobre si soy útil o no. ¿Qué utilidad tiene todo esto?

Bea deja el teléfono en mi mano y dice a gritos:

–¡Somos instagrameables!

Un hombre nos dirige una mirada de inquietud y aparta de nuestro camino a un grupo de niños.

–Invernadero –dice Bea señalando alrededor–. Flores. Romance. Ajedrez y té.

–¿Ajedrez y té? –pregunto–. ¿Cuándo has mencionado eso?

Me mira con la frente arrugada.

–Esa iba a ser tu recompensa si te portabas bien. Pero no te estás portando bien, Jamie.

Respirando con fuerza, me tiro de los puños de la camisa hasta que los botones quedan en el centro de la muñeca y giro el reloj hasta colocarlo donde debe estar.

–Mis disculpas.

–Disculpas aceptadas. Ahora haz el puto selfi de los dos para que pueda subirlo a Instagram.

Poniendo el teléfono en ángulo, hago una foto de los dos: Bea rodeándome la cintura con las manos, los ojos entrecerrados y esbozando una sonrisa de felicidad forzada pero convincente. Yo la miro desde arriba con un asomo de sonrisa. En realidad es una mueca.

Todo parece bastante romántico, aunque no sé cómo. Hace que me pregunte cuántas fotos de parejas que circulan por las redes sociales son más falsas que Judas.

–Maldita sea, James –dice, inspeccionando la foto–. Estamos los dos más cabreados que una mona y sin embargo has hecho una buena foto.

–Es por la altura, que es exagerada. La perspectiva.

Se guarda el teléfono en el bolsillo y me mira.

–¿Cuánto mides?

–Uno noventa y tres –digo, cogiéndola del codo y apartándola del peligroso ataque de una manada de colegiales salvajes que se acerca.

–Vaya –dice, mirando por encima del hombro–. ¿Quién iba a saber que hoy era el día de las visitas escolares?

–No sé por qué, pero ya lo imaginé al ver todos los autobuses amarillos que hay aparcados fuera.

Bea se suelta de mi mano de un tirón.

–A mí me apetece tan poco como a ti hacer esto, pero es el precio de la venganza. ¿Por qué estás tan cascarrabias hoy, maldita sea?

Mirando alrededor, veo un pequeño hueco con un banco al lado de la ventana. Lejos de los niños chillones y del ambiente cargado de las flores, parece tranquilo y silencioso.

–Sígueme, por favor.

Bea viene refunfuñando, con los brazos cruzados sobre el pecho. Cuando llegamos al entrante, me siento en el banco. Bea se queda de pie.

–Me estoy portando fatal –admito.

–Sí.

–Estoy agobiado. Y cuando estoy agobiado, me vuelvo ansioso y cascarrabias y no quiero estar en sitios ruidosos, calurosos y atestados de gente como este.

Bea baja los brazos a los costados.

–No lo sabía, Jamie. Podrías habérmelo dicho.

–Debería. No creí que fuera a molestarme tanto. –Cierro los ojos con un suspiro y apoyo la cabeza en la pared–. Mi padre cumple sesenta y cinco años dentro de dos semanas y van a organizarle una fiesta. Mi madre no deja de llamar para preguntarme si voy a ir.

–Y...

Abro los ojos lentamente y miro al techo.

–Cedí y le dije que sí.

–¿Tan malo es?

–Mi dinámica familiar es... desagradable.

–Vale, bien. Ejem –dice, rascándose tras la oreja y apoyándose en la otra pierna–. ¿Ayudaría que fuera contigo?

La miro a los ojos, parpadeando con incredulidad.

–¿Qué?

Se encoge de hombros.

–Es una fiesta de cumpleaños para tu padre. Yo soy tu novia... es decir, se supone que lo soy. Parecería raro que no fuera, ¿verdad? Además, es muy adecuado para subirlo a Instagram.

La miro fijamente, dando vueltas a la idea en mi cabeza. La colorida y sincera Bea en los viciados y fríos pasillos de la casa de mi infancia. Sería muy desgraciada.

–Eres muy amable, pero no hace falta.

–Oh, vamos, Jamie. ¿Tan malo sería?

–Mucho, Beatrice. Muy malo. Arthur y Aline. Mis hermanos, aparte de Sam. Los despreciarías. Son como la peor parte de mí.

–Vaya –dice, sentándose en el banco y acariciándome la mano–. Eres un poco duro contigo, ¿no crees?

–Es la verdad.

–Déjame asistir. No será para tanto. Estoy segura de que sabré comportarme con ellos. –Se pega a mi hombro–. Mírate. A mí no me molestas más de la cuenta.

Sonrío con sarcasmo.

–A mí tampoco me molestas tú más de la cuenta.

–Estupendo. Ya está. Iré.

–No, Bea. No quiero que los conozcas.

–Vamos a resolver esto como adultos –dice, poniéndose en pie y cogiéndome de la mano para tirar de mí.

–¿Adónde vamos?

–Ajedrez y bebidas calientes, tío.

–Creía que había perdido esos privilegios.

Sonríe.

–Te has ganado el ajedrez y el té con la condición de que el ganador decida si asisto o no a la fiesta de cumpleaños.

La fulmino con la mirada mientras tira de mí entre la multitud. Bea es una buena jugadora de ajedrez. Existe la posibilidad de que pierda y tenga que sufrir presentándola a mi familia.

Y entonces habrá visto lo peor de mí.

Quizá no sea tan malo. Porque entonces la remota, demencial posibilidad que acariciaba en los momentos de flaqueza, la posibilidad de que le guste de verdad, de que algún día esta extraña amistad se convierta en algo más, quedaría definitivamente eliminada.

–De acuerdo –digo.

Girando sobre sus talones y viniendo hacia mí, Bea me estrecha la mano.

–Ese es el espíritu.

El teléfono de Bea emite el chasquido de hacer una foto. Dejo el té a un lado.

–¿Ha sido realmente necesario?

Da un bufido y mira el teléfono.

–Eres igual que Cornelius cuando está disfrutando del baño.

Le doy un golpe por debajo de la mesa.

–Deja de burlarte de mí.

–¡Lo siento! Es muy mono. Te juro que no me burlo de ti.

–Es exactamente lo que haces.

Tomo un sorbo de té, exagerando la cara que he puesto. Que me lleve el diablo si sé por qué; solo sé que eso la entretiene.

–¡Para! –dice, riéndose con fuerza, apretándose el costado.

Ahora yo también río. La cafetería Boulangerie está más apacible que cuando estuvimos la otra vez, quizá porque es una tarde entre semana, y nuestras risas resuenan en el local. La gente nos mira sonriendo antes de calmarnos.

–Ay, tío. –Bea se seca los ojos–. Qué bueno.

Miro el tablero de ajedrez y sacudo la cabeza.

–Me has machacado.

Bea hace una mueca.

–Pues sí. Ya tienes una cómplice del delito para la asquerosa fiesta. –Recoge las piezas y las guarda en la caja–. ¿Quieres hablarme de tu familia? –pregunta sin apartar los ojos de lo que hace.

Tomo un sorbo de té y dejo la taza en la mesa.

–La verdad es que no.

Pero quizá debería hacerlo. Quizá soltarlo todo sea mejor

que guardarlo dentro, como si fuera una olla a presión debajo de mi esternón.

Bea no dice nada, está concentrada en lo que hace. Es casi como si supiera que me hace un favor no estando pendiente de mí mientras busco las palabras para explicarme.

–Mi padre es un cirujano cardiaco de fama mundial. Mi hermano mayor es cirujano y los dos menores estudian para serlo. Eso es lo que haces si eres un Westenberg. Como único pediatra de la familia, soy una decepción.

Bea cierra el cajón de las piezas y me mira.

–¿Una decepción? Salvas niños, Jamie.

–Normalmente solo me aseguro de que crezcan sanos.

–No menosprecies tu trabajo –dice con vehemencia–. No te subestimes solo porque otros lo hacen.

Un mechón de pelo le cae sobre la cara y cuelga peligrosamente cerca de su café. Se lo remeto detrás de la oreja.

–Objetivamente, lo que hago requiere poca habilidad especializada, menos tiempo de residencia. La cirugía es una carrera mucho más prestigiosa a ojos de mi familia, salvo a los de mi hermano Sam. Yo ya he hecho las paces con todo eso, pero mi padre no. Y Arthur no deja que lo olvide.

Bea frunce el entrecejo.

–Creo que no me va a gustar Arthur.

–Pues ya somos dos, pero he aprendido que es más fácil no hacer caso a su reprobación que discutir con él.

–¿Puedo decir una cosa?

–Por supuesto –digo, afirmando con la cabeza.

Bea se inclina sobre la mesa.

–Espero que no haga falta que yo lo diga para que lo sepas, pero tú eres lo más lejano a una decepción que he conocido en mi vida, Jamie Westenberg. La gente que importa lo sabe. Como dice mi madre, quien no puede amarte como eres, no merece tu corazón.

Sus palabras calan dentro de mí y me calientan más que la mejor taza de té.

–Muy amable, Bea. Gracias.

Sonríe y se recuesta en la silla para comerse el cruasán de chocolate.

–Bien. Noche de juegos. ¿Estás preparado?

–Son juegos de tablero. Imagino que sí. ¿Por qué?

–No me refiero a los juegos. Me refiero a las cursiladas. Va a ser el siguiente nivel de actuación teatral ante ellos. Hemos estado juntos, ya sabes, falsamente juntos, durante unas semanas. Tenemos que darnos el lote como si realmente nos estuviéramos enamorando.

–Creo que sabremos apañarnos. ¿Estás preocupada?

Me mira la boca y luego aparta los ojos.

–No, no mucho, es decir, creo que tenemos dominado lo de los besos, ¿verdad?

Trato de no mirar su boca, pero me cuesta. Es muy difícil no pensar en lo fácil y placentero que es besar a Bea.

–Verdad.

Con la mirada gacha, muerde otro trozo de cruasán. Coge el lápiz y dibuja en la servilleta que tiene a la izquierda.

–Los besos sólidos se nos dan bien –dice–. Pero es diferente pasar horas entre la gente fingiendo que flipamos el uno con el otro. La auténtica cuestión es, James, ¿sabes magrear?

–Vamos, Beatrice, claro que sí.

«Y seguro que me gustará más de lo que debería».

–¿Y tú? –pregunto–. ¿Puedes hacer un juego del magreo?

–Apuesta tu culo a que sí.

Se abre la puerta de Boulangerie y el corazón casi se me sale del pecho. Entra mi exnovia Lauren, con el pelo recogido, bien cepillado, muy probablemente tras una mañana en el quirófano.

Por suerte, Bea no se da cuenta, está absorta en su dibujo.

Cuando Lauren llega al mostrador y mira alrededor, desvío la mirada y señalo la servilleta de Bea y las líneas oscuras que está dibujando.

–¿Sigues con el bloqueo creativo?

Levanta la cabeza con el lápiz en la mano y vuelve a concentrarse en el dibujo.

–Parece que va mejor. Menos mal que Sula es buena tía y no me agobia. He hecho diseños suficientes para tener un buen surtido en la tienda.

–¿Estás contenta trabajando en Edgy Envelope?

–Me encanta trabajar allí –dice, dejando de dibujar–. Es decir, Sula y Toni me sacan de quicio a veces, pero me gusta diseñar, ser creativa. Es un buen lugar de momento, aunque no sea el sitio definitivo.

–¿Y siempre quisiste ser... –noto que me ruborizo– dibujante erótica?

–Estudié arte en la facultad y siempre prefería trabajar con desnudos. Me fascinaba la belleza de los humanos, ¿sabes?

El corazón me golpea en el pecho, algo profundo y extraño se desata dentro de mí.

–Sí. El cuerpo humano es hermoso. Extraordinariamente complejo bajo la superficie, pero hermoso.

–¡Exacto! –dice sonriendo, con los pies apretujados entre los míos bajo la mesa–. Estaba enganchada. Lo original y singular que es cada persona. Las partes de nuestros cuerpos que la cultura de la dieta y Photoshop nos dicen que deberíamos borrar y esconder (la imperfección humana) son lo que creía, y aún creo, que nos convierte en obras de arte. Las estrías. Las arrugas. Las pecas, las pequeñas marcas, los michelines y las curvas. Me di cuenta de que quería celebrar eso con el arte, defender esa creencia.

Levanta los ojos hacia mí, frunce la frente y vuelve a concentrarse en la servilleta. El lápiz vuela sobre el delicado papel.

–Me di cuenta de que es aún más poderoso –continúa– cuando puedo mostrar la sensualidad de esas mal llamadas imperfecciones. Que podemos apreciarnos y desearnos no cuando somos perfectos, sino cuando somos nosotros. Así que empecé a dibujar y luego a pintar a amantes juntos, individuos amándose en solitario. Esa fue mi trayectoria antes de Edgy Envelope... encargos y ventas en exposiciones.

–¿Qué te hizo dejarlo?

Se queda inmóvil y vacila un momento.

–Yo... tuve una relación muy tóxica. Mi pareja me jodió la cabeza, personal y profesionalmente. Es un artista de gran talento y yo valoraba su opinión. Así que cuando empezó a criticar mi trabajo, me entraron un montón de dudas. No me daba cuenta de que estaba celoso de mí, en lugar de alegrarse de que ambos tuviéramos éxito, se sentía amenazado.

Casi derramo el té.

–Vaya un hijo de...

–Tranquilo, Jamie –dice, golpeándome el pie por debajo de la mesa.

–No.

–Tienes razón, no está bien. Quiero decir que ya pasó.

–¿Y tiene que ver con él que no hayas vuelto a pintar desde entonces?

Bea se muerde el labio.

–Es complejo. Al principio era difícil reconocer cómo me trató Tod, lo mal que se portó conmigo. Pasé algún tiempo en terapia, trabajándolo, después de romper. Le hicieron una ventajosa oferta de trabajo y se mudó a otra ciudad, gracias a Dios, y ahora sé que estaba lleno de mierda. Aunque todavía lucho por pintar, no tanto para alejar su voz de mi cabeza como para reencontrar la mía, si es que eso tiene sentido. Pintar es muy personal. Para mí es emocional. Y no he estado en el mejor espacio para eso.

Le tiembla el lápiz y mi corazón cae en picado.

No soy la persona más indicada para hablar de problemas emocionales, pero incluso yo puedo ver que la condición de «solterona» de Bea, como Juliet le decía en broma, ha sido como su vocación artística: salir con alguien es algo que tuvo que arrinconar mientras se curaba, hasta que se sintió sana y preparada para seguir adelante.

–¿Tus hermanas saben cómo te trató? ¿Qué pasó?

Bea mira fijamente la servilleta de papel.

–Él y yo pasábamos la mayor parte del tiempo solos, o en un medio artístico. Kate apenas ha pasado por casa en años y las pocas veces que Tod coincidía con Jules se portaba de maravilla. Así que mis hermanas no conocían al auténtico Tod y yo nunca les conté lo que pasaba porque no quería admitir ante ellas quién era él realmente, que la había cagado a lo grande al elegir a un tipo como él. Quería seguir adelante. Es vergonzoso.

–Bea, no tienes nada que reprocharte. Fue cruel contigo. Eso no es culpa tuya. Fue culpa suya y de nadie más.

Bea se muerde el labio.

–Sí, lo sé. Quiero decírselo. Pronto lo haré, espero. Solo tengo que encontrar los ovarios para hacerlo. –Carraspea y sacude los hombros como si hubiera sentido un escalofrío–. El caso es que desde la ruptura me he mantenido dentro de una especie de rutina monótona. No durará para siempre. Sé que quiero volver a intentarlo. Con el arte. Quizá también con una relación en algún momento. Pero, empezando con la pintura, no he sido capaz de hacer algo más que coger un pincel. Y ahí me quedo, mirando un lienzo en blanco. Estoy harta.

–Volverás a pintar –le digo.

Me lanza una mirada de fastidio.

–Sí, gracias a ti y a esa horrible cita pictórica que te has sacado de la manga.

–Quizá sea serendípico. Podría ser tu nuevo comienzo.

–Quizá –dice en voz baja, dando un bocado al cruasán de chocolate–. He estado atascada en esta rutina demasiado tiempo.

Retiro una migaja de su mejilla, donde ha caído una oscura y fina mecha de pelo que le besa la piel.

–Todos nos quedamos atascados alguna vez, Bea. Al menos a mí me ha pasado.

Oigo el susurro del vapor de la cafetera y miro al frente en el momento en que Lauren recoge su café y se vuelve. Nuestras miradas se cruzan.

La saludo con una educada inclinación de cabeza y, sin esperar a que ella me la devuelva, me concentro en Bea otra vez. Al poco rato se cierra la puerta de vaivén y Bea mira por encima del hombro la figura de Lauren, que se aleja.

–¿Quién era?

–Mi ex –digo, tomando un sorbo de té.

Bea lanza un largo silbido.

–Solo la he visto de espaldas, pero vaya. Has bajado el listón.

–Cállate. Tú eres muy guapa.

Sus mejillas se encienden.

–No estaba buscando un cumplido.

–Ya lo sé. Y no he sido insincero. Lo eres.

Da un gruñido al ladear la cabeza.

–Mierda. He tenido un tirón por curiosear. ¿Puedes apretarme justo aquí? –dice, señalando el lugar dolorido.

Deslizo el dedo cuidadosamente por los músculos agarrotados de la base de su cráneo y luego por la espalda. Y enseguida mi mente se pone a deambular por un camino peligroso. Qué poco necesitaría para inclinarle el cuello, levantar su boca y juntarla con la mía por ninguna otra razón que el puro placer.

Suspira mientras le froto los endurecidos músculos del cuello. Rememoro en silencio los nombres anatómicos, desesperado por dominar mis impulsos corporales, la dirección incontrolada de mis pensamientos.

«*Splenius capitis. Semispinalis capitis. Longissimus capitis*».

–Jamie –dice en voz baja–. Qué bien sienta.

Cierra los ojos, lo cual me permite mirarla sin delatar mis sentimientos.

–Me alegro.

–Ten cuidado –dice con una sonrisa soñadora–. Si sigues así, tu seudonovia te exigirá masajes de cuello cada vez que salgamos juntos. Puede que consigas más de lo que esperabas en este romance de mentirijillas.

Observo a Bea mientras se derrite bajo mis manos. Mientras su cabeza cae a un lado. Mientras intento reprimir el desconcertante pensamiento que me acecha: que «más de lo que esperaba» podría ser exactamente lo que deseo.

–¿Tu exnovia y tú terminasteis como amigos? –pregunta.

–Pues no. Ella se puso en contacto con mi padre y su profesión a través de mí y, cuando le ofreció un sitio en su equipo, le dijo que no quería trabajar con la familia. Así que prefirió el trabajo a mí.

–Vaya por Dios –dice–. Qué mierda.

–Lo es y no lo es. Me sentí utilizado, aunque la verdad es que ella era muy capaz y habría llegado a ese puesto con mi padre aunque no lo hubiera conocido gracias a mí. Lo único lamentable es que las cosas ocurrieran de ese modo.

No le cuento que cuando Lauren hizo aquello, reforzó mi sensación de haber pasado toda la infancia peleando, de que por mucho que lo intentara y por bien que lo hiciera yo no estaría al nivel. Está demasiado en carne viva, demasiado al desnudo. Aunque una parte de mí desea con todas sus fuerzas contárselo.

Pero, por el contrario, le digo:

–Al final fue lo mejor. Éramos parecidos, pero no congeniábamos. Ahora lo entiendo y trato de no ser rencoroso.

–Aunque no estés obsesionado por ello, te sigue doliendo. –dice Bea, abriendo los ojos para mirarme–. Siento lo que pasó.

Deslizo el pulgar hacia su barbilla, hacia la suave piel de su labio inferior.

–Gracias. Pero me alegro de que acabara.

Porque si no... bueno, ¿dónde estaríamos? Llevando la limpia y ordenada vida que tuve durante tanto tiempo. Una vida, me he dado cuenta últimamente, con la que no me sentía tan a gusto como quería creer.

–¿Te alegras? –pregunta Bea.

Busco sus ojos, saboreando con el tacto su calidez, su suavidad.

–Me alegro.

Nuestras miradas se cruzan y Bea se inclina hacia mí y yo hacia ella. Y entonces me coge por la barbilla y me da un largo y profundo beso que me calienta la sangre y hace que tenga que sujetarme al borde de la mesa para no desplomarme sobre ella mientras aspiro su aroma y le devuelvo con fuerza el beso. Tiene un sabor perfecto, como si su boca estuviera hecha para la mía, como si estuviéramos diseñados para hacer esto. De su boca escapa un suave suspiro cuando mi lengua acaricia la suya, cuando deslizo la mano por su pelo y acaricio sus suaves y oscuros rizos. Cuando se aparta, esboza una sonrisa de satisfacción.

La miro atónito.

–¿A qué ha venido eso?

Coge el lápiz y sigue dibujando en la servilleta de papel. Veo que me está dibujando *a mí*. Hace una ligera señal hacia la calle, donde está Lauren esperando un taxi en nuestro ángulo de visión.

–Para eso son todos nuestros besos, James. Para vengarnos.

Capítulo 21

Bea

–La noche de los juegos ha comenzado. ¿Dónde estás? –dice la voz de Jamie en el teléfono mientras doy saltos para subirme los leotardos y me aliso el vestido.

–Trabajando aún. Pero casi es hora de cerrar. ¿Ya estás allí?

–Jean-Claude dijo que tenía lío en el trabajo, así que vine pronto para ayudar a organizarlo.

El corazón me da una pequeña voltereta.

–Muy amable de tu parte.

–No es nada. Christopher también estaba aquí para ser útil, así que he terminado por preparar una salsa y poner en orden vistosos calcetines de no sé quién, lazos del pelo y rotuladores de punta fina. Ejem.

–Son como las migas de pan de Hansel y Gretel. Te guían directamente a mi dormitorio.

–Que es donde estoy ahora. Cornelius y yo estamos estrechando lazos.

Miro mi reflejo en el espejo mientras me lavo las manos. Estoy sonriendo.

–Es un buen estímulo moral. Te ayudará a mentalizarte para nuestra actuación de esta noche.

–Oh, estamos muy ocupados. Acabo de explicar tu plan a tu compañero de cuarto y le he hecho una sinopsis de *10 razones para odiarte* en cuatro o cinco palabras.

–¿Qué palabras?

–Miradas meditabundas, cánticos en tribunas, recital de poemas, morreo con pintura. Pero no te preocupes –dice Jamie–. Nuestra cita con la pintura es lo más cercano que he encontrado. La poesía no es mi fuerte. Y cantarte una serenata sería penoso. No podría cantar una canción ni aunque me fuera la vida en ello.

–Y nada de miradas meditabundas. Conocerte fue una larga lección sobre el dolor de las miradas meditabundas. No fue romántico.

–¿De qué está hablando, Cornelius? Fue una primera vez preciosa.

Doy un bufido, abro la puerta del baño y miro a ambos lados para asegurarme de que no hay nadie escuchando.

–Cuéntale a Cornelius lo desastrosa que fue.

–Me niego. Ahora está de mi parte. Le he dado manzanas.

–Vaya, comprando su amor, ¿eh?

–Reforzando nuestra relación. –Imagino su ceja arqueándose y su cara seria hasta que la mía pierde la compostura–. Cornelius me dijo que dentro de diez años nuestra desastrosa primera vez será preciosa, pues el trauma se habrá difuminado por el tiempo y la nostalgia. Les contaremos a los niños que yo apenas podía hilvanar una frase y que tú me tiraste alcohol encima no una, sino dos veces en la misma noche. Tú lo contarás mejor, así que yo escucharé mientras hablas, cubierto de manchas de pintura de tu última obra maestra. El amor que me profesas brillará en tus ojos.

Me quedo paralizada en la tienda, atónita por la imagen que ha dibujado en una de sus escasas incursiones en la broma. El pánico me oprime el pecho. ¿Por qué es tan fácil representar esa escena? ¿Por qué se cuela en mis pensamientos y se instala en ellos suspirando intensamente «ojalá»?

–Eso... –Me muerdo el labio. Con fuerza. Para no decir algo absurdo, del tipo «eso me parece absolutamente perfecto». Eso está muy bien. Deberías decirlo después, cuando te oigan todos. Cuando me estés mirando con los ojos abiertos de par en par y alguien decida que es socialmente aceptable preguntar cuándo vamos a tener hijos.

–¡Ya estáis hablando de hijos! –grita Sula en el despacho.

–Tengo que irme –digo a Jamie–. Aquí las paredes oyen.

–Cornelius te recuerda que cuando vengas a casa no te separes de tus amigos y tengas cuidado con los suelos desiguales.

–Dile a Cornelius que tendré cuidado –digo sonriendo.

–Bien –dice–. Hasta pronto.

Cuando dejo el teléfono sobre el mostrador, Toni lo coge y se queda mirando la pantalla, en la que sale la foto de Jamie conmigo en el invernadero.

–No puedo con vosotros dos.

Sula aparece por la puerta sentada en su silla de ruedas.

–¿Hay alguna foto nueva?

–¡No! –respondo–. ¿Es que no tenéis vida propia?

Toni se acerca a Sula con mi teléfono para admirar mis fotos entre los dos.

Las fotos de nuestro éxtasis están funcionando como un hechizo. Los intrusos están más pendientes de nosotros que nunca. Jules no deja de intentar sonsacarme detalles jugosos. Margo me dijo que estaba resplandeciente. Christopher me envió un mensaje en plan hermano mayor, diciendo: «Más le vale cuidarte bien, o si no…». Y Sula y Toni no paran de entrar en Instagram en el trabajo haciendo ruiditos de besuqueos.

Sula, suspirando con aire soñador, dice:

–Se le da bien dar besos, ¿verdad?

–Sí. –Falsos o no, el tipo sabe darlos.

Una extraña sensación me recorre la piel cuando recuerdo el que nos dimos por encima del tablero de ajedrez en Boulangerie. Cómo me aspiraba y gruñía de placer. Como si fuera de verdad. Como si todo esto fuera *real*.

Pero, por supuesto, no lo es. Aquel beso no fue por placer. Fue por venganza y, sí, también es posible que fuera porque besar a Jamie no resulta penoso. Me encantó besarle sabiendo que su asquerosa exnovia podía estar mirando y sintiendo celos en su apergaminado corazón.

Claro que no solo lo besé para castigar a su exnovia. Besé a Jamie porque me gusta besarlo, porque aunque no siempre hablamos el mismo lenguaje, no se pierde nada en la traducción al besarnos. Porque puedo mostrarle con mi boca y mis caricias lo que a menudo no sé cómo decirle. Temo pifiarla con palabras.

Pero esos sentimientos no son territorio de la falsa relación, así que van a parar al armario mental, ya bastante abarrotado, de cosas de Jamie que he deslizado bajo la puerta.

Para distraerme, abro el cuaderno de dibujo por la página del cielo nocturno que estaba dibujando y recorro las líneas con el dedo. Saboreo sus secretos y la delicia de haber encontrado por fin algo de inspiración.

–¿Sí? –dice Sula–. ¿Te pregunto por los besos y eso es lo único que consigo?

Toni deja mi teléfono en el mostrador y me hunde el dedo en la cintura.

–Cuéntamelo. Yo te di un informe de cincuenta páginas sobre mi primer beso con Hamza.

–Úrsula, ruidosa comadreja en celo. Deja de meterte en mis cosas. Antoni, el informe del beso fue idea tuya. Me habría encantado escucharlo, pero lo de tu primer beso con Hamza se lo debiste de contar al cartero. No os voy a contar detalles de mi vida amorosa con Jamie, a ninguno. Ni siquiera hablaré de nuestros besos.

Toni apoya los codos en el mostrador y se inclina con aire cómplice.

–¿Así que ya tenéis vida amorosa?

Le doy un empujón en broma.

–Lárgate.

Sula cacarea y vuelve a su despacho arrastrando la silla.

–Me encanta verla ruborizarse.

–Sobre todo cuando está dibujando a su musa –dice Toni.

Frunzo el entrecejo mientras tapo con la mano el dibujo del cielo nocturno tachonado de estrellas y meteoritos. Es un encaje de constelaciones que oculta y al mismo tiempo revela, si lo miras bien, unos amantes abrazados. Las piernas del hombre son largas, su cabello una maraña de rizos salvajes y el cuerpo de la mujer está pintado con estrellas. Intento no leer entre líneas los abundantes paralelismos entre Jamie y yo que mi mano ha decidido crear.

–¡Ay! –grita Sula–. He pulsado un botón. La pantalla se ha vuelto de colores. *Mayday, mayday!* Ayúdame, Toni.

Toni suspira y se dirige al despacho.

–No me pagan lo suficiente para esto.

Estoy a punto de apagar los iPads que utilizo para anotar las ventas cuando tintinea la campanilla de la puerta y entra una mujer que es la encarnación de lo *chic*. Alta, de piernas largas, con una hermosa mata de pelo caoba y ojos color miel. Lleva apenas un toque de maquillaje y un lujoso abrigo de lana de camello.

Hay algo en ella que me resulta familiar.

–¿Está...?

Sus ojos se abren como platos cuando me ve. Luego mira a otro lado y carraspea. Me miro a mí misma. Nada en mis ropas. Me toco el rostro con disimulo. ¿Tendré alguna mancha de tinta? Acabo de mirar mi reflejo en el espejo del baño y no tenía nada. Me examino las manos. Tampoco hay ninguna mancha de tinta. No se me ocurre por qué esta mujer se ha comportado así al verme, aunque también es verdad que a algunas personas los tatuajes les parecen algo alarmante. A Jamie le pasó la primera vez que nos vimos.

–¿Está abierto todavía? –pregunta, recobrándose al parecer y evitando mirarme a los ojos–. Siento llegar en el momento del cierre.

–No hay problema –digo, cerrando el cuaderno de notas y dejándolo a un lado discretamente–. Dígame si puedo ayudarla a encontrar alguna cosa esta tarde.

La mujer se recoge tras la oreja un brillante mechón de pelo caoba.

–Gracias.

Vuelvo a mi dibujo y la miro a hurtadillas mientras se mueve por la tienda. Veo que elige el paquete de sobres y cartas más caro de toda la tienda, una tarjeta gruesa y anticuada con un borde opalescente y dos plumas estilográficas de gran calidad. Luego, lentamente, se acerca a la pared de tarjetas de cumpleaños. Se muerde el labio y frunce la frente mientras mueve lo que lleva en los brazos procurando que no se le caiga ningún artículo.

–¿Quiere que se los guarde? –pregunto.

–Ah –dice mirándome y esbozando una ligera sonrisa–. Me vendría bien.

Salgo de detrás del mostrador alisándome la falda y compruebo rápidamente si no voy desarreglada por detrás. Desde el día de la bolera me obsesiona la posibilidad de que un dobladillo se me meta entre las bragas.

Cojo una cesta que hay al lado de la mesa expositora y meto cuidadosamente en ella los artículos. La mujer parece distraída mirando las tarjetas de la pared.

–¿Está buscando algo más? –pregunto.

–No estoy segura... –dice, mordiéndose el labio–. Quizá algo romántico, pero sutil.

–Entiendo. –Mis obras son la elección obvia. Señalo unos diseños populares–. Esas son buenas opciones para lo que desea.

Sigue la dirección de mi mirada y frunce el entrecejo, acercándose.

–¿Por qué? Los diseños parecen abstractos.

–Lo son –digo, sacando una tarjeta de las estrechas estanterías–. Y hay algo más. –Trazo con el dedo el dibujo escondido–. Aquí, por ejemplo, hay dos amantes. Fíjese, uno está acostado con los brazos atrás mientras el otro...

–Ah –responde rápidamente.

Levanto la cabeza y veo que tiene los labios fruncidos y una expresión de ligera sorpresa.

–Lo siento, si es demasiado atrevido puedo enseñarle otra cosa.

–No –dice de nuevo rápidamente, acercándose a coger la tarjeta–. No, es la idea que quiero. Pero quizá... –Mira la pared de estanterías y se fija en uno de mis diseños favoritos–. ¿Eso es un corazón?

–Lo es.

Sonríe y veo unos dientes blancos de anuncio de dentífrico. Me hacen parpadear.

–Perfecto.

–Un corazón es, por supuesto, el símbolo clásico del amor y...

–No –dice, interrumpiéndome. Alcanzándola con facilidad, coge la tarjeta del estante y la mira fijamente–. Esta no. Soy cirujana cardiaca. Pero ¿qué pasa con el diseño de los amantes? No lo veo.

–Normal. A veces es por la perspectiva. Mirar la imagen desde un ángulo diferente puede revelarlos. –Espero un momento, advierto que se irrita y que mira ceñuda la tarjeta–. ¿Quiere que se lo indique?

Aspira con fuerza por la nariz y se endereza.

–Sí, por favor.

Señalo la forma en que dibujé el corazón: los ventrículos y las aurículas, el flujo de sangre oxigenada y desoxigenada, todo dibujado con gran detalle a base de flores.

–Fíjese en el tono y la forma de esas flores, si los sigue con la mirada, verá dos personas abrazadas en posición de darse placer mutuamente.

Dilata los ojos.

–Ah, ahora lo veo. Bien. Desde luego, es original.

–Es la colección Deseos de Papel.

–Pues claro, ¿verdad? Es perfecta –dice mirando la tarjeta–. Me la llevo.

–Muy bien, la registraré. –Miro por encima del hombro a la mujer, que ahora tengo a mis espaldas, y la descubro observándome con aire crítico otra vez–. ¿Puedo ayudarla a encontrar alguna otra cosa?

–No, gracias.

Le cobro en un periquete y meto la tarjeta y el sobre en una pequeña bolsa con un lazo que nunca estará tan bien hecho como cuando lo hace Toni.

–Gracias de nuevo –dice, echándome otra mirada curiosa antes de rebuscar en el bolsillo de su abrigo y sacar el teléfono móvil.

–De nada. Que tenga una buena tarde.

La mujer se aleja del mostrador mirando su teléfono. Entonces me doy cuenta. Es su espalda lo que reconozco cuando se va.

Es la exnovia de Jamie.

Cuando ya falta poco para llegar al piso, adelanto corriendo a mis amigos con la excusa de que necesito mear. Casi me caigo de bruces dos veces, pero tengo que llegar a casa lo antes posible. Estoy flipando. Necesito respuestas.

–¡Ah, ya has llegado! –dice Jules en la cocina–. Aquí están los tacos. Tómate un vaso de sangría.

Nuestro piso rebosa de comida mexicana y música suave, de grupos de personas hablando y riendo. Jules conoce mi umbral de resistencia y es muy buena tratando de no sobrepasarlo. Ni demasiada gente ni demasiado ruido. Lo justo para ser placentero y no agobiante.

Pero no puedo disfrutarlo. No puedo evitar el recuerdo de la exnovia de Jamie en la tienda. La tarjeta que compró no sería para él, espero. ¿Acaso el vernos en Boulangerie la puso celosa? ¿Le hizo desear a quien ya no puede tener?

Un pequeño rincón de mi mente (el racional) no deja de decirme que estoy haciendo el ridículo al preocuparme por si mi seudonovio me está siendo infiel o, peor aún, por si está utilizando la seudorrelación para recuperar a su antigua novia. Esta misma parte racional me dice que no te reconcilias con quien te trata como él me contó que lo trataba ella.

Y para darle crédito, estoy casi segura de que es así. Uno de mis mayores defectos es lo mucho que siento, lo mucho que me preocupo. Me he dado cuenta de que si mis temores sobre ella son ciertos, me dolerá. Profundamente. Y no debería ser así. No debería importarme lo que hace mi seudonovio. El hombre que para mí es la encarnación de lo que no quiero: tranquilo, formal y bien planchado, lo opuesto a mi azaroso y fantasioso caos; un hombre que utiliza palabras de cinco sílabas, salva niños y come cuatro carbohidratos al año, mientras que yo tengo un trabajo de dudoso porvenir, tengo los neumáticos profesionales pinchados y subsisto a base de azúcar refinado y raviolis en lata.

Eso es lo que hace que me tiemblen las manos y que el corazón me dé saltos en el pecho. A pesar de mi esfuerzo por controlar toda esta mierda, para que nuestras citas tengan sentido y cada una de nuestras caricias sean únicamente para esta seudorrelación y sin otro objetivo que la venganza... sigo siendo vulnerable y apenas puedo contener las lágrimas.

–Bibí –dice Jules ofreciéndome un vaso de sangría–. ¿Qué te pasa?

Tomo un trago largo, esperando que el alcohol me adormezca el dolor.

–¿Qué sabes de la exnovia de Jamie?

Jules arruga la nariz.

–Oh, pues no mucho. ¿Por qué?

–Cuéntame lo que sepas. –Miro alrededor, pero no veo a Jamie. Debe de seguir escondido en mi dormitorio, con Cornelius.

–Está bien –dice Jules lentamente–. Recuerdo que Jean-Claude dijo que también era médico. Pero cirujana. ¿Del corazón, puede ser?

La ex de Jamie es cirujana cardiaca. Y yo dibujo genitales escondidos en tarjetas para ganarme la vida.

La débil y estúpida fantasía de Jamie Westenberg viéndome como algo más que la chica torpe que no soporta las verduras y va por ahí con la falda metida entre las bragas se disuelve, dejando un dolor vacío en mi pecho.

–Es una tradición de familia –dice Jules–. Sé que su padre es famoso por algún procedimiento. Y sí, creo que tiene que ver con el corazón. ¿Por qué?

Era ella. La mujer de Edgy Envelope tiene que ser su ex. ¿Cuántas mujeres se parecen por detrás a la antigua novia de Jamie y son cirujanas cardiacas? Eso explica por qué me miraba de aquella forma tan rara. Debió de reconocerme de Boulangerie.

–Bea, ¿qué está pasando? –pregunta Jules.

Parpadeo para olvidar mis pensamientos y fuerzo una sonrisa.

–Nada. Gracias. Solo es curiosidad.

–¿Estás segura...? –dice, acercándose.

–¡Jules! –grita alguien–. El horno se ha apagado.

Mi hermana suspira.

–No pasa nada, Jujú. Estoy bien. Ve a cumplir como anfitriona.

–No te vayas muy lejos –dice, cogiendo mi vaso casi vacío–. Volveré con más sangría.

En cuanto se aleja, veo a Jamie al fondo del pasillo, cerrando la puerta de mi habitación con cuidado. Mi corazón da un triple salto mortal, suplicando encontrar una cuerda de confianza que me salve. Pero ahora mismo solo hay un miedo gravitacional que tira de mí hacia abajo, un ventarrón que ahoga todos los demás sonidos.

Jamie levanta la cabeza y, al verme, sonríe al genuino estilo Jamie, mirándome a los ojos mientras acorta la distancia que nos separa. Veo que sus labios forman la palabra «hola». Lo miro sin palabras mientras me quita el bolso del hombro y se lo pone en el suyo.

–Bea –dice, rodeando mi espalda suavemente con el brazo y guiándome al interior, lejos de la puerta–. ¿Qué pasa?

Margo maldice el cochecito infantil cuando entra en casa detrás de mí.

–¿Alguna vez la habéis visto bloqueando una puerta y mirando boquiabierta a una persona?

–No –dice Sula, entregando a Jules a su hija Rowan para plegar el cochecito–. Pero me recuerda mucho la cara que pusiste cuando me viste por primera vez.

–Yo no estaba boquiabierta –dice Margo con ironía.

Sula da un bufido y deja el carrito contra la pared de los abrigos.

–No, claro. Dejemos solos a los tortolitos.

Cuando ya se han ido en busca de bebidas y comida, entran Toni y Hamza, cuelgan los abrigos y también se van.

Jamie me mira fijamente, con la mano en mi espalda.
–¿Te encuentras bien?
La respiración se me queda atascada en la garganta, señal de que están a punto de saltárseme las lágrimas.
–No estoy segura.
–¿Qué ocurre?
La preocupación que refleja su rostro empeora aún más mi dolor.
–Yo... –Los ojos se me humedecen.
–Bea... –Jamie me atrae hacia sí para darme un fuerte abrazo que no sabía lo mucho que necesitaba. Sus fuertes brazos me envuelven mientras me acaricia la cabeza con una mano. Sus dedos se deslizan suavemente en mi cabello, una caricia reconfortante que hace que broten las primeras lágrimas.
–¿Qué necesitas? –pregunta en voz baja y cálida, con la boca en mi oído–. ¿Quieres ir a un lugar más tranquilo?
Niego con la cabeza, rodeando su cintura con los brazos. Es tan esbelto y macizo... Huele como un paseo matutino por el bosque. Y cuando cierro los ojos, lo imagino fácilmente... Nuestras manos enlazadas, solo el sonido de la vida salvaje entre los árboles, ramitas partiéndose bajo nuestros pies, el débil rugido del cercano mar.
Suspirando, digo con la boca en su pecho:
–Basta con esto.

Capítulo 22

Jamie

Algo me está pasando. Algo que me asusta.

Cuando he visto a Bea, con aire de estar perdida y a punto de llorar, me ha invadido todo el cuerpo una fuerza que no había conocido en mi vida. Era cruda, elemental y violenta. Algo ha herido a Bea. Algo bajo la superficie de su dura apariencia, bajo esos tatuajes nítidos y esos ojos intensos y ese sorprendente cabello de puntas rubias. Y yo quiero aniquilarlo.

Para los demás, imagino que parezco tan tranquilo como siempre, tan sereno como siempre. Pero por dentro, cuando la he estrechado entre mis brazos (y ella se ha aferrado a mí como a un salvavidas), nunca había sentido tal instinto primario de protección.

–Gracias –susurra.

Acerco los pulgares a su rostro para enjugarle las lágrimas, cogiéndole la cara con las manos. Luego bajo la cabeza y la miro a los ojos.

El miércoles, cuando jugamos al ajedrez, hicimos planes para la noche de juegos: nos besaríamos con pasión al saludarnos y estaríamos besuqueándonos toda la noche. Les daríamos algo de qué hablar. Pero que Bea haya aparecido bañada en lágrimas y agarrándome de esta forma está muy lejos del guion. No voy a arriesgarme a que diga que ya no está cómoda con lo que planeamos, así que pregunto:

–¿Todavía quieres que te bese?

–Sí –afirma con la cabeza, con las manos en mi cintura y los dedos recorriendo mis costillas. Cierra los ojos y se pega más a mí–. Por aquello de la plausibilidad.

La miro fijamente. Pestañas oscuras, la peca debajo del ojo

izquierdo. La delicada curva de su nariz y esos labios que parecen un pimpollo.

La verdad cae por su peso.

No quiero besar a Beatrice Wilmot con una falsa excusa. Quiero besarla simplemente porque me gusta. Sin intenciones retorcidas, sin propósito de venganza.

Y no tengo ni idea de si Bea quiere lo que yo quiero. Algo real, no falso. Simplemente nosotros.

La ansiedad estrecha sus ligaduras en mi pecho, me oprime los pulmones. ¿Y si esta vez tampoco soy suficiente para ella? ¿Y si cuando le diga lo que siento me mira con la misma incomodidad frustrada que puso rígida la expresión de Lauren cuando me di cuenta de lo poco que en realidad yo significaba para ella?

No puedo correr ese riesgo, no puedo afrontar la posibilidad de que Bea me diga que para ella esto solo significa lo que decidimos que significara.

Así que, como un cobarde, me quedo quieto saboreando su tacto. Detesto que esté inquieta, pero me encanta que me necesite. Que de alguna manera me haya convertido en su roca, en la persona en que se apoya. Respirando su fragancia, cierro los ojos y apoyo la mejilla en su cabeza. Por un momento el mundo es solo ella, cercana, cálida y suave, aroma a higos y a madera de sándalo. Sus dedos se aferran a mi camisa cuando me inclino para rozar sus labios con los míos.

Respira hondo, poniéndose de puntillas para acercarse. Un gruñido sale de mi garganta cuando me rodea el cuello con los brazos y desliza los dedos por mi pelo, raspándome el cráneo. Abro la boca mientras la atraigo con más fuerza y recorro sus caderas con las manos, dándole a entender lo que su cercanía provoca en mí, lo urgente que *todo* se vuelve cuando nos besamos.

El tiempo se comprime, se curva, se disuelve, hasta que lo único que existe son las manos de Bea y la boca de Bea y las dulces y suaves curvas del cuerpo de Bea contra las duras superficies del mío. Hasta que todo se reduce a ella.

Bea.

Es la palabra que mis sueños suplican, el sonido de la necesidad que canta en mis venas. Es lo único que importa hasta que un chillido de admiración rompe el momento, haciendo que nos separemos de golpe.

Bea me mira directamente con una suave y tanteadora sonrisa.

–¿Cornelius te ha cuidado bien? –pregunta.

Digo que sí con la cabeza, recogiéndole un mechón de pelo que se le ha soltado del moño cuando la besaba. Me mira mientras lo hago y mi dedo recorre su barbilla.

–Sí.

–Bien.

Su sonrisa se desvanece cuando me subo su bolso al hombro.

–Voy a dejar esto en tu cuarto, para que esté seguro.

Bea mueve la cabeza afirmativamente.

–Iré contigo. A saludar al erizo.

Recorremos el pasillo hasta su cuarto, donde permanecí sentado en su cama antes de que llegara, fijándome en los incontables detalles cromáticos, tratando de imaginar por qué me gusta tanto su vena caótica.

–Hola, colega –dice a Cornelius, acariciándole el lomo. El erizo cruza su diminuta casa y se sube a sus manos–. Siento haber llegado en este estado.

–No tienes que disculparte, Bea. Pero ojalá me contaras lo que te ha pasado.

Traga saliva lentamente, sin dejar de mirar a Cornelius.

–¿Ves alguna vez a tu exnovia?

–¿Qué? No. Por Dios, no. –La preocupación se asienta en mi estómago–. ¿Por qué me lo preguntas?

–Creo que la he visto esta tarde. Y después de verla en Boulangerie, bueno... me puse nerviosa.

Me acerco con ganas de tranquilizarla con algo más que palabras, aunque sin saber si debo.

–Bea, te lo prometo. Fue pura coincidencia. No tengo ningún interés por estar con ella.

–Ya lo supuse. –Deja suavemente a Cornelius en el suelo y desliza hacia un lado el techo de su choza–. Creo que necesitaba oírtelo decir de nuevo.

Doy otro paso y me detengo detrás de ella. Tiene pegados a la piel unos diminutos pelos de color chocolate. Recorro uno con el dedo hasta su cuello. Bea inclina la cabeza, ofreciéndome el cuello al descubierto.

–¿Te importaría? –pregunto–. Que la quisiera... que quisiera a alguien.

Se coge el vestido con las manos.

–No me hagas responder a eso.

–El beso en Boulangerie. –Bajo la boca a su hombro, sabiendo que estoy siendo imprudente. Sabiendo que vamos a un lugar del que será muy difícil volver si estoy equivocado. Le doy un largo beso en el tatuaje–. ¿Fue realmente por venganza?

Bea se apoya en mí, golpeándome el hombro con la cabeza.

–Tampoco me hagas responder a eso.

Le rodeo la cintura con un brazo y le doy la vuelta lentamente para mirarla de frente. Sus ojos brillan al morderse el labio. El miedo se dibuja en su cara y yo solo tengo unas ganas inmensas de hacerlo desaparecer. De hacer que se sienta segura. De demostrarle que no está sola. Que estoy aquí, a su lado.

Nuestras manos se rozan como en un primer y temeroso beso antes de enlazarse, de apretarse con fuerza. Aprieto su mano contra mi pecho, mirándola a los ojos.

–Bea...

–¡Perdón! –Una persona desconocida asoma la cabeza por la puerta, roja de vergüenza–. ¡Lo siento mucho! Creí que era el baño.

Bea retira la mano y se alisa el vestido.

–Segunda puerta a la izquierda –dice, indicando al intruso que salga y saliendo detrás.

La sigo inseguro, temiendo haberla malinterpretado completamente. Pero en cuanto el intruso desaparece en el baño, da media vuelta y me coge de la mano, buscando mi mirada. Luego me da un suave y ligero beso en la comisura de la boca.

–No fue solo por venganza –susurra.

Sin decir palabra, Bea me conduce a la bulliciosa cocina, que es fiel reflejo de mis frenéticos pensamientos.

–¡West! –dice Christopher, sonriendo–. Ven a jugar al *Risk*. Y trae a Bea. Es su juego favorito.

Bea suelta mi mano y recoge el vaso de sangría que le tiende su hermana.

–Tranquilo, chico –dice a Christopher–. Necesito alcohol antes de empezar a sufrir con el *Risk*.

–¿Cerveza? –me pregunta Juliet.

–Sí, gracias. –Dios mío, cómo la necesito–. Que sea *light*.

Bea rebusca en el cubo de hielo.

–Aquí tiene que haber algo. Te gustan esas cervezas cítricas de trigo, ¿verdad, Jamie? Algo con sabor a friegasuelos.

Juliet arruga la nariz, apretándose contra la cadera a Rowan, la niña de pelo rizado de Sula y Margo.

–¿Qué?

–Es un chiste privado –dice Bea–. Ya sabes. Cosas de pareja.

Rowan alarga los brazos hacia mí con un grito de exigencia.

–Vaya, igual que yo, Ro –dice Bea por encima del hombro, sin dejar de buscar entre las cervezas–. Ha sido un largo día de mierda.

–Oye. –Juliet estrecha a la niña con más fuerza y le da un beso en un hoyuelo de la mejilla–. Tu favorita soy yo, no el grandullón que está con la tía Bibí.

Rowan chilla, volviendo a alargar los brazos hacia mí.

–No es nada personal –digo a Juliet, cogiendo a Rowan y estrechándola contra mi pecho. La niña busca mis gafas, como todos los niños, y dejo que me las quite–. Huelen al pediatra que hay en mí.

–Buena advertencia –dice Sula–. ¡Mi hija es capaz de cualquier cosa para cogerte las gafas!

Sonrío a Rowan cuando las dobla.

–Son de montura flexible. Prácticamente irrompibles.

Cuando busco a Bea con los ojos, advierto que me está mirando.

–Sabes cómo tratar a los niños, James.

Siento una oleada de placer al sentirme objeto de su atención. Me ruborizo.

–Viene con el trabajo.

Sigue mirándome otro momento y se vuelve para destapar la botella de cerveza golpeando la tapa contra la encimera. Estoy fascinado mirando los trazos de tinta negra y de colores que se curvan delicadamente en su brazo; bailan cuando se mueve. Pienso en mi lengua recorriendo el camino hasta su clavícula, y más abajo, hasta el suave bulto de su...

–¡Guuu! –grita Rowan, poniéndome las gafas de lado y sacándome bruscamente de mis lascivos pensamientos.

–Muchas gracias –le digo.

La niña me sonríe de oreja a oreja. Entonces se pone roja y oigo un rumor amenazante en su pañal.

–Ah –digo, acariciándole la espalda–. Solo necesitabas un par de brazos nuevos para cagar, ¿no?

Margo deja su sangría en la encimera y se acerca.

–Ya me ocupo yo.

–No me importa. Estoy acostumbrado a los pañales sucios.

Margo parpadea como si la hubieran sorprendido y se vuelve hacia Bea.

–Si tú no te casas con él, hablaré con Sula para formar un trío.

Bea le lanza una mirada asesina.

–Aléjate de mi hombre. Y utiliza el cuarto de Jules para cambiar el pañal.

–¡Maleducada! –dice Juliet.

–Sí, sí –suspira Margo–. Allá voy. A la glamurosa tarea de cambiar un pañal. –Desaparece con Rowan por el pasillo.

–Vamos, James –dice Bea, cogiéndome de la mano–. Es la hora de la siesta... Quiero decir, de jugar al *Risk*.

–¿Una siesta? ¿Qué...?

–El *Risk* es un coñazo –dice, poniendo cara de pena–. Es muuuuy aburrido.

–Es estrategia. –Solo queda un asiento vacío junto a Christopher, Toni y Hamza–. Se necesita paciencia. Por favor –le digo–, siéntate.

–Nanay –dice, negando con la cabeza–. Yo no juego. Siéntate tú.

Nuestras miradas se cruzan antes de que finalmente me siente con un suspiro y tire de Bea para que se siente en mi regazo. El tiempo queda en suspenso unos momentos mientras se acomoda sobre mis muslos y me mira fijamente. Mi mano le rodea con firmeza la cintura.

–¿Preparados para recibir una buena paliza? –dice Toni.

Bea se vuelve y le saca la lengua, cruzando las piernas y apoyándose en mí. Desde donde estoy puedo ver divina e ilegalmente lo que tiene debajo del vestido. Y necesito un esfuerzo hercúleo para fijarme en los soldaditos del *Risk*.

–Estoy segura de que James está a punto de dominar el mundo en mi nombre, Antoni –dice Bea, tomando un sorbo de sangría–. Y luego te haremos picadillo en el *Pictionary*.

–Oooh –dice Hamza, riéndose–. Eso es tirar a matar.

–No bromea –dice Christopher tras beber un trago de cerveza–. La única vez que la he visto perder al *Pictionary* se volvió loca. Le tiró el rotulador a Jules, que había fallado la solución adrede. –Hace amago de lanzar un objeto–. Como una jabalina.

–¡Todavía tengo la cicatriz! –exclama Juliet desde la cocina.

–¡Fallaste a propósito! –grita Bea antes de bajar la voz y decirme–: Habría jurado que había estudiado un curso sobre explotar mi lado malo.

Sonrío y la abrazo con más fuerza.

–Compadezco a la persona que te subestime.

Bea es la primera en dejar de mirarme, con las mejillas ruborizadas, mientras bebe su sangría. Veo la mirada de Christopher justo antes de que la desvíe de nosotros y veo algo así como curiosidad. Caigo en la cuenta de que es el único del grupo al que nunca he visto con pareja. Y nadie intenta emparejarlo, como hicieron con Bea y conmigo. Lo cual me parece raro, dado lo entrometidos que son todos. No todo el mundo quiere salir con alguien ni tener relaciones, por supuesto, así que será simplemente eso, pero la mirada que nos dirigía parecía casi... ¿nostálgica?

–Es una larga historia –me susurra Bea al oído–. Pero la versión corta es que tiene sus razones para evitar emparejarse, y son tan serias que ni siquiera Jules tiene ovarios para entrometerse.

Doy un sorbo a mi cerveza.

–¿Me has leído el pensamiento?

–Supuse que sentirías curiosidad por saber por qué tiene permiso para estar soltero. Y me dio la impresión de que lo habías sorprendido mirándonos. Como si te importara. –Me acaricia suavemente el muslo–. Es gracioso. Tú nos conociste a través de Jean-Claude y Jean-Claude llegó a través de la empresa de Christopher, pero es como si debiera haber sido al revés. Tú eres mucho más del tipo de Christopher. Como si fuerais amigos.

Cambio ligeramente de postura bajo su peso, mirando mi botella de cerveza, sabiendo adónde nos llevará esto.

–¿Quiénes son tus amigos, Jamie? –pregunta Bea en voz baja.

–Yo... –digo carraspeando y tomando un trago de cerveza–. La verdad es que no he vuelto a hacer amigos desde la universidad. Estaba absorto en mis estudios y luego ocupado con la Facultad de Medicina y la residencia, y ahora trabajando. –Dejo la botella en la mesa y me ajusto el reloj hasta que está en el sitio en que debe estar–. Me llevo bien con mis colegas, pero eso es todo.

–¿Salvo con Jean-Claude?

–Ya te lo dije. Siempre anda atascado. Como un insecto en un papel atrapamoscas.

Da un bufido.

–Creo que es lo más cercano a un insulto que te he oído decir.

Le sonrío aliviado al ver que no critica el hecho de que prácticamente no tenga vida social.

–Me gustaría tener amigos –admito, porque Bea me da seguridad suficiente para decirlo–. Pero la verdad es que nunca he sabido muy bien por dónde empezar.

Su sonrisa es suave y cálida.

–Creo que empiezas ahora.

Un estrépito sobresalta a Bea, que está a punto de derramar la sangría encima de los dos.

–Por los pelos –dice temblando, dejando el vaso en la mesa.

Miro por encima de mi hombro la causa del ruido y veo a Rowan gateando por la habitación y tropezando otra vez con el caballete del *Pictionary*.

–Bea –murmuro, apretándola contra mí.

Se vuelve a mirarme y nuestras bocas quedan a unos centímetros de distancia. Me mira los labios y desvía la mirada a los ojos.

–Dime.

–¿*Pictionary*? ¿Deberíamos?

–Jamie, recuerda cómo me porté en la bolera.

Deslizo la mano por la curva de su cadera hasta que llego al borde de las bragas por encima del vestido.

–¿Cómo voy a olvidarlo?

Me da un codazo en el costado.

–No me refería a la payasada de las bragas. Me refiero al juego. Mi competitividad salvaje. Me gusta ganar, eso es lo que intentaba conseguir. Y ganaré al *Pictionary*.

–Pero Bea, ¿cómo crees que será posible si soy incapaz de dibujar un triste palo? Y aún soy peor coloreando.

–¿Cómo puedes ser malo con los colores?

–No sé, pero así es.

Alisa el cuello de mi camisa, recorriéndome con la mirada. La temperatura de mi cuerpo aumenta tanto que juraría que tengo fiebre. Bea sentada en mis piernas, encogida, acariciándome cariñosamente, está poniendo al límite mi resistencia.

–Ya se nos ocurrirá algo. Machácalos en el *Risk*. Yo te echaré una mano en el *Pictionary*. Trabajo en equipo.

Sintiendo las miradas de los demás sobre nosotros, demasiado hambriento para detenerme, acorto la distancia que nos separa y la beso hasta que abre los ojos como platos y jadea.

–Me gusta cómo suena.

Capítulo 23

Bea

Jamie no exageraba. Dibuja fatal. Nunca lo había visto tan hundido, ni siquiera después de decidir que un chupito de tequila era una buenísima idea. La valentía del borrachín y todo eso.

Jamie señala el papel de nuevo y lo apuñala con el rotulador.

–¡Jamie, señalar no sirve de nada! –digo, tirándome de los pelos–. Ya he dicho absolutamente todas las cosas que se me han ocurrido.

–Es tremendo –dice Toni–. Todas relacionadas con los genitales.

Le tiro un cojín a la cabeza.

–Nos vamos –dice Margo, mientras Sula pasa por delante de ella empujando el cochecito infantil–. Nuestra prole ya se ha hartado de vosotros.

Los gritos de Rowan confirman sus palabras. Les lanzo un beso con la mano y luego me vuelvo a mirar a Jamie, que está de pie, con la cabeza echada atrás, sacudiendo los puños a los dioses del *Pictionary*, que no le hacen ningún caso.

Ladeo la cabeza y entrecierro los ojos.

–¡El tiempo se acaba! –dice Hamza.

Empiezo a ver *algo*. Algo que la cabeza ladeada y los ojos entrecerrados revelan gradualmente.

–¡Una carretilla! –grito.

Jamie clava el rotulador, como un receptor de fútbol americano que toma mi respuesta por un ensayo. Entonces se me acerca y aplasta mi boca con la suya.

Jadeo entre sus labios mientras me levanta y se rodea la cintura con mis muslos.

–¡Eh! –grita Christopher–. ¡Buscad una habitación!

–Con mucho gusto –dice Jamie, medio riendo, medio gruñendo, mientras me besa con más fuerza.

Risas y vítores llenan la habitación, pero yo apenas los oigo cuando sus manos suben por mis muslos y se hunden en mi carne. Me lleva hacia las sombras del pasillo y me apoya contra la pared.

–Es la peor carretilla que he visto en mi vida.

Sus manos siguen subiendo hasta deslizarse bajo mi vestido y curvarse alrededor de mis nalgas.

–Lo siento –gruñe–. No debería haber llegado tan lejos...

–No me estoy quejando –digo acariciando sus macizos brazos, palpando cada músculo flexionado al sujetarme–. No me estoy quejando en absoluto.

–Creía que era el tequila –dice, después de un largo y profundo beso–, pero estoy borracho de victoria. Adrenalina. Endorfinas. A toneladas.

–Yo también –susurro, echando la cabeza atrás y ofreciéndole el cuello.

A alguien le ha parecido divertido poner a Barry Manilow en el equipo de música y las carcajadas aniquilan nuestra intimidad. Miro a Jamie; ambos tenemos la respiración entrecortada.

–¿Jamie?

Sus ojos están en mi boca, sus mejillas coloradas.

–¿Sí, Bea?

–Vámonos de aquí.

La realidad asoma por los bordes de mis pensamientos, pero la alejo de un empujón. Se supone que solo podemos hacer esto en público. Fingir, interpretar, atraer a los entrometidos a nuestra trampa. Pero ahora mismo no quiero pensar en ellos. No quiero que vean lo que quiero hacer a continuación.

Jamie me besa otra vez y me deja en el suelo.

–Vámonos.

Quizá sea el tequila, o nuestra victoria al *Pictionary*, pero soy toda temblores y risa nerviosa. Jamie me pone el abrigo sobre los hombros, se cuelga la bolsa y luego se inclina para levantarme y me carga sobre el hombro, abriendo la puerta de un tirón.

–¿Adónde vais? –grita Jules.

–¡A buscar esa habitación que nos dijisteis! –responde Jamie antes de cerrar de golpe.

–Mi madre. –Contemplo su trasero a mis anchas cuando Jamie baja la escalera cargado conmigo–. Estás en forma, ¿eh? ¿Cada cuánto haces ejercicio?

–Casi todos los días.

–¡Vaya, James!

Me aprieta las piernas con más fuerza.

–El ejercicio ayuda.

–¿Ayuda a qué? Uuuff. Tengo que ponerme en pie. La sangría y el tequila necesitan tener la gravedad de su parte para no salirse de mi cuerpo.

Cuando llegamos al final de la escalera, se agacha y me deja en el suelo, operación que incluye un deslizamiento por su cuerpo dolorosamente delicioso que hace que me falte la respiración algo más de lo que debería, puesto que lo único que he hecho ha sido dejarme llevar como un saco de patatas.

–Ayuda en muchas cosas –dice, continuando la conversación–. Para dormir. Para la ansiedad. Me inquieto si no hago ejercicio.

–¿Qué clase de ejercicio? –pregunto.

Me mira fijamente y empieza a retroceder para abrir la puerta de la calle.

–Correr, levantar pesas. ¿Qué hace Beatrice para quemar energía?

–Beatrice pasea. Hace yoga. Y a veces va a nadar.

Una semisonrisa aparece en su rostro.

Le doy un golpecito en el estómago.

–¿De qué te ríes?

–De nada –dice.

–¿Qué te parece tan divertido de mi ejercicio? Siento no ser una fanática de los maratones como tú, James.

Ríe tosiendo.

–¡Pero si no he dicho nada!

Le pellizco el costado, tratando de buscarle las cosquillas. De su boca brota un grito inhumano.

–Oh, mierda –digo, abriendo los ojos con malvada alegría–. Tienes cosquillas.

–Beatrice, no. –Levanta las manos, acelerando el paso–. Cosquillas no.

–Te has reído de mis ejercicios infantiles, así que lo pagarás. –Le pellizco y le hago más cosquillas, haciendo que grite de nuevo.

Yo me parto de risa. El chillido de Jamie es el mejor sonido que he oído en mi vida.

–¡Beatrice! ¡Para!

Busco su otro costado y él apenas consigue rehuir.

–No me jodas.

Entrecierra los ojos y echa a correr por la acera.

–¡James! –grito, resoplando y bufando tras él–. ¡Yo no corro! ¡No estoy tan en forma como tú! ¡Me voy a dar un morrón!

Jamie se detiene y se da la vuelta, pero no consigo frenar a tiempo y tropiezo con él.

–¡Ayyy!

–No puedo arriesgarme a que te desfigures –dice–. Ni siquiera para escapar del monstruo de las cosquillas.

Se me escapa una risa tonta. Él también ríe. Estamos un poco achispados. Y hay algo diferente. Algo no dicho en voz alta.

–Vamos –decide, cogiéndome la mano. No se me escapa que con esto hace prácticamente imposible que le haga cosquillas, a menos que me vuelva y lo intente con la otra mano, lo cual, con mi poco alcance, tampoco es muy posible.

–Me comería una pizza –murmura.

–¡Pizza! –exclamo–. ¿Quién eres tú y qué has hecho con el auténtico James Benedick Westenberg?

–¡Ja! –exclama, mirándome con diversión–. Jamie el aburrido resulta no ser tan aburrido, ¿eh? ¿Mmm? Puede pedir pizza un viernes por la noche, cargadito de tequila como va.

–Un chupito, James.

–Estoy algo achispado –admite.

–Y supongo que querrás una artesanal hecha en horno de leña, ¿no?

Sonríe y me rodea con el brazo.

–Quizá.

Apresurarse en el frío aire nocturno es como un salto en el tiempo... La rapidez con que recorremos la acera, riendo como tontos por nada, antes de estar a salvo en su casa.

Ya dentro del piso, me quito las botas sacudiendo los pies, recorro los seis pasos que hay hasta su sofá y me desplomo de golpe.

–Oh, mierda, sí –gruño–. Todo el sofá para mí. Silencio. Mucho mejor que en mi casa. ¿Por qué hacemos eso? Estar con gente. Puaf.

–¡Venganza, Beatrice! –dice Jamie–. Mmm.

Mira alrededor como si buscara algo.

–¿Todo bien por ahí, grandullón?

–Necesito el teléfono –dice, frunciendo el entrecejo.

–¿Para pedir la pizza?

–Todavía no. La buena pizza requiere tiempo. Y decidir dónde pedirla requiere más tiempo aún.

–Eres deliciosamente raro.

–Lo mismo digo –dice. Se quita las gafas, las deja en la encimera de la cocina y empieza a vaciarse los bolsillos–. ¡Ajá! –Levanta el teléfono, que parpadea anunciando que hay un mensaje sin leer–. Necesitaba el teléfono para que dejara de zumbar. Es un mensaje de mi compañero de piso. –Entorna los ojos–. Dice que no va a venir a casa. Dime algo que no sepa, Jean-Claude.

Le hago una pedorreta a distancia.

–Tampoco vamos a echarlo de menos. Aunque es raro que no estuviera esta noche en mi casa. Siempre está allí.

Dejando el teléfono en la encimera con un descuido muy poco propio de él, dice:

–Estaba enfadado por algo. Le pasa cuando no consigue lo que quiere.

–¿Por qué estaba enfadado? ¿Qué es eso que no consiguió?

–Vete a saber. –Jamie entra en la cocina–. Tu hermana parecía haber llorado cuando llegué a tu casa. Imagino que habrán tenido bronca, lo que normalmente significa que Jean-Claude no consiguió exactamente lo que quería y se puso hecho una furia.

La inquietud me sube por la columna. ¿Por qué Jules no me lo ha contado?

–¿Quieres algo de beber? –pregunta Jamie.

Estoy a punto de seguir indagando sobre Jean-Claude, pero su trasero me descoloca cuando se agacha para acariciar a los zombigatos, que están dormidos en sus camitas al lado de la ventana.

–¿Bea? –pregunta, sobresaltándome.

–¿Qué? ¿Una bebida? Sí. Claro.

–A ver qué tenemos aquí. ¿Licor? –Jamie abre la puerta de la nevera y la cierra de golpe–. Nada. Aquí no hay licor.

Miro por encima del hombro, procesando lo que acabo de ver en el atestado frigorífico.

–James, ¿qué coño hay ahí? ¿Te estás preparando para el fin del mundo? ¿Eres un survivalista secreto?

–Se supone que no debías verlo –dice sin mirarme.

–Bueno, ahora tienes que contármelo.

–Vamos a tomar un té –dice–. Al principio estaba pensando en el tequila, pero visto cómo se siente mi estómago, puede que no sea muy buena idea.

Bajo del sofá y me acerco a hurtadillas al frigorífico. En el momento en que estoy a punto de abrirlo, su mano se planta en la puerta, manteniéndola cerrada. Levanto los ojos hacia Jamie, empotrada como estoy entre él y la nevera.

–¿Qué hay dentro? –pregunto.

–Es... –Jamie desvía la mirada y baja los ojos al suelo–. Es puré.

–¿Qué? Bueno, no es ninguna vergüenza acumular puré.

Con los ojos aún en el suelo, dice en voz más baja:

–Para ti.

–¿Para mí? –El corazón me da un salto en el pecho–. ¿Me has preparado puré?

Se ruboriza y carraspea.

–He preparado cuatro purés de verduras con mi superbatidora, todos diferentes, y los he congelado. Iba a dártelos, pero no había reparado en que era demasiado, ni en si te iba a gustar. Así que... se quedaron ahí. Cada vez que los veo cuando voy a coger hielo me siento como un tonto presuntuoso. Es decir, cada mañana. Para el zumo del desayuno.

–Jamie.

Siento como si algo hubiera despertado en mi corazón y se estirase, buscando más espacio.

Jamie no dice nada, pero el rubor de sus mejillas aumenta. Un grueso mechón de pelo le cae sobre la frente, medio tapándole el ojo derecho. Se lo retiro y meto mis dedos entre su pelo, acariciando su sedosa suavidad.

–Hiciste cuatro purés de verduras. Para mí.

–Necesitas comer verdura –dice en voz baja, acariciándome el cuello con la punta de los dedos, recorriendo mi tatuaje del abejorro–. Y mi batidora de última generación puede hacer que su textura te resulte agradable.

–Se supone que mi seudonovio no tendría por qué mimarme más que a nadie –susurro.

Jamie cierra los ojos y apoya su frente en la mía.

–A veces, Beatrice, mi único deseo es mimarte más que a nadie.

El corazón se me sale del pecho y se pone a bailar en el cielo estrellado.

–¿Ah, sí?

Asiente con la cabeza.

–Aunque sé que no debería.

Lo miro fijamente, aterrorizada por lo que ha dicho. Y más aterrorizada aún porque es lo que más deseo oír.

–No debería estar aquí, a solas contigo –dice, rodeándome lentamente con un brazo y cogiéndome la mano–. No debería querer abrazarte así, ni bailar en la cocina mientras hierve el agua para el té. Pero no puedo parar.

En la primera vuelta que da, tropiezo con su pie y le doy un rodillazo en el muslo, cargándome el romántico momento.

–Buen intento, James –digo irritada, llena de vergüenza–, pero esta mujer no baila.

Jamie me mira inexpresivo.

–Lo estabas haciendo bien. Solo tienes que dejar que te guíe. –Continúa el baile, apoya la barbilla en mi cabeza y suspira–. Es un buen ensayo para la fiesta de cumpleaños de mi padre.

–¿Qué es eso?

–Será una fiesta acartonada, como siempre. Corbata negra. Orquesta en directo. Un vals.

Me quedo paralizada.

–Jamie, no bromeo. No sé bailar.

–¿Nada de nada?

–Nada de nada. No sé coordinarme.

Se detiene y me mira.

–Un vals no necesita coordinación, sino memoria. ¿Quieres aprender?

–¿Podría?

La palabra sale de mi boca antes de que pueda tragármela, como me trago todas las cosas absurdas que quiero expulsar.

Quiero reírme así todas las noches, echar un polvo en la encimera de la cocina, acurrucarme en la cama, jugar al ajedrez, compartir magdalenas y no parar nunca.

En el gran plan de la historia, puede que lo peor que ha ocurrido no haya sido un pícaro «¿podría?».

Me coge de la mano y me lleva al salón. Busca el mando a distancia y conecta el teléfono con el televisor para repasar una lista de música clásica.

–Jo, tío –gruño–. ¿De veras vamos a hacerlo? Te advierto que va a ser un desastre.

–No me importa. –El piso se llena de música de instrumentos de cuerda. Jamie me atrae hacia sí–. No nos llevará mucho tiempo.

No es que dude de la competencia de Jamie como pediatra, pero lo que está clarísimo es que es muy bueno con los niños.

Porque me estoy portando como una niña.

Tropiezo con mi propio pie y lanzo una queja aguda que hace palidecer los instrumentos de cuerda.

–Ya está bien, Bea. El baile requiere tiempo y práctica.

–Llevamos practicando treinta minutos y bailo peor que cuando empezamos.

Jamie no sabe mentir. Por eso cierra la boca y no dice nada durante un rato.

–No bailas peor, es que eres...

–Torpe. Patosa. Horrible. Te he pisado una infinidad de veces. Seguro que te he roto un dedo...

–Beatrice.

La voz grave de Jamie me deja helada, aunque también hace que algunas partes de mi cuerpo se pongan muy calientes.

–¿S... sí?

Tiene la mano apoyada con firmeza en mis riñones.

–Respira. Más de una vez, a ser posible.

Lo hago. Inhalo lentamente y luego expulso el aire. Repito.

–Bien –dice carraspeando–. Vale. Y ahora voy a hacer esto más fácil y a la vez más difícil.

–¿Qué? Eso no tiene sentido.

–Lo tendrá. –Me estrecha con más fuerza y nuestros cuerpos se funden. Pecho. Caderas. Muslos.

Ahora soy consciente de cada centímetro de su cuerpo.

–Ya, vale. Te sigo.

Jamie aspira profundamente por la nariz, mirándome a los ojos.

–Piensa en ello como en hacer el amor.

–¿Qué? –chillo.

El rubor invade sus mejillas.

–Ya te lo he dicho. Más fácil y más difícil. Sigue mi ritmo. Cuando dos personas están juntas...

–Sí –susurro.

–Es así –dice en voz baja, con su mano abierta en mi espalda, acercándome. Mis dedos se hunden en su camisa. Soy un metro setenta de anhelo–. Los cuerpos encuentran un ritmo, un toma y daca que les va bien. ¿Entiendes?

Asiento con rapidez.

–Eso creo. O sea, sí.

–Pues deja que te guíe al principio. Sigue mi ritmo y encontrarás el tuyo propio. Yo me ajustaré y luego estaremos... bailando.

Me aferro a sus hombros con más fuerza.

–¿Lo prometes?

Su mirada se fija en la mía mientras me recorre con un dedo la base de la columna vertebral.

–Prometido.

Jamie espera al momento exacto de la música y nos quedamos quietos. Mirándonos. Los cuerpos entrelazados.

–Normalmente no hay que acercarse tanto –dice como si me leyera la mente–. Pero te ayudará a aprender.

Su muslo izquierdo presiona mi pierna derecha y retrocedo, tratando de recordar los pasos. Atrás, de lado, cerca. Adelante, de lado, cerca.

–Bea. –Abro los ojos y lo miro–. No lo pienses –dice–. Solo sigue mi cuerpo.

–Vale. –Lo abrazo con fuerza, temiendo con nerviosismo el momento en que daré un paso en falso y volveré a pisarle el pie. Pero con Jamie tan cerca, metiéndome en el ritmo, cada vez lo pienso menos y me resulta más fácil sentir...

La mano de Jamie abierta en la curva de mi espalda.

Sus largas y fuertes piernas guiando las mías.

Sus macizos brazos guiándome adelante, de lado, atrás.

Miro su boca, siento que pierdo el control. Quiero bailar hasta que sea algo más. Quiero que Jamie me desee como yo lo deseo a él. Pero no puedo arriesgarme a sabotearlo todo... no solo la venganza, sino esta frágil amistad que estamos construyendo.

Así que intento distraerme. Aparte de mirar a Jamie, lo único que queda es mirar abajo, donde veo nuestros cuerpos moviéndose con un ritmo constante, giratorio. No ayuda.

Y Jamie tampoco ayuda. Está en silencio. Y cuando lo miro a los ojos, su mirada es intensa, clavada en mí, y tan ardiente que casi le piso el pie. Él se da cuenta y me aleja al dar el siguiente paso, sin dejar de mirarme a los ojos.

–¿Algún otro, ejem...? –digo aclarándome la garganta–. ¿Algún otro baile de etiqueta que deba aprender?

Jamie inclina ligeramente la cabeza, buscando en mis facciones.

–Bueno, cuando es un baile íntimo como el vals, puedes mirar a los ojos del otro. Pero sé que para ti no siempre es cómodo. Así que puedes mirar a otro lado.

–¿A cualquier otro lado? –digo en son de burla, enarcando las cejas.

Jamie no sonríe mientras me mira.

–Sí, mientras sea a mí.

El mundo se vuelve de color rosa y dorado iridiscente al oír estas palabras, mientras Jamie nos mueve con la gracia constante del vals.

–Creo que puedo hacerlo –digo, mirándole la boca.

–A veces –dice tan bajo que apenas lo oigo–, a veces al bailar besas.

Me humedezco los labios, mi mano se desplaza desde su hombro hasta la base del cuello. Mis dedos se deslizan por los sedosos mechones de su pelo.

–Creo que eso también deberías enseñármelo.

Sus labios rozan los míos, tan suavemente al principio que casi dudo que estén ahí. Pero entonces su boca encuentra la mía, profunda, ansiosa. Cuando abro los labios, su gruñido me llena la boca, mientras su mano baja por mi espalda estrechándome contra su cuerpo hasta que no hay duda de cómo nos está afectando el baile. Mis senos oprimen la anchura de su duro pecho, los pezones se me ponen erectos y sensibles al frotarse contra él. Un dolor dulce y ardiente se apodera de mí. Desesperada, impaciente, me inclino sobre él, con ganas de mucho más.

Me detengo de golpe, rodeando el cuello de Jamie con las manos, y como si fuera una coreografía, él me rodea la cintura y me estrecha con más fuerza. Nuestras bocas se abren y las lenguas bailan como lo hicieron nuestros cuerpos, con un frote sensual, rítmico que hace que me derrita en sus brazos.

–Bea –murmura sin dejar de besarme.

Lo beso con más fuerza, enredando los dedos en las hermosas ondas de su pelo.

–Jamie.

–¿Qué quieres? –dice con voz ronca.

La pregunta me sacude de un lado a otro. No porque no sepa qué quiero, sino porque tengo la respuesta en la punta de la lengua, sobrecogedora e innegable. Tratándose de dos únicas palabras, se diría que es fácil. Pero se necesita valor, una fuerte bocanada de aire que llene mis pulmones antes de pintar el espacio que nos separa con una sola respuesta luminiscente:

–A ti.

Apenas se separa de mis labios para cogerme en brazos, echar a andar hacia el sofá y dejarme sobre los cojines. Mis piernas quedan abiertas sin vergüenza cuando se tiende sobre mí y me besa lentamente.

Oh, Dios mío, es esto. Esto es lo que necesito. Besar a Jamie. Sentir su largo y pesado cuerpo sobre mí. Suspiro sin dejar de besarlo, moviéndome cuando él se mueve, hasta que estamos enlazados juntos, explorando con las manos, compartiendo besos profundos y húmedos.

Estos besos son nuevos en el caso de Jamie, desinhibidos y hambrientos. Recorre mis labios con los suyos, invadiendo mi boca con su lengua, como me gustaría que invadiera todo mi cuerpo con el suyo... con embates profundos y constantes que hagan que se me curven los dedos dentro de los calcetines.

–¿Está todo bien? –susurra.

–Todo bien –digo, retirando las manos de su espeso cabello para recorrer su espalda hasta sus duras y firmes nalgas. Su quejido resuena en mi boca cuando lo atraigo con más fuerza–. No pares –digo–. Por favor, no pares.

–Dios mío, Bea. –Me recorre el muslo con la mano y me sube el vestido hasta convertirlo en un charco vinoso en mi estómago–. Te deseo con todas mis fuerzas.

–Yo también te deseo.

Se rodea la cintura con mi pierna y siento su exquisita erección... dura, gruesa, pujando por salir de sus pantalones. Adelanto las caderas, loca por rozarlo, por tocarlo, para que cada centímetro de mi cuerpo se funda con cada centímetro del suyo. Busco su camisa y se la saco de los pantalones para meter las manos bajo el algodón planchado. Suspiro cuando toco aquella piel cálida, tensa, y los bordes duros de su estómago.

Lo empujo hacia atrás y le desabrocho la camisa frenéticamente, se la quito por los hombros y le arranco la camiseta al mismo tiempo. Antes de que pueda apreciar su cuerpo al completo, me quita el vestido y me vuelve a recostar sobre el sofá, poniendo su boca sobre mi pezón por encima del suave algodón del sujetador. Sus dientes mordisquean con una suavidad de locura, convirtiendo mis pezones en puntas duras y sensibles.

Siento la excitación en todas partes. En las yemas de los dedos, en los pies, dentro de mí y exquisitamente cerca de la superficie. Entre mis muslos hay concentrado un pulso constante y resonante que hace que mis caderas busquen las suyas. Nuestras bocas se encuentran de nuevo y, cuando se tocan las lenguas, arqueo la espalda y rozo su pecho con los míos.

Y a partir de ahí, la cuestión ya no es *si*, sino *cuándo*.

Me pego a Jamie mientras se mueve sin parar sobre mí, la gruesa cabeza de su polla frota mi clítoris a través del tejido. Meto la mano entre los dos y le acaricio el miembro por encima de los pantalones, disfrutando de su dureza y su tamaño, bajando hasta donde está más hinchado y tenso. Estoy demasiado ocupada disfrutando para pedirle algo más, pero me hago una promesa. La próxima vez no habrá nada material que se interponga entre nosotros.

Es un frenesí, exactamente lo que imaginé la noche que nos volvimos un poco locos en la bolera. Es una racha de embates frenéticos, una lujuria descorchada que ha estado en una botella durante demasiado tiempo. Las risas y el deseo se desparraman cuando nos besamos, cuando saboreo su barbilla, su mejilla, sus labios.

–Estás cerca –dice, mordisqueándome suavemente el cuello.

–S... sí.

–Quiero hacer que te corras. –Oh, Dios. Unas palabras muy sencillas, pero consiguen que mi clítoris se hinche y mis pechos se vuelvan descaradamente necesitados de sus caricias–. Dime qué necesitas.

Me ruborizo al decirlo, no porque me dé vergüenza, sino porque me parece muy sensual darle órdenes. Saber que va a hacerlo.

–Más. Con más fuerza.

Gruñe como si mis palabras lo pusieran tan caliente como mis manos, que recorren su cuerpo, y se pone a jadear cuando lo pillo por sorpresa y hago que se frote contra mí con más intensidad.

Suspira y me mordisquea el labio inferior. De mi boca sale un grito inhumano de placer cuando se lanza y mordisquea el tatuaje que me recorre el cuello. Me rasca el pezón con el dedo y luego lo pellizca con fuerza. Es como si encendiera un interruptor y cayera por un precipicio, jadeando en busca de aire.

–Jamie –digo.

Saboreo su sonrisa cuando susurra:

–Bea.

La desesperación se transforma en alivio cuando llego al orgasmo y Jamie me mira, ojos oscuros, boca abierta. Deslizo la mano entre los dos, asiéndolo con fuerza a través de los pantalones para que pueda golpear mi mano, hasta que él también se corre con cálidos, húmedos espasmos de bienestar que traspasan el tejido y me humedecen el estómago.

Nos miramos los dos buscando aire. Entonces Jamie apoya la cabeza en el hueco de mi cuello y da un largo y lento beso justo debajo de un dulce mordisco que ha quedado latiendo.

–Para que lo sepas –le digo sin aliento–, si me hubieras dicho que se baila el vals para esto, no habría hecho ascos.

Su risa corretea sobre mi piel. Le rodeo con los brazos, con una sonrisa en mi cara. Aunque no veo lo radiante que está, lo adivino por su forma de mirarme.

Yo estoy incandescente.

Capítulo 24

Jamie

Podríamos haber sido dos adultos maduros que habían accedido de común acuerdo a provocarse mutuamente un orgasmo el viernes pasado, pero no puedo decir que fuéramos eso exactamente. Me desperté en un sofá vacío, sin Bea a la vista. Le envié un mensaje preguntando si había llegado a casa sana y salva. Dijo que sí. Y nada más.

Y entonces dudé que todo aquello hubiera ocurrido, si la había interpretado mal, si ella lo lamentaba.

Desde entonces nuestros mensajes han sido breves y escuetos. Acordamos asistir al cursillo de pintura por separado, directamente desde el trabajo. Por primera vez desde que comenzó todo esto, Bea y yo nos comportamos con mucho tacto.

Y eso no me hace feliz.

Aunque no tan infeliz como a Bea, que se detiene poco antes de llegar a nuestro punto de destino.

–¿Por qué estamos haciendo esto otra vez? –pregunta.

–Porque una hora con vino barato y pintura para aficionados puede dar lugar a unas fotos en Instagram que serán muy significativas en nuestro camino de venganza. –Me subo las gafas por la nariz y me vuelvo a mirar la fachada.

Se queda callada un rato y me vuelvo hacia ella. Y entonces veo que me observa fijamente. Parpadea y desvía la mirada.

–Vale –dice–. Entrar, pintar, hacer fotos, salir. Es muy de Instagram.

–Exactamente.

Aunque esa no es la única razón por la que he querido salir con ella esta noche. Bea tiene bloqueo creativo. No ha pintado desde que el bastardo de su exnovio cortó con ella. Desde que me contó lo que él hizo, cómo la hirió, he estado a punto de cancelar esta última salida una docena de veces.

Pero entonces pensé que si podía empuñar un pincel conmigo en aquel estúpido ejercicio, podría ayudarla a sentirse segura para intentarlo de nuevo y disfrutar otra vez de algo que echa tanto de menos.

¿He sido demasiado prepotente? Quizá me haya pasado. Igual que me pasé también el pasado viernes. ¿Acaso Bea lamenta lo que ocurrió?

¿Y yo?

¿Todo?

–Bea –digo mirándola para decir lo que llevo días debatiendo entre hacer o no–. Si no te apetece, no tenemos por qué hacer esto. Si he sido muy pesado...

–Maldita sea, Jamie, *por favor*, no te disculpes. No lo soporto –dice con un suspiro, mirando el cartel escrito a mano y en cursiva que muestra un pincel en forma de T con un corazón rojo en el extremo: PINTA PARA ALEGRARTE EL CORAZÓN–. Podría haber dicho que no. Y no dije nada. Así que aquí estamos.

Recorro a Bea con la mirada cuando saca el bálsamo labial y se lo pone en la boca sin dejar de mirar el cartel.

–¿Qué pasa? –dice, mirándome a los ojos–. ¿Tengo algo en los dientes?

Lleva una chaqueta color amarillo canario y el vestido es de un verde azulado oscuro que hace que sus ojos brillen como piedras preciosas. Se ha puesto unos leotardos morados con diminutas piñas doradas estampadas. Es todo tan... *ella* que me duele el pecho.

–No, Beatrice. Estás preciosa.

–No vas a halagarme diciéndome lo que ya sé. El verde azulado es mi color –dice, enarcando una ceja y pasando por mi lado para abrir la puerta–. Espero que sirvan más de una copa de vino durante este cursillo de mierda.

Nada más entrar se detiene en seco y tropiezo con ella.

–Sinceramente, Beatrice, a ver si uno de estos días somos capaces de vernos en público sin sufrir accidentes.

Bea ha adoptado una expresión horrorizada al percibir algo que yo dudaría en llamar música, un sonido que nos revienta los oídos.

–¿Qué es eso? –dice.

Escucho, tratando de distinguir los extraños sonidos que salen de los altavoces que nos rodean. Pero antes de poder prestar atención unos segundos, aparece una mujer por la parte trasera de la tienda, sonriendo ampliamente.

–¡Hooolaaa! –dice a gritos.

–Oh, Dios, no –susurra Bea.

La empujo suavemente hacia dentro.

–Seguro que solo está emocionada porque ve a los primeros clientes de la noche.

–James, no soporto a la gente así...

–¡Bienvenidos! –dice alegremente la mujer, indicándonos por señas que pasemos–. Entrad. Entrad. Soy Grace, dueña de Pinta para alegrarte el corazón. Oh, qué dos. Qué hermosa pareja, qué energía erótica tan radiante. Puedo sentirla ya.

Grace echa a andar delante de nosotros. Va vestida de pies a cabeza de rojo y rosa de tarjeta de San Valentín. Lleva el pelo dorado recogido en un moño sujeto con horquillas en forma de corazón. Cuando nos sonríe por encima del hombro, los cristales rojos de sus gafas de diseño felino centellean y también las bisagras, que tienen forma de corazón y son de color rosa.

–Por aquí –dice, haciendo un gesto con la mano–. Este es vuestro puesto. Esperaremos unos minutos a que lleguen los demás invitados. Supongo que no os importará.

Bea mira parpadeando la tienda de pintura, una antigua panadería a juzgar por el olor a pan y a azúcar quemado que se sobrepone al débil tufo a pintura acrílica. Fijándose en los abundantes cuadros que cubren las paredes, los caballetes vacíos y los extraños sonidos que resuenan alrededor, Bea parece haberse quedado sin palabras.

Así que hablo yo.

–Gracias –digo a Grace–. Y no, no nos importará en absoluto.

–Qué encantador –dice, parpadeando y abanicándome con las pestañas–. Y qué alto. Oh, vaya, vaya. –Suspirando, Grace da un paso atrás–. Bien, disculpadme. Volveré enseguida para tomar nota de qué vino queréis. De momento, por favor, poneos cómodos.

Cuando Grace sale, señalo un taburete.

–Siéntate. Pareces aturdida.

Bea se sienta.

–Jamie, ¿qué es ese ruido?

Levanto la cabeza hacia un altavoz que hay encima de nosotros.

–Sea lo que sea, es horroroso.

–No lo soporto. –Bea se lleva las manos a los oídos. Cierra los ojos y se inclina hacia delante.

–Aguanta firme. Enseguida vuelvo.

Salgo y voy mirando los puestos de pintura vacíos hasta que encuentro a Grace levantando un caballete que debe de ser el que utiliza para el cursillo.

–Grace.

La mujer levanta la mirada y deja caer el pincel.

–¡Oh! Dios santo. ¿Sí?

–Me preguntaba si... la... música...

–¿El gemido de las dos ballenas que se buscan? –dice.

–Ah, así que es eso.

–Sí –dice, suspirando profundamente–. ¿No es majestuoso?

–Majestuoso. Sí, desde luego. Sin embargo, es un poco... cómo lo diría, molesto para los oídos al cabo de un rato.

–Lleváis aquí tres minutos –dice, frunciendo el entrecejo.

–Muy cierto. El caso es que mi... novia –digo, intentando sin éxito contener el placer que siento en el pecho al pronunciar la palabra.

«Finge –dice la voz de la razón–. Todo es fingimiento».

–La música –prosigo–, resulta muy molesta para sus oídos. No es nada personal contra las ballenas ni contra ti, pero a mi... los sonidos graves le resultan dolorosos, así que, si no los reduces o los cambias, tendremos que irnos.

Grace me mira parpadeando, con los ojos llenos de lágrimas.

–¿No le gusta mi música?

–No se trata de si le gusta o no –explico amablemente–. Es que ciertos sonidos le hacen daño físicamente. Y el sonido de...

–¿De la ballena jorobada del Pacífico Norte que llama a su pareja? ¿Llenando el océano con los ecos de su pasión? –dice Grace–. ¿Eso le resulta *doloroso*?

–Sí. Repito, no es cuestión de gustos o preferencias. Se trata de que un espacio es intolerable si suena así. Ya sé que no pretendes hacer ningún daño y es asunto tuyo decidir si alteras tu... –digo, mirando los caballetes vacíos que nos rodean– la experiencia de tus clientes. Así que tendremos que irnos a menos que encuentres algo igualmente «romántico» pero más suave para los oídos.

Grace suspira ruidosamente.

–Bueno. Supongo que podré encontrar algo un poco menos inspirado, pero igualmente apropiado para una apasionada noche de pintura.

–Maravilloso. Gracias. –Doy media vuelta y me detengo–. ¿No tendrás ese vino por aquí cerca? Creo que a la señora le gustaría tomar un vaso.

–Bienvenidos –dice Grace– a una noche en la que invocaremos la ternura de nuestros corazones y permitiremos que el arte nos vincule más estrechamente a nuestras parejas.

Bea toma un largo trago de vino.

–Esta noche es especial –nos dice Grace, a nosotros y a la otra pareja que ha llegado poco antes de empezar. Se han sentado delante, dos personas ya mayores que apenas pueden dejar de mirarse–. Pinta para alegrarte el corazón es una experiencia artística guiada de carácter excepcional. No estáis aquí solo para copiar mis obras maestras...

Bea se atraganta con el vino.

Yo arqueo una ceja.

–Venga ya –susurra con voz ronca–. ¿Obras maestras?

Por suerte, estamos atrás y Grace no nos oye por encima de la melodramática música de violines cuyo volumen tuve que pedirle que bajara. Dos veces.

–Estáis aquí –añade Grace– para pintar con el corazón, para expresar cómo veis a quien os acompaña, con mi ayuda. Orientaré vuestra técnica mientras yo misma pinto a mi propia pareja.

Esta vez casi me delato y me tapo a tiempo la cara con la mano y luego disimulo con un carraspeo. Llega la pareja de Grace. Si tiene más años que yo, me como las gafas. Parece un modelo de los que anuncian ropa interior.

–Joder –dice Bea.

–Oye –digo, atrayéndola hacia mí–. Estás conmigo.

–¿Qué? –dice Bea, mirándome.

–He dicho –bajo la voz y me inclino sobre ella, respirando su suave aroma y resistiendo a duras penas las ganas de darle un beso en el cuello– que estás conmigo.

–Ah –dice sonriendo–. No te preocupes, no es mi tipo.

–¿Y cuál es tu tipo? –digo, entrecerrando los ojos.

–Alto, moreno claro y estirado –dice, mirándome de arriba abajo–. Obviamente.

El corazón me da un salto antes de que mi mente capte la última palabra.

–Yo no soy estirado.

–Eres un estirado –dice, sorbiendo el vino–. Y acartonado. Y muy abotonado. Una preciosidad.

–Preciosidad –murmuro, tirando de su taburete para acercarla a mí.

–Y ahora –dice Grace–, comencemos.

Nos hemos perdido la mitad de sus comentarios, porque Grace ya ha abierto su paleta y está hablando de mezclar colores. Mientras habla, su modelo levanta la vista y sonríe, posando los ojos en Bea.

Me aclaro la garganta. Con ruido. El modelo se vuelve hacia mí, ve mi mirada asesina y aparta la vista.

Bea me da un codazo.

–¿Qué? –digo.

Levanta el teléfono y hace una foto, luego se vuelve y me enseña la pantalla.

–Mira esto y dime que no eres un estirado.

–Eso es malhumor –respondo–. Es diferente.

–¿De veras? No estarás celoso, ¿verdad, James? ¿Debería recordarte que estás en una seudocita con tu seudonovia?

–¿Te refieres a la chica cuya falda subí el viernes pasado y a la que di un orgasmo alucinante?

Se le descuelga la mandíbula.

A mí también la mía.

–¿Perdona? –susurra–. Si tienes algo que decir, dilo, *James*.

–Muy bien, *Beatrice,* pues lo diré. ¿Por qué apenas hemos hablado en los últimos cinco días? ¿Por qué, después de corrernos juntos, de limpiarnos el uno al otro, de vestirnos y acurrucarte en mis brazos... por qué me desperté solo?

Bea parpadea.

–Yo... yo pensé que no querrías que me quedara.

–¿Que no querría que te quedaras? –susurro mientras Grace sigue con lo suyo–. ¿Te crees que los viernes por la noche hago eso con cualquiera y luego le doy una patada para echarla a Dios sabe qué horas de la madrugada?

–No lo sé –responde–. No me lo dejaste muy claro.

–¿Ah, no? ¿Qué es lo que no estaba claro después de estrecharte en mis brazos y besarte hasta que nos quedamos dormidos?

Bea se ruboriza hasta las orejas.

–No sabía lo que significaba eso, ¿vale, James? Los dos estábamos un poco achispados. Una cosa llevó a la otra. Fue impulsivo, y tú podrás ser muchas cosas, señor mío, pero impulsivo no. No tenía ni idea de cómo te sentirías por la mañana y no pensaba despertarme en tus brazos y arriesgarme a ver en tu cara algo parecido al arrepentimiento.

–Bea –digo, tragando saliva–. Nunca me arrepentiría de eso.

–¿Ah, no? –Parece estupefacta.

–No, ni debería ni lo haría –digo, bajando la voz e inclinándome–. ¿Tú lo lamentaste?

Me mira la boca y se muerde el labio.

–No, en absoluto.

–¿Y no estás ofendida?

–Jamie, no. Yo... pensaba que lo estarías tú.

–Bueno, pues no lo estoy –digo, sin ocultar lo ofensivo que me resulta que piense eso.

–Hummm... –dice, nerviosa, tragando saliva–. Vale. Bien.

–Pues eso –digo, asintiendo con la cabeza.

Un silencio espeso cae entre nosotros.

–¿Estamos atentos? –dice Grace.

Bea y yo levantamos la cabeza al momento, giramos los taburetes a la vez y miramos al frente. Preparo el lienzo. Bea juguetea con sus pinceles, con aire ausente, mientras Grace nos enseña a mezclar colores en la paleta.

–Beatrice, ¿no vas a seguir sus directrices? –pregunto.

Bea suelta los pinceles y me lanza una mirada de desconcierto.

–Creo que mi humilde formación en Bellas Artes me permitirá desenvolverme en los rudimentos de la teoría del color.

–Vaya, ¿quién es estirada ahora?

–¡Yo no! –exclama.

–Entonces elitista. Que viene a ser lo mismo.

–Yo no soy elitista –dice Bea abriendo uno de los pequeños frascos de pintura que vienen con el lote y volcándolo sobre la paleta–. Es que no sé qué coño haría yo en esta vida sin las directrices de una mujer que parece una caja de galletas Cuchi Cuchi y sabe tanto de arte como una mona de Pascua, a juzgar por lo que hay en las paredes.

Vacío mi frasco de pintura en la paleta, siguiendo el ejemplo de Grace, para mezclar colores y conseguir uno que imite el tono de la piel y el color de ojos, para retratarnos entre nosotros.

–A mí me suena elitista.

Bea gruñe, vaciando más pintura en su paleta y tratando, sin conseguirlo, de abrir el frasco de pintura azul.

–Maldita sea –murmura, golpeando el frasco en la mesa que compartimos, al lado de la copa de vino.

–Bea, ten cuidado.

–Jamie –dice–. Lo tengo controla... ¡Ay! –La pintura azul sale a chorro del frasco y aterriza en mi pecho con impacto chapoteante–. Mierda. Lo siento.

Bajo la mirada hacia la mancha.

–Un golpe mortal. Directo al corazón.

–Espera, voy a por unas toallas. –Bea baja del taburete, da un paso adelante y tropieza con la pata de la mesa. Intento sujetarla, pero su impulso la envía trastabillando sobre mis piernas, directamente sobre mi paleta, contra la que se estrella de cara.

Ojos cerrados con fuerza. Labios sellados. Pintura que gotea.

Instintivamente, la cojo en brazos y la llevo entre los caballetes, pasando al lado de la otra pareja y por delante de Grace y su musa. Abro la puerta del baño con la espalda, echo el pestillo y abro el grifo del agua.

Bea no dice nada cuando la dejo en el suelo.

–Aguanta de pie –le digo.

Cuando el agua empieza a salir tibia, me pongo tras ella y le recojo el pelo.

–Dos pasos adelante y estarás ante la pila. Así podrás enjuagarte.

Bea avanza y se inclina, lo cual produce el placentero efecto de pegar su trasero a mi bragueta. Cojo un puñado de toallas con una mano y me limpio la pintura de la camisa. Después de tirarlas a la papelera, intento dar un paso atrás y casi le suelto el pelo.

–Maldita sea, Beatrice. Ya podías tener el pelo de Rapunzel.

Bea escupe mientras se lava para que la pintura no se le meta en la boca.

–¿Por qué debería tener el pelo de Rapunzel?

–Porque así no tendría que estar yo detrás de ti cuando tú estás en una postura sugerente y yo esforzándome por no reaccionar.

–Jamie –dice mirando mi reflejo en el espejo–. Tengo pintura acrílica azul por toda la cara. Parezco un pitufo. Sinceramente, ¿no podrías...? –Abre los ojos de par en par–. Está bien, quizá no puedas. Joder.

Carraspeo y me ruborizo. No tengo explicación. Al menos, ninguna que quiera oír.

Inclinándose otra vez sobre la pila, se echa agua en la cara, saca jabón del dispensador y se frota.

–Me preocupa un poco que se te ponga dura cuando parezco un pitufo.

Recojo los oscuros y sedosos cabellos que se han soltado de mi mano.

–Un pitufo muy guapo.

–Sigue hablándome así y se me ocurrirán ideas.

Ojalá que sí.

–¿Qué clase de ideas?

–Ideas en la línea de lo que pasó el viernes. Sin la dolorosa torpeza de después, porque ya lo habríamos hablado y llegado a un acuerdo.

–¿Qué quieres decir? –pregunto.

–Quiero decir que tenemos una relación de mentirijillas, pero no hay normas contra las relaciones sexuales. Podríamos dormir juntos.

El corazón se me para como un motor en las últimas.

–Dormir juntos.

Pero no *estar* juntos. Ningún paso más allá de fingir y no ser realmente una pareja. Una pareja auténtica que no tenga que ajustarse a una lista de actividades instagrameables o se limite a darse el lote de vez en cuando en el sofá. Una pareja auténtica que evolucione más allá de una circunstancia improbable y una amistad inesperada y pase a algo más profundo, a una conexión que he sentido fortalecerse entre nosotros, suplicando que le pongan nombre.

El silencio llena el baño cuando Bea cierra el grifo y coge un puñado de toallas de papel.

–Olvida lo que he dicho –murmura con voz ahogada por las toallas.

–Bea...

Pasa a toda velocidad por mi lado, pero veo el rubor en sus mejillas y su expresión abatida cuando descorre el pestillo y abre la puerta.

–Bea, espera.

La detengo en el pasillo cogiéndola por la muñeca.

–Jamie –susurra, girando la mano para coger también la mía–. Por favor. No debería haber dicho eso. A veces hablo sin pensar.

–Bea, a veces... –Las palabras se agolpan en mi garganta, me entorpecen la lengua mientras la miro. Tardo más de lo que quería, pero Bea es paciente y espera–. A veces –consigo decir– yo no hablo después de pensar, pero ojalá pudiera. No se me da muy bien el diálogo improvisado, pero necesito hablar. Cuando acabemos aquí, ¿te parece?

–Vale –dice con calma–. Cuando salgamos de aquí. Y ahora vamos. Seamos instagrameables.

Capítulo 25

Bea

Tuve que hacerlo. Tuve que soltar de golpe todo lo que llevaba pensando desde el viernes por la noche de la peor manera posible. Aunque no se trataba solo del sexo, tampoco estaba muy segura de a qué otra cosa podía referirme. Porque me asusta admitir que sueño despierta que estoy con Jamie, con que él sea realmente mío. No solo en Instagram y en las fiestas, no solo en citas de pintura y en invernaderos demasiado calurosos o en la bolera. Veinticuatro horas al día, siete días a la semana. De verdad.

Menos mal que se me trabó la lengua. Menos mal que él reaccionó de la forma en que lo hizo. Porque cuando hablemos después me explicará que no habla por hablar. Y segurísimo que no me pedirá más, lo cual es una mierda. Pero al menos habré evitado comportarme como una tonta con un hombre que es lo que menos me conviene. Una vez más.

Sinceramente, pensaríais que a estas alturas ya había aprendido lo suficiente para concebir un acuerdo por lo que hay y no por lo que podría haber. Echo la culpa de este terrible lapso mental a Grace y a su aura romántica, que espesa el ambiente más que el olor a jazmín y el incienso de ámbar que impregna la sala.

–Mirad profundamente a los ojos de vuestra pareja –dice Grace, como si estuviéramos en Carnegie Hall y no en la puerta de una tiendecilla.

Jamie me mira subiéndose las gafas por la nariz.

Le devuelvo la mirada.

–Excelente –dice Grace–. Este es un paso vital en nuestra velada. Ahora nos abrimos y forjamos los lazos que intensifican nuestra energía erótica.

Jamie abre más los ojos y luego los cierra para inhalar lentamente por la nariz. Me muerdo el labio inferior y recuerdo el día en que mi hermana pequeña, Kate, echó salsa picante en el kétchup que yo tenía en el plato y tuve la lengua al rojo vivo durante horas. Casi suelto la carcajada.

–Nos abrimos –dice Grace– al amor de nuestra pareja respirando directamente con nuestro chakra del corazón. –Se lleva una mano al pecho y mira a los ojos a su colega, que aunque al principio me había mirado, ahora solo tiene ojos para ella.

–El chakra del corazón –dice Grace–, o *anahata*, que se traduce más o menos como «ileso», es el órgano interior que abre nuestra capacidad de amar, de solidarizarnos, de perdonarnos a nosotros mismos y a los demás.

Jamie me mira a los ojos y todo rastro de hilaridad desaparece de repente.

–Examinando nuestro amor –prosigue Grace–, meditando cómo nuestro corazón guiará el pincel, nos abrimos a apreciar al completo a quien tenemos delante por la energía sanadora que trae a nuestras vidas. Las viejas heridas ya no tienen lugar en nuestro corazón. No hay sitio para el dolor en el espacio *indoloro*.

»Seguro que a ninguno de nosotros nos es ajeno el dolor –continúa–. Pero esta noche creamos y conectamos con la novedad de un corazón abierto que no late por miedo, sino que se ha visto abierto como un lienzo nuevo, listo para ser alterado por la belleza del ser que amamos. Comencemos.

Jamie y yo dejamos de mirarnos y nos volvemos hacia los lienzos.

Un lienzo en blanco siempre es algo temible. Pero en este preciso momento el rectángulo blanco es más que temible. Es como una grieta en el universo que está a punto de absorberme y llevarme Dios sabe dónde. Este renacer del que hablaba Grace, este nuevo comienzo, me mira de frente. Y tengo un miedo que te cagas.

El corazón me late más deprisa, y luego más deprisa aún. Un sudor frío me humedece la piel.

–¿Bea? –pregunta Jamie–. ¿Te encuentras bien?

Asiento con la cabeza sin dejar de mirar el lienzo.

–Estoy... ideando... mi enfoque.

Mentira. Menuda mentira. Estoy paralizada, eso es lo que pasa.

Me quedo sentada un buen rato, jugueteando con los colores, mezclando incontables tonos ambarinos, melocotón y verdes. Cualquier cosa menos poner pintura en el lienzo. Lo intento unas cuantas veces, girando el pincel, hundiéndolo en la pintura y levantándolo en el aire. Pero entonces mi brazo se paraliza y el corazón empieza a latir a toda velocidad. Así que vuelvo a mezclar colores hasta que tengo más tonos que sitio en la paleta.

A estas alturas contengo la respiración, esperando que Jamie pregunte qué está pasando, para que se ofenda porque no estoy participando o me exija una explicación. Pero solo mira en mi dirección unas pocas veces antes de centrarse en su lienzo.

–¿Qué tal lo hacemos? –pregunta Grace–. ¿Qué tal progresa la expresión de nuestro corazón en el lienzo?

Qué mujer. Estoy impresionada.

Jamie tiene razón. Soy un poco clasista en arte, pero no soy cruel. Está claro que a Grace le gusta su movida y su capacidad para unir a las personas a través de la pintura. No la culpo por eso. Maldita sea, admiro esa capacidad. Es solo que me he convertido en una escéptica que no ha tocado un pincel en casi dos años y ahora está realmente atemorizada ante la oportunidad, porque después, ¿qué?

¿Y si la pintura hace que vuelva a sentirme como antes? Como si tuviera el corazón en las manos, derramándose con cada golpe de pincel. Como si el significado más profundo de la vida y las auténticas verdades pudieran ser captadas con las luces y sombras y una buena perspectiva. ¿Y si esa sensación vuelve mi corazón tan suave y tierno como lo fue en otro tiempo? ¿Y si alguien vuelve a estrujármelo en el puño?

–Muy bien, gracias –dice Jamie tras mi torpe silencio, porque por naturaleza es incapaz de ser maleducado.

–Tu esfuerzo es... –Grace carraspea, agachando la cabeza para mirar el lienzo de Jamie, que está oculto a mi vista– muy encomiable.

Jamie se ajusta las gafas y frunce el entrecejo.

–Puedes decirlo. Las artes visuales no son lo mío.

–No –admite Grace–. Pero tu corazón está ahí, en cada pincelada. Ese es el auténtico don. ¿Y tú? –dice dirigiéndose a mí, deteniéndose detrás del lienzo.

Del lienzo en blanco.

–Oh –dice, abriendo unos ojos como platos. Me mira por encima de sus gafas rojas de diseño felino, los diminutos corazones rosas de las bisagras centellean bajo las luces del techo–. ¿Qué es esto, querida?

–Es... –Se me hace un nudo en la garganta–. Hace mucho tiempo que no hago esto –digo.

Su mirada busca la mía. No soy una gran fan de las miradas prolongadas. Me dan la sensación de que me están excavando el alma y un enjambre de abejas me ataca la piel. Así que la miro un breve instante y luego me observo las botas.

–¿Hay dolor ligado al acto de pintar? –pregunta.

–Bueno, es que remueve... muchos sentimientos.

–Ah, está bien –dice con amabilidad–. Pintamos con el corazón. Y cuando tenemos el corazón herido, nuestro arte también puede doler.

–Sí –consigo decir a pesar del creciente nudo que se forma en la garganta.

Nada rasga el aire, solo la melodramática música de violines, hasta que Grace dice:

–¿Estás lista para intentarlo de nuevo? –dice, cogiendo e inspeccionando el pincel con el que todavía tengo que hacer algo aparte de empaparlo en tres docenas de matices de colores primarios.

Levanto la vista hacia ella con los ojos llenos de lágrimas.

–Creo que sí. Es que empezar, ese primer paso... me da pánico.

–Lo sé –dice asintiendo con la cabeza y sonriendo con amabilidad–. Lo sé muy bien. Pero si tu corazón quiere, podrás. Te lo prometo. –Me pone el pincel en la mano–. Lienzo en blanco. Nuevo cuadro. Corazón valiente. Estás lista.

Grace me acaricia el hombro suavemente.

–Y ahora vuelvo a *mi* lienzo en blanco –dice con una sonrisa evasiva.

–Gracias –le digo.

–No me las des. Da gracias a la persona que supo exactamente lo que necesitabas.

Cuando se aleja, mi campo visual se llena con el hombre que está detrás de ella, el hombre que está detrás de todo, de cada estrato de esta velada.

–James Benedick Westenberg.

James evita mis ojos, mira fijamente su lienzo.

–A tu servicio.

–Lo has oído todo, ¿verdad?

Carraspea. Se ruboriza.

–Era difícil evitarlo. Grace tiene los pulmones de una cantante de ópera.

Me echo a reír y la risa se convierte casi en un sollozo.

–Jamie. Mírame.

Obedece. Y cuando nuestras miradas se cruzan, mi corazón se abre con un silencioso chasquido.

–¿Va...? –balbucea sin dejar de mirarme–. ¿Va todo bien? ¿Quieres dejarlo? Podemos, si es demasiado...

–No –le digo, respirando temblorosa–. Y sí.

–No te entiendo –dice, frunciendo el entrecejo.

¿Cómo le digo a Jamie que nada va bien, menos cuando lo miro y siento lo que siento?

¿Cómo admito que no quiero dejarlo, aunque me asuste lo que pueda venir a continuación?

¿Cómo explico que esto es demasiado? Mirarlo, sabiendo que de nuevo tengo un lienzo en blanco, que mi corazón está abierto de par en par, suplicando que el amor lo llene de colores.

Quiero decirle a Jamie que ahora mismo apenas sé nada de mi vida, pero lo que sí sé es que esta noche, aquí, con él, es exactamente donde quiero estar. Quiero que Jamie sepa que necesito pintarlo, que se siente durante horas en el estudio del apartamento que no he usado durante mucho tiempo. Subir la calefacción, desnudarlo y captar su expresión y esa mirada suya, que es como si viera directamente mi corazón. Igual que ahora.

Pero lo primero es lo primero.

Levanto el pincel. Lo empapo en color. Y con mano temblorosa pinto mi nuevo comienzo.

–Bea –dice Jamie. Postura perfecta. Las manos cerradas entre sus largas piernas. Un retrato titulado *Paciencia*.

–¿Eh?

–Grace se quiere ir. El cursillo ha terminado.

–Solo dos minutos más –digo, dando saltitos.

Llevo de pie desde que empecé a pintar el lienzo. Nunca me siento para pintar. Me muevo demasiado mientras trabajo.

–Nos llevaremos el lienzo a casa –dice con amabilidad–. Pero tenemos que irnos.

–¡No te preocupes! –grita Grace desde la parte delantera–. ¡Tomaos el tiempo que haga falta!

–Ya casi he terminado, de verdad –digo, sin dejar de mirar el lienzo–. Por ahora, quiero decir.

Expulsando lentamente el aire, Jamie mira hacia mí.

–Me estoy poniendo nervioso.

–¿Por qué?

–Por la gran revelación. Tú me enseñas el tuyo y yo te enseño el mío.

Sonrío, mirando el espacio que hay entre él y el caballete.

–Jamie, hablas como en *Jeopardy*. Juegas a los bolos como un profesional. Eres un hacha con los niños y adoptas gatos seniles. Eres un ser humano estrella. Permíteme que sea mejor que tú en esta única cosa.

–¿Una cosa? –dice, parpadeando–. Bea, tú eres mejor que yo en un montón de cosas... Esto no es una competición.

–Vale –digo con un bufido.

–¡De verdad! –dice–. No solo eres una artista con talento. Eres muy buena al ajedrez. Te gustan las criaturas punzantes de este mundo. Eres auténtica y creativa. Das permiso a los demás para que sean ellos mismos y no como el mundo les dice que deben ser. Quizá no seas muy buena para hacer un currículo o una prueba de fuerza, pero tienes virtudes, Bea, y virtudes como las tuyas importan.

Casi se me cae el pincel al oír sus halagos, que colorean cada parte de mi ser con un orgullo azul eléctrico.

–¿Lo dices en serio?

–¿Alguna vez te he dicho algo que no sea en serio?

–Ah. Bueno, no puedo leerte la mente, pero tengo la sensación de que engañarme violaría uno de tus muchos códigos morales de capricornio, así que tengo que responder que no.

–Exactamente. Vamos. –Golpea el caballete con su pincel limpio y seco, pues por supuesto lo limpió después de pintar su cuadro–. Estoy listo. Pero si tú no lo estás, no importa. Puedo esperar. Y si no quieres que vea tu pintura, tampoco pasa nada. No pensé en esto para exigirte nada, Bea. Pensé que sería algo que te parecería divertido, aunque no sea un experto en esto, pero...

–Jamie –digo, dejando el pincel y salvando el pequeño espacio que nos separa.

Deslizo un dedo bajo su barbilla y le vuelvo la cara para que me mire de frente. Como está sentado en un taburete, por primera vez soy más alta que él y saboreo la nueva perspectiva que me da la altura. La luz incide en sus pómulos y en la larga y recta línea de su nariz. Y en esa boca que tan a menudo se pone rígida y seria cuando me mira.

–Gracias –le digo, acariciándole el rostro con los dedos.

Jamie traga saliva buscando mi mirada.
–¿Por qué?
Estoy a punto de hacer algo que no debería. Borrar nuestras fronteras, sin saber lo que Jamie piensa o quiere de mí. Pero si esta es mi última oportunidad de disfrutarlo así antes de que me deje amablemente y volvamos a ser los de antes, voy a aprovecharla, maldita sea.
–Por esto –susurro, dándole un beso en la nuca–. Por todo.
Le beso la nuez de Adán.
Jamie respira lentamente y me pone las manos en las caderas.
–Oh.
–Ahora estoy lista. –Haciendo un esfuerzo, me separo de él.
–¿Estás segura?
–Sí –digo, retrocediendo hasta mi lienzo y respirando hondo–. ¿A la de tres?
Jamie asiente con la cabeza, levantando su lienzo del caballete.
–Un, dos, tres –contamos al unísono.
Damos la vuelta a los lienzos y, cuando veo el de Jamie, un escalofrío me recorre todo el cuerpo. Es casi todo negro, salpicado de diminutos puntos blancos (¿estrellas?) y su mejor intento de dibujar mi rostro de perfil, mirando al cielo.
–Bea –dice Jamie.
Aparto la mirada del lienzo y lo miro a los ojos.
–¿Sí?
–Eso es… –dice, mirando la pintura y luego a mí– increíble.
Miro el lienzo con el cuello estirado, observando el retrato de Jamie tal como lo vi por primera vez, sin la máscara de león, mirando por encima del hombro, ojos hermosos pero serios, la promesa de una sonrisa escondida en su rígida expresión.
–Eh. Estoy oxidada. No está terminado ni de lejos. Pero… tiene un parecido decente contigo. Eso me hace feliz.
Jamie mira ceñudo el lienzo.
–¿De veras me ves así?
–¿Así cómo?
Se queda callado un rato.

–Parece una versión de mí mismo mejor que la que yo veo.

–James –suspiro.

–Beatrice.

–Sabes que está bien, ¿no? Para que los demás vean lo mejor de ti. Para que les gusten las cosas que tu intransigencia no deja entrever.

Parpadea confuso, como si lo hubiera sorprendido. Como si lo hubiera dejado sin palabras. Detesto que Jamie no se vea a sí mismo como lo veo yo. Ya sé que no es perfecto y sí, tiene algunas rarezas que me sacan de quicio, pero eso solo lo hace más humano.

¿Cuándo ocurrió? ¿Sería su educación? ¿Su exnovia? Me gustaría atrapar a quienes lo han hecho dudar de su valor y darles coscorrones.

Pero de momento quizá sea suficiente mostrar a Jamie lo que no creería del todo si se lo dijera con palabras. Es suficiente estar aquí, juntos, haciendo... lo que hayamos hecho esta noche tan diferente, especial y temible al mismo tiempo.

–Me encanta tu cuadro –le digo.

Jamie mira su lienzo.

–Es horrible. Es decir, técnicamente. Pero era feliz mientras lo pintaba. Normalmente no me gusta hacer cosas en las que no soy hábil, pero pintarte de memoria, imaginarte mirando el cielo nocturno, lo ha convertido en un ejercicio muy agradable.

Cojo su pintura con cuidado y Jamie coge la mía. Inclinamos las cabezas al mismo tiempo, inspeccionando el retrato del otro.

–Te has superado –le digo.

–Tú también –dice, sin dejar de mirar el lienzo–. Y solo con venir aquí. Jamás se me habría ocurrido.

–¿Por qué el cielo nocturno?

–¿Por qué crees?

Lo miro a los ojos.

–¿Porque me gusta la astrología?

Se tira del cuello de la camisa, ruborizándose.

–Es un poco embarazoso.

–¿De veras te preocupa la vergüenza estando conmigo? ¿No conoces nuestro historial?

–Buena respuesta. Mientras pintaba, pensaba en el día que fuimos juntos a casa paseando, cuando salimos de Pho Ever, y desapareciste en tu propio mundo. La forma en que mirabas las estrellas, maravillada... es una de las cosas más adorables que he visto nunca.

Las lágrimas me empañan la visión cuando vuelvo a mirar su cuadro.

–No sé por qué ha de parecer adorable tener la cabeza en las nubes cuando lo que significa es que mientras paseo estoy en otra parte.

–Por eso estoy aquí –dice–. Para atraparte. Para que me tires bebida en la camisa. O en los pantalones.

–¡Deja de hablar de eso! –digo, tratando de hacerle cosquillas–. Fue mortificante.

–¡Quieta! –exclama, girando el taburete para esquivar mi mano, utilizando mi lienzo como escudo. Un escudo que baja lentamente y luego deja en el caballete con gran cuidado–. No lo dije para burlarme de ti. Lo dije porque mira dónde nos ha llevado. –Buscando mi mirada, añade–: Bea...

La complacida voz de Grace nos interrumpe.

–¿Es que no sois la imagen de la felicidad?

Jamie desvía la mirada y se frota los ojos bajo las gafas. Me gustaría empujar a Grace, eso sí, con mucho cariño, hasta el otro extremo del establecimiento y exigir a Jamie que siga hablando. Pero en lugar de eso, me vuelvo hacia la mujer, que me recuerda por qué estamos aquí.

–Mira por dónde –le digo, sacando el teléfono del bolsillo y poniendo en marcha la cámara–. Si no te importa hacernos una foto, seremos exactamente eso.

Jamie me rodea la cintura con el brazo, en plan pose de foto, pero en el momento en que Grace pulsa el disparador, la retira. En silencio, ayudamos a limpiar y ordenar nuestros puestos (a pesar de las protestas de Grace) y salimos con los lienzos húmedos, resguardándonos del viento.

Aún en silencio, Jamie saca el teléfono y pide un taxi.

Tengo los nervios de punta. Miro al cielo en busca de constelaciones, tratando desesperadamente de distraerme.

¿Terminará alguna vez lo que empezó a decir cuando Grace nos interrumpió? Quizá está lamentando haber abierto la boca. Quizá lo confundió todo el parloteo de Grace sobre chakras de corazones y energía erótica y ahora se da cuenta...

–Bea –dice Jamie, cogiéndome de la mano.

Levanto la vista hacia él.

–¿Sí?

Por favor, que ocurra. Que acabe con esta desdicha y me diga lo que estaba a punto de decir, para dejar de esperar como una tonta lo que en teoría no tiene que pasar.

–Antes –dice–, cuando Grace nos interrumpió, iba a decir que... es decir, me siento incómodo y no quiero que esto lo sea más...

–Jamie. Recuerda, solo soy yo.

–¿*Solo* tú? –Un silencio repentino cae entre nosotros. Jamie se acerca y me suelta delicadamente la mano para acariciarme la mejilla–. No hay tal cosa. Y juraría que está dolorosamente claro que lo siento así.

–¿Lo sientes así?

Sus dedos me recorren la barbilla, se deslizan bajo los mechones de pelo que juguetean sobre mi rostro movidos por el viento.

–Porque habría aceptado que me tiraran un cóctel en el pecho, media docena de copas de champán en los pantalones, cien mil veces si hubiera sido necesario, para terminar aquí contigo. Porque no cambiaría nuestros desastrosos encuentros por nada en el mundo, porque eso es lo que puso todo en movimiento. –Mirándome a los ojos, añade–: Porque si hubiéramos hablado de naderías sin que me derramaras nada encima y luego nos hubiéramos separado, cada cual habría seguido su camino solitario. Nuestros amigos no habrían interferido. Y si no hubieran interferido, no habría terminado yo a punto de besarte en un armario, mirándote por encima de un tablero de ajedrez y una taza de café, aceptando el mes más salvaje y mejor de mi vida.

Miro a Jamie mientras mi corazón salta en fuegos artificiales, con una resplandeciente cascada de chispas y cañonazos.

–¿Qué estás diciendo?

–Estoy diciendo que eres el caos más maravilloso que he conocido. Y aunque el caos solía aterrorizarme, tú haces que lo desee. Estoy diciendo que aunque estemos en una situación absurda... lo haría otra vez sin pensarlo, porque me conduciría a ti.

El mundo se vuelve de color rosa melocotón, dorado brillante, y la pirotecnia de mi pecho alcanza un volumen febril.

–¿Lo harías?

–Sí, Beatrice. Porque aunque haya encontrado una amiga en ti, también he encontrado mucho más.

Me sujeto con fuerza a su abrigo, temiendo que se desvanezca ante mis ojos y despierte con el corazón roto porque ha sido un torturante y vívido sueño.

–Jamie, ¿esto es real?

Me rodea la barbilla con la mano. Sus ojos recorren mi rostro.

–Tan real como parece. El seudorromance contigo es real. El viernes no fue un despropósito, Bea. Fue una muestra insignificante de todo lo que quiero hacer contigo. Paso cada minuto que no estoy contigo ideando excusas para volver a verte. Tratando de encontrar otra cosa que podamos hacer juntos, y no porque quiera dar una lección a unos cuantos infelices bienintencionados, sino porque quiero estar contigo.

–¿Estar conmigo?

–Sí. Pero me doy cuenta... –dice, tragando saliva– me doy cuenta de que es posible que tú no quieras. Podemos enfocar esto exactamente como planeamos cuando empezó. Si eso es lo que quieres, lo respetaré. No, no será fácil, pero puedo aceptarlo si tú no sientes lo mismo que yo...

–Jamie. –Tiro de él para acercármelo y lo mantengo a esa distancia mientras desenredo mis pensamientos–. Jamie, no lo sabía.

Sonríe suavemente.

–Ahora lo entiendo. Creía que el viernes me había entregado a ti muy claramente.

–Yo también creía que me había entregado sin rodeos. Pero me daba miedo que no fuera eso lo que tú quieres.

–¿Cómo no iba a quererte a ti? –Se inclina y me da el más suave de los besos, luego susurra sin apartarse de mi boca–: Eres todo lo que nunca supe que quería.

Saboreo ese beso y beso a mi vez. Quiero ahogarme en ese beso, bañarme en él y no apartarme nunca en busca de aire. Y sin embargo, la realidad me lleva a la superficie y me susurra preocupaciones que parece que no soy capaz de ahuyentar.

–Pero no ha sido real –digo, apartándome y tragando una profunda bocanada de aire nocturno–. ¿Y si nos hemos engañado a nosotros mismos? ¿Y si fue simplemente porque estábamos solos? ¿Y si mostrar nuestra mejor faceta nos ha hecho creer que podían congeniar dos personas tan diametralmente opuestas?

Inclinando la cabeza, Jamie recorre mi boca con su pulgar, frotando mi piel sensible con el áspero callo de la yema.

–Ya lo he pensado. Creo que es el miedo el que habla. Hemos mostrado nuestra mejor faceta ante los entrometidos, pero ¿y todas las horas que hemos pasado solos tú y yo? Nunca intentamos impresionarnos ni convencernos. De hecho, creo que he mostrado mi faceta más insufrible contigo porque me sentía seguro al hacerlo.

Seguro.

–Seguro –susurro–. Tienes razón. Pero aun así... es alucinante.

–Lo es –dice, deslizando las manos por mi cintura y acercándome a él–. No tenemos por qué meternos de cabeza en esto. No hay prisa, Bea.

Cierro los ojos un instante, sintiendo el placer de ser apretada contra su cuerpo, y calor, estatura y dureza.

–Pues yo sí tengo algo de prisa. No tengo ninguna razón para ir despacio.

Su boca esboza una de esas semisonrisas que hacen que el corazón se me reavive como una bengala en verano.

–¿Eso significa... que tú también quieres? –pregunta–. ¿Que esto sea real?

–Sí. –La verdad me sale del corazón, dejando tras de sí un rastro de ternura que me recuerda lo vulnerable que me hace sentir todo esto–. Pero tengo miedo. Me da miedo que mañana te despiertes y te des cuenta de que sí, bueno, nos revolcamos sin penetración, nos besamos como locos y nos excitamos hasta llegar a un orgasmo espectacular, pero no quieres a alguien tan caótico como yo a largo plazo.

–No eres la única. Yo también estoy asustado. Me da miedo que te canses de mí –confiesa–. Que acabes hartándote de mi rigidez neurótica.

Le sonrío con descaro y le paso la mano por el pecho.

–Me gusta tu rigidez.

–Beatrice.

–James.

–Hablo en serio –dice suspirando.

–Hablas en serio, Jamie. Y eso es lo que más deseo.

Ahora le toca a Jamie parecer inseguro y estrecharme con más fuerza, como si le preocupara que me desvaneciera y este momento se convirtiera en un espejismo.

–¿Qué dices?

Me pongo de puntillas y le robo un largo y lento beso.

–*Pregunto* –susurro– si tú también quieres que esto sea real. Tú y yo, juntos.

Sus ojos buscan los míos con expresión seria y tensa.

–¿Y el plan de cortar y vengarte? O sea, vengarnos. ¿Vas a... olvidarlo?

–Mmm –digo, ladeando la cabeza para pensar–. Creo que nuestra felicidad ya es suficiente venganza.

–¿Y eso?

Esbozo una sonrisa.

–Los entrometidos nos empujaron para estar juntos, Juliet y Jean-Claude nos engañaron para que intercambiáramos mensajes, pero... nosotros decidimos qué hacer con eso. Elegimos pasar tiempo juntos, ser amigos, ser... algo más. Lo hicimos real porque quisimos, no por ellos, sino a pesar de ellos. –Le pongo la mano en la mejilla, acariciándole la barbilla con el pulgar–. Eso es suficiente venganza para mí.

Jamie acerca la cara a mi dedo, mirándome intensamente a los ojos.

–Bien.

–Entonces... –digo, sonriendo más ampliamente– ¿quieres dejar de fingir oficialmente?

La sonrisa de Jamie es más resplandeciente que las estrellas del cielo.

–Más que ninguna otra cosa.

Capítulo 26

Jamie

Este viaje en taxi es el mejor de mi vida. Bea no deja de estirar el cinturón de seguridad para echarse sobre mí y besarme. Yo no dejo de besarla a mi vez. Porque ella quiere lo que yo quiero.

Es como si respirase de nuevo.

Cuando bajamos del taxi, Bea corre hacia su casa y abre la puerta de la calle.

–¿Quieres subir a jugar con mi erizo? –pregunta.

Me cuesta contener la risa, pero lo consigo y le pongo mi mejor cara de póker.

–Es un eufemismo muy turbador.

–¡Eh! –exclama, cerrando la puerta tras ella–. No se suponía que fueras a malinterpretarlo.

Le subo la cremallera de la cazadora hasta la barbilla cuando veo que tiembla de frío.

–Ha sido una asociación de ideas extravagante.

–La verdad es que quería decir lo que he dicho. Esperaba que jugar con Cornelius fuera un incentivo. Luego te seduciría con mis astutos métodos.

–¿Y qué métodos son esos?

–Bueno, verás, estaba trabajando en eso. He pensado que quizá hacerte cosquillas hasta meterte en la cama podría traducirse en algo más.

–Las cosquillas no llevan a la seducción.

–¿Y qué lo hace? –pregunta.

La miro desde arriba sin poder evitar una sonrisa.

–Si te lo digo, perderé mi misterio.

Bea me mira con ojos tristes de muñeca.

–No vas a subir, ¿verdad?

–Me gustaría, pero no –digo, recorriendo su pelo con los dedos y acariciándole el cráneo. Veo que cierra los ojos al instante–. Cuando estamos juntos, no quiero que haya más gente alrededor, Beatrice. Quiero horas de mucha intimidad para que puedas hacer tanto ruido como quieras.

Abre los ojos de súbito. Su boca se abre mientras me mira fijamente.

–Tengo tiempo. No haré ruido. Vamos.

–No, no es cierto. Y lo harás. –Le doy un beso en la mejilla y me acerco a la puerta de la calle, dispuesto a abrir–. Y eso me encanta.

–Jamie –gime, cogiéndome del abrigo–. El viernes no fue suficiente.

–Desde luego que no, en absoluto.

–Pues vamos a solucionarlo.

Esta vez le beso la nariz y luego la frente.

–Sube y abrígate.

–Oh, no te preocupes –dice, mordiéndose el labio–. Esta noche pensaré en ti y me calentaré sola en la cama, me calentaré mucho.

Un gruñido sale de mi garganta.

–Deja de tentarme y entra. He hecho planes que serán nuestra recompensa después de la fiesta. Podemos seguir donde lo dejamos. –El estómago me da un vuelco–. Es decir, si sigues dispuesta a…

–Si vuelves a preguntarme otra vez si estoy preparada para esa fiesta, me sentiré ofendida. Iré, James. Iré por las ricas tapas y por las burbujas burguesas, y por la oportunidad de pisarte delante de doscientos desconocidos. Incluso me he comprado un vestido nuevo –dice, y añade con picardía–: Apenas me tapa el culo.

–Eso no es gracioso.

–Un poco sí. Así que… –Se acerca dándose aires y baja la voz–. ¿Has dicho que tienes planes?

–Sí, diablillo. –La empujo hacia el vestíbulo dándole una palmada en el trasero–. Planes. Y ahora sube de una vez.

Gira sobre sus talones y me besa con fuerza.
–Sabía que eras un poco sádico.
–¡Beatrice! –digo, ruborizándome–. No ha sido un azote. Ha sido un cachete de pasión.
Sube la escalera riendo y tropieza en mitad del primer tramo.
–¡Ha sido un azote en el culo! –grita–. ¡Y me ha gustado!
Echo la cabeza atrás para mirar al cielo.
–Que Dios me ayude.

Llego tarde. Pues claro que sí. Porque hoy es la fiesta de cumpleaños de mi padre y Bea está esperando que la recoja a las seis en punto, y como tengo prisa, el universo ha descargado en el refugio la colección más nutrida de tipos necesitados de ayuda que he visto en meses. La estación de los resfriados y las gripes está en pleno apogeo, así que no es totalmente inesperado tener un pico de pacientes, pero aun así ha sido un día muy ocupado. Y ahora voy con retraso.
–West –dice Jean-Claude, haciendo como que mira el reloj–. Llegas tarde.
Paso corriendo por su lado en dirección a mi cuarto, quitándome el jersey y desabrochándome los botones de la camisa.
–Gracias por esa astuta observación.
Ahogo el rumor de su risa abriendo el grifo, me quito el resto de la ropa y entro en la ducha para frotarme a fondo bajo un chorro de agua que casi me escalda. Tras un rápido pero concienzudo afeitado y después de aplicarme la habitual pomada para domar el pelo, me pongo el esmoquin y me voy calzando los zapatos a saltos mientras entro en el salón. Jean-Claude se está guardando las llaves en el bolsillo.
–¿Adónde vas? –le pregunto.
–¿Eh? –dice, frunciendo el entrecejo–. A la misma fiesta que tú. ¿Adónde creías?
Señalo sus llaves con un movimiento de cabeza mientras me pongo el segundo zapato.

–Vamos juntos, ¿no? con Beatrice y Juliet.
–Tú te ofreciste. Yo dije que quizá. He cambiado de idea.
–¿Por qué? –digo, irguiéndome tras apretar el lazo del cordón.
–Porque estaré compartiendo a mi hermosa novia toda la noche y hasta entonces la quiero para mí solo.
–Jean-Claude, estás prácticamente pegado a ella. ¿Acaso un viaje en limusina con nosotros te parece una imposición?
–Apenas he visto a Juliet los últimos días. –Se ajusta la corbata ante el espejo y se arregla el pelo–. Gracias a Christopher. Me tiene machacado de trabajo. El muy soplapollas.
–Es una horrible forma de llamar a tu amigo –digo, enarcando las cejas.
–En primer lugar, es mi jefe, y se asegura de que me entere cargándome de trabajo.
–Más responsabilidad suele dar por resultado un ascenso, ¿no?
Jean-Claude suspira sin dejar de mirarse en el espejo.
–Como de costumbre, eres un ingenuo para estas cosas, West. Lo hace a propósito, porque así me separa de Juliet. Es increíblemente posesivo con ella.
–¿De qué estás hablando?
Se vuelve a mirarme.
–Joder, tiene una foto suya en el escritorio.
–Y apuesto a que en esa foto no está sola.
Le tiembla la barbilla. Mira a otro lado y se sirve dos dedos de whisky en un vaso pequeño.
–Eso no tiene nada que ver.
–Sí que tiene, Jean-Claude. Estoy seguro de que tiene fotos de todos los Wilmot porque son su familia. Juliet y Bea son como hermanas para él, me lo dijo Bea...
–Pues claro que te dijo eso. Porque ella tampoco quiere que Juliet esté conmigo. Quiere emparejarlos.
–¿Estás oyendo lo que dices? –pregunto, fulminándolo con la mirada y a punto de quedarme sin palabras–. ¿Qué diablos te pasa?

–Ella es mía –dice entre dientes–. Y maldita sea si ese Christopher la seduce a mis espaldas mientras me mata a trabajar como a un desgraciado subalterno.

–Jean-Claude, creo que estás cansado. O agobiado. Te comportas como un paranoico.

Se ríe sin ganas y agita el whisky.

–No es paranoia cuando estás en lo cierto.

–¿Cómo sabes que estás en lo cierto? ¿Le has contado a Juliet lo que te preocupa? ¿Le has preguntado qué siente por Christopher?

–No es ella quien me preocupa –murmura mirando el vaso–. Son todos los demás. Cuando ella está conmigo, todo va bien. Es... –se lleva el vaso a los labios– es perfecto con ella. Ella es perfecta.

Alza el vaso y se bebe el contenido de un trago.

–Ya has empezado a beber y aún beberás más en la fiesta –le recuerdo–. No podrás conducir después. –Pone los ojos en blanco–. Jean-Claude. Hablo en serio.

–Y yo también.

Deja el vaso bruscamente en la encimera y mira el teléfono.

–Sé sensato. Ven con nosotros. Puede que no sea lo que más quieres, pero Beatrice y Juliet disfrutan estando juntas. Al menos Juliet estará contenta...

–No –dice en voz baja y peligrosamente ronca–, no me digas qué es lo que hace feliz a mi prometida. ¿Crees que no me doy cuenta de que las dos son uña y carne? Es la puta razón por la que quise que salieras con Bea, para quitármela de encima.

Parpadeo atónito.

–¿Qué me dices de «estás solo y eres desgraciado y ya es hora de encontrar a alguien que te haga feliz»? ¿O solo fue una triquiñuela para que tus planes salieran bien?

Echa a andar hacia la puerta, pasando por mi lado, aunque no muy cerca. Cuando estamos juntos no le gusta acercarse mucho porque entonces tiene que levantar la cabeza para mirarme de frente. Se encoge de hombros.

—Que encima disfrutes de ella es un plus, pero no mi motivo principal. Mi meta era quitar de en medio a Bea, porque ¿sabes qué mierda me dijo Juliet cuando la conocí, cuando supe lo mucho que la quería?: «Salgamos como amigos. Necesito ir despacio. Mi hermana lo está pasando muy mal y no estoy segura de cómo va a tomarse que tenga pareja en serio, todavía no». —Hace una mueca de asco—. Que me ahorquen si voy a permitir que una hermana medio tonta, incapaz de superar que la dejaran, se interponga entre yo y lo que es mío...

—Basta ya —exclamo.

Nuestras miradas se cruzan y Jean Clade arquea las cejas con indiferencia.

—Oh, ¿así estamos?

De repente se evaporan mis ganas de vivir con alguien por la amistad que une a nuestras familias, porque dividimos el alquiler, porque no me exige mucho, porque más vale malo conocido que bueno por conocer y tengo experiencia en vivir con hombres malhumorados y mordaces (mi padre se aseguró de eso).

—No vas a insultar a Bea nunca más —le digo fríamente—. ¿Lo has entendido?

—Claro que sí. —Gira sobre sus talones, abre la puerta de la escalera y la cierra de golpe al salir.

—Mierda —gruño, frotándome la cara.

Una parte de mí quiere salir corriendo detrás de él y decirle que meta el culo en la limusina que está esperando abajo. La otra parte, la que gana, pasa olímpicamente de él.

Saco el teléfono y escribo a Bea que estoy en camino y ardo en deseos de verla.

Su respuesta ilumina mi pantalla a los pocos segundos.

«¡Genial! ¡Me pongo el chándal más elegante que tengo y estoy lista!».

Pongo los ojos en blanco y salgo de casa sonriendo.

He visto tres comedias románticas, es decir, tres más de las que han visto casi todas las almas escépticas y nada románticas como la mía. Conozco el espectacular momento de la revelación, cuando el chico enamorado se viste de gala y hace una entrada triunfal entre los murmullos de todos los presentes y el rival se da cuenta en ese momento crucial de que *ella* es la mujer de la vida de ambos. Así que yo debería haber estado preparado.

No lo estaba.

Nada podía prepararme para el momento en que Bea me abre la puerta de su casa, sin aliento y sonriendo, enfundada en seda negra como la noche que se ciñe a sus curvas como si le hubieran derramado encima medio litro de tinta.

Dejo de respirar y me apoyo en el marco de la puerta.

Bea hace una mueca.

–¿Tan mal estoy?

–Muy mal. Peor. –Me aparto de la puerta para acercarme y asimilar el espectáculo–. Dios mío. Mírate.

Se muerde el labio inferior.

–¿Qué?

Le cojo la mano y enlazo nuestros dedos. Y luego me llevo la mano a los labios y beso cada nudillo y pongo su palma abierta en mi mejilla.

–Eres hermosísima. Increíblemente hermosa.

Un rubor rosado asoma en sus mejillas.

–Gracias, Jamie. –Un paso adelante y nuestras frentes se rozan. A regañadientes, le suelto la mano para que pueda ajustarme la pajarita–. Estás de un atractivo devastador. Aparte de que pareces la tentación vestida de gala. Juro que nunca he conocido a nadie en esas reuniones que no pareciera un pingüino gigante.

Se me escapa una carcajada. Bea inclina la cabeza y desliza los dedos con cuidado bajo mis ojos.

–¿Estás llorando?

Parpadeo para ocultar la delatora humedad.

–Alergias otoñales.

–Pues claro –asiente con la cabeza–. En este piso tenemos siempre toneladas de polen.

–Y que lo digas. Tendré que hablar con el casero.

La atraigo hacia mí y le doy un suave y lento beso en los labios, aspirando su aroma.

«Eres lo mejor de mi vida –quiero decirle–. Eres segura, real y perfectamente imperfecta. Comenzamos como un simulacro y ahora somos la verdad más auténtica que he conocido jamás».

Pero no lo digo, no pronuncio esas frágiles palabras en el delicado espacio que nos separa. Pronto habrá tiempo de decirlas. Cuando sobrevivamos a esta noche. Cuando todo esté en silencio y oscuro y estemos solos, Bea acurrucada en mis brazos.

Por el momento me contento con decírselo de todas las otras maneras que puedo: con mis manos vagando por su cintura, con el frenesí de nuestros besos. La echo hacia atrás, cierro la puerta con el pie y la apoyo contra la pared mientras sus dedos juegan suavemente con el corto pelo de mi nuca.

–Jamie –murmura, doblándose cuando la beso cuello abajo hasta la suave ondulación del pecho, la punta endurecida del pezón. Ella desliza la mano por mi espalda y la pone acto seguido entre los dos, acariciándome un punto que se hincha y endurece–. No puedo creer que sea yo la que dice esto –añade en voz baja–. Pero vamos a llegar tarde si no...

–Sí, es verdad. –Me separo respirando con dificultad. Le subo el tirante del vestido y la miro de arriba abajo.

–Y ahora en serio –dice Bea algo trémula, como si estuviera nerviosa, sin dejar de mover las manos en los costados–, ¿está bien el vestido? Podría ponerme un chal si crees que el tatuaje va a ser un problema...

–Beatrice.

–¿Sí? –dice, paralizada.

Recorro con los dedos el alto escote del vestido, donde se estrecha para formar los delicados tirantes, y por encima de su clavícula, el cuello y los suaves mechones de su cabello, que lleva recogido en un moño. Se inclina ante mi caricia y yo también me inclino, rozándole con la boca el lóbulo de la oreja.

–El tatuaje es la antítesis de un problema.

El cuello se le mueve cuando traga saliva. Le doy un beso ahí y me gano una exclamación.

–Hay gente a quien le molesta –dice temblando–. No todo el mundo sabe qué hacer al respecto. Tú por ejemplo, cuando nos conocimos.

–Oooh, sí que lo sabía –digo, recorriendo la delicada línea de puntos que le baja por el cuello–. Sabía que mi lengua y mi boca querían saborear cada punto con que habías trazado esos enigmáticos dibujos, descubrir y saborear cada dulce y suave rincón de tu cuerpo hasta que estuvieras temblando y jadeando, suplicándome más y más.

Me tira con fuerza de las solapas del esmoquin y se balancea ligeramente.

–Lástima que esa noche no conociera tus planes.

–Eso fue porque me quedé sin palabras y lleno de ansiedad mirando a la mujer más hermosa y sensual que había visto en mi vida. Claro que me comporté como un gilipollas de primera clase.

Lanza una carcajada tan efervescente y luminosa como el mejor champán. De la clase que le veré beber esta noche mientras pienso en bajarle ese vestido negro hasta que aterrice a sus pies y forme un charco de seda nocturna.

–Olvida el chal –susurro con la boca en su cuello–. Me encanta el arte que te has puesto en la piel. Es hermoso y tú estás orgullosa de él.

–Estoy orgullosa de él –dice, sonriendo.

–Yo también.

Se vuelve para darme un tierno beso en la mejilla y luego me aparta con las dos manos en el pecho para poner algo de distancia entre los dos.

–Quizá deba darte una última oportunidad para que decidas sobre el chal –dice, dándose la vuelta–. Después de todo, no has visto el vestido al completo.

Frunciendo el entrecejo, me meto las manos en los bolsillos.

–No alcanzo a imaginar... *joder*.

–¡Esa lengua, señor Westenberg!

Tengo la mirada fija en la espalda de su vestido o, más exactamente, en la ausencia de espalda. Solo hay una seda que traza una curva desde el tirante del hombro hasta la base de su columna.

–Lo siento mucho.

Sonríe por encima del hombro.

–No, no lo sientes.

–No, no lo siento. Ven aquí –digo, dándole la mano, cogiendo su bolso negro y abriendo la puerta–. Será mejor que cojas el chal, pero solo porque fuera hace frío.

–¡Eh! –dice, cogiéndolo al vuelo en el preciso momento en que cruza el umbral–. ¿A qué viene tanta prisa?

Cierro la puerta con sus llaves, la cojo en brazos, grita y me echa los brazos al cuello con una risa feliz mientras bajamos la escalera.

–Porque si paso un minuto más contigo, no habrá forma humana de irse por culpa de ese vestido y sabiendo que tu habitación está al fondo del pasillo.

La limusina es un teatro de contención en el que me esfuerzo por no pensar en todas las formas en que podría poseer a Bea: doblada por la cintura, caída de espaldas, con las piernas abiertas, con las manos en mi pelo, con las manos en la ventanilla, retorciéndose, jadeando y corriéndose una y otra vez.

Exorcizo la tentación recordando que ya hemos tenido una experiencia sexual apresurada y frenética. La próxima vez quiero tener todo el tiempo del mundo.

También está el hecho de que podría rasgarle el vestido y entonces tendría que decirle al conductor que diera la vuelta, y entonces nos perderíamos la fiesta. No es que me muera por ir. Me he resignado, nada más. Esto es lo que suelo hacer: consolar a mi madre, apaciguar a mi padre, sonreír, ser todo educación y buenas maneras y luego desaparecer hasta la próxima vez que me obliguen a asomar la cara y a fingir que mi padre no es un bastardo sin corazón y que mi madre está contenta a su lado.

Pero esta noche hay una débil chispa de alegría en mí. Va a ser terrible en muchos aspectos rodearme de mi familia y de las facetas de mi educación que aborrezco, pero aquí está Bea, a mi lado en la limusina, con su aroma excitante y las piernas apoyadas en las mías. Cuando entremos, ella irá de mi brazo. Sonriendo, curiosa, encantada de ser quien es. Eso lo hará soportable.

El conductor abre la puerta y bajo del coche, me aliso el traje y alargo la mano para ayudar a Beatrice. Cuando sale y abre unos ojos como platos al ver mi casa familiar, me siento más feliz y esperanzado que en mucho, mucho tiempo.

–Pues qué bien –dice, cogiéndose de mi brazo y apretándolo–. Al lado de esta casa, la de mis padres parece de juguete.

–Me gusta la casa de juguete de tus padres –digo, riendo por lo bajo–. Parece un hogar.

–Lo es –admite–. A mí también me gusta su casa. Ay, Señor. Esa es tu madre, ¿verdad?

Levanto la vista hacia mi madre, que está serena y firme en la puerta, saludando a los invitados con besos insustanciales en las mejillas.

–Sí.

–Es... impresionante –dice Bea–. Y alta.

–Todos somos altos. Pero no te preocupes, me aseguraré de que alcances los aperitivos.

Me da un codazo, haciendo una mueca.

–Muy gracioso.

–James –dice mi madre con su acento francés, rodeándome con los brazos–. Llegas tarde. Pero estás muy atractivo, *mon biquet*. –Se vuelve a Bea–. ¿Y quién es esta mágica criatura?

–Mamá, te presento a Bea Wilmot, mi novia. –Bea me aprieta el brazo con más fuerza–. Bea, te presento a mi madre, Aline Westenberg.

Bea sonríe con nerviosismo.

–Encantada.

–*Enchantée* –dice mi madre, envolviéndola en un abrazo con mucho perfume y dándole un beso en cada mejilla. Luego se vuelve hacia mí y dice en francés–: Por favor, asegúrate de buscar a tu padre enseguida. Si no, se sentirá desairado. Habla con las personas adecuadas y haz las presentaciones. Por lo demás, eres libre. Toma una copa de champán. La cena será dentro de una hora.

–Sí, mamá. Ya sé lo que se espera de mí –respondo, también en francés, que es la lengua en que solemos hablar–. No tienes por qué preocuparte.

Mi madre se encoge de hombros con la mirada ya puesta en los invitados que nos siguen.

–Solo quiero que no tengas problemas.

Como si eso funcionara siempre. Le doy un beso en cada mejilla.

–Disfruta de la velada.

En cuanto avanzamos, Bea me tira de la mano para llamar mi atención.

–Pero ¿qué coño es esto, James? –susurra.

–¿Qué? –pregunto, confundido–. ¿Algo va mal? ¿He...?

–¿Hablas francés?

Abro la boca, aunque no estoy seguro de lo que decir.

–Ah... sí.

–¿Y no se te ocurrió decírmelo?

–¿Perdona?

–No hay perdón que valga. –Me arrastra a un rincón del vestíbulo para darme un beso que funde todas las preocupaciones que ha causado esta confusa conversación–. El francés en tu boca me incita a desear cosas sucias, muy sucias, con ella.

Madre mía. Todo yo soy calor. Mi boca. Beatrice. Me muero de ganas.

–Yo... sí, vamos. Totalmente. Vamos a ello.

Se echa a reír, me aparta suavemente y enlaza sus dedos con los míos.

–Champán y un desastre bailongo primero. Luego el francés.

La beso de nuevo, excitado, desesperado.

–Como desees, *mon coeur*.

Capítulo 27

Bea

–¿*Mon coeur*? –digo, frunciendo el entrecejo mientras se lleva mi mano a los labios y me besa los nudillos–. ¿Qué significa eso?

–Ya te lo digo después –dice, sonriendo.

–Provocador.

Su sonrisa se amplía mientras desliza una mano por mi cintura.

–Dijo la sartén al cazo.

Por mi lado pasa una mujer con un vestido plateado y de repente me acuerdo de Jules y lo ansiosa que estoy por encontrarla y saber que está bien. Antes de que Jamie llamara a la puerta de mi casa y casi me desmayara al ver lo guapo que iba, estaba preocupada por mi hermana. Habíamos planeado más o menos una cita doble (aunque a mí no me hacía mucha gracia pasar cuarenta y cinco minutos dentro de un coche con Jean-Claude para salir de la ciudad) y de repente me sale con que van a ir los dos solos con la excusa inventada de que Jean-Claude prefiere partir cuando le salga de las narices.

Evitó mirarme a los ojos cuando regresé del trabajo y la encontré en el baño, envuelta en una bata de seda roja, con el pelo recogido con una toalla por turbante. Parecía haber llorado. Pero antes de que pudiera sonsacarle nada, me distrajo con maquillajes y muestras de pintalabios rojos de larga duración y luego desapareció en una nube de chiflón plateado hacia el coche del caraculo, y aquí estamos.

–¿Todo bien? –pregunta Jamie.

El corazón me da un vuelco cuando le sonrío. Un solitario mechón de pelo le acaricia la sien y se lo coloco en su sitio, sabiendo que quiere tener el aspecto más cuidado posible.

Sus ojos avellana se entrecierran al mirarme y la luz incide en sus pómulos, su larga nariz, la fuerte línea de su barbilla. Está para comérselo.

–Estoy bien –digo–. Es solo que... me gustaría encontrar a Jules.

–Ahora la buscamos –dice, afirmando con la cabeza–. Siento que Jean-Claude se empeñara en venir por su cuenta.

–Bueno, a Jules parecía hacerle gracia venir en el Porsche.

Jamie me ciñe la cintura con más fuerza, atrayéndome hacia sí, para no entorpecer el avance de un camarero que llega a toda prisa cargado de entremeses.

–Ni por todo el oro del mundo dejaría que ese hombre me llevara en coche. Es el terror al volante.

Me paro en seco.

–¿Por qué no lo dijiste? ¡He dejado que mi hermana vaya en coche con él!

Suspira y me mira mientras reanudamos el paseo.

–En realidad, no es imprudente y dudo que sea tan descuidado si lleva a Juliet en el coche. Solo conduce de forma imprudente cuando voy yo, porque sabe que odio que lo haga.

–Cada vez que sé algo nuevo de ese tipo –murmuro–, me gusta menos.

–Si sabe ser cauteloso y prudente con alguien, es con Juliet. Y si no... tu hermana ha ido con él antes. Ella sabe con quién está y cómo se comporta.

–¿Ah, sí? Escruto el inmenso espacio y la multitud que nos rodean en busca de mi hermana. Es una auténtico salón de baile. Jamie tiene un salón de baile en casa. En la mansión. Lo que sea–. No estoy segura. Algunas personas... muestran primero su mejor faceta. Así es como te atraen y luego, gradualmente, van cambiando... Bueno, en realidad no cambian, solo muestran su auténtico ser, lo que siempre han sido. Pero para entonces ya no sabes qué pensar. ¿En quién confías? ¿Estás imaginando cosas? ¿No tendrá una mala semana? ¿Amar a alguien no significa aceptar también su peor faceta?

Se me hace un nudo en la garganta cuando evoco ciertos recuerdos de mierda. Recuerdos de Tod que tanto empeño he puesto en dejar atrás para seguir avanzando.

–Bea. –La mano de Jamie me envuelve la mejilla y me vuelve la cara para mirarme de frente–. ¿Eso es lo que te hizo tu exnovio?

Muevo la cabeza afirmativamente.

–Sé de lo que estoy hablando. Creo que Jean-Claude es así. Nunca me dio buena espina, ni siquiera cuando era todo sonrisas y ramos de rosas y la acosaba para que saliera con él, sorprendiéndola con regalos. Fue demasiado deprisa. Y nunca quiso que yo anduviera cerca. Así es como funcionan esos tipos manipuladores y posesivos. Van cortando, uno por uno, los lazos que te unen a la gente que quieres, que te conocen bien y hacen que te sientas bien. Y luego hacen que te desmorones hasta el punto de que solo quieres su aprobación, su presencia... y el otro se convierte en todo tu mundo y tú estás sola.

Jamie aprieta las mandíbulas.

–No soy un hombre violento, Bea. Hice un juramento para curar a las personas, no para hacerles daño. Pero a ese me gustaría machacarle la cabeza.

Me apoyo en su brazo y sonrío mientras envuelvo con mis manos la que me acaricia la mejilla.

–Lo sé. Y eso es más que suficiente para mí. Es mejor que estés preparado con Jean-Claude, ¿no?

Jamie mira a la multitud.

–Por tentador que sea, es más probable que recurra a las palabras. Pero sea lo que sea, estoy de tu lado, ¿vale? Y del lado de Juliet también, si llegara el caso. –Sus ojos buscan los míos otra vez antes de inclinarse y darme un largo beso en la frente–. Lo prometo.

–¡Bibí!

La voz de mi hermana me pilla por sorpresa, doy un respingo y a punto estoy de darle un cabezazo a Jamie. Tras un mes aguantando mis torpezas, ha desarrollado un excelente instinto de conservación y se hace a un lado a tiempo de esquivar lo que podría haberse convertido en una desagradable nariz sangrante.

–Qué tío –digo, palmeándole el pecho–. Tienes los reflejos de una mangosta.

Jamie sonríe y pone la mano en mi espalda cuando Jules me rodea el cuello con un brazo.

–¡Por fin te encuentro! –dice alegremente, besándome en la mejilla–. Estás increíble. ¿Verdad, West?

El dedo de Jamie recorre sensualmente mi columna hasta el borde del vestido y se aparta de repente.

–Ya lo creo. Quita el sentido. Y tú también estás preciosa, Juliet.

Jules sonríe y resplandece como una constelación, toda ella sombra de ojos ahumada y vestido plateado.

–Gracias.

–Ya basta –dice Jean-Claude, rodeando la cintura de mi hermana con el brazo y acercándola hacia él. Mis ojos son sopletes que le agujerean las manos–. Despierta tanto interés que no sé por dónde empezar a competir.

–Por favor –dice Jules riendo–. Que te guste tanto a ti no significa que le guste a todo el mundo.

–Eso dices tú –responde Jean-Claude, apretándola con más fuerza–. Pero tú no estás en mis zapatos, peleando con rivales de ambos sexos.

Oh, no, mierda. No ha dicho eso. Aprieto los puños. Jamie se frota la cara y gruñe.

–Jean-Claude –dice Jules arqueando una ceja–, ya te he dicho que eso es ridículo.

–Por no decir ofensivo –murmuro.

–Matemáticamente no lo es –dice, sin hacernos caso.

–Jean-Claude –advierte Jamie.

Tampoco hace caso a Jamie, solo se fija en Jules.

–A ti te gustan los hombres y las mujeres. A mí solo me gustan las mujeres. Lo que significa que tú tienes dos veces más probabilidades...

–¡Cállate! –exclamo–. No puedo escuchar esto...

–Disculpadnos. –Jules me coge del codo y me lleva entre la multitud hasta el cuarto de baño, donde alguien vestido de camarero está sentado en un taburete con una bandeja con toallas y diminutos productos de baño. Jules encuentra un pequeño entrante con un sofá y me sienta a su lado.

–Escucha –susurra–. No estás ayudando.

–Jujú, ha dicho...

–Sé lo que ha dicho, Bea. Y aunque no esté bien, no es asunto tuyo saltarle al cuello y echarle un sermón. Deja que yo lo solucione.

El dolor eclipsa mi preocupación.

–Vamos, como si tú me dejaras solucionar mis asuntos. ¿Así que tú puedes entrometerte en mi vida, pero yo no puedo decirte que tu novio es un comemierda bífobo?

Mis gritos resuenan en el baño y las demás conversaciones se reducen al nivel del murmullo. Jules cierra los ojos y respira despacio.

–Gracias, Bea.

–Lo siento, yo solo...

–¿Podemos no caer en esto, por favor? –susurra, abriendo los ojos y parpadeando para contener las lágrimas–. Ni las personas ni las relaciones son perfectas, ninguna lo es, ¿estamos? Y no, puede que ahí no se haya comportado como la persona socialmente más evolucionada; y sí, estamos pasando una mala racha, pero Jean-Claude está agobiado por el trabajo y algunas personas no muestran su mejor faceta con ese tipo de presión. Así que no me lo pongas más difícil. Por favor.

Quiero hablar a fondo de todo esto con ella. Y quiero contarle todo sobre Tod. Porque si supiera cómo empezó todo con él y cómo terminó, si viera reflejada su relación con Jean-Claude en la mía con Tod, tal como lo veo yo, entonces me pregunto...

–Jules.

–Bea. –Me aprieta las manos y me lanza una mirada compungida, de súplica–. Por favor. Déjalo.

Me trago el nudo que siento en la garganta y afirmo en silencio.
–Gracias –añade, respirando hondo para calmarse y sonriendo serenamente, con su máscara de «estoy bien» firmemente en su lugar–. Y ahora vete. Pásalo bien con West. Y buena suerte cuando conozcas a su padre.
Nos ponemos en pie y me coge del brazo.
–¿Tan malo es ese señor?
Levanta la barbilla cuando salimos del baño y cuadra los hombros, adoptando de nuevo ese hermoso aire de seguridad en sí misma que la caracteriza.
–Casi tanto como Jean-Claude.
La sala está atestada de gente cuyas voces conforman una algarabía tan compleja que es como si tuviera a una docena de personas delante de mí, gritando. Noto los síntomas que preceden a una sobrecarga sensorial. La piel me zumba, siento hormiguilla, como si tuviera un enjambre de abejas bailando bajo la piel, el pecho empieza a pesarme. Respiro profundamente y veo el bar. Necesito un trago, unos minutos de soledad en el silencioso y fresco aire de la noche. Luego, con suerte, podré comportarme el tiempo suficiente para que Jamie aguante esta mierda de fiesta.
–¿Bibí? –pregunta Jules–. ¿Estás bien?
Le aprieto el brazo.
–Nada que el alcohol y un momento al aire fresco no puedan arreglar.
Jules dice que sí con la cabeza y se abre paso entre la gente hasta el bar. A su manera, sonríe y ya tiene un chupito delante antes de que tenga tiempo de beberme el vaso de agua helada que he pedido para mí.
–¿Mejor? –pregunta.
–Un poco. –Dejo el vaso en la barra y respiro lentamente–. Voy a escaparme fuera un rato. ¿Quieres venir?
Conozco su respuesta antes de que abra la boca. Sus ojos *lo* han visto por encima de mi hombro y se ruboriza.
–No. –Al desviar la mirada, encuentra la mía–. Bueno, siempre que te encuentres bien, claro. Voy a reunirme con...

–Estoy bien. –No quiero ni oír el nombre del soplapollas. No soporto que esté tan enamorada de él aún. Intento recordar que eso también me pasó a mí, que hasta que no se portó como el monstruo que era no pude verlo tal como era, no me di cuenta de cómo necesitaba salir de aquella relación. Una vez más, noto un aguijonazo de culpa. Ojalá se lo hubiera contado todo a mi hermana. Ojalá la hubiera advertido. Quizá ahora no tendría esta mierda de relación. Quizá podría protegerla...

–Muy bien –dice en voz baja, pellizcándome la mejilla–. Envíame un mensaje si me necesitas, ¿vale? Estaré cerca.

Asiento con la cabeza y veo que se acerca a él.

«Después de esto –me prometo, empujando unas puertas de cristales que me permiten escapar a la fría noche de octubre–, después de esto, se lo contaré todo».

Cuando entro de nuevo en el salón de baile, veo a Jamie en medio de un círculo de cuarentones y cincuentones, más altos que la mayoría, con la cabeza inclinada, mirando su cóctel como si quisiera ahogarse en él.

«¡Ya voy!», quiero gritar. Desearía tener más aguante y no haberme visto obligada a salir para recargar las pilas después de desaparecer en el baño.

Entonces pasa algo la mar de curioso. Como si me hubiera leído el pensamiento, Jamie levanta la cabeza y me mira a los ojos. Luego sonríe, lenta y suavemente, ladeando un poco la boca. El corazón me da un vuelco en el pecho y hace que cada paso que doy hacia él siga el ritmo de sus latidos.

Y cuando estoy a su lado, todo parece estar en su sitio.

–Hola –digo.

Traga saliva y desliza el brazo por mi cintura, estampándome un largo y suave beso en el pelo.

–Te echaba de menos –susurra–. ¿Va todo bien?

Yo también le rodeo la cintura con el brazo.

–Sí, ahora ya estoy bien.

Expresa su conformidad con la cabeza.

–Díselo, Hawthorne –dice uno de los hombres, y al momento sé que es su padre. No solo por su elegante acento británico, sino porque, Dios, Jamie es igual que él: alto, esbelto, rizos bien peinados, la misma nariz larga y orgullosa. Aunque al mismo tiempo no se le parece en nada. Cuando la mirada de Arthur Westenberg se posa sobre mí, me echo a temblar. Hay una frialdad en esa mirada que me obliga a pegarme a Jamie. Si los ojos de Jamie están llenos de calidez y amabilidad, los de este hombre son calculadores y fríos como el hielo. Su voz se desvanece. Ladea la cabeza–. ¿Quién es esta, James?

Jamie me suelta la cintura para ponerme la mano firmemente en la espalda.

–Es Bea Wilmot, mi novia. Bea, mi padre, Arthur Westenberg.

–Encantada de conocerlo –miento.

Arthur traga aire y no dice nada, solo inclina la cabeza al otro lado para examinarme. Jamie me aprieta la espalda con más fuerza cuando me presenta al resto del grupo.

–Bea, te presento a un viejo amigo y colega de mi padre, el doctor Lawrence Hawthorne. –El mayor del grupo me saluda educadamente con la cabeza–. Y a mis hermanos, Henry, Edward y Sam.

Los dos primeros, que son una mezcla de los padres de Jamie, me lanzan miradas abiertamente críticas, pero Sam, que se parece más a Jamie, con unos ojos tan cálidos como los suyos y el pelo mucho más corto, me tiende la mano y sonríe.

–Me alegro de conocerte por fin. He oído muchas buenas cosas de ti.

–Compórtate –le advierte Jamie, pero el otro sigue sonriendo con amabilidad.

–Encantada de conocerlos a todos –digo. «Salvo a ti, a ti y a ti», pienso, refiriéndome al rígido y frío padre y a los hermanos engreídos–. Siento haber interrumpido.

–No pasa nada –dice el doctor Hawthorne.

Agitando su cóctel y tomando un trago, el padre de Jamie me lanza otra mirada crítica y deja el vaso en la bandeja de un camarero.

–Estaba diciéndole a Hawthorne que inculcara algo de sentido común a James.

Sam suspira y toma un trago. Jamie se pone rígido a mi lado.

Arthur se inclina levemente hacia mí.

–Bueno, ¿no vas a preguntar de qué estoy hablando?

–Creo que me lo va a decir de todos modos.

La mano de Jamie me aprieta un poco más la cintura. Disimula la risa con un poco de tos.

Su padre entrecierra los ojos mientras me observa.

–Digo que James debería dedicarse a la cirugía pediátrica. Ya que *tiene que* cuidar niños, lo menos que podría hacer es especializarse en el legado familiar.

Jamie se pone rígido.

–Hawthorne es líder en ese campo –continúa Arthur–. Sería una oportunidad única para trabajar con él.

–Con tu historial –dice el doctor Hawthorne–, estoy seguro de que serías una brillante aportación a nuestro equipo. Por supuesto, la cirugía no es vocación para todo el mundo...

–Tonterías –dice Arthur, cogiendo una copa de champán que le ofrece un camarero, sin dejar de mirar a Jamie–. Es lo que hacen los Westenberg, ¿no es cierto, chicos?

Uno de los hermanos que me produjeron un escalofrío cuando me uní al grupo, Henry, el mayor, levanta su vaso.

–Brindo por eso.

El otro hermano, Edward, choca su vaso con el de Henry y sonríe, aunque parece más una mueca.

–Toda la razón, maldita sea.

Sam no se une al brindis. Su mirada, evidentemente preocupada, se dirige hacia nosotros.

Pero la expresión de Jamie no cambia, está tranquila y compuesta como siempre, como si lo que acaba de ocurrir fuera algo tan habitual como las nubes en el cielo y el suelo bajo sus pies. Hace que me duela el corazón.

Carraspea y se dirige al doctor Hawthorne.

–Aprecio sinceramente la oferta y me halaga que piense que estaría cualificado para trabajar en su equipo. Admiro enormemente lo que hace. Pero la cirugía no es lo mío.

Arthur aprieta las mandíbulas. Su expresión es estruendosa.

–Querido –interviene la madre de Jamie, cogiéndose de su brazo.

Alta y esbelta, es como una joven promesa del cine congelada en el tiempo. Deslumbra con un vestido a la moda de color marfil con el que yo parecería un merengue mal hecho, sin un solo poro a la vista y con la piel resplandeciente. Su brillante cabello castaño es algo más claro que el mío, lleva un peinado perfecto y no se le ve ni una sola cana.

Miro al resto del grupo, que habla de naderías, consciente de mi pequeñez al lado de tanto gigante, de los rizos rebeldes que Jules me ha recogido artísticamente en un moño, del brillo que sin duda ha aparecido en la piel de mi barbilla y mi frente. Nunca he intentado ni esperado ser impecable y generalmente me gusta bastante mi apariencia, pero ahora mismo siento que destaco como un dedo con sabañones. Y me preocupa que pueda poner en evidencia a Jamie, que le disguste mi tatuaje y mi historial nada pijo.

Cuando levanto los ojos hacia él, me está mirando con una diminuta sonrisa en los labios. Se inclina y susurra:

–Estás magnífica.

–Me has leído la mente.

–Lo reflejas todo en el rostro –dice sonriendo–. He observado todo tu tren de pensamiento... ¡Ay!

Le he dado un codazo y no lo lamento.

–Recordarme que pongo caras raras cuando estoy perdida en mis pensamientos es muy poco caballeroso de tu parte.

–No son raras, so cabezota. Son –se encoge de hombros–, bueno, eres tú. Es delicioso.

–Ya.

–Señoras y señores –dice la madre de Jamie–, es la hora de cenar...

El padre la interrumpe.

–Primero un baile.

–Arthur, ¿un baile? –dice, frunciendo el entrecejo–. ¿A qué viene...?

–Un vals, Aline. –Avanza hacia ella–. Quiero bailar un vals con mi bella esposa.

La mujer se relame ante el piropo.

–Bueno –dice suavemente–, supongo que un vals no será el fin del mundo.

Capítulo 28

Jamie

Como siempre, *maman* se pliega a los deseos de mi padre, disculpándose ante sus invitados por cambiar un poco el orden de las ceremonias; ahora hará el brindis y tendremos un baile antes de la cena.

No estoy seguro de lo que ha planeado mi padre, pero sé que es un castigo. Quieras que no, me humillará. Porque a sus ojos yo lo he humillado a él. No importa que le haya dicho cientos de veces que no puedo ser cirujano. Que no estoy hecho para cortar a la gente por la mitad, sino para mantenerlos enteros. Para él soy una vergüenza que no merece el apellido familiar, y cuando me da otra oportunidad de rectificar, la rechazo obstinadamente.

Y ahora he de pagarlo.

–¡Por Arthur! –dice mi madre, levantando su copa de champán.

Bea y yo levantamos las nuestras obedientemente. Ninguno de los dos bebe. Se vuelve a mirarme.

–Oye. Quieres que...

–James.

La voz de mi padre corta nuestra conversación como un cuchillo. La música de violines comienza. Lo miro y veo que sonríe fríamente.

–¿Por qué no inauguras tú el baile, hijo?

El miedo se me concentra como cemento en el estómago y pasa a los pulmones. Me tiro de la pajarita, siento el pecho oprimido. Detesto ser el centro de atención y él lo sabe. Mi castigo ha llegado. Bea mira a uno y a otro con los ojos entrecerrados.

–Sí, señor –digo, asintiendo con la cabeza.

En cuanto se da la vuelta, Bea me pregunta con un hilo de voz:

–¿Qué coño ha sido eso...?

–Quiere ponerme en evidencia –respondo, tirándome otra vez de la pajarita, ajustándome los puños de la camisa hasta que los botones me bisecan la muñeca y respirando hondo para prepararme mentalmente–. Sabe que detesto ser el centro de atención.

–Pues que le den por culo –susurra–. Vámonos.

Le sonrío, apretándole la mano.

–Pero entonces ganaría él.

–Pues que gane. Si eso te hace desgraciado, no quiero participar.

La miro a los ojos.

–Puede que en el pasado sí, pero esta noche no estará tan mal.

Bea inclina la cabeza, se acerca más y me aprieta la mano.

–¿Por qué?

–Porque bailaré contigo –digo, apretándole también la mano–. Es decir, si no te importa.

–No me importa –dice, sonriéndome–. Pero no puedo prometer que no vaya a ser un desastre. Y seguro que te daré algún pisotón.

Echo a andar hacia la pista de baile, con su mano en la mía.

–Puedes pisarme todo lo que quieras. –Bea ahoga una exclamación cuando me la acerco y le doy un beso en el tierno hueco que tiene detrás de la oreja–. Solo te necesito a ti.

Comienza el baile, uno que conozco bien, que he bailado más veces de las que puedo contar. Pero esta vez es diferente. Porque Bea está en mis brazos.

La miro fijamente. Es tan guapa que me duele el corazón.

Ella también me mira, mordiéndose el labio inferior. Lleva el pelo recogido con algunos mechones sueltos. Pendientes de oro con un ónice casi tan brillante como sus ojos. Apenas lleva maquillaje, salvo en los labios, que lleva pintados de rosa rojizo, lo que hace que su piel resplandezca; sus ojos verde azulados también brillan. Podría estar mirándola durante años. Una vida entera.

–¿Qué te pasa? –pregunta en voz baja.

Bajo la mano por su espalda, palpando la suavidad satinada de su piel, sintiendo una delicada calidez bajo mi mano fría.

–Me alegro de que estés aquí. Aunque al principio me obstinara en que no vinieras.

–Bueno, menos mal que soy tan cabezota como tú. –Sus ojos buscan los míos y sube la mano hasta mi cuello para jugar con los pelos de la nuca–. Yo también me alegro de haber venido.

Estamos solos en la pista de baile, mi padre mira desde el borde, saboreando el castigo, pero casi ni lo noto. El mundo se disuelve y solo existe esto, nosotros dos; Bea, cálida y suave en mis brazos, me mira solo a mí.

La quiero. ¡Oh, Dios! La quiero. Con cada latido de mi corazón y a pesar del *crescendo* del cuarteto de cuerdas, que sigue tocando, lo único que oigo y siento es... que la quiero. ¿Cuándo no la he querido?

–¿Sabes lo más raro de todo esto? –dice, ajena a mis pensamientos, sonriendo cuando la acerco más, aterrorizado porque, de alguna manera, ahora que sé que la quiero podría perderla.

–¿Qué? –pregunto, suspirando con placer cuando sus dedos se introducen más profundamente en mi pelo con una caricia afectuosa, reconfortante.

–Esta será la última ocasión para engañar a Jules y Jean-Claude, para subir un montón de fotos chulas a Instagram y hacer que los otros entrometidos se enamoren desesperadamente de la idea de que estamos juntos.

El temor me agarrota el estómago. ¿Ha cambiado de opinión sobre nosotros? ¿Sobre abandonar nuestro plan?

Bea aleja mis miedos rodeándome el cuello con la mano, bajándome la cabeza para darme un beso. Cuando nuestras bocas se separan, su sonrisa es esplendorosa.

–Lo único que quería era venganza –susurra, con la mano apoyada en mi corazón–. Y ahora lo único que quiero es a ti.

La beso. La vuelvo a besar, y otra vez, y otra, y perdemos el ritmo y nos tambaleamos un poco, y es perfecto. Es perfecto porque está ella, porque está conmigo. Los dos. Juntos.

Cuando me echo atrás y encontramos otra vez el ritmo del vals, me doy cuenta de reojo de que mi padre ha llegado a la conclusión de que ya he sufrido bastante y está bailando con *maman*. Mis hermanos se unen con sus parejas. Luego los padres de Jean-Claude y Jean-Claude y Juliet. Más y más parejas llenan la pista, pero yo no las veo. Solo veo a Bea.

–Me miras mucho –dice.

–Sí.

Sonríe, ruborizándose adorablemente.

–¿Parezco un payaso con la boca pintada de rojo?

–No –respondo, riéndome–. ¿Por qué ibas a parecer eso?

–Así que Jules tenía razón –dice enigmáticamente–. Me puso este pintalabios y juró que no podría quitármelo aunque quisiera.

Se relame los labios y mi cuerpo arde de pies a cabeza. Fantaseo con esa boca lozana abierta de placer mientras la saboreo e incito, luego recorriendo mi cuerpo, cerrándose con fuerza alrededor de mi...

–¿Jamie?

–¿Eeezm? –digo, sobresaltado.

Ladea la cabeza.

–Acabo de pisarte. Dos veces. Y no has dicho nada.

Sonrío y le robo otro beso.

–Ni siquiera lo he notado.

Me mira con recelo mientras doy con ella una rápida vuelta cuando termina el vals.

–¿Qué estás pensando?

–Estoy pensando en que después de terminar esta tontería de vals, nos vayamos de aquí a toda leche.

–¿De veras? –dice, con ojos brillantes.

Vuelvo a besarla y la inclino en un ángulo tal que se echa a reír.

–De veras.

Estamos mareados, delirantes de risa, cuando nos escapamos y bajamos corriendo los peldaños delanteros de la casa de mis padres hacia la limusina. Abro la portezuela y Bea ahoga una exclamación cuando la aúpo y la siento en mis rodillas. Pulso el botón que eleva el cristal medianero, para darnos intimidad, y la beso frenéticamente, enredando las manos en su pelo, uniendo nuestras lenguas en una frenética danza que sacaría los colores al vals.

–Espera –dice, arrancando su boca de la mía–. Toque el claxon, por favor –dice al chófer. Luego baja la ventanilla y grita–: ¡Hasta luego, capullitos de alhelí!

Saco riendo el brazo por la ventanilla y levanto el dedo corazón.

Bea chilla encantada y me besa otra vez. Se sienta a horcajadas sobre mí.

De repente, calla y desliza los dedos por dentro de mi pajarita para deshacer el nudo. Cuando desabrocha los dos primeros botones de mi camisa, respiro hondo para calmarme y siento un brote de ternura. Se ha dado cuenta de que me estaba sofocando lentamente, de lo que me costaba respirar.

–¿Mejor? –pregunta, recorriendo con los dedos mi clavícula, mi cuello, mi mandíbula.

Le aprieto la cintura con más fuerza. La atraigo hacia mí y afirmo con la cabeza.

–Mucho mejor.

Sus manos continúan el viaje por mis pómulos, la nariz, la frente, la sien. Cuando me acaricia la oreja, dejo escapar un gemido de placer.

–¿Qué haces?

–Dibujarte. –Su mirada sigue el camino de sus dedos–. Te

he dibujado muchas veces. En mi mente, en mi cuaderno de dibujo. Pero así es mucho mejor.

Mi mano se desliza por su espalda, recorriendo su vestido hasta abajo.

–¿Qué aspecto tengo en esos dibujos?

–Precioso –susurra–. Casi siempre desnudo.

Trago saliva con dificultad.

–Espero que el ser vivo se ajuste a lo que has imaginado.

Sus ojos buscan los míos, suaves y cálidos a la tenue luz del exterior.

–No se ajusta. Es mucho mejor.

–¿Cómo lo sabes?

Me deposita en los labios el más delicado de los besos.

–Porque tú eres tú. Eres maravilloso, Jamie. Un hombre realmente bueno, hermoso y maravilloso del que nunca me cansaré. –Su mirada se posa en mis ojos, adivina mi inquietud–. Detesto que el capullo de tu padre te haya educado haciéndote dudar de lo increíble que eres. Detesto que tu familia, salvo Sam, lo permita. Que les den por culo, ¿vale? Tú eres suficiente, más que suficiente, tal como eres.

Vuelvo a tragar saliva.

–Gracias, Bea.

Cuando su boca se une a la mía de nuevo, tierna y reverente, el corazón me palpita al ritmo de las palabras que no puedo dejar de repetirme por dentro.

Te quiero. Te quiero. Te quiero.

Cuando salimos del camino privado y accedemos a la calle, mis pensamientos se interrumpen.

–Beatrice, el cinturón de seguridad.

–Jamie...

–Lo primero es la seguridad –le digo, levantándola de mis piernas.

–Está bien –dice.

La pongo a mi lado con suavidad y le abrocho el cinturón. Luego deslizo mi mano por su cuerpo, recorriendo con el dedo la parte inferior de su pecho a través de la cálida seda negra. Le acaricio el pezón con el pulgar y noto cómo se endurece hasta un punto delicioso.

–Eso no significa que no podamos pasarlo bien por el camino.

–Jamie Westenberg –dice con una sonrisa pícara–, nunca dejemos de maravillarnos.

Sonrío y le doy un largo y lento beso en el cuello.

–Pues espera a ver lo que he planeado para después.

Capítulo 29

Bea

–¿Karaoke? –digo, mirando con incredulidad el antro con luces de neón que parpadean bajo el cielo nocturno.

La limusina aparca y desdoblo el ligero chal para ponérmelo por los hombros. Jamie se desabrocha otro botón de la camisa y mira el edificio.

–El karaoke es una diversión universal, ¿no? No conozco a nadie a quien no le guste.

Me muerdo el labio inferior.

–Yo canto fatal.

–Yo también –dice riéndose.

Esto va a ser icónico.

Jamie se acerca y me besa con suavidad.

–No tenemos por qué cantar. Yo solo... –dice, acariciándome el labio con el dedo– quería darte algo divertido después de la triste fiesta que daban mis tristes padres en su triste casa con todas sus tristes camisas almidonadas.

–No estaba tan mal.

–Lo estaba –dice, arqueando una ceja–. Y sabía que sería así. De modo que planeé esto.

Mi corazón se abre y derrama dentro de mí una felicidad que es como rayos de sol que pintan el momento de oro resplandeciente.

–¿Ah, sí?

Jamie asiente con la cabeza, remetiéndome un mechón de pelo en el moño.

–Podría haberte preguntado qué te parecería más divertido, pero quería sorprenderte, y como no soy precisamente un experto en diversiones, seguí un impulso y aquí estamos. Pero podemos ir a cualquier otro sitio. A casa. Al cine. A cenar. Al menos, hasta la hora de ir al salón de tatuajes. Aunque supongo que podría cambiar la hora.

–Espera, ¿qué? –digo, abriendo los ojos de par en par.

–¿Qué de qué? –responde Jamie, frunciendo el entrecejo.

–Tú. En un salón de tatuajes. ¿Qué vas a hacer en un salón de tatuajes?

Jamie se impacienta y se pasa una mano por el pelo, dejando los rizos un poco menos perfectos que antes, un poco más despeinados.

–No me gusta tu incredulidad, Beatrice. ¿Qué crees que pasará si entro en un salón de tatuajes? ¿Que me voy a convertir en una nubecilla de humo mojigato?

Me echo a reír, pero tiemblo. Hace frío en la calle y mi chal es de tela negra delgada.

–Quizá después de hacer una inspección sanitaria.

–Jaja –dice, quitándose el abrigo y poniéndomelo en los hombros. Es cálido y pesado y huele a su colonia, un toque de salvia y madera de cedro y mañanas nubladas–. Ya está. ¿Mejor?

–Gracias –digo, asintiendo con la cabeza.

–Al menos soy bueno en algo. –Suspira, ajustándome el abrigo para que se me ciña más al cuerpo–. Así que nada de salones de tatuajes.

–¡Eh! –exclamo, sacando una mano del abrigo y cogiéndolo de la camisa–. Solo me burlaba de ti. Pero en serio... ¿por qué quieres ir a un salón de tatuajes?

Levanta la barbilla como si estuviera ofendido, pero puedo ver una sonrisa en sus labios cuando abre la puerta del karaoke. Del lugar brota olor a comida frita y cerveza barata, seguida por una voz ronca y conmovedora que imita a Janis Joplin.

–Caramba, Beatrice –dice, guiándome delante de él–. Para hacerme un tatuaje, por supuesto.

–¡Nos han abucheado! –grita Jamie. Me rodea los hombros con el brazo cuando salimos del karaoke bajo una fina lluvia de octubre, con el taxi esperando en la acera, por suerte–. ¡De verdad que nos han abucheado!

Jamie es la indignación personificada.

Sonrío. Me duelen las mejillas, las lágrimas me resbalan por la cara con gotas de lluvia. Nunca me había reído tanto.

–¿Podemos reprochárselo? Yo no distingo el ladrido de un perro de un aria interpretada por la mejor soprano del mundo, pero sé que lo que acabamos de hacer ha sido una ofensa para el oído humano.

Jamie abre la portezuela del coche y me ayuda amablemente a subir.

–Al menos, podrían haber sido más generosos con nuestro esfuerzo.

Cuando se sienta a mi lado y se abrocha el cinturón de seguridad, le rodeo la cintura con el brazo, para absorber su calor. Jamie es un horno.

–Elegimos una canción de seis minutos, para facilitarles las cosas.

–*Bohemian Rhapsody* ni siquiera es la canción más larga del álbum –dice para defenderse, abrochándome el cinturón, rodeándome con un brazo y estrechándome contra él–. En mi opinión, fuimos muy considerados.

Las carcajadas resuenan en el coche cuando el taxista arranca y acelera para pasar el semáforo con la luz ambarina. Jamie me aprieta con más fuerza. Vuelve a comprobar mi cinturón de seguridad, con un adorable ceño en sus rasgos. Lleva el pelo revuelto de tanto sacudir la cabeza conmigo al final de la canción y esos cincelados pómulos suyos se han sonrosado a causa del esfuerzo. Huele a sudor, a lluvia, a Jamie y es en ese momento, en ese preciso momento, cuando lo sé con tanta seguridad como sé mi nombre: le quiero.

Y estoy totalmente aterrorizada. Aterrorizada de ser lo peor para él, de que un día se dé cuenta de que la diversión se desvanece pero mi torpeza sigue ahí, y que su rareza no es la mía; que, de alguna manera, amarlo podría resultar tan doloroso como amar a Tod. Y entonces es cuando me asusto de veras. Porque nunca amé a Tod así. Nunca le dejé llegar tan lejos, nunca confié en él como confío en Jamie. Amar a Jamie es el no va más, pero, joder, al menos con Tod la caída no fue mortal.

Si algo nos pasara, si esto terminase... no quedaría nada de mí.

Aprieto con fuerza a Jamie, enterrando mi rostro en su cuello para ocultar estas nuevas lágrimas. Lágrimas de alivio. Lágrimas de felicidad. Lágrimas aterrorizadas. Es un aluvión de sentimientos que rivaliza con la lluvia que azota las ventanillas del taxi con sus ráfagas.

–Bea –susurra Jamie, recorriéndome el brazo con la mano–. ¿Qué te pasa?

Levanto la cabeza y nos rozamos la nariz. Luego la boca. Lo miro, lleva la camisa blanca pegada al cuerpo por la lluvia, el agua brilla en su piel. Sus ojos miran con fijeza los míos, luego se oscurecen; su mano sigue deslizándose por mi brazo, la curva de mi cintura y alrededor de mi culo para acercarme aún más. Me engancho a su camisa y pongo mi pierna sobre la suya. Y luego vierto en mi beso todo lo que me da miedo decir en voz alta. Le digo con mis caricias y mis labios y mis suspiros cómo me hace sentir, lo asustada y emocionada y locamente enamorada que estoy. Él es la última persona que habría pensado que podría amarme o a la que podría amar.

Cuando nuestros labios se separan, me mira fijamente, parpadeando tras los flecos de lluvia que han quedado en sus gafas. Le quito las gafas con cuidado, le limpio los cristales con mi chal, seco y seguro bajo su abrigo, y se las vuelvo a poner. Introduzco los dedos en sus rizos, saboreando aquel estado salvaje y tan poco habitual, imaginando todas las maneras en que podría dejárselo aún más alborotado, revuelto, perdido para sí mismo.

–Beatrice –dice.

Le beso la base del cuello.

–¿Mmm?

–No puedes seguir mirándome así.

Sonrío con la boca en su piel.

–¿Por qué?

–Porque –dice carraspeando y removiéndose con poca delicadeza cuando siente que mi mano sube por su muslo– tengo planes. La noche es joven.

–A la mierda los planes, Jamie. –Deslizo la mano por su estómago y jugueteo con la hebilla de su cinturón.

Su mano aterriza sobre la mía, deteniendo mis caricias, pero suaviza el gesto entrelazando nuestros dedos. Y entonces con un movimiento de cabeza señala la conocida tienda de mi tatuadora preferida, con una sonrisa de suficiencia iluminando su rostro.

–¿Estás segura?

Lo miro a los ojos.

–Jolines. Hablabas en serio.

Arqueando una ceja, Jamie abre la portezuela del coche.

–¿Y cuándo no?

Bajo del taxi de cualquier manera, sujetándome a su brazo mientras cierra la portezuela y me protege como puede de la lluvia. Una vez a salvo en la tienda, nos sacudimos como perros mojados y nos limpiamos los pies en el felpudo.

–¡Bea! –Pat abre los brazos y me aprieta contra sí, luego se vuelve y le tiende la mano a Jamie–. Y tú eres Jamie.

–Culpable –dice, estrechándole la mano–. Gracias por hacernos un hueco.

Miro a Jamie, sonriendo y atónita.

–¿De veras vas a hacer esto?

Se sube las gafas por la nariz y me mira ceñudo y con los ojos entornados.

–No, hemos venido a tomar un té con pastas. Pues claro que voy a hacerlo. Ya te lo dije antes y empiezas a fastidiarme.

La risa de Pat es ronca e inesperada. Nunca la había oído reír.

–Me gusta este tío. Muy bien, vamos atrás.

–Es que no me lo esperaba, eso es todo –susurro.

Jamie vuelve a mirarme ceñudo.

–¿Y es que no puedo hacer cosas inesperadas?

–Bueno, vale –digo, colgándome de su brazo–. Dejaré de preguntar.

–Gracias.

Seguimos a Pat por el pasillo, admirando los cuadros de las paredes, los grabados de sus hermosos tatuajes (unos ya estampados en cuerpos, otros dibujados en papel). Cuando entramos en el taller de Pat, me siento en un taburete y lo muevo de un lado a otro mientras Jamie se recuesta en el sillón reclinable y empieza a desabotonarse la camisa. Pat murmura para sí, dándome la espalda, colocando un aparato que no había visto nunca.

–¿Qué es eso? –pregunto.

Deja de murmurar y levanta la vista.

–¿Eh? Ah, es una cortina.

–¿Una qué?

Jamie me coge la mano.

–¿Alguna vez has visto una cesárea?

–Oh, no. Gracias a Dios, no. ¿Por qué tendría que verla?

–Bueno, no lo sé –dice–. Hay personas a las que les gustan los documentales sobre partos.

–A mí no. Ni hablar del peluquín. –Me entran sudores solo de pensarlo–. Los partos están muy bien y todo eso, ya sabes, más poder para mis colegas humanos que fomentan la especie, pero prefiero ser una feliz ignorante.

Jamie frunce el entrecejo.

–Pero dijiste que te gustan los niños. Quieres niños.

–¡Claro!

–¿Y crees que te los va a traer la cigüeña?

–Ya lo pensaré cuando llegue el momento. Pero no quiero saber nada antes de eso. –Me abanico con la mano, ruborizada–. Ya cruzaré... ese puente del parto... cuando llegue.

Jamie suspira y sacude la cabeza desesperado. Pat se muerde el labio, tratando con todas sus fuerzas de no reírse de nosotros.

–En fin –dice Jamie, mirando con aire de disculpa a Pat, que está poniendo la cortina sobre el esternón, ocultándonos el resto del cuerpo del paciente–. Pregunté a Pat si podía trabajar con la cortina si se la traía. Dados mis contactos médicos, no fue difícil tirar de algunos hilos y aquí estamos.

–Te la agenció tu *French connection*.

–En efecto. Fue un acuerdo difícil, pero al final me consiguió lo que quería.

–¿Y para qué la quieres? ¿Te dan miedo las agujas?

Se sube las gafas por el puente de la nariz con el brazo que no ha quedado cubierto con la cortina.

–No exactamente.

Apoyo los codos en el brazo de su sillón y jugueteo con el mechón de pelo que siempre le cae sobre la frente.

–Entonces, ¿para qué la cortina?

Pat cierra el armario y deja caer un par de guantes esterilizados y desechables.

–Tengo que comprar más guantes –dice, saliendo del taller–. Vuelvo en cinco minutos.

Cuando los hombros de Jamie descienden de alivio, me doy cuenta de por qué se ha ido Pat.

Para dejarnos un momento a solas.

–Porque... –se aclara la garganta y se ruboriza– quería hacerme el tatuaje contigo, pero no quería enseñártelo hasta después, cuando la piel ya no estuviera hinchada y enrojecida... Es que la tengo muy sensible. –Suspira–. Lo que quiero decir es que... –me mira a los ojos– quería enseñártelo en un lugar... más privado.

De repente se me llenan los ojos de lágrimas. Apoyo la frente en su hombro, moviendo la cabeza de un lado a otro.

–Jamie –susurro.

Jamie acerca la mano a mi pelo y juguetea con los mechones sueltos.

–¿Algo va mal?

–No –digo con voz espesa, levantando la cabeza y buscando su boca para darle un largo y profundo beso, que lo deja sonriendo de orgullo y satisfacción–. No podría ir mejor.

–Soy invencible. –Jamie adopta la pose de Supermán, con las manos en las caderas, cuando salimos del salón de tatuajes–. Don Duro.

Me echo a reír y le rodeo la cintura con el brazo.

–Lo eres. Y ahora mismo estás rebosante de endorfinas y adrenalina, y a menos que te comieras tu peso en tapas cuando yo estaba en el baño con Jules en la fiesta, no creo que tengas suficiente comida en tu sistema. Vas a caer enfermo.

Jamie se tira del cuello de la camisa, mirando el bordillo de la acera, donde nuestro taxi aparecerá en breve.

–Mmm. –Como he predicho, está algo sudoroso y pálido–. Creo que tienes razón –dice, tambaleándose–. Tengo que comer algo.

–Claro. –Aprieto más fuerte su cintura y esta vez me toca a mí abrir la portezuela del taxi cuando se detiene ante nosotros–. La comida te reanimará. ¿Qué prefieres?

–Una hamburguesa del tamaño de mi cabeza –dice débilmente, apoyando de golpe la cabeza en el respaldo del asiento.

El corazón se me acelera. No solo soy una cocinera horrible, sino que además soy un desastre con la carne cruda. Aunque intentara preparar una hamburguesa casera, tengo los sentidos hipersensibles, así que probablemente terminaría incendiando el apartamento. Y tras pasar fuera una noche entera, en una fiesta ruidosa y atronadora, más el caos absoluto del karaoke y luego el zumbido monótono de la máquina cuando Pat tatuaba a Jamie... ya no sé ni dónde tengo las manos.

Lo cual me deja una sola opción. Una que no puedo creer que se me haya ocurrido.

–¿Queréis una hamburguesería? –pregunta el taxista–. ¿Cuál?

–En realidad... –digo, volviéndome a Jamie y entrelazando mis dedos con los suyos–. Oye, Jamie.

–¿Eh? –dice, abriendo ligeramente los ojos y volviéndolos a cerrar.

–Pues verás. Conozco un lugar donde hacen las mejores hamburguesas de la ciudad.

Jamie asiente con la cabeza sin abrir los ojos.

–¿Tiene cerrojo?

Carraspeo con nerviosismo, ignorando el bufido irritado del taxista porque lo obligo a esperar.

–Seguro que sí.

Al advertir preocupación en mi voz, Jamie abre los ojos y tuerce la boca con alarma.

–¿Qué pasa?

Aprieto su mano y pregunto:

–¿Qué te parecería conocer a mis padres?

Capítulo 30

Jamie

–¿Estás segura de que es acertado? –pregunto, acariciando la mano de Bea con el dedo mientras esperamos en el porche delantero de sus padres, cogidos de la mano.

–Sí –dice alegremente.

Demasiado alegremente. Como si estuviera nerviosa. ¿Está nerviosa porque voy a conocer a sus padres?

Pero antes de darme tiempo a decir o hacer nada (tomar un sorbo de Gatorade, masticar galletitas saladas o dar la noche por acabada), ya ha metido la llave en la cerradura y está abriendo la puerta de la casa de sus padres.

Recibo un alud de recuerdos cuando entro. La última vez que estuve aquí fue cuando comenzó todo. Lo veo perfectamente: docenas de personas correteando cuando entré, cuando me puse la maldita máscara de león y me mezclé en el caos de la jungla mientras un escalofrío de ansiedad me recorría la columna vertebral. Vuelvo a oír el ruido de la sala (risas, charlas anodinas, vasos tintineando, bandejas con aperitivos) y entonces lo recuerdo, recuerdo el momento en que oí su suave voz, en que capté un levísimo rastro de perfume térreo y tentador, en que vi...

–¡Bea! –Es su madre, sin duda, no solo porque es su casa, sino porque ella y su hija tienen los mismos ojos chispeantes de tormenta marina y la misma sonrisa generosa. La mujer atraviesa el vestíbulo y abre los brazos–. ¡Pasa! ¡Pasa! Oooh, me alegro mucho de conocerte por fin, Jamie.

Antes de que Bea nos presente me da un abrazo con olor a lavanda. Nuestras miradas se cruzan por encima del hombro de su madre y Bea sonríe, pronunciando en silencio «lo siento».

Niego con la cabeza. No hay nada por lo que pedir perdón. Ni siquiera por el nudo en la garganta que me dificulta tragar saliva cuando la señora Wilmot me libera sonriendo de su abrazo maternal.

–¿Y bien? –dice a Bea–. ¿No vas a presentarnos?

–¡Un momento! Esperadme –dice el padre de Bea, poniéndose un jersey por la cabeza cuando llega al pie de la escalera. Es alto, anda recto como un palo y ha legado a Bea su cabello oscuro. Él ya lo tiene blanco en las sienes y sonríe con amabilidad cuando abraza a Bea y le estampa un beso en el pelo. Luego me estrecha la mano con firmeza–. Bienvenido.

–Gracias, señor.

–Oh, Dios mío –dice la señora Wilmot llevándose una mano a la mejilla–. Qué deliciosamente educado.

Bea se pone a mi lado y me coge del brazo.

–Mamá, papá, os presento a Jamie Westenberg, mi novio. –Se ruboriza adorablemente y me aprieta el brazo, mirándome con fijeza a los ojos, como diciendo «No se te ocurra reírte»–. James, te presento a mis padres, Maureen y Bill.

El corazón se me detiene. *James*. Ya me llamó así en el coche y pensaba que estaba soñando, que la cabeza me daba vueltas y en cuestión de segundos perdía y recuperaba la conciencia.

–Un placer –digo–. Les pido disculpas por venir casi sin avisar...

–Pero bueno –dice Maureen–. ¡No hace falta! Bill y yo acabábamos de sentarnos a cenar y, casualmente, hay hamburguesas en el menú.

Consulto mi reloj, sorprendido.

–Son... las once y media.

Bill se pone detrás de Maureen y le ata el delantal, que se le había soltado.

–Cuando viajas mucho pierdes totalmente la noción de las horas de comer.

Maureen sonríe y se encoge de hombros.

–Comemos cuando tenemos hambre. Y me alegro mucho de tener más bocas que complacer, porque, para que lo sepas, ¡me entusiasmo cuando estoy en la cocina!

Los sigo por el pasillo sintiendo un extraño descenso del estómago, peor que en el momento del tatuaje, cuando el dolor se me disparó rabioso por toda la epidermis. Esto es... muy raro para mí. Una madre cariñosa, un padre que sonríe amablemente y está pendiente de su mujer. Padres que no quieren que su hija y su pareja estén allí para cumplir con un deber social, sino para simplemente estar juntos, porque la quieren.

Miro a Bea, preguntándome cómo habrá podido soportar la fiesta de mi padre. El postureo orgulloso, la teatralidad arrogante, la conversación fría, impersonal y anodina. Y un miedo creciente me agarrota el corazón. ¿Se habrá dado cuenta de lo mucho que me parezco a él? ¿Recuerda cómo era cuando nos conocimos? ¿Teme que el tiempo me cambie, que un día me parezca a mi padre, todo púas erizadas y bordes afilados? ¿Son sus recuerdos de la noche en que nos conocimos como los míos, recuerdos queridos ya por el paso del tiempo? ¿O estar aquí conmigo le recuerda lo mal que empezamos, la horrible primera impresión que le causé?

Como si me leyera el pensamiento, desliza la mano bajo mi brazo hasta trenzar sus dedos con los míos.

–Me alegro de que hayamos venido –susurra.

Aprieto su mano y le robo un rápido y casto beso.

–Yo también.

No es que dudara de Bea, pero es la mejor hamburguesa de mi vida. Acabada la tardía cena, Bill nos convence de que nos quedemos a jugar al *eucre* y acabamos jugando varias partidas por culpa del espíritu competitivo de Bea y de lo encantado que yo estaba por encontrarme allí.

Ahora, no sé cómo, son las cuatro de la madrugada y estamos en la puerta del apartamento de Bea, contentos y agotados.

–Chist –susurra, metiendo la llave en la cerradura y girándola–. O quizá debería decir: tápate los oídos. Esos dos no son silenciosos.

Siento un escalofrío que pone histérica a Bea.

–Ahora eres tú quien debe callar –susurro.

Cuando hemos entrado, cierra la puerta y sonríe con picardía.

–Acállame.

Es tentador cerrarle la boca con un beso mientras camina de espaldas por el pasillo, con mis manos en su rostro, su pelo, su cintura. Pero cuando llegamos a la puerta de su dormitorio, la suelto. Bea frunce el entrecejo. Entonces, lentamente, se da cuenta.

–Otra vez no.

–Me temo que sí.

Gime y empuja la puerta.

–Jamie, ¿por queeeé? No necesito velas ni pétalos de rosa, ni chocolate corporal.

–¿Chocolate corporal?

–Es una cosa para los momentos eróticos –dice, encogiéndose de hombros– que yo no necesito. –Cierra la puerta, me introduce las manos por debajo de la camisa y me acerca hacia sí–. Te necesito.

Me acaricia la cintura, luego más abajo, más abajo...

–Vamos, para. –Le cojo las muñecas, le uno las manos y le beso suavemente los nudillos.

–Jamie, voy a morir de abstinencia sexual –gime Bea.

–No, no morirás hoy. Morirás una docena de veces mañana por la noche cuando tenga todo el tiempo que necesito y tú te mereces.

Bea abre la boca.

–Espera. ¿Cómo voy a morir...?

Río por lo bajo y la beso rozándole apenas la lengua, lo cual hace que suspire antes de que recorra con besos su barbilla hasta el pabellón de la oreja.

–¿No dijiste que querías oírme hablar francés?

Bea asiente con la cabeza y estira el cuello en busca de más besos.

Le beso el cuello, detrás de la oreja, y susurro:

–*En français, quand tu jouis, ça s'appelle la petite mort.*

–Traducción, por favor –dice con voz ronca mientras recorro sus costillas con los nudillos; reacciona adelantando la barriga y conteniendo la respiración.

–He dicho: «El orgasmo, en francés, se dice la pequeña muerte».

Bea se aparta. Dilata los ojos.

–¿Has dicho *una docena*?

Sonrío mientras me lanza los brazos al cuello, con los ojos abiertos como platos, emocionada.

–Si todo sale como he planeado.

–Procura que sea así –dice, robándome un beso de los labios–. ¿Y cuál es ese plan?

La risa retumba en mi garganta.

–Hoy dormirás.

–Sin ti –dice, haciendo un puchero.

–Yo también dormiré.

–Sin mí –dice, intensificando el puchero.

La consuelo con un beso.

–Mañana, a las cinco de la tarde, estarás lista para que te recoja aquí.

–Sigue –dice, sonriendo.

–Prepararás una bolsa con ropa para pasar una noche fuera.

–Oooh, ahora te escucho.

–Y todo lo que necesites para dormir bien en mi cama.

–¿Y si te digo que no pienso dormir mucho? –dice, arqueando las cejas.

La beso una vez más, un beso largo.

–Diría que me alegra mucho oír eso.

Capítulo 31

Bea

Los dos empleados de fin de semana están resfriados, así que la única razón por la que saco el culo de la cama a las diez de la mañana para cubrir sus turnos en Edgy Envelope es que quiero a Toni. He tomado un café y un expreso para compensar la falta de sueño, aunque no estoy segura de que necesite la cafeína. Soy adrenalina pura y estoy emocionada como un niño en Navidad.

Dos minutos antes de cerrar, estoy ante el mostrador apagando los iPads y moviendo los pies al ritmo de la lista de *Electric Funk* de Toni. En cuanto la pantalla del iPad se apaga, tintinea la campanilla de la puerta de la tienda. Levanto la cabeza y el corazón me hace una pirueta en el pecho.

–Jamie.

Toni sale de la oficina de atrás y nos mira con avidez. Es lo menos sutil que he visto en mi vida.

Aunque mi plan revanchista puede aparcarse, todavía tengo mis breves momentos de venganza. Miro a Toni por encima del hombro.

–Ya lo has visto. Me voy. Se acabó el espectáculo. Fuera de aquí.

Toni sacude solemnemente la cabeza.

–Pero si hasta te he hecho galletas.

Me llevo una a la boca, para que quede constancia.

–He subido mi precio. Ahora quiero magdalenas.

–¡Grosera! –grita antes de desaparecer en la oficina.

Me vuelvo a mirar a Jamie, que me observa fijamente con una ligera e íntima sonrisa iluminándole la cara.

–¿Qué haces aquí? –pregunto.

Se encoge de hombros. Un limpio encogimiento estilo Jamie consistente en levantar solo un hombro.

–Me dijiste que tenías que trabajar, así que pasé por tu casa a recoger tu bolsa con la ropa, luego di de comer a Cornelius y le hice algunos cariñitos. Y he venido para llevarte a casa.

–Oh. –Mi corazón es un charco–. Muy bien.

Mientras termino de ordenar el mostrador, la emoción con que anticipo esta noche disminuye ligeramente, sustituida por el nerviosismo. Jamie es tan preciso y excelente en todo lo que hace... ¿Y si no le gusta cómo practico el sexo? ¿Y si congeniamos en todos los aspectos en los que no había congeniado con nadie hasta ahora, pero nuestros actos sexuales son un desastre? ¿Y si tengo uno de mis días supertorpes y le doy un codazo sin querer en la nariz o un rodillazo en la entrepierna o...?

–Calentando motores, por lo que veo.

Jamie me mira fijamente, con una cadera apoyada en el mostrador. Intuye mis pensamientos casi tanto como Juliet y no estoy segura de que eso me guste.

–Lo siento. Estoy bien. Genial. Estupendamente.

Sonríe, aunque en su sonrisa también parece haber algo de nerviosismo. Jamie alarga la mano y empuja el mostrador.

–Ven.

Rodeo el tablero de cristal, recojo el abrigo y digo adiós a Toni. Me cojo de la mano de Jamie cuando salimos de Edgy Envelope.

Insiste en llevar mi bolso y, tras colgárselo del hombro, vuelve a cogerme la mano. Caminamos en silencio, las hojas danzan en la acera, un frío viento de octubre agita mi ropa. Me acerco más a Jamie y saboreo nuestro cómodo silencio. Me encanta lo mucho que le gusta el silencio, hacer nuestro el silencio simplemente compartiéndolo.

–¿Qué tal va todo con Juliet? –pregunta.

–¿Qué? –digo, frunciendo el entrecejo.

Me da un pequeño codazo.

–No hace falta ser físico nuclear para intuir que las cosas estaban tensas entre ella y tú la otra noche, en la fiesta, después de que Jean-Claude se comportara como un auténtico berzotas.

–Se había ido ya cuando me he levantado. Al parecer, Jean-Claude «se la ha llevado» para todo el día.

El viento arrecia y Jamie se cierra el cuello del abrigo.

–Siento que las cosas estén tensas entre vosotras.

–No hay nada que yo pueda hacer. Me dijo que me apartara y la dejara apañárselas sola con Jean-Claude.

Jamie suspira.

–A Jean-Claude... casi ni lo reconozco ya. No sé si es la presión del trabajo o si pasa algo más que no sepa, pero parece peor desde que...

–¿Desde que empezó a salir con mi hermana?

Se queda un momento en silencio.

–Por desgracia, sí –dice finalmente.

–Sí, no creo que sea bueno para ella, pero Jules no quiere ni oírlo. Así que supongo que por el momento no podré meter las narices en sus asuntos.

Jamie me rodea con el brazo.

–Es difícil cuando tenéis una relación tan estrecha... y estáis más bien acostumbradas a meter las narices en los asuntos de la otra.

–Sí, lo estamos. Cosas de gemelas. –El silencio cae entre nosotros de nuevo y respiro el olor de Jamie. Su aroma a madera, la calidez de su cuerpo–. No quiero hablar más de ellos, ¿vale? Quiero que seamos solo tú y yo esta noche.

Jamie sonríe y me da un beso en la frente.

–De acuerdo. Solo nosotros.

Nos recibe una ráfaga de aire caliente cuando entramos en el piso de Jamie, que cierra la puerta, cuelga mi bolso y me quita el abrigo. Luego me da un fuerte y largo abrazo en el que me hundo como una muñeca de trapo. Necesito este abrazo tanto como el aire.

Cuando me frota suavemente los hombros, emito un ruido inhumano.

–Ay, Señor –gimo–. Justo ahí. –Jamie me masajea los tensos músculos de la base del cuello–. Ha sido día de reparto. Mucho agacharme para abrir cajas. Y sudor. Me siento sucia.

–¿Quieres darte una ducha? –pregunta–. ¿Ponerte cómoda? Podría hacer otras cosas mientras tanto.

Miro su piso, me fijo en las bonitas paredes blancas, los muebles color coñac y unas plantas de interior más brillantes y verdes de lo que yo he conseguido jamás. Está tranquilo y acogedor como siempre, pero no hay luces encendidas ni nada que indique que vamos a pasar la noche aquí. Mi curiosidad aumenta.

–Bueno.

–Cuando te hayas duchado –dice–, utiliza el baño para cambiarte. Si necesitas algo de mi armario, dilo, otra sudadera de la universidad como la que robaste...

–Que me llevé prestada –corrijo.

–Ya. –Enarca una ceja con aire severo, pero su sonrisa lo contradice–. Si necesitas algo, dímelo y te lo llevaré. No tienes permiso para entrar en mi habitación, ¿estamos?

–¿Por qué?

Jamie se vuelve y va a mirar en la nevera.

–Nada de preguntas. Es una tontería. Pronto lo verás.

Curiosa pero incómoda por lo sucia que me siento, me dirijo al baño y me doy una larga ducha caliente. Utilizo su gel y me regodeo en las aromáticas burbujas de Jamie mientras me depilo las piernas con la cuchilla de afeitar que metí en el bolso y luego me froto el cuero cabelludo hasta que casi me escuece. Fuera de la ducha, me cepillo los dientes como una posesa y me pongo un pantalón de chándal, calcetines viejos y la sudadera de Jamie que robé, o sea, que tomé prestada, para sentirme más cerca de él.

–¡Estoy viva! –grito mientras recorro el pasillo hacia la cocina abierta y el salón.

Jamie se echa a reír.

–Así es como me gustas. Aquí, tranquilos.

Cuando entro, me quedo casi petrificada ante el glorioso espectáculo del trasero de Jamie Westenberg, enfundado en pantalón de correr, prieto y redondo, con la tela tensa porque está agachado y rebusca en uno de los armarios bajos. Estupefacta, tropiezo con mis propios pies y casi me doy de bruces contra la encimera.

–¡Cuidado! –Jamie se vuelve, se agacha y, sin saber cómo, me atrapa antes de que me abra la cabeza.

Mis manos suben por su pecho. Es como si se repitiera el momento que pasamos en el armario de las escobas la noche que nos conocimos (nuestros cuerpos otra vez juntos, yo derritiéndome por dentro de calor), salvo que esta vez no hay fingimiento, ni dudas sobre *y si...* sino sobre *cuándo*.

Apoya las manos en mi espalda y frota suavemente.

–¿Qué ha pasado?

Lo miro parpadeando.

–Tú. Has pasado tú. Llevas ropa de estar por casa.

Jamie se mira.

–Solo es un pantalón y una camiseta.

Solo un pantalón y una camiseta. Qué frase tan absurda. He visto el partido que ese pantalón azul oscuro saca a su culito respingón y ahora veo cómo se ciñe a sus largas piernas y a los músculos de sus muslos. Su camiseta es de color gris, con una especie de logo en el pecho, I ❤ MIS GATOS, en negrita, a la altura perfecta para poner de manifiesto sus antebrazos. Y lo que es peor, ni se da cuenta. No sabe lo obsceno que es todo eso.

–Maldita sea, estás para comerte entero.

Jamie se pone colorado.

–Beatrice, francamente...

Doy un paso atrás para mirarlo. Está despeinado, cómodo, blandito y es tan mío que casi no puedo respirar.

–Te follaría ahora mismo en la encimera de la cocina.

–Calla. No me arrugues ahora. –Me coge en brazos, lanzo un chillido de sorpresa cuando se rodea la cintura con mis piernas y echa a andar hacia su habitación.

–¿Adónde vamos? –pregunto y le robo un rápido beso.

Él me besa también.

–Al principio pensaba llevarte a un sitio especial, pero cuando hablamos en el taxi anoche, bueno, esta madrugada, sobre lo largo que había sido el día, lo bien que estaríamos simplemente...

–Quedándonos en casa –susurro, acariciándole el precioso pelo, besándole la barbilla–. Y con un pantalón de chándal que le sienta tan espectacularmente a tu culo.

Se pone todavía más colorado cuando oye el piropo, pero es todo el reconocimiento que consigo.

–Así que pensé que en lugar de ir a un sitio especial, ¿por qué no traer «algo especial» a nosotros?

Miro por encima del hombro cuando abre la puerta y el corazón me late tan deprisa que se me resienten las costillas. Llena de incredulidad, me deslizo por su cuerpo hasta tocar tierra y me vuelvo para fijarme en lo que hay en su dormitorio. En el suelo hay un banquete de *dumplings* y *pho*, con mantas de felpa y cojines para sentarse confortablemente. En la moderna y fantástica chimenea danzan llamas silenciosas y parpadeantes, aunque la iluminación de la estancia corre a cargo de faroles en cuyo interior brillan candelas diminutas. La luz es tenue, pero cuando levanto la cabeza, sé por qué. Proyectadas en el techo veo todas las constelaciones visibles en el hemisferio norte. Cuando esté más oscuro, serán tan brillantes como las estrellas del cielo.

–Qué romántico –susurro.

Jamie me rodea la cintura por detrás y apoya la barbilla en mi cabeza.

–Me alegro de que te lo parezca. Quería que fuera especial, pero no demasiado. Luz de velas y fuego de chimenea, pero no pétalos de rosa. Y no digo que los quiera. Estornudaría. Tampoco crema de chocolate.

–Demasiado pegajosa.

Noto su sonrisa cuando me abraza con más fuerza.

–Exactamente. Espero que no te parezca mal.

Me río a pesar del nudo que tengo en la garganta.

–Nada de esto podría parecerme mal, Jamie. Es perfecto. –Parpadeando para contener las lágrimas, me vuelvo y lo miro de frente–. Tú eres perfecto.

Capítulo 32

Jamie

La observo mientras come, masticando con alegría, chupándose los dedos. Y cuando hemos terminado, dejo los platos en el fregadero, sin ceremonias, y vuelvo para sentarme a los pies de la cama, con Bea sentada entre mis piernas, con la espalda apoyada en mi pecho.

–Menos mal que llevo pantalón de chándal –suspira, frotándose el estómago lleno mientras mira las constelaciones proyectadas en el techo–. Me he comido todos los *dumplings*.

Como hace calor en el dormitorio, se ha quitado la sudadera, quedándose con una ceñida camiseta de un suave color esmeralda. Le subo la manga y recorro el complicado tatuaje de flores que tiene en un hombro. Y por primera vez, veo que las hojas de las flores son en realidad páginas de un libro.

–¿Qué significa? –pregunto.

Bea aparta los ojos de las constelaciones y se fija en el dedo que le recorre la piel.

–Mis padres. Las flores que le gusta plantar a mi madre, el amor de mi padre por los libros. Deberías ver la biblioteca de mi padre. Estaba cerrada con llave la noche de la fiesta y anoche no tuve tiempo de enseñártela.

–Tú y tu sanguinaria madre estabais demasiado ocupadas aniquilándonos a las cartas.

Ríe y echa atrás la cabeza para mirarme.

–Mamá siempre ha sido así con los juegos. Siento que nos pasáramos de la raya.

Niego con la cabeza.

–Fue maravilloso. No habría cambiado esa velada por nada del mundo.

–Pero debería haberte enseñado la biblioteca. Te habría encantado.

Le remeto tras la oreja un mechón de pelo suelto y busco sus ojos.

–Ya habrá otro momento, otra noche... espero.

Una sonrisa le ilumina la cara. Me besa la mano cuando le rodeo la mejilla.

–Espero que sí.

Nuestras miradas se cruzan cuando recorro la línea de puntos tatuados desde el cuello hasta el otro hombro, donde aquella se mezcla con otros dibujos. Entre vides y flores, detecto libros, una cámara fotográfica, una paleta y pinceles y tres delicados pajarillos azules en una rama.

Esta vez no tengo que preguntar para que Bea sepa que me vence la curiosidad.

–Los libros son por Jules. Es un ratón de biblioteca como papá. Le gustan las novelas románticas. Algún día escribirá una. –Arquea una ceja–. Eso no se te había ocurrido, ¿verdad? A la casamentera entrometida le gustan las novelas románticas.

Río por lo bajo sin dejar de recorrer las líneas del tatuaje.

–La cámara –prosigue– es por Kate. Es reportera gráfica y tuvo su primera cámara a los cinco años y vive con ella colgada del cuello. La paleta y los pinceles son por mí, claro.

–¿Y los pajaritos? –pregunto.

Sonríe.

–Mis hermanas y yo, las tres. Nuestros padres nos llaman «pajaritos», no sé por qué. Lo han hecho desde siempre.

Mi mano pasa de su tatuaje a sus hombros. Masajeo los tensos músculos y Bea apoya la cabeza en mi pecho con un suspiro de satisfacción.

–¿Y cuándo podré ver yo tu tatuaje? –pregunta. Sus manos se deslizan por mis muslos, trazando ochos cada vez más grandes.

–Esta noche.

Me mira y sonríe. Tras la ducha, su cara está limpia de maquillaje, totalmente adorable.

–¿En serio?

–En serio. –La estrecho con más fuerza; mi corazón desborda de vulnerabilidad y amor.

Bea vuelve la cabeza para observarme mientras la observo.

–¿Qué pasa?

–Solo... te miro –digo.

–¿Por qué? –pregunta, ampliando la sonrisa.

–Porque eres preciosa. Y porque quiero.

Se da la vuelta sin soltarse, se sienta en mis muslos, me rodea la cintura con las piernas y apoya la mano en mi corazón.

–Bien.

–Quiero hacer algo más que mirarte –le digo cuando me acaricia el pelo con los dedos.

–Yo también quiero que hagas algo más que mirarme. –Se apoya en mí y me besa suavemente–. Aunque mirar también puede ser divertido a veces.

Doy un gruñido. La idea de ver a Bea acariciándose me excita tan repentinamente que no tengo tiempo de buscar una respuesta apropiada antes de que se dé cuenta.

Se mueve encima de mi ingle, frotándose contra mis pantalones mientras aspiro su aroma. Su mirada recorre mi cara, luego mi cuerpo. Su expresión es más seria, su mano se cuela entre mi camisa y la camiseta.

–Estoy nerviosa.

Le envuelvo el rostro con las manos y le beso la mejilla, la punta de la nariz, la peca que tiene debajo del ojo.

–Dime qué te pone nerviosa.

Se coge con los dedos a mi camisa y apoya la frente en la mía.

–Quiero ser buena para ti, para nosotros, y me preocupa estropearlo todo.

–Eso no ocurrirá, Bea. Nunca podrías estropearlo –digo, y añado–: Si eso te consuela, yo también estoy nervioso.

Frunce el entrecejo, confusa.

–¿Por qué?

–Temo que, en el momento en que me toques, me corra a la velocidad de un cohete.

Lanza una carcajada, me rodea el cuello con los brazos y me besa lenta y profundamente.

–Aunque ocurriera eso, siempre hay una segunda vez. Y una tercera, y una cuarta, hasta que el sol salga y yo haya conseguido mi parte las veces que me apetezca. Después de todo, me prometiste una docena de pequeñas muertes.

–Eso hice –digo y la beso con más fuerza y la acerco, poniendo sus caderas sobre las mías.

–Y si te doy un codazo sin querer –dice–, o si se me escapan gritos durante el orgasmo...

–Será perfecto –digo entre un beso y otro–. Porque somos nosotros. Nada podría ser mejor.

De su garganta brota una exclamación de felicidad.

–¿Lo ves? Tu teoría ha sido refutada después de todo –susurra.

–¿Qué teoría?

–Aquello que dijiste el día que acordamos vengarnos. Que dos errores no hacen un acierto. –Sonríe–. Yo diría que hemos demostrado que sí.

Me río mientras nuestros dedos se enredan y beso su sonrisa de triunfo.

–Nunca me he alegrado tanto de equivocarme.

Ordeno el dormitorio, apago el fuego y me cepillo los dientes en el fregadero de la cocina mientras Bea utiliza el baño. Estoy sentado en el borde de la cama cuando vuelve y veo que cruza la habitación.

–Hola –dice.

La recorro con la mirada; todavía lleva la camiseta y el pantalón de chándal y mis manos ansían quitárselo todo y verla desnuda. Verla finalmente entera.

–Acabo de darme cuenta –dice– de que no he pasado una noche lejos de Cornelius desde que lo tengo.

–Bueno –digo, acercándola y poniéndola entre mis piernas–. Será mejor que se acostumbre.

–Oh, podrá soportarlo –dice–. ¡Y podremos dormir con él!

Arqueo una ceja.

–No.

–¿Qué? ¿No quieres desmadrarte delante de un erizo?

La miro con seriedad, lo cual no dura mucho.

–No voy a hacer el amor contigo con Cornelius delante, no. Ahora no. Ni nunca.

–Así que el señor no es exhibicionista –dice como hablando sola.

Le hago cosquillas y lanza un chillido. Se aparta de mí, aterrizando sobre la cama.

–¡Cosquillas no! –grita.

–¡O sea que la señora sí puede hacerlas, pero no las soporta!

Me arrastro sobre ella por el colchón y le doy un largo beso en el cuello. Los besos van del cuello hasta la boca. Me pongo sobre sus caderas, la golpeo con la ingle con movimientos oscilantes, porque la tengo dura y me muero por follármela desde tiempos inmemoriales, y ella no se queja debajo de mí.

–Jamie –dice con timidez.

Me quedo quieto, tratando de no descargar todo mi peso, y busco sus ojos.

–¿Qué pasa?

–Bueno. Verás, antes de que... –dice carraspeando y haciendo un gesto con la mano con el que creo que se refiere al coito–. Ahora es cuando tengo que advertirte de que el hecho de que sea pintora erótica no significa que me guste que me la metas por el culo ni que pueda doblarme como si fuera de goma.

Suspiro profundamente.

–Joder. Pues no sé por qué otra razón estamos aquí.

Abre la boca y se pone pálida.

–Bea –digo, cogiéndole la cara entre mis manos–. Bromeaba. Por Dios, Bea, estaba tomándote el pelo. O intentándolo. Del peor modo posible. No volverá a pasar.

Bea respira hondo y deja caer la cabeza sobre el colchón.

–Vaya por Dios. Tenías que elegir este preciso momento para ser gracioso.

–Lo siento. –Le beso la frente–. Trataba de que te encontraras cómoda. Obviamente, he fracasado. Por eso nunca bromeo.

Ríe débilmente.

–Eres adorable. Aunque casi me provocas un infarto y me rompes el corazón al mismo tiempo.

–Nunca te romperé el corazón, Bea. Lo único que quiero es protegerlo.

Inspecciona mi rostro y me abraza con fuerza.

–¿Qué más quieres? –pregunta.

–Quiero besarte. Por todas partes. Quiero saber qué aspecto tienes cuando te levantas. Quiero hacerte purés de verduras y magdalenas para cenar. –Le robo un beso y mordisqueo suavemente su labio inferior. Bea ahoga una exclamación–. Quiero verte pintar –prosigo–, cómo te iluminas por dentro. Quiero noches en casa, abrazándote en el sofá sin otra cosa que hacer. Quiero todo lo que quieras darme y más, porque soy avaricioso. Porque cada vez que me enseñas una nueva parte de ti, quiero más. –Le sostengo la mirada y veo mi propia vulnerabilidad reflejada en ella–. Te quiero a ti –concluyo.

–Bien –dice con nerviosismo, deslizando sus dedos por mi pelo–. Me refería a la sexualidad, pero eso ha sido mucho más romántico.

Nos echamos a reír, hasta que las risas se convierten en gemidos de intenso placer mientras nos abrazamos y nos frotamos por encima de la ropa. Me pierdo en la curva de sus caderas, la calidez de sus muslos, contra los que me aprieto.

Bea me siente y exclama.

–Oh, James, la hostia.

–¿La hostia? ¿Qué? ¿Qué pasa?

–Nada. Lubricante. Siempre lo necesito, pero con ese pepino que tienes voy a necesitar más de un tubo.

Mis mejillas se ponen rojas como la grana.

–Beatrice.

–¿Qué? –dice–. Tienes que ser consciente de lo que tienes ahí, entre las piernas.

No respondo a eso.

–Tengo lubricante, el mismo que te vi comprar en la tienda hace unas noches. Supuse que lo necesitarías.

–¿De veras? –Sonríe–. ¿Seguro que no estás aquí solo para metérmela por el culo?

–Voy a besarte si no dejas de decir esas cosas.

–Eso no es una amenaza, James.

La beso con fuerza. Bea me rodea con los brazos y me besa con idéntica intensidad. Me aparto en busca de aire.

–¿Lo ves? –dice–. No es una amenaza. –Sonriendo de oreja a oreja, me coge la mano y se la lleva al pecho–. Eres maravilloso. Has comprado mi marca preferida de lubricante solo para esta noche.

–Bueno –voy a ajustarme el reloj de pulsera, pero me doy cuenta de que no lo llevo–, esperaba que no fuera solo para esta noche, sino para muchas noches. Y para los dos lugares. Tú tienes uno en tu casa. Este es para la mía.

Me empuja con suavidad y dejo que me dé la vuelta para ponerme de espaldas. Ella se pone de rodillas, a horcajadas sobre mi vientre, y desliza las manos bajo mi sudadera.

–¿Te he dicho lo estupendo que eres? ¿Lo perfectamente atento, amable y obscenamente guay que eres?

–¿Guay? –digo, arrugando la nariz–. Esperaba un adjetivo más robusto.

–No tengo tu repertorio de palabras de veinte puntos en el *Scrabble*, Jamie. Pero tienes razón. Estoy segura de que puedo mejorar. –Un beso en mi cuello hace que mis manos estrechen más fuerte su cintura.

–Amable –susurra–. Fuerte. Cariñoso –dice apoyando la boca en mi barbilla. Sus manos encuentran las mías y las enlaza. Las pone por encima de mi cabeza y apoya su tronco en el mío–. Atractivo. Divertido. Inteligente. Atento.

Me mordisquea el cuello y tira ligeramente de la piel con los dientes, luego sigue con la lengua, haciendo que mis caderas se agiten sobre la cama.

–*Sexy*. A más no poder –susurra–. ¿Qué tal voy?

Me suelta las manos y sigue con las caricias por debajo de mi sudadera. Juguetea con mis pezones y agito otra vez las caderas.

–Quiero ver ese tatuaje, Jamie.

Sonrío bajo sus besos y me incorporo de súbito. Bea grita de sorpresa y se sujeta a mis hombros hasta que me quito la sudadera por encima de la cabeza, aunque debajo llevo una camiseta.

Bea gruñe.

–Ese ha sido un truco barato.

–Vaya cara. –Sonrío–. Estabas muy segura de que ibas a conseguirlo... ¡Ay! –Le quito la mano de mi pecho, donde se ha puesto a hacerme cosquillas–. Se acabó.

–Pues deja de torturarme –murmura, agitándose sobre mi vientre.

Le sujeto las caderas para que no se mueva más.

–Como sigas así, el cohete saldrá echando chispas.

Su risa llena la habitación.

Pero cuando me quito la camiseta, Bea deja de reír.

Capítulo 33

Bea

Me quedo extasiada, mirando cada gota de tinta negra que hay en su piel, justo encima del corazón. Acerco los dedos a la delicada flor, a la abeja posada sobre los pétalos, a las palabras de encima que no sé traducir.

–*La vie...* –Levanto la cabeza para mirar a Jamie, que me observa atentamente.

–*La vie est une fleur dont l'amour est le miel* –dice en voz baja. Las palabras le llenan la garganta y ruedan por su lengua cargadas y suaves. Su francés es precioso–. «La vida es una flor cuya miel es el amor». –Sus manos recorren mi cintura, bajan por mi espalda para acercarnos–. Me di cuenta de lo que faltaba en ese poema entre la flor y la miel... de lo que faltaba en mi vida.

Coge mi mano y la acerca a la abeja tatuada sobre su corazón.

–Tú –sin palabras, perdida en la emoción, sigo suavemente el tatuaje con el dedo, cuidando de no lastimar su piel todavía tierna– me preguntaste qué significa *mon coeur*. Por qué te llamé así anoche. –Nuestras miradas se cruzan, tiene su mano sobre la mía reteniéndola contra su pecho–. Significa «corazón mío».

–Jamie –le beso el pecho con el corazón a punto de explotar–, eso es obscenamente romántico.

Emite un sonido de satisfacción y entierra la nariz en mi pelo, aspirando mi aroma y guiándome suavemente para poder verme y tocarme. Levanto los brazos y él sabe lo que quiero. Lentamente, sin dejar de mirarme, coge mi camiseta por el borde y me la quita por la cabeza. Y luego lleva sus manos a mi corazón acelerado, al diminuto abejorro que hay sobre mi pecho izquierdo.

–Lo sabía –dice sonriendo.

–No te arriesgues –digo–. ¿Y si fuera una cigarra?

–¿Qué quieres que diga? Sacas a la luz al irresponsable que hay en mí. –Se inclina y va depositando delicados besos en la línea de puntos del camino que sigue el abejorro desde que sale de la base de mi cráneo; me rodea el cuello, baja por los hombros hasta las costillas y aterriza donde me late el corazón–. Creo que lo entreví aquella noche en el sofá. Dime qué significa.

Suspiro al sentir el calor de su cuerpo, que está muy cerca del mío, aunque la parte que más cerca quiero tener está frustrantemente lejos.

–El abejorro va de la cabeza al corazón. Para recordarme lo que aprendí en terapia: a veces los pensamientos engañan, pero nuestros corazones no. Me recuerda que mi corazón es más sabio.

Jamie sonríe y besa el abejorro.

–Me encanta –susurra. Sus labios siguen bajando, rodean la curva de mi pecho hasta que su boca llega, cálida y húmeda, a mi pezón. Lo aspira. Me arqueo de placer. Sienta muy bien tener por fin a Jamie así, conociéndome de esta manera. Expulso el aire temblando mientras el placer invade mi cuerpo.

–¿Y qué dice tu corazón? –susurra, deslizando su encallecida mano por mi muslo hasta que llega a las nalgas y las acaricia.

–Que te desea –le digo–. Más de lo que nunca había deseado algo o a alguien.

Jamie rueda conmigo en la cama hasta que estoy de espaldas y él encima.

–¿Bea?

–¿Sí, Jamie?

Sus ojos encuentran los míos.

–Necesito darte un orgasmo. Lo necesito... –calla mientras desliza su dedo por mi labio inferior– desde la última vez. Cuando te vi debajo de mí en el sofá, susurrando mi nombre.

Me muerdo el labio y recorro su espalda con las manos.

–Yo también lo necesito. Te necesito a ti.

Nuestras bocas se encuentran mientras me rodea los pechos con las manos y juguetea con mis pezones. Me doblo bajo sus caricias, frotándome contra él, mis caderas contra las suyas, mis pechos desnudos contra el fino vello que cubre sus duros pectorales. Jadeo con desesperación.

Jamie desliza un brazo bajo mi espalda y me sube más arriba en el colchón sin esfuerzo. Le rodeo la cara con las manos y le introduzco los dedos en el pelo. Nuestras bocas se abren mientras me aprieta con el bajo vientre, duro y macizo. Le rodeo la cintura con las piernas.

–En lo único que he pensado es en estar así contigo –susurra en mi boca–. Apenas puedo trabajar. He estado tan distraído que me comí una pared.

Río entrecortadamente.

–¿Qué?

–He ido a la clínica unas pocas horas, pero no podía dejar de pensar en ti. Estaba tan en Babia que me di de bruces contra una pared. No dejaba de recordar la otra noche, cómo te movías debajo de mí, cada exclamación, cada beso ansioso. No dejaba de pensar en lo excitada que estabas, en lo bien que olías. –Me besa el cuello, la tierna zona de detrás de la oreja. Su voz es apagada y tranquila–. Deseaba saborearte con todas mis fuerzas, volverte loca con mis manos y mi boca y ponerte en éxtasis con la polla.

–Jamie. –Su voz ronca, sus palabras malsonantes... son mi perdición. Deslizo las manos por su pecho, saboreo la firmeza de su torso, la curva de sus pectorales. Estoy impaciente, excitada, desesperada.

–¿Qué pasa, cariño? –dice, deslizando los dedos bajo la cinturilla de mis pantalones.

–Ya lo sabes –susurro con voz entrecortada.

–Quiero que me lo digas –dice, acariciándome cada vez más abajo, cada vez más cerca de donde estoy mojada y me muero por recibir sus caricias–. Dime qué necesitas.

–Te necesito con todas mis fuerzas –balbuceo, frotándome contra su mano–. Necesito estar desnuda y que me toques. Por favor, por favor...

Con un suave gruñido, Jamie me baja los pantalones, me quita los calcetines y lo tira todo por encima del hombro. No tengo tiempo de hacer una broma sobre este desorden tan poco habitual en él porque su expresión me deja sin palabras.

–¿Qué pasa? –pregunto tras un largo silencio.

Sus ojos recorren mi cuerpo.

–Bea –susurra–, eres tan hermosa que duele. –Se lleva una mano al corazón y lo golpea con suavidad–. Justo aquí.

Lo miro a los ojos mientras las emociones se me acumulan en el pecho.

–Deja que también yo te vea entero.

Tras un profundo beso, salta del colchón y se pone a los pies de la cama. Se quita las gafas y las deja en la cómoda. Parece diferente y, por imposible que parezca, el mismo.

–¿Me ves bien? –pregunto.

–Un poco borroso desde aquí –admite–. Pero de cerca veo muy bien.

El corazón me late con fuerza cuando lo recorro con la mirada, está iluminado por las llamas de la chimenea y el suave brillo de las candelas. Al igual que la primera noche que lo vi, solo puedo pensar en las ganas que tengo de dibujarlo y esculpirlo y pintarlo, para captar cada matiz, cada tono, cada plano de luz.

Se baja los pantalones; los músculos de sus brazos y su torso resaltan conforme se mueve.

Lo miro fijamente, frotando mis piernas desnudas una contra otra.

–Eres una obra de arte, James.

El color le sube a las mejillas.

–Yo... –dice carraspeando–. Gracias.

Dios santo, cómo me gusta que sea un hombre que me dice palabras guarras al oído y sin embargo se ruboriza cuando lo veo desnudo, que tenga un lado oculto que no ve nadie más que yo... la cara salvaje de un hombre al que el mundo solo conoce serio y circunspecto.

Me mira fijamente, recorriendo con ojos voluptuosos mi cuerpo desnudo. Su erección es inmensa y estira la tela de sus calzoncillos.

Doy un salto en la cama, porque no puedo pasar un segundo más sin tocarlo, le pongo las manos encima, recorro los montes y valles de su cuerpo, de toda esa piel desnuda y resplandeciente. Le doy un beso en el tatuaje que se ha hecho sobre el corazón. Luego, lentamente, bajo las manos por su espalda hasta meterlas bajo la cintura de los calzoncillos, sobre la pronunciada curva de sus nalgas. Su respiración se vuelve entrecortada cuando mis manos lo rodean firmemente, sin dejar de descender hasta donde sus músculos tensos y redondos se unen a los muslos.

–Beaaa –dice y me besa de repente. Con urgencia. Lengua, dientes. Caliente y febril–. No me toques. Aún no.

–¿Tocarte? ¿Yo? –Sonrío bajo su beso y luego me aparto lo suficiente para recorrer la cinturilla del calzoncillo con los dedos. Suavemente, se lo bajo poco a poco hasta dejar al descubierto la polla, liberándola mientras me arrodillo y le bajo la prenda hasta los tobillos. Termina de quitársela de un salto que hace que su largo miembro se balancee. Es grueso, largo y tiene la punta húmeda. Estampo un beso ahí y suspiro cuando lo saboreo, salado y cálido.

–Mierda –gruñe.

–Ese lenguaje, James –le riño.

Me mira desde arriba con la emoción reflejada en el rostro mientras doblo con esmero sus calzoncillos y sus pantalones, que estaban amontonados en el suelo.

–Beatrice –dice con voz tensa.

–¿Sí, cariño?

–¿Qué coño haces?

Abro los ojos con aire inocente.

–Ordenar las cosas. Ensayar tu lenguaje amoroso.

–No me importa cómo esté mi ropa ahora mismo, Bea, y mi lenguaje amoroso es físico.

Dejo a un lado la ropa, deslizo las manos por sus piernas hacia arriba, disfrutando del tacto del suave vello dorado de sus muslos mientras se los beso. Finalmente, rodeo su hermosa erección con las manos y la acaricio cariñosamente. Jamie silba entre dientes, echando la cabeza atrás.

–¿Bien? –pregunto.

–Sí. No. Estoy muy cerca.

–¿Tan malo es eso?

Por toda respuesta, me levanta y me echa sobre la cama. Lanzo un grito de placer.

Su mano recorre mi pantorrilla, luego mi muslo, sin dejar de besarme, mientras observa mi cuerpo arquearse bajo sus caricias, suplicando más.

–Podría mirarte eternamente –dice con voz ronca–. Aprender lo que significan todas esas pequeñas marcas. Saborear el camino que han dejado en tu piel.

Un murmullo de placer escapa de mi boca.

–Por favor.

Jamie se deja caer encima de mí con todo su peso. Cuando nuestros cuerpos se tocan, jadeamos de placer al sentir el contacto de la piel caliente y las febriles caricias; las partes cálidas, húmedas y ansiosas se encuentran finalmente cuando Jamie se mueve sobre mí. Su lengua danza con la mía al compás de un ritmo sensual, parecido al vals que bailamos... embriagador, rápido, con el grado de torpeza justo para sentirlo humano, seguro y real.

–Jamie –susurro.

–¿Mmm? –Me besa la comisura de la boca, la barbilla, baja lentamente sin dejar de besarme y de lamerme. Sus manos me rodean con fuerza la cintura mientras su boca me recorre con ansia. Sus manos ascienden hasta mi pecho, me acarician los pezones con los pulgares, frotándolos hasta convertirlos en cúspides rígidas. Es tan alto que cuando llega al pie de la cama y levanta mis caderas hasta colocarlas en el borde, está arrodillado y sin embargo inclinado sobre mí. Su boca recorre los huesos de mi cadera, mi pelvis, la parte interior de mis muslos.

–Tomo la píldora y no tengo enfermedades venéreas –le digo–. Tengo los resultados de los análisis en el móvil, si quieres...

–Bea –dice sin despegar la boca de mi piel. Luego levanta la cabeza y me mira a los ojos–. Te creo.

–Bien, bien, está bien.

Sonríe sin dejar de acariciarme los pezones.

–Yo tampoco tengo nada.

–¿No podríamos...? Es decir, me gustaría... sin condón. Pero si no te sientes cómodo así...

–A mí también me gustaría –dice, besándome más abajo–. Pero antes quiero esto. Si te parece bien.

Alargo la mano para acariciarle la cara y recorro sus pómulos con los dedos.

–Me parece bien, pero suelo tardar un rato.

Su mirada se oscurece.

–Pasar un buen rato entre tus muslos es mi concepto del cielo.

Trato de dejar a un lado recuerdos del pasado, pero es difícil olvidar la vergüenza que sentía con cada pareja que acababa frustrándose por lo mucho que tardaba.

Jamie parece intuir por dónde van mis pensamientos. Su mano sube por mi estómago hasta que se detiene sobre mi corazón, sus dedos recorren el dibujo del abejorro mientras me mira fijamente a los ojos.

–Voy a destruir tus estadísticas sobre el tiempo medio que necesita una mujer para llegar al orgasmo. Primero porque el modo doctor mata las ganas y segundo porque no necesitas que un hombre te explique cómo es tu propio cuerpo.

Una sonrisa bailotea en mi boca.

–Gracias.

–Pero quiero que me escuches con atención. –Ahí está, esa voz severa que hace que mis ojos se fijen en los suyos y se me acelere el corazón–. Entre nosotros no hay tiempos largos ni cortos. Hay lo que tu cuerpo y el mío necesitan. Nadie tiene por qué decir otra cosa.

Las lágrimas se me agolpan en los ojos. Afirmo con la cabeza, con rapidez.

Jamie aprieta las mandíbulas.

–Quienes han hecho que te sintieras así no están aquí. Estoy yo. Y estás tú. ¿Vale? Solo nosotros.

–Solo nosotros. –Las lágrimas me corren por las mejillas.

Jamie las seca y se arrastra sobre mi cuerpo, estrechándome con fuerza. Me mira a los ojos, me recorre el estómago con la mano y me separa tiernamente los muslos. Me da un dulce beso en la boca mientras sigue con las yemas de los dedos las marcas de mi piel, cada fina línea del complejo laberinto. Nos besamos, nos besamos más mientras su mano se mueve entre mis muslos y mi estómago, por todas partes menos donde sé que me tocará después.

–Por favor –susurro.

Sonríe sin dejar de besarme. Sus dedos separan mis muslos un poco más y me cubre el pubis con la mano, acariciándome con tal delicadeza que tengo que tragarme más lágrimas. Jamie me mira, sube la humedad de mi cuerpo hacia el clítoris trazando suaves y sensuales círculos.

Tiene el otro brazo bajo mi cuello y me atrae hacia sí, hacia su cuerpo, y siento calor. Busco sus ojos mientras me toca. Es muy diferente de lo que he sentido hasta ahora con otros. Como si no solo fueran caricias, hormonas y alivio inminente, sino algo más profundo que reconoce dentro de mí algo profundo dentro de él. Como si nuestros cuerpos fueran dando diminutos pasos uno hacia el otro, sabiendo que se reunirán cuando no haya ningún lugar al que ir y será la conexión que siempre estuve esperando pero nunca encontré.

–Enséñame, cariño –dice en voz baja antes de robarme otro lento beso–. Enséñame dónde te excita. Qué necesitas.

Veo que mi mano recorre temblorosa mi propio cuerpo, se desliza bajo la suya y engarza sus dedos para cambiarla ligeramente de sitio. Un poco más suave, un poco más deprisa. Guío uno de sus dedos, luego dos, dentro de mí, hasta mi punto G.

El tiempo desaparece mientras Jamie me toca y me observa en busca de cada gesto, de cada indicio de las oscilaciones del placer.

–Qué belleza –dice. Palabras que salen de su boca, palabras en francés que me susurra al oído. Profundo y tranquilo, rico y oscuro. Su significado se me escapa, pero no importa. Me ponen el cuerpo a cien, hacen que me derrita en sus brazos.

Jamie gruñe cuando siente cómo me cierro sobre sus dedos, al ver cómo guío su mano.

El placer explota en rosa y rojo tras mis ojos. Su caricia es suave y cálida, perfecta y constante. Suelto su mano y me llevo el brazo a la cabeza. Jamie busca mi mano con la que tiene libre y entrelaza nuestros dedos, sujeta mi mano contra el colchón.

Gimo rendida, sostenida, ingrávida. Mis pechos rozan el suave vello de su pecho. Mis mejillas arden bajo sus suaves besos. Respirar es cada vez más difícil y un dolor ardiente y blanco nace dentro de mí y me retuerzo alrededor de su mano. La boca de Jamie encuentra la mía, al principio con suavidad, luego dura y posesiva, instándome a seguir. La excitación se vuelve aguda y urgente, temblorosa y fundida.

Siento una ola de alivio. Los dedos se me curvan, los pies resbalan frenéticamente sobre las sábanas.

–Ay, Dios mío, Jamie. Ay, Dios mío, por favor.

–Eso es –dice con voz ronca, acariciándome con más fuerza, besándome, mordiéndome el labio y tirando de él con los dientes–. Abandónate.

–Jamie –exclamo, moviéndome desesperadamente contra él. Y cuando me susurra mi nombre al oído, estallo, y es una ola tras otra que me empuja contra su mano y alrededor de esos dedos suyos que alargan el orgasmo hasta que ya no puedo soportarlo.

Le suplico que pare y, en el momento en que deja de tocarme, mientras lo veo sostenerme la mirada e introducirse un dedo tras otro en la boca, saboreándome, jadeando, no puedo esperar un segundo más.

–Te deseo –digo, acariciándole la polla, que presiona insistente mi cadera.

Me detiene la mano y vuelve a besarme.

–Y yo deseo que esperes un poco más.

–¿Por qué? –gimo.

Sus besos descienden por mi cuerpo.

–Para otra *petite mort*, por supuesto.

Me río sin aliento.

–Aún me debes once...

Me interrumpe mi propia exclamación ahogada cuando me coge por las caderas y me acerca hacia sí.

Cuando acerca la boca a la zona donde estoy delicadamente tierna y húmeda, el placer me recorre como las ondas que produce una piedra lanzada al agua. Jadeo cuando me roza el clítoris con la lengua, deslizo mis manos en su pelo, se lo froto y le doy tirones.

–Es perfecto –susurro–. Cuánta suavidad...

Murmura por toda respuesta y sus besos, que ya eran suaves, se vuelven suavísimos. Su lengua se mueve en círculos, no directamente sobre el punto que ardo en deseos que alcance, ese punto que es tan sensible y con el que tengo una relación de amor-odio.

Sus brazos son tan largos que las manos le llegan fácilmente a mis pechos y los masajea tiernamente.

Me derrito en el colchón, en el brillo dorado del fuego de la chimenea que vuelve su pelo de un bronce bruñido, en los tranquilos gemidos de satisfacción que resuenan en la garganta de Jamie. Me permite seguir su ritmo mientras su lengua aprende los giros y remolinos que hacen que mis muslos se tensen alrededor de sus hombros y que me dejan sin aliento.

Trato de no dejarme llevar por el pánico que me produce sentirme tan bien, por la rapidez con que se está construyendo todo, porque creo que volvería a llorar. Porque nunca me han tocado así, nunca me han escuchado así, nunca me han... *amado* así.

El orgasmo me deja sin aire, sacude mi cuerpo mientras Jamie sujeta mis caderas al colchón y hace que lo sienta al completo.

–Jamie –suplico, cogiéndole las manos, acercándolo a mí–, te necesito.

–Y yo te necesito a ti –susurra y me besa, permitiéndome saborearme a mí misma y a él, y suspira de placer cuando mis manos recorren su cuerpo.

Se aparta lo imprescindible para alcanzar el lubricante de la mesilla de noche. Lo miro mientras junto los muslos y los froto uno contra otro, siento los latidos de esa zona y contemplo su bella anatomía. La anchura de sus hombros, la línea que se reduce hasta la esbelta cintura, la curva cerrada donde las caderas se unen a la espalda, las potentes, largas columnas de sus muslos.

Con el lubricante en la mano, vuelve a la cama y se lo extiende en los dedos para calentarlo. Luego me toca suavemente, traza círculos suaves como una pluma, con los dedos y con la lengua, haciendo que me muerda la mejilla antes de gemir tan fuerte que estoy segura de que me ha oído toda la finca.

Guía mi mano a lo largo de su miembro, duro como el hierro, caliente y sedoso, y froto cada centímetro con el lubricante. Sus ojos buscan los míos cuando me retira el pelo de la cara, húmedo de sudor, mientras sigo tocándolo. Abro las piernas y él se coloca entre ellas y busca mi entrada con el tacto.

Nos miramos fijamente mientras entra en mí. Y entonces cierra los ojos y echa la cabeza atrás, enseñando la larga línea de su cuello. Su nuez de Adán se mueve frenéticamente cuando traga saliva y la boca se le abre.

–Dios mío –susurra.

Respiro lentamente para tratar de relajarme, pero la sensación de plenitud es casi sobrecogedora.

–Qué dura la ti...enes –balbuceo. Me agarro a sus hombros cuando un escalofrío nervioso me recorre el cuerpo.

–Iré despacio –susurra, y me besa con ternura, frotando la lengua contra la mía. Acuna mi cara con una mano mientras se balancea suavemente, entrando un poco más en mí con cada movimiento. Tranquilo. Controlado.

Mientras oigo su respiración entrecortada. Mientras su corazón late con fuerza contra mi pecho.

Me espera con paciencia. Me busca donde estoy. Como siempre ha hecho.

–Te... te...

«Te quiero –me gustaría decir–. Te quiero tanto que no hay palabras para expresarlo». Pero mientras me llena, el aire abandona mis pulmones. Las lágrimas me corren por las mejillas. La emoción me forma un nudo en la garganta.

Jamie busca mi boca y me da un largo beso, entrando completamente en mí.

–Lo sé –susurra.

Lo abrazo con fuerza, corazón contra corazón, mientras se mueve dentro de mí con profundos, lentos embates que hacen que el placer me invada por dentro y que mis muslos aprieten su cintura. Nuestras bocas se unen en lentos y húmedos besos. Nuestras lenguas chocan y se mueven como nuestros cuerpos, nuestros gemidos llenan la boca del otro. La polla de Jamie aumenta de tamaño y una fina capa de sudor brilla en su piel.

Nos miramos fijamente y su respiración se vuelve fuerte, entrecortada. Puedo sentir su control, la potencia cruda de su poderoso cuerpo sujetándome contra el colchón, su peso anclándome a la tierra mientras cada movimiento de sus caderas me vuelve ingrávida.

–Qué sensación tan maravillosa –susurro.

Jamie asiente con la cabeza, respira con dificultad. Se inclina en busca de un beso.

–Maravillosa.

La necesidad late dentro de mí y Jamie lo advierte y me separa más las piernas. Frota su pelvis contra la mía mientras empuja con más fuerza, más deprisa, exactamente lo que necesito.

La cama empieza a crujir y nos reímos, interrumpiendo momentáneamente la intensidad antes de que nuestra expresión vuelva a ser seria y nuestros ojos vuelvan a perderse en los del otro. El cabecero de la cama golpea la pared mientras nos besamos y yo lo abrazo con más fuerza.

En mi interior aparece un ansia leve y profunda, a la que Jamie llega con sus caricias. Tiro de él hacia mí, con las manos en su duro y hermoso trasero, para sentirlo más intensamente, enredo mis dedos en su pelo, grito su nombre mientras él se mueve con rapidez creciente...

El ansia revienta en forma de gozo sin aliento, en caída libre, cuando me corro con su polla dentro. Grito temblando, abrazo a Jamie con fuerza mientras pronuncio su nombre.

–Bea –gruñe él y me pone las manos por encima de la cabeza, enlazando nuestros dedos. Finalmente se abandona con un empujón de las caderas. Febriles aspiraciones profundas, pelo salvaje. Como siempre soñé verlo.

Con un grito ronco, entierra la cara en mi cuello, sus brazos me atenazan la cintura mientras me llena, ardiente y largo, sacudiendo la pelvis frenéticamente, como si no tuviera bastante.

Es un momento suspendido en el tiempo: los jadeos, los suaves, íntimos sonidos de nuestros cuerpos moviéndose, reduciendo la velocidad hasta detenerse. Suspiramos y nos besamos mientras nuestras manos recorren al otro con una reverencia recién descubierta. Nos limpiamos el uno al otro sin palabras y enredamos nuestros miembros, desnudos, felices. Lo beso hasta que ya no puedo seguir despierta. Y así me duermo bajo el cielo estrellado que me ha dado Jamie, que brilla en su techo.

Capítulo 34

Jamie

Me despierto con la luz del sol, que entra a través de las cortinas, y me vuelvo boca arriba. Bea está sentada, con las piernas cruzadas y los ojos en su cuaderno de dibujo, con el lápiz volando en su mano. Sonrío.

Y cuando me mira, ella sonríe también.

–Buenos días –susurra.

–Buenos días. –Inclino la cabeza para verla mejor, sigue desnuda bajo la manta que se ha echado sobre los hombros–. ¿Qué tal has dormido?

–Eso supone que he dormido –dice, arqueando una ceja.

–Una docena de pequeñas muertes, como prometí –digo, sonriendo.

Se inclina y me da un suave beso en los labios.

–Eres un hombre de palabra. –Cuando se endereza después de besarme, intenta, sin conseguirlo, ocultar una mueca.

Siento un pinchazo de culpabilidad y me siento en la cama.

–Maldita sea, James –dice, bajando el cuaderno de dibujo–. Me has estropeado la perspectiva.

–Te hice daño.

Suspira y deja a un lado el cuaderno y el lápiz. Me mira con paciencia, como si se lo esperase.

–No. Es que hacía dos años que no tenía relaciones.

–Es mi... –digo, señalando entre mis piernas–. Es culpa de mi... ¿Cómo lo llamaste?, ¿pepino?

–Jamie –dice Bea, sacudiendo la cabeza e inclinándose para darme otro beso–, hasta un lápiz me habría escocido y ni todo el lubricante de la tienda habría podido evitarlo. No tiene nada que ver contigo.

–Aun así –digo, echando a un lado la sábana para levantarme y hacer *algo* al respecto, pero ella me empuja a la cama y se sienta sobre mi vientre. Tengo la polla tiesa y dura, sobresaliendo entre nosotros. La tapo con una mano, me la inclino hacia el estómago–. Haz como si no estuviera aquí.

–Imposible –susurra, alargando una mano hacia la mesita de noche.

–¿Qué... qué haces? –Sus pechos rozan mi cara. No me queda más remedio que besarlos.

–Coger el lubricante, por supuesto –dice.

Su voz es más ronca por la mañana y me está haciendo unas cosas... El escroto se me tensa y la polla se me vuelve ávida.

Me frota el lubricante y luego se lo aplica ella misma. Y se sienta en la polla, suave y húmeda, con lentos y enloquecedores bamboleos de las caderas. Me aferro a ella sintiéndome inerme y hundo mis manos en la dulce redondez de su espalda.

Me da un beso en el pecho desnudo y respira profundamente.

–¿Me estás esnifando, Beatrice?

–James –hunde los dientes juguetonamente en mi piel, luego me da un beso donde me ha mordido–, qué bien hueles. ¿Qué es? Tengo que embotellarlo. Perfumaré el aire con él para ponerme contenta cada vez que un cliente venga a devolver un artículo que ya ha usado.

–¿La gente hace eso? ¿Con artículos de papel?

–Te sorprendería. En serio, Jamie, ¿por qué hueles tan bien?

Suelto un gruñido, echando atrás la cabeza. ¿De verdad espera que sea capaz de hablar ahora mismo?

–Dios me dio esa esencia natural.

–Algún día te la extraeré. ¿Es tu gel de ducha? ¿Te pones colonia? Te la robaré si es necesario.

–Es solo el gel. Oh, mierda... –Bea se está frotando con la punta de mi polla, que se estremece, gotea y se muere de ganas...–. Deja de tentarme.

Bea sonríe con malicia.

–Quiero que te deshagas.

–Te aseguro que eso ya lo conseguiste anoche varias veces.

–Estuve cerca. –Mirándome desde arriba, me toca los pectorales, juguetea con mis pezones–. Pero no llegaste a perder el control.

–Me gusta estar así contigo.

–Lo sé. –Me acaricia el pelo, se enrosca un mechón en el dedo–. Y a mí también me gusta. Pero a veces es un alivio olvidarlo por un tiempo. Y quiero darte eso... si no te importa.

–No estoy seguro –digo con sinceridad.

–¿Quieres probar? –dice, inmovilizando las caderas–. Si no te gusta, paramos.

La miro fijamente, recorriéndole las costillas, abarcándole los pechos con las manos.

–Muy bien.

La sonrisa de Bea es brillante, una de esas amplias y resplandecientes sonrisas que hacen que me dé un vuelco el corazón. Se echa para atrás, se sienta en mis muslos y me coge la polla.

–¿Has oído hablar alguna vez del orgasmo aplazado, Jamie? –dice y deposita un beso en la base de mi polla que hace que se me encoja el estómago.

–N-no.

Su aliento es cálido cuando me besa los muslos y acerca la lengua paulatinamente.

–Es cuando te llevo muy cerca del orgasmo y me detengo. Y lo hago una y otra vez hasta que ionizas el aire con juramentos y te mueres por correrte.

El rubor me sube por el pecho y el cuello.

–Eso suena... a tortura.

Bea se ríe por lo bajo.

–Oh, lo es. Pero de la buena. La clase de tortura que culmina con un orgasmo que dura tanto que te incapacita para todo lo demás. Tú me hiciste eso anoche, cuando me pusiste boca abajo y...

Lanzo otro gruñido. Ahora sé a qué se refiere. Cada vez que notaba que estaba a punto de llegar tenía tantas ganas de que durase más que salía de ella y la tocaba, jugaba con su clítoris, sus pechos, le besaba la columna y luego volvía a metérsela y la abrazaba con más fuerza. Lo hice hasta que empezó a maldecirme y ya no pude dar ni un embate más en su interior sin explotar.

–Mmmm –dice con la boca en mi estómago, depositando suaves besos, arañándome ligeramente con los dientes–. Así que soy tu dueña. Dime, Jamie. ¿Sí o no?

–Sí –suspiro.

Me saborea con la lengua, juguetea con las manos. Es la clase de tortura que nunca soñé que querría. Me lleva una y otra vez hasta el borde del orgasmo; largos e intensos lengüetazos y succiones hasta que estoy tenso como un arco, con el cuerpo perlado de sudor. Pierdo la noción de cuántas veces he estado a punto. Apenas sé dónde estoy ni qué día es.

Si no me corro a la siguiente, no me correré nunca. Bea me lame la bellota una y otra vez. Yo resoplo y le revuelvo el pelo con las manos cuando se la mete entera en la boca, llevándome otra vez al borde del orgasmo.

La miro mientras me recorre entero con besos y adelanta su dulce y hermoso cuerpo desnudo y dice:

–Fantaseaba con verte así... despeinado, maldiciendo y desesperado. Me he corrido muchas veces pensándolo.

–Ay, joder –murmuro mientras se frota con la punta de mi polla. Le acaricio el punto enrojecido y suave como la seda que besé, lamí y conocí durante horas la noche anterior–. Vas a matarme.

Bea murmura de satisfacción cuando me coge el miembro por la base y se introduce un centímetro, luego otro. Entonces se detiene. Se detiene dejándome sufrir al borde del precipicio.

–¿Tienes algo que decir, James? –dice, subiendo los dedos por mi estómago, con sus músculos apretados contra mí, y ese es mi límite.

La sujeto por las caderas y doy un gruñido.

–¡La madre que te parió, mujer, métete la polla ya y deja que me corra!

–Encantada.

Con un movimiento firme, se sienta sobre mí, me rodea la cintura con las manos y hace lo que le he dicho, montarme al galope. Empujo con fuerza dentro de ella y llego a una cima que nunca había alcanzado, cada centímetro de mi cuerpo está más sensible que nunca. Sus manos en mi pecho, la suavidad de su espalda aterriza sobre mí con cada balanceo de sus caderas. Sus pechos, suaves y delicados en mis manos, saltan al ritmo de sus embates. Su pequeño y resbaladizo clítoris se hincha cuando lo froto con el pulgar.

Nos miramos fijamente mientras Bea se dedica a mí, mientras nos lleva cada vez más cerca de lo que sé que será el orgasmo más intenso de mi vida. Cuando echa la cabeza atrás y grita mi nombre, apretándose contra mí en fuertes y rítmicos espasmos, la cojo de la cintura y exploto, derramándome dentro de ella.

Cuando por fin deja mi pelvis de moverse, cae sobre mí.

–Esto –dice jadeando– también me ha afectado un poco a mí.

–No te preocupes –digo sin aliento, acunándola entre mis brazos y besándola–. Pese a todo llegaste a la cima.

Da un bufido risueño.

–Esa es una broma carca. –El silencio cae entre nosotros mientras me acaricia el pelo con los dedos.

–Usted, señor, parece muy satisfecho –bromea.

–Le estoy muy agradecido, señora.

Sus ojos recorren mi rostro.

–Qué guapo eres –susurra–. Un día te pintaré así.

Recorriendo sus tatuajes con la yema del dedo, le digo:

–Tú también eres guapa, ¿sabes? La más guapa.

Con un suspiro, desliza su pierna sobre la mía y se me acerca aún más. Le beso la frente y cubro a ambos con las mantas.

–No nos vayamos nunca –susurra.

–Es un buen plan. Si no fuera porque está a punto de llegar un día importante.

Levanta la cabeza, frunciendo el entrecejo.

–¿Qué?

–Halloween, por supuesto. No solo tengo que ayudar a consumir ingentes cantidades de caramelos, sino que tengo una novia artista y necesito su ayuda para mi disfraz.

Bea chilla encantada y me abraza con tanta fuerza que pierdo el equilibrio y nos caemos de la cama.

–Pensaba que nunca me lo pedirías.

–No hay muchos críos fuera –dice Bea, moviéndose con su disfraz de cangrejo y la boca llena de Milky Way–. Lástima. Más caramelos para mí.

Miro en su dirección, la devoro con los ojos y sonrío débilmente. Me siento como cristal soplado. Ligero y transparente. Quebradizo en un sentido que no había imaginado nunca. Ha sido una semana de hacer el amor y cenar juntos, noches tranquilas en el sofá con libros y sus útiles de pintar en mi mesa. Muchas oportunidades de decirle que la quiero, pero la palabra muere en mi lengua cada vez que abro la boca y el miedo me forma un nudo en el estómago. ¿Y si pierde el interés? ¿Y si la novedad se desvanece? ¿Y si no soy lo bastante creativo o lo bastante juguetón o lo bastante divertido? Y si..., y si..., y si...

No puedo hacer caso a esos miedos. A partir de ahora, voy a ser valiente.

–¿Estás bien? –pregunta.

Parpadeo. Se está volviendo muy buena interpretando mis silencios.

–Sí. –Miro las casas del otro lado de la calle, atestadas de niños que gritan «truco o trato», y hago una mueca–. Es solo que somos el edificio menos visitado.

–No, qué va. –Bea esconde bajo sus pinzas el cuenco de caramelos casi sin tocar.

–Ya te dije que estos disfraces iban a asustar a los niños, lo cual podría ser una suerte. Y no has dejado de comer Milky Ways desde que nos pusimos aquí.

–Estoy con el periodo, James. Es la única semana del mes que no puedes reprocharme mi adicción al azúcar. Además, si los niños no saben apreciar lo artístico de nuestros disfraces, no quiero que se coman nuestros caramelos.

–Los cangrejos hiperrealistas del tamaño de un adulto son muy atractivos, claro –digo en son de burla–. No se me ocurre por qué los niños están aterrorizados.

–Es un defecto de la sociedad moderna. –Levanta una pinza–. Porque te digo una cosa, nuestros hijos no se asustarán de una figura de cartón.

Dilata los ojos. Yo también. Gruñe y trata sin éxito de taparse la cara con una pinza.

El corazón me estalla de esperanza y amor... de puro y bendito alivio. Ahora. Ahora es mi momento.

Capítulo 35

Bea

No puedo creer que lo haya dicho. De todas las cosas que podía haber proferido metida en un disfraz de cangrejo, con aspecto de anuncio gigante de marisquería, tenía que ser eso.

Pero Jamie sonríe, sus ojos bailan como no bailaban un momento antes. Me aparta la pinza de la cara y me besa, deslizando su nariz por la mía.

–Quieres hijos míos –susurra.

Suena irritantemente arrogante y totalmente vulnerable. Quiero hacerle cosquillas hasta que chille y luego besarle sin parar.

–¿Cuántos? –pregunta.

–¿Un par? Los hermanos son un engorro, pero yo no podría vivir sin las mías. ¿Qué opinas?

Me acaricia la mejilla.

–Los que te hagan feliz, esos serán los que quiero yo.

Lo miro consciente de que no he dicho las palabras. Que «te quiero» se me atasca en la garganta cada vez que está a punto de salirme espontáneamente. Es el paso final, algo que temo, con un miedo ridículo, que se vuelva contra mí en el momento en que lo diga en voz alta.

Pero cada día que ha pasado desde que le dije a Jamie con mi cuerpo lo mucho que me importa de todas las formas posibles menos con esas palabras concretas, me desprecio un poco más. Me siento cobarde. ¿Qué sentido tiene temer lo que sé que es cierto? ¿Y alimentar la infundada sospecha de que cuando lo diga estará en peligro la verdad?

Quiero a Jamie. Lo amo como no he amado nada ni a nadie en toda mi vida. No más que a mis hermanas, o a mi pequeña mascota o a mis padres, sino de forma diferente, más profunda, como si me saliera de las entrañas.

Y esta noche, mientras brujas y fantasmas diminutos, guerreros y dragones y calabazas se detenían para impedirme el paso, y tras ganarse él mi corazón desde el instante en que levantó la visera de la armadura y sonrió, sabía que iba a decírselo.

Mirando a Jamie, mientras los niños chillan encantados y corren por la calle con sus disfraces, sé que voy a decirlo, ahora mismo, ya.

–¡Oye! –chilla una voz infantil, estropeando el momento.

Maldita sea.

–Feliz Halloween –gruño, alargando el cuenco de caramelos.

–Sé bueno –lo reprende Jamie.

El niño, con un disfraz de Power Ranger de la vieja escuela, revuelve los caramelos y frunce el entrecejo.

–¿Dónde están los Milky Ways?

–Ja –digo, sacudiendo el cuenco–. A saber. Creo que son muy populares entre los niños. Has llegado un poco tarde al juego, amigo mío. Ya sabes el dicho, ¡a quien madruga, Dios le ayuda!

El niño me mira con cara de pocos amigos, coge un puñado de caramelos y se lo guarda en el almohadón.

–Los niños de hoy –murmuro cuando se aleja, sacando un Milky Way de mi bolsillo– no agradecen nada.

Jamie ríe a carcajadas, levantándose la visera del casco casero para dejar al descubierto la cara.

–No puedo creer eso de ti. Despojar a los niños de sus amados caramelos de Halloween.

–¡Tú eres quien me sermonea con que los niños americanos comen mucho azúcar!

Jamie se acerca, saca del cuenco una barrita de chocolate, le quita el envoltorio y se la mete en la boca.

–Buen tanto, señorita Cangrenegona.

–Yo no soy renegona –digo, pellizcándolo con la pinza–. Soy

hormonal. Y tengo más paciencia con los enanos. Tú, en cambio, eres un coñazo para ellos, así que te gano.

Jamie aparta la pinza y me mira fijamente.

–¿Bea?

Me detengo con un Milky Way casi dentro ya de la boca y bajo la mano. Ay, Dios. ¿Va a hacerlo? ¿Me va a dar un puñetazo?

–¿Sí, Jamie?

Se inclina y retira amablemente la antena de cangrejo que tengo ante los ojos.

–¿Recuerdas cuando nos enviábamos mensajes antes de saber quiénes éramos?

–Sí –digo, asintiendo con la cabeza.

–Y ambos dijimos... que era «raro» lo mucho que nos gustaba. Lo bien que nos entendíamos.

Las lágrimas me nublan la visión.

–Lo recuerdo.

–Y entonces dijiste: «Lo raro puede ser bueno a veces».

Asiento de nuevo y sonrío entre lágrimas.

–Sí.

–Nunca pensé... –me quita una de las pinzas y me coge la mano, recorriendo suavemente la palma con el pulgar– nunca pensé que podría amar a alguien tan diferente de mí. Que el ser diferente de alguien pudiera hacer que me sintiera a gusto en vez de incómodo. –Levanta la vista hacia mí–. Pero cada momento que pasaba contigo, cada vez que fingíamos, sucedía lo más raro de todo: se convertía en real. Todos los aspectos que te diferenciaban de mí solo hacían que te quisiera más, cada parte secreta de ti que me confiabas solo hacía que deseara confiar en ti de la misma manera. Y entonces me di cuenta de que esa diferencia de la que nunca tenía suficiente... esa extraña y perfecta intensidad entre los dos... era amor, amor más allá de cualquier cosa que haya conocido. Me enamoré de ti locamente, Bea. Te quiero más que a nada de este mundo. Y puede que todo esto te parezca raro, pero si es así... espero que sea rareza de la mejor especie, de la que ojalá también sientas tú algún día.

Las lágrimas me corren por las mejillas.

–Jamie –digo, echándole los brazos al cuello y besándolo con fuerza, aspirando su aroma, con mi corazón bailando en un torbellino de colores, júbilo y amor–. Jamie, yo...

–¡Bea!

Nos apartamos de súbito, pero esta vez quien nos interrumpe no es un niño que pide caramelos, sino mi hermana. Miro por encima del hombro, preocupada.

–¿Jules?

Mi hermana hace todo lo que puede por sonreír, pero las manchas de lágrimas y maquillaje dan a su cara una expresión de mapache triste.

–Estoy bien –dice con un hilo de voz–. Estoy bien.

La abrazo, envolviéndola con mi ridículo disfraz. Me quito la cabeza y una de las pinzas.

–No, no lo estás. ¿Qué es lo que va mal?

Arruga el rostro y finalmente se echa a llorar.

–Todo.

Hace mucho tiempo que no represento el papel de gemela protectora, pero recuerdo exactamente lo que Jules necesita. La meto en la ducha y preparo nuestro té favorito, luego cambio las sábanas de su cama y enciendo unas cuantas velas de lavanda.

Jamie es un ángel y me ayuda, pone el agua a hervir y hace la cama conmigo. Hay cierta tensión en el ambiente porque ambos sabemos que esto tiene que ver con Jean-Claude, cuya ausencia hemos notado, obviamente, aunque Jules todavía no ha dicho nada al respecto. No ha dicho nada en ningún sentido. Solo ha llorado durante todo el camino a casa, apoyada en mí; yo, a mi vez, me apoyaba en Jamie, que iba a mi lado.

Poco después de dejar de oír el agua de la ducha, se abre la puerta del piso y me quedo sin aire en los pulmones. Christopher tiene un ojo morado y el labio partido. Cierra la puerta, haciendo una mueca de dolor cuando mueve el hombro.

Jamie está en modo doctor, se acerca a él y lo sujeta por el codo.
–¿Qué ha pasado?
Christopher gruñe cuando se deja caer en una silla.
–Jean-Claude.
–¿Qué? –Me siento frente a él mientras Jamie va a la nevera, prepara un paquete de cubitos de hielo y lo envuelve en un paño de cocina limpio.
–Póntelo en el ojo –le dice.
Christopher obedece y hace otra mueca cuando se acerca el hielo al rostro hinchado y amoratado.
–¿Te ha contado algo Jules?
Niego con la cabeza.
–Se presentó en casa de Jamie –digo–. Me llamó mientras estábamos repartiendo caramelos en la calle, pero no llevaba el teléfono encima, así que llegó andando. Y luego se derrumbó.
Se ajusta el hielo en el ojo.
–Será mejor que te lo cuente ella.
–Ella me contará su versión –digo, acariciándole la mano–. Cuéntame tú la tuya.
–Jules vino a la reunión habitual de estrategia para fin de mes. –Se vuelve a Jamie–. Los fondos de cobertura no pueden anunciarse en el sentido tradicional. Todo funciona a través de contactos y del boca a boca, en lo que yo soy bueno, pero no el experto.
–Que es Juliet –dice Jamie.
–Exacto. Su carrera de Relaciones Públicas ha prosperado por una razón –dice Christopher–. Así que estábamos en la reunión como de costumbre y me doy cuenta de que parece ausente, que no es la misma optimista de siempre. Me preocupé y le pregunté si podíamos cambiar de tema para hablar como familia. Dijo que sí y me explicó qué estaba pasando.
–¿Qué? –pregunto–. ¿Y qué estaba pasando?
–Bueno, eso le corresponde contarlo a ella, pero no hace falta decir que estaba inquieta y yo inquieto por ella. Así que la

abracé. Y lo hice en el preciso momento en que Jean-Claude irrumpió en la sala, nos vio, perdió la cabeza y vino hacia mí.

Jamie mira afligido el ojo morado de Christopher.

–Y te hizo esto.

–Sí. Unos cuantos moratones, nada grave. Y para que conste, tengo este aspecto porque no quise machacar a Jean-Claude delante de Jules. Aunque sí lo reduje, lo que ya fue bastante desagradable para ella. Habría venido antes para ver cómo estaba, pero tuve que ir a la policía.

–Así que has denunciado la agresión –dice Jamie.

Christopher asiente moviendo exageradamente la cabeza.

–Sí, maldita sea.

–Bien –dice Jamie suspirando. Está desolado–. Joder, vaya lío. Lo siento mucho.

Christopher agita la mano.

–No eres tú quien tiene que disculparse. Él era mi empleado y está claro que tiene un comportamiento que yo debería haber notado a estas alturas y que no se limita a un temperamento violento y a celos irracionales. Me refiero, joder, a que ella es una hermana para mí. Yo nunca...

Le acaricio la mano con cariño.

–Lo sé. Pero no hay nada racional en una conducta como esa.

–No, no lo hay –admite.

–Bueno... ¿y ahora qué? –pregunto.

–Se ha ido –dice Christopher con un esfuerzo–. Lo he puesto de patitas en la calle. Ahora lo tiene la policía.

Exhalo un suspiro de alivio.

–Bien. Es lo menos que se merece.

–Su padre pagará la fianza para sacarlo –murmura James, frotándose la cara, deslizando las manos bajo las gafas–. Le dará una palmadita y un trabajo nuevo con algún ejecutivo que le deba algún favor.

–Probablemente –admite Christopher.

–Pero al menos, ¿estará fuera de nuestras vidas? –pregunto.

Jamie baja las manos y me mira a los ojos.

–Totalmente.

Christopher se masajea el hombro y mira la mesa.

–Sin duda alguna.

–Pobre Jules –susurro apenada, frotándome el pecho dolorido, dolorido por la solidaridad, aunque no tiene ni punto de comparación con lo que ella debe de estar pasando.

–Hola –dice mi hermana desde el extremo de la sala con voz temblorosa. Nos levantamos los tres. Ella mira a Christopher, esconde la cara entre las manos y rompe a llorar–. Oh, Dios mío, Christopher. Te ha hecho daño...

–Oye, no. Jules, estoy bien –dice, avanzando hacia ella.

–Yo me encargo –le digo, poniéndole una mano en el brazo para detenerlo antes de volverme hacia Jamie.

–Anda, ve –dice con dulzura, poniéndome la mano en la espalda–. Yo haré compañía a Christopher. Ese hombro tiene que dolerle si no se lo ha curado.

Christopher entrecierra el ojo indemne.

–He estado un poco ocupado.

–Bueno, ahora hay tiempo –oigo que le dice Jamie cuando cruzo la habitación para reunirme con mi hermana–. Yo te llevaré. Tengo una colega del refugio que está trabajando esta noche en la clínica más cercana. Me aseguraré de que te atiende. Vamos.

Rodeo a Jules con los brazos y la llevo a su cuarto y a su cama. Cierro la puerta al entrar.

Jules tiembla cuando se mete en la cama. Yo me quito los zapatos y hago lo mismo. Echo la manta por encima de nuestras cabezas y enciendo la linterna que había dejado allí poco antes.

Jules derrama más lágrimas.

–Como en los viejos tiempos.

–Jules –digo, cogiéndole la mano–. ¿Te ha hecho daño?

Jules se acurruca y esconde la cara.

–Físicamente no. Pero verlo atacar a Christopher fue horroroso.

–Pues claro que lo fue –digo, acariciándole el brazo–. Pero sí te ha hecho daño con palabras, ¿no?

Jules me mira con los ojos anegados en lágrimas.

–He sido muy tonta, Bea.

–No, no lo has sido –digo, llevándome su mano al corazón–. No fuiste una tonta por creer lo mejor de alguien a quien querías. Alguien que besaba el suelo que pisabas y te enamoró con artimañas y te hizo perder la cabeza por él en unas pocas semanas.

–Era tan perfecto... –dice y se sorbe el moco–. ¿Qué pasó? ¿Cómo hemos podido acabar en esta pesadilla?

Le retiro un mechón de pelo oscuro que se le ha quedado pegado a la mejilla húmeda y se lo recojo detrás de la oreja.

–Porque Jean-Claude no está bien. Porque su amor no es sano. Puede que empezara con buenas intenciones, o quizá su meta siempre fue poseerte, pero, en cualquier caso, fue en eso en lo que se convirtió, en posesión, en control. No en amor.

Jules frunce el entrecejo, enjugándose las lágrimas.

–¿Por qué da la sensación de que tú has pasado por esa experiencia?

Le beso los nudillos, parpadeando para contener mis propias lágrimas.

–Hay... algo que debería haberte contado sobre Tod –digo y trago saliva con fuerza–. Y me detesto por no haberlo hecho antes, porque quizá, si lo hubiera hecho, tú habrías reconocido los síntomas, quizá te habría resultado más fácil creerme cuando te hablé de mis temores sobre Jean-Claude.

–Bea –Jules entrelaza sus piernas con las mías y juntamos las frentes–, cuéntame.

Lo hago. Le cuento lo que le conté a Jamie, que empezó muy bien y luego perdí el norte, que me trastornó y me hizo dudar de mí misma. Que, cuando cortamos, me di cuenta de que no me había querido nunca... me había manipulado.

–Dios mío, lo siento mucho –dice con voz ronca–. Ahí estaba yo animándote a salir de nuevo, a abrirte, cuando en realidad necesitabas tiempo, porque te habían herido...

–No lo sabías. Porque no te lo conté. Por orgullo y porque me daba vergüenza y quería pasar página.

Jules ríe entre las lágrimas.

–Sí. Entiendo lo del orgullo herido. Lo estoy sufriendo a lo grande. Entre el corazón roto y la sensación de que no puedo confiar en nadie, solo tengo ganas de meter la cabeza bajo tierra y no volver a asomarla durante mucho tiempo.

–Pero ¿qué pasó? –pregunto, buscando su mirada–. Desde la fiesta. Durante toda la semana apenas estuviste por aquí, ni siquiera contestabas a mis mensajes.

–Hicimos una excursión el día después de la fiesta y estaba de lo más nervioso. Todavía estaba enfadado porque no me puse de su parte delante de ti. Le dije que ya me encargaría, pero no fue suficiente. –Vacila y se limpia los ojos–. Por la tarde parecía estar mejor. Pensé que habíamos arreglado el asunto, pero entonces me pidió que fuera con él de viaje de negocios esta semana. Yo tenía una agenda de trabajo bastante llena, así que en principio le dije que no creía que pudiera ir, y luego él... perdió la cabeza, empezó a proferir maldiciones y a decir que estaba alejándome, creando distancia, que en realidad no lo quería.

»Así que fui con él para tranquilizarlo y fue más de lo mismo, una de cal y otra de arena, unos polvos increíbles y luego horas de silencio total, sin responder a mis mensajes, sin explicaciones cuando volvía al hotel. Cuando llegué a casa, estaba irritada, triste y confusa. Entonces tuve la reunión con Christopher, que se portó... como mi hermano, ¿sabes? El bueno y amable de Christopher. El contraste no podía ser mayor y me vine abajo. Porque me di cuenta de que lo que Jean-Claude había estado haciendo era algo... –Se frota los ojos–. Era una mentira colosal que me creí y por eso me sentía culpable. No me lo merecía.

–No –susurro–. No te lo merecías. Pero ya está hecho. Y te curarás.

Sus mejillas se cubren de lágrimas.

–¿Cómo?

–Poco a poco. Terapia. Noches tranquilas con los tuyos. Las comidas caseras de mamá.

Un sollozo escapa de sus labios.

–Tengo la sensación de que nunca estaré bien. Como si siempre fuera a dolerme del mismo modo.

–Las cosas mejoran, Jujú, te lo prometo.

–¿Cuánto se tarda? –dice entre lágrimas, enterrando la cabeza en mi cuello–. ¿Cuánto?

La rodeo con los brazos y le beso el pelo. El miedo entra en mi corazón. Nuevas lágrimas, lágrimas por mí y por Jamie, por todas las cosas a las que sé que tendremos que renunciar.

–El tiempo que haga falta.

Capítulo 36

Jamie

Llego a casa de Bea y Juliet horas después y cierro la puerta con cuidado. Imagino que después de una noche tan horrible y agotadora, Juliet estará dormida.

Cuando mis ojos se acostumbran a la oscuridad, veo a Bea en el sofá, de espaldas a mí. Cuando se vuelve a mirarme, se me hunde el estómago. Está llorando.

–Bea –digo acercándome y ella salta del sofá y se arroja en mis brazos. Una ola de alivio me recorre el cuerpo. Si se apoya en mí, todo está bien. Tiene que estarlo.

–Juliet está a salvo de él –le digo–. Y Christopher también. Su abogado ha pedido una orden de alejamiento y he enviado un mensaje a Jean Claude en el que le digo que tiene cuarenta y ocho horas para salir de mi casa.

Bea asiente con la cabeza y susurra:

–Gracias, Jamie.

Le beso la cabeza.

–¿Cómo está Juliet?

–Fatal.

La abrazo con más fuerza, meciéndola suavemente porque sé que eso la calma.

–¿Qué puedo hacer?

–Matarlo –gruñe.

–Ojalá los duelos al amanecer no fueran cosa del pasado y no hubiera hecho el juramento hipocrático.

–Lo odio –dice con voz ronca–. Lo odio por hacerle daño a mi hermana. –Se seca las lágrimas de las mejillas con furia–. Ya sé que mi hermana no es perfecta. Sé que se pasó de la raya al hacer lo que hizo para unirnos a ti y a mí. Pero él le ha hecho daño. Le ha hecho daño a ella y a Christopher y son mi familia, Jamie. Y ahora tenemos que recoger los pedazos. Ojalá nunca lo hubiera conocido.

La miro fijamente, tratando de no sentirme herido por lo que eso implica. Porque si Juliet no hubiera conocido a Jean-Claude, ¿cómo nos habríamos conocido nosotros? ¿Cómo nos habríamos encontrado?

–Lo siento –digo–. Siento todo esto. Detesto todo el dolor que Jean-Claude ha causado. Lamento que hiciera daño a Juliet y a Christopher y que probablemente vaya a seguir haciendo daño a otros. Pero no voy a lamentar que se conocieran, porque eso me condujo hasta ti.

Bea, conteniendo las lágrimas, me rodea la cintura con los brazos y apoya la cabeza en mi corazón.

–Jamie.

–¿Sí? –La estrecho con más fuerza, meciéndola como le gusta.

–Yo... –Su voz se quiebra sin apartar la cara de mi pecho–. Le hizo daño a mi hermana, Jamie. Y no puedo dejar que le haga daño nunca más.

Le froto la espalda trazando círculos suaves con la mano. Le beso la sien.

–Sé que no soportas que hagan daño a la gente que quieres, Bea, pero no puedes quedarte con el dolor de Juliet. Solo puedes estar a su lado mientras se sobrepone.

–Puedo aliviarlo –dice, tragando saliva y apretándome con más fuerza.

Frunzo el entrecejo y la alejo lo necesario para mirarla a los ojos.

–¿Cómo? ¿De qué estás hablando?

Las lágrimas bajan por sus mejillas.

–Jamie, no podemos volver a vernos, no de momento. No cuando todo lo que ha pasado entre Jules y Jean-Claude está mezclado con nuestra relación. Cada vez que nos vea, que te vea, se acordará de él. Y aunque trate de escabullirme para verte en secreto, ella sabrá adónde voy, a quién estoy viendo, y eso le despertará recuerdos dolorosos y sufrimiento, precisamente lo que necesita olvidar para poder seguir adelante con su vida. No puedo hacerle eso.

La miro atónito.

–No hablas en serio.

–He estado en su situación y sé lo que necesita: consuelo y seguridad, no recuerdos constantes de la persona que le hizo daño. Tengo que proteger a mi hermana, darle tiempo para que cierre la herida de Jean-Claude.

–Yo no soy Jean-Claude.

–Ya sé que no lo eres, Jamie –dice, limpiándose las lágrimas–. Maldita sea. Sé que no lo eres. Deja de malinterpretar mis palabras.

–No las malinterpreto, estoy dando una opinión. ¿Dices que no puedes estar conmigo por lo que hizo otra persona?

Su rostro se contrae y vuelve a llorar.

–Solo trato de... –Gime y esconde la cara entre las manos–. Por favor, no puedo elegirte a ti y descuidar a Jules.

–No te pido que me elijas a mí y la descuides a ella. Te pido que no me eches como si fuera un peón que ya no sirve para tus propósitos.

–¡No es eso! –dice Bea a la defensiva, bajando las manos–. Esto no es una partida de ajedrez. Se trata del corazón de las personas, de sus sentimientos...

–¡Soy consciente! Parece que los míos también están en esto.

–¡Lo sé, Jamie! –susurra, mirando la puerta cerrada del dormitorio de Juliet y bajando la voz–. ¿Crees que no lo sé?

–Pues parece que no. Me estás diciendo que me dejas en la reserva indefinidamente, que no podemos ser una pareja por culpa de mi compañero de piso, el hombre con el que eligió salir tu hermana. ¿Sabes lo horrible que suena eso, Bea? ¿Que te den de lado tan a la ligera?

Las lágrimas siguen corriendo por sus mejillas.

–Lo siento. Yo no quería... –gime de frustración–. Trato de ser sincera sobre lo que creo que necesita mi hermana y eso incluye un sacrificio, pero te empeñas en malinterpretarme, Jamie. No estoy rompiendo contigo. Te estoy pidiendo una separación temporal.

–Temporal –digo. El pecho me duele cuando trago aire. Me está diciendo que quien se comporta aquí de un modo irracional soy yo, pero a mí no me lo parece. Yo diría que una vez más me juzgan como deficiente y desechable–. ¿Cuánto tiempo, Beatrice? ¿Cuánto durará esta «separación»?

Bea levanta las manos.

–No lo sé, ¿vale? No tengo un calendario para saber cuándo se recuperará de un maltrato emocional, así que supongo que tendrás que esperar hasta que yo te lo diga, Jamie.

–Una «separación» sin fecha. Suena a ruptura definitiva.

El fuego chispea en los ojos de Bea, que se vuelven a llenar de lágrimas.

–Desde luego lo parece si lo dices de esa manera, Jamie.

–Lo siento, ¿cómo debería decirlo exactamente?

–Yo... –tiembla con un silencioso gemido de dolor. Se coge el pelo con las manos y tira de él– no lo sé. Es complicado. Y no lo estás haciendo nada sencillo.

–Bueno, mis sinceras disculpas por ser un inconveniente, por querer claridad y respuestas auténticas sobre este tema. –Se queda callada, con la cabeza gacha mientras se sigue tirando de los pelos–. Y ese silencio –añado– es toda la respuesta que necesito. –Tiro de los puños de mi camisa hasta que los botones me bisecan las muñecas. Tengo el pecho partido de dolor.

Giro sobre mis talones y la dejo de pie en el umbral.

Cuando llego a la calle, echo a correr.

Las semanas parecen años. Voy al trabajo. Corro hasta que estoy agotado. Me siento vacío.

Evito todos los lugares donde podría cruzarme con Bea. O sea, voy al trabajo y luego a casa. Mi piso está vacío de risas y lleno de silencio. Las únicas llamadas que recibo son de mi padre, que terminan en furiosos mensajes de voz sobre «recordar dónde reside mi lealtad», con insultos y veladas amenazas por no haber defendido la despreciable conducta de Jean-Claude. Jean-Claude cumplió mis exigencias y se fue del piso. Yo no estaba cuando vino, y ya se había ido cuando regresé. Buen viaje.

Ahora solo tengo la compañía de los gatos, incluso ellos parecen desdichados. Tiré los sabrosos dulces para gatos que les trajo Bea en Halloween y les dio con su propia mano, diciendo que ellos también merecían golosinas.

Los alimento con sus saludables galletas sin gluten. Las detestan. Yo también las detesto.

Detesto haber vuelto a tropezar con la misma piedra. Haberme enamorado locamente de alguien que no tenía ninguna intención de quererme a largo plazo.

La quería. Pero no fui suficiente para ella. No tiene sentido pensar que podría haberlo evitado, el pasado no se cambia. Solo tengo que arrastrarme a lo largo del día hasta la hora de acostarme.

Estoy en mi cocina vacía, mirando por la ventana, sin saborear el zumo matutino, cuando la pantalla del teléfono se ilumina con un mensaje de Christopher.

«¿Te apetecería tomar un café y ponernos al día?».

La culpa se apodera de mí. Dios mío, qué imbécil he sido. Hace semanas que lo dejé al cuidado de mi amiga de Urgencias, y aunque después me interesé por él en una ocasión, no nos hemos mandado mensajes desde entonces. Él ha sido siempre amable conmigo, un compañero que, si no me hubiera estallado todo en la cara, esperaba que se convirtiera en un buen amigo.

Respondo nervioso y con manos temblorosas.

«Me gustaría. ¿A qué hora y dónde?».

Su respuesta es inmediata.

«¿Esta mañana? Si no te importa venir aquí, mi máquina de café está lista y funcionando».

El corazón me da un vuelco. Vive al lado de los Wilmot. Tengo la absurda fantasía de que veré a Beatrice cuando llegue. Nuestros ojos se encuentran, el mundo se disuelve alrededor, nos movemos a cámara lenta hasta que estamos el uno en brazos del otro y ella me pide perdón y me besa y promete que nunca más...

Miau.

Miro a los gatos, que me observan con la misma expresión de preocupación. Morgana se dirige a la puerta delantera y alcanza el pomo con la pata. Gally me empuja la pierna.

–¿Debo?

Los gatos maúllan al unísono. Tragando saliva, envío un mensaje a Christopher y recojo las llaves. Me pongo en camino.

La casa de Christopher es como la de los Wilmot, aunque un poco más descuidada; limpia y con un patio inmaculado, pero veo pintura descascarillada aquí y allá, ventanas envejecidas, ladrillos que suplican una mano de argamasa. Con el éxito que tiene, estoy seguro de que podría permitirse pagar a alguien que hiciera el trabajo. Hace que me pregunte qué se lo impide.

Llamo a la puerta y solo tengo que esperar un momento para que una de las últimas personas que esperaba ver abra la puerta.

–¡Jamie! –Maureen Wilmot abre los brazos y me estrecha contra sí.

Me mira, pero yo no tengo palabras. Los iris de Bea, como tormentas marinas, brillan alegremente. Un rostro amable, animado por una sonrisa tan familiar que duele.

–¿Jamie? –dice–. ¿Estás bien?

–Bastante bien –respondo, cruzando el umbral–. ¿Y tú?

–Ocupada –dice–. Me pillas cuando estaba a punto de irme. Le he traído algo de comer, ya que Christopher está trabajando como un poseso para compensar la ausencia de ese cabrón rastrero.

Me muerdo el labio, extrañamente picado por su lenguaje.

–Hemos tenido una maratón culinaria, hemos preparado platos sabrosos para tentar a Juliet, porque apenas come nada, y ahora va a venir a casa mi otra hija, que parece tener la solitaria. He pasado por todas las tiendas y he venido para asegurarme de que Christopher recibía parte del botín. Tú también deberías llevarte algo.

–Eres muy amable, pero no hace falta.

–¿Estás seguro?

Asiento con la cabeza.

–Como quieras. –Se encoge de hombros y cierra la puerta a mis espaldas–. Al menos pasa. Vamos a buscar a Christopher. ¿Sabes? –añade sonriéndome–, todavía pienso en la nota que enviaste dándonos las gracias por haberte hospedado aquella noche. Ya nadie envía notas, pero tú lo hiciste. Fue cuando supe que eras un protector y le dije a mi Beatrice: «Ese chico es un protector. Tiene una caligrafía impecable y sabe cómo escribir una nota de agradecimiento. No dejes que se te escape». Y ella respondió: «¿Crees que no sé lo maravilloso que es? ¿Cómo voy a dejar que se vaya?».

Me sujeto al marco de la puerta para no caerme.

–¿Qué? ¿Cuándo?

–Oh, el otro día –dice sin pensar, guiándome a la cocina de Christopher. No veo a este por ninguna parte, pero hay un armario abierto que deja al descubierto un cubo de basura vacío.

Maureen frunce el entrecejo.

–Ha debido de salir a tirar la basura. Bien, siéntate y te serviré uno de mis bollitos de arándanos con nata recién batida.

Estoy a punto de decirle que no tengo ganas de comer, sino de más noticias, más palabras, ahora que me ha dado esa miga de esperanza, pero me pone el bollito delante antes de que pueda replicar.

–Bueno, ¿qué tal lo llevas? –pregunta–. La separación temporal entre tú y mi hija debe de ser dura.

–Señora Wilmot...

–Maureen –corrige amablemente.

–Maureen, no es... una separación temporal.

La mujer, confusa, ladea la cabeza.

–Bea dijo que os tomaríais un tiempo hasta que Juliet se recuperase.

Me pellizco el puente de la nariz, noto la ansiedad que me sacude el interior del cráneo.

–Bea dijo que teníamos que tomarnos un tiempo, sí, pero no sabía hasta cuándo iba a durar. Le dije que eso era una ruptura. Y cuando la presioné para que lo refutara, para darle algo de sentido, no tuvo respuesta. Así que me fui y desde entonces no hemos hablado. Lo que significa... O sea, no creo... –Suspirando, me froto la cara–. Nos separamos definitivamente, ¿no te lo contó?

–Creo que me contó lo que quiso para darme esperanza... quizá una esperanza que ella también tiene. –Apoya suavemente la mano en mi brazo y su calor cruza mi jersey. Qué diferente es de mi madre. Tan cálida y maternal. Vuelve a ladear la cabeza, como si me leyera el pensamiento.

–Pasara lo que pasase entre vosotros, creo que deberíais hablar –sugiere–. No soy una experta, pero he aprendido algunas cosas desde que me casé con Bill. Él y yo somos personas muy diferentes que no siempre se comunican de la misma forma y dejamos que eso se interpusiera entre nosotros. Pero hemos aprendido que son las cosas no dichas, y no las que decimos, las que más daño nos han hecho durante estos años. Siempre que hemos hablado, ha mejorado todo, aunque tardáramos un tiempo.

Asiento sombríamente con la cabeza.

–Lo tendré en cuenta.

–Y sabes que también puedes confiar en Christopher.

–Ah, bueno –digo frunciendo el entrecejo–. Sí, supongo que sí. Es que no tengo... mucha práctica en eso.

Maureen afirma con un movimiento de cabeza.

–Él tampoco, pero los dos os podríais beneficiar de una buena amistad. Él es hijo único, ¿sabes? Sus padres murieron cuando era muy joven, así que somos su familia. Las personas que quiere, sus amigos, son su familia. Por eso ha sufrido tanto con Juliet. Por eso creo que le vendría bien un amigo como tú. Habla muy bien de ti. Sé que ya te considera un amigo. Cuando nos hacen daño, necesitamos apoyarnos en los amigos.

Antes de que pueda responder, Christopher entra en la cocina.

–Hola, West. –Se lava rápidamente las manos y se las seca. Me pongo en pie y le estrecho la mano que me ofrece–. ¿Cómo estás?

–Bastante bien, supongo. ¿Y tú?

–Igual. ¿Y tú qué tal? –dice, dirigiéndose a Maureen, pasándole un brazo por los hombros y sonriéndole con afecto–. ¿Dándole la lata? ¿Entrometiéndote? ¿Chismorreando?

Maureen lo aparta de un empujón.

–Le sirvo bollitos y nata montada, eso es lo que hago.

–Ya –dice, mirándola con suspicacia.

–Y ahora que ya he hecho el reparto, me voy.

–Quédate a tomar café –dice él, señalando la moderna cafetera que tiene detrás–. Puedo prepararte lo que quieras, literalmente.

–Es tentador, pero no –dice en el momento en que suena su teléfono. Lee la pantalla entrecerrando los ojos y sonríe.

–¿Quién es? –pregunta Christopher.

–Katerina –dice, guardando el teléfono en el bolsillo–. ¡Está aquí!

Christopher parpadea sorprendido.

–¿Cuándo pensabas decirme que Kate está en casa?

Maureen me guiña un ojo y se vuelve hacia Christopher.

–Sinceramente, Christopher, no estaba segura, si tenemos en cuenta que valoro mi estado mental. Tengo demasiadas cosas en mi bandeja, jovencito, y lo último que necesito es sufrir otra de esas discusiones que tenéis Kate y tú.

Christopher la mira con la boca abierta.

–Muy bien, me voy a casa de los pajaritos y no se permiten riñas, así que ni se te ocurra seguirme. –Abre la puerta lateral de la cocina y se despide de mí con un gesto de la mano–. ¡Hasta pronto!

Cuando la puerta se cierra, me vuelvo a Christopher.

–¿Siempre es así?

–¿Cómo? –dice, observando su marcha–. ¿Una amenaza?

Por primera vez en semanas estoy a punto de sonreír.

–Iba a decir una especie de hechicera. –Un pinchazo agridulce me atraviesa el pecho–. Ahora sé de dónde lo ha sacado Bea.

–Pues espera a conocer a Kate –murmura con aire sombrío–. Entonces sabrás de quién sacó su vena amenazadora.

Veo a Maureen, por el cristal de la puerta, cruzar el césped hacia su casa y desaparecer en el interior. Sus palabras resuenan en mi cabeza: «Son las cosas no dichas, y no las que decimos, las que más daño nos han hecho».

–Christopher, no tendrás papel y lápiz por ahí, ¿verdad?

Capítulo 37

Bea

Me despierta un fuerte golpe en la puerta de la escalera. Levanto la cabeza y veo la hora en el reloj digital de la mesilla. Es asquerosamente temprano.

La puerta se sacude con más golpes. Sabiendo que Jules tiene el sueño ligero y lo mal que duerme últimamente, bajo de la cama de un salto y corro por el pasillo, esperando detener el ruido antes de que la despierte. Trato de esquivar la mesita de café, pero me golpeo el dedo y tengo que morderme el labio para ahogar un grito de dolor.

Llego cojeando a la puerta y la abro de golpe, estoy a punto de decirle unas palabras a quien haya pensado que es buena idea llamar a mi puerta a las siete y media de la mañana. Pero me quedo con la boca abierta.

–¿Kate?

–Por fin. Toma, esto estaba metido en la puerta.

Mi hermana menor me aplasta un sobre contra el pecho y pasa por mi lado, arrastrando una abultada maleta tras ella que se tambalea peligrosamente, ya que le falta una rueda.

Entonces es cuando me doy cuenta de que lleva el brazo derecho en cabestrillo.

–¿Qué te ha pasado? –pregunto–. ¿Por qué estás aquí?

Kate suelta la maleta, que cae al suelo de golpe, y se dirige a la cocina.

–Ah, vale –le digo–. Bien. No me respondas. Estás fuera dieciocho meses, sin dar más noticias de ti que cinco correos electrónicos y dos paquetes por avión, y ahora irrumpes en mi piso y te comportas como si estuvieras en tu casa.

–Gracias –dice, abriendo y cerrando las puertas de los armarios hasta que encuentra un vaso y abre el grifo para llenarlo de agua–. Eso haré.

La miro mientras se bebe el vaso entero y lo deja ruidosamente en la encimera.

–Katerina Wilmot, respóndeme.

–Se suponía que Jules iba a decírtelo.

Arrugo la nariz.

–¿Qué?

–Jules. ¿No te lo dijo? –Abre la nevera para curiosear el contenido–. Joder, qué bien. Comida de mamá.

Cierra la nevera de un caderazo y pone en la encimera una lasaña, busca un tenedor y lo clava en la comida fría.

Casi vomito. Paso por su lado a toda prisa y enciendo la cafetera, que no estaba programada para ponerse en marcha hasta una hora después. Necesito cafeína.

–Déjate de misterios –le digo–. Y no respondas a mis preguntas con más preguntas.

–Hay que joderse. –Suelta el tenedor. Parece sinceramente enfadada–. ¿Por qué sois las dos tan funcionalmente disfuncionales?

–Eh... ¿qué?

–Olvídalo –dice entre bocado y bocado–. Ya te lo contará Jules cuando salga de su cuarto, la muy cobarde. En cuanto a mí, estoy aquí porque he pasado una mala racha.

–¿Qué te ha pasado en el brazo?

Se detiene a mitad de bocado y me mira.

–Un mal paso, literalmente. Me caí mientras iba a un trabajo por una zona de Escocia realmente escarpada y me jodí el hueso.

–Ya, ya. ¿Y estás bien?

–Fenomenal –dice–. Emocionada por estar en casa.

Pongo los ojos en blanco.

–¿Cuánto tiempo te quedarás?

Encoge el hombro sano.

–El imprescindible para curarme un hueso roto y compensar los ingresos perdidos. El fotoperiodismo con una sola mano es imposible. Y sin fotoperiodismo no hay dinero. Y sin dinero, no tengo dónde vivir... y antes de que digas nada, no, quedarme con mamá y papá no es una opción. Los quiero, pero no.

–Vaya, ahora llegamos a alguna parte.

–¿Puedo quedarme con vosotras? –dice en tono de súplica–. Todavía no puedo permitirme un alquiler, pero me quedaré en el sofá. Lo limpiaré todo. Tengo algunos amigos fotógrafos que seguro que me pagarán por hacer fotomontajes, lo suficiente para contribuir a la compra, hasta que decida qué hacer después.

–Pues claro, Kate. Sabes que eres bienvenida aquí.

–Genial. –Termina de comerse una porción de lasaña y sigue con la siguiente–. ¿Y qué tal tú? Mamá dijo que tu novio y tú os habéis tomado un tiempo.

Los ojos se me llenan de lágrimas. Me duele solo de pensar en Jamie.

–Ay, mierda –gruñe–. Estás llorando. No llores.

Me enjugo las lágrimas y trato de sonreír, trato de hacer lo que he hecho las últimas semanas, que es concentrarme en lo bueno, incluso cuando mi corazón dice que nada puede ser bueno sin Jamie en mi vida.

Pero aquí está mi hermana, con la piel llena de pecas y mechones caoba en el pelo por lo mucho que ha estado al sol, la ropa hecha jirones y con magulladuras por todo el cuerpo. La he echado de menos. Lo de echar de menos en general me recuerda que también echo de menos a Jamie. Soy un baúl de añoranzas fervientes.

–KitKat, ¿te he dicho que eres un bálsamo para ojos escocidos?

Kate entrecierra los suyos y se sorbe el moco con recelo.

–Déjalo ya, Bibí. No te me pongas sentimental.

La abrazo con fuerza, procurando no lastimarle el hombro.

–Necesito solidaridad. Soy toda sentimiento.

–¿Por qué? –dice apartándose y frunciendo el entrecejo.

Las lágrimas me nublan la visión cuando intento contener las ganas de llorar.

–¿Qué sabes exactamente?

–Nada, aparte de lo que mamá me contó, que tu novio era amigo del cabronazo egoísta que hizo daño a Jules. Así que es comprensible que las cosas estén algo turbias ahora.

–«Turbias» es un eufemismo. El cabronazo egoísta hizo mucho daño. Hizo daño a Jules. E hizo daño a Christopher. Fue horrible.

–Vaya –dice, atacando la lasaña–. Estoy segura de que Christopher aterrizó de pie.

–Sería maravilloso que algún día vosotros dos compartierais un hemisferio que no estuviera cargado de odio eléctrico.

–Eso será en otra vida –murmura mientras mastica–. Me gustaría conservar el apetito, así que sigamos. Háblame en pocas palabras de tu chico.

Le hablo entre sorbos de café y moqueos. Me dejo caer sobre la encimera y la golpeo con la frente.

–Estoy jodida, atascada y confusa... No sé cuándo lo superará Jules, pero hasta entonces es imposible que Jamie y yo estemos juntos. Pero... lo echo muchísimo de menos.

Kate frunce el entrecejo con aire pensativo.

–Sí, estás metida en una buena mierda. Pero yo diría que no debería haberte dejado así. No debería haber convertido una separación temporal en una ruptura definitiva.

Niego con la cabeza.

–No, hizo bien y yo no lo reconocí. Me puse a la defensiva y...

–Perdiste los nervios –termina por mí–. Ya lo veo.

La fulmino con la mirada.

–En primer lugar, mírate al espejo, señorita Arrechuchos –dice Kate en son de burla.

–No se lo dije *amablemente*, KitKat. Fue una ruptura dolorosa y yo hice que se sintiera... prescindible. Le dije que cogiera un número y esperase a que yo dijera algo, le hice sentir así una y otra vez.

Kate hace una mueca.

–Mal asunto.

–Sí. La cagué –susurro entre lágrimas–. He querido llamarlo un centenar de veces, pero me parece absurdo decir: «Hola, siento haberte tratado así, pero aún tengo que pedirte que de momento te quedes a la espera».

–Eso apesta, Bibí. Lo siento.

–Yo también.

Me miro las manos. Y entonces me doy cuenta de que estoy arrugando el sobre que me dio Kate cuando irrumpió en el piso. El corazón se me acelera cuando leo la única palabra escrita en él.

Beatrice.

–¿Qué es? –pregunta Kate.

–Este sobre... es la letra de Jamie.

Kate se inclina hacia mí.

–Bueno, no te quedes mirándolo. Léelo.

–¿Puedes darme un poco de espacio?

–Claro –dice, retrocediendo–. Culpa mía. Mi maleta y yo vamos a ir al sofá a ocuparnos de nuestros propios asuntos.

–Gracias.

Miro fijamente la letra de Jamie. Luego abro el sobre y sigo mirando. Una caligrafía limpia, como siempre, algo irregular en los bordes. Una lágrima baja por mi mejilla mientras leo.

Bea,

He tardado muchos días en darme cuenta de que lo que me pediste no fue fácil para ti, pero era necesario para cuidar de alguien a quien quieres. Lo que me pediste es doloroso, pero que algo duela no significa que esté mal... solo significa que es difícil. Lo que debí decir fue que, aunque sea doloroso esperar, lo entendía.

Hay muchas palabras para expresar lo que quería decir desde que empecé a escribirte esto, así que lo diré ahora: te quiero y te esperaré. Por mucho tiempo que pase.

Siempre tuyo,

Jamie

–¿Todo bien por ahí? –pregunta Kate.

Aprieto la nota contra mi pecho y rompo a llorar.

–No.

Kate se levanta del sofá soltando un suspiro y se pone a mi lado, me da en la espalda palmaditas que supongo que serán para reconfortarme, hasta que me quita la nota de las manos.

–¡Cuidado con eso!

–Tranquilízate, cariño. Deja que vea cómo escribe este chico –dice y lee rápidamente la nota–. Joder. El tío sabe escribir. Conciso, dulce y para desmayarse.

Le quito el papel y me seco las lágrimas que corren por mis mejillas.

–Sí. Y no sé qué hacer.

Me aprieta con suavidad el hombro.

–Bibí, funcionará.

–¿Cómo?

–Hola –dice Jules antes de cerrar la puerta de su cuarto y arrastrar una maleta por el pasillo.

Me quedo mirando a mi hermana, que se parece mucho más a lo que era antes que en las últimas semanas: el pelo oscuro le cae en ondas suaves y se ha disimulado las ojeras con maquillaje. Lleva un vestido azul oscuro que resalta sus ojos y se ha puesto sus zapatos negros de tacón favoritos. Parece dispuesta a comerse el mundo. Lo cual no tiene sentido porque la noche anterior estuvo en posición fetal, llorando en mis brazos.

–¿Adónde vas? –pregunto.

Intenta sonreír con mejores resultados que en las últimas semanas.

–De viaje.

Kate parece sorprendentemente no sorprendida.

–¿Tú lo sabías? –le pregunto.

Mi hermana menor evita mi mirada y se interesa repentinamente por el periódico que hay sobre la encimera.

–Bibí –dice Jules, cogiéndome la mano y entrelazando nuestros dedos–, voy a echarte de menos. ¿Qué vas a hacer sin que meta las narices en tus asuntos?

–Para. Ya te has disculpado. Y te he perdonado, Jujú.

–Lo sé –dice, tragándose las lágrimas–. Pero aún me siento como una mierda por todo eso. No debería haberte empujado. Siempre estaré en tu rincón y probablemente siempre enredaré y me preocuparé más de lo que debería, pero ya conoces tu propio camino hacia la felicidad. No debería haberlo buscado por ti.

Me seco las lágrimas con el dorso de la mano, con la nota de Jamie todavía apretada en la mano.

–Pero ¿por qué tienes que irte? –susurro–. ¿Por qué ahora? ¿Y adónde?

Jules sonríe entre lágrimas.

–Porque quiero. Porque es el momento. El universo lo dice. Kate tenía un alojamiento reservado para las próximas semanas, pero ahora, con el accidente, no lo va a utilizar. Así que voy a empezar por ahí, por un lugar perdido de Escocia, y de ahí seguiré adelante.

Se me nublan los ojos con otra afluencia de llanto.

–No puedo creer que te vayas. Nunca hemos vivido separadas.

–Es extraño, lo sé. Te echaré de menos. Pero no estarás sola mucho tiempo. Tienes a Kate. Y tienes a West. Es perfecto para ti, Bea. Sé que metí la pata la otra vez, pero aun así me alegro de haberte presentado a la persona adecuada.

–Jules...

–Sé feliz –susurra y me besa en la mejilla y me rodea con los brazos–. Porque cuando vuelva, yo también lo seré. Así que es mejor que te prepares.

Abrazo a mi gemela, sintiendo que nuestros corazones laten al unísono. Misma estatura. Misma fuerza al abrazarnos.

–Te quiero –digo–. Siento que todo terminara...

–¿Fatal? –dice entre risas y lágrimas–. Yo también. Pero es un buen paso para la novela que siempre he querido escribir.

Es lo que dijo la abuela: «No tienes nada que contar, Juliet, porque no te ha pasado nada».

–La abuela era un poco ruda a veces –dice Kate.

Jules asiente con la cabeza.

–Pero creo que tenía razón. Y ahora venid aquí a darme un abrazo de despedida.

Kate, a regañadientes, nos rodea con su brazo sano. Es más alta que nosotras y nos estrecha con más fuerza.

–No hay nada como un buen reencuentro de las hermanas Wilmot durante cinco minutos.

La lacrimosa risa de mi gemela resuena dentro del nido formado por mi hermana menor.

–Os quiero a las dos –susurra Juliet.

Luego, como si fuera una tirita que arrancan de un tirón, se pone el abrigo y sale por la puerta. La cierra de golpe y la oímos bajar con la maleta por la escalera. Echo a correr a mi cuarto y descorro las cortinas a tiempo.

–¡Jules! –grito tras abrir la ventana.

Jules levanta la cabeza hacia mí sujetando la portezuela del taxi.

–¡Adiós! –grita, haciendo un esfuerzo por sonreír–. ¡Despedirse es algo dulce y amargo a la vez!

Río entre lágrimas cuando se cierra la portezuela y el taxi desaparece calle abajo.

Kate entra lentamente, vacilando y tan alérgica a las lágrimas como siempre.

–¿Ya lo has llorado todo?

–Supongo –digo con voz ronca antes de sonarme la nariz.

Se deja caer en el borde de mi cama y doy un bote.

–Voy a deshacer la maleta. ¿Te importa si ocupo su cuarto hasta que encuentres otro compañero de piso?

–No voy a buscar a nadie, bicho raro. Claro que te instalarás en su cuarto. Y pagarás lo que puedas de alquiler. Ya nos apañaremos.

Kate me da una palmada en el muslo.

–Gracias, Bibí.

Me trago el fruto del nuevo llanto que me sobreviene.

–Ufff. Qué raro es todo esto. No estaba previsto que se fuera.

–Estaba previsto que haría lo que fuese para ser feliz, lo que le permita vivir una vida plena. Y tú también. Deja de darle vueltas a las cosas, ve a sentarte en alguna parte y ponte a dibujar. Haz horas extra en el trabajo. Dibuja clítoris camuflados. Vende postales obscenas.

–No puedo –digo–. La tienda está cerrada porque hoy es fiesta. Esta noche es la fiesta de Acción de Gracias de los amigos.

–¿Acción de Gracias de los amigos? –Kate se anima–. Eso suena a mucha comida buena. ¿Cuándo vamos?

–Yo...

Mi voz se desvanece de repente. La realidad me aplasta.

Ahora puedo ver a Jamie. Puedo arreglar lo nuestro. Jules se ha ido, está a salvo de la tristeza y el dolor que pudiera causarle vernos juntos. ¿Qué estoy haciendo aquí, llorando en pijama?

Salto de la cama y voy camino del cuarto ropero cuando recibo un mensaje en el móvil. Doy media vuelta y lo desentierro de entre las sábanas, porque, ¿y si es de Jamie?

Pero no lo es.

«¿De verdad ha vuelto Kate o es tu madre que se burla de mí otra vez? Ya ha pasado algún tiempo desde la última broma que me gastó».

–¿Quién es? –pregunta Kate.

–Christopher –murmuro, tirando el teléfono para rebuscar en el ropero.

Tendrá que esperar. No tengo tiempo para nada más que para arrojarme en brazos de Jamie lo antes posible.

Kate arruga la nariz.

–¿Estará allí? ¿En la cena?

–¡Sí! –digo en el ropero.

–Bueno. No importa. Me comeré la lasaña que ha sobrado.

–Claro –digo distraída, con el corazón acelerado.

Me quito el pijama dentro del ropero, cojo la sudadera que le quité a Jamie y unos leotardos gruesos.

–No reconozco esa sudadera –dice Kate cuando irrumpo en el baño y me cepillo frenéticamente los dientes.

–Mmm –respondo con aire ausente, lavándome la cara con agua fría y pasándome un cepillo por el pelo para peinarme el flequillo.

–Creo que voy a salir –dice Kate– con la ropa interior en la cabeza cantando *Yankee Doodle Dandy*.

–Ajá. –Entro corriendo en el dormitorio, me enfundo los calcetines y me calzo las Doc Martens sin atarme los cordones–. Ya está.

Kate me mira con sonrisa divertida mientras me pongo la cazadora y cojo el teléfono.

–Supongo que estas prisas locas tienen que ver con esa adorable nota que has recibido. Y con el propietario de la sudadera.

–Jamie –digo sin aliento y le envío un mensaje como los primeros que nos enviamos, sin preámbulos, sin saludos ni ringorrangos. Un chiste de ajedrez. El chiste más malo de todos. Espero que le haga sonreír. Espero que exprese todo lo que necesita saber. Que he recibido su nota, que yo también lo siento, que somos libres para estar juntos.

Que no puedo pasar un minuto más sin echar a correr hacia él.

–¡Deséame suerte! –digo a Kate mientras salgo corriendo de la habitación.

Apenas oigo su voz cuando cierro la puerta.

–¡Buena suerte!

Correr es por lo general uno de mis recursos menos afortunados. Sobre todo cuando llevo el calzado sin atar. Pero no me importa. Corro por la acera, el aire frío me quema los pulmones, las hojas doradas, marrones y ámbar se mueven al ritmo del viento otoñal, son el confeti de la naturaleza revoloteando a mi alrededor.

Estoy a una calle de distancia, pateando el suelo con las botas, cuando se abre la puerta de su edificio.

Jamie. Corre hacia mí, totalmente despeinado. Alto y envarado, moviendo los brazos arriba y abajo. Seguro que es el estilo perfecto para correr. Pero le falta un botón y lleva las gafas en mitad de la nariz. Los rizos de su pelo están mojados y ondean salvajes en el viento.

No me detengo cuando nos encontramos. Salto sobre él igual que aquella noche en la bolera. Nuestros cuerpos colisionan y mi corazón retumba como los bolos cuando cayeron con la fuerza de nuestro beso. Es un beso estilo «Nunca olvidaré este beso. El mejor beso de mi vida. Y siempre querré besarte solo a ti».

–Bea –susurra pegado a mi boca, rodeándome con los brazos.

–Jamie. –Mis manos están en su pelo, rodeando su cara. Lo miro con reverencia, recorriendo los agudos y atractivos ángulos de su rostro. Las líneas de su barbilla, los pómulos, la nariz. La parte carnosa de su boca. El calor arde en sus ojos avellana.

–Lo siento –le digo entre lágrimas y le beso la frente, la curva del labio superior, la comisura de la boca. Quiero besarlo entero y no parar nunca–. Nunca quise hacerte daño. Lamento cómo lo dije, cómo te pedí tiempo...

–No lo lamentes –dice en voz baja–. Te lo dije en la nota, ahora lo entiendo.

Nuestras miradas se cruzan. Es lo más hermoso que he visto nunca, hasta que ya no puedo seguir mirando. El mundo se convierte en un borrón cuando las lágrimas me enturbian la vista.

–Te he echado de menos –susurro, secándome los ojos.

Su rostro adquiere calidez y esboza una suave sonrisa solo-para-mí.

–Yo también te he echado de menos –responde. Mi paciente, amable Jamie me besa la frente, se funde conmigo–. Mucho. ¿Qué ha cambiado? ¿Juliet...?

–Estará bien –susurro–. Se ha ido de viaje. Nada nos separa. Ya no, nunca más. Nunca jamás.

–Joder, Bea –dice con un gemido de alivio y me besa, profunda y lentamente, maravillado. Lo abrazo todo lo fuerte que puedo, deseando quedar impresa en su piel. Quiero que me lleve para siempre. Quiero que sea mío para siempre.

–Te quiero –le digo, porque ya no puedo callarlo ni un momento más–. Joder, te quiero lo que nadie sabe.

–Ya lo sé. –Me besa con suavidad esta vez, aspirando mi aroma–. Lo sabía antes de que lo dijeras. Siento haber dudado de ti.

–No te lo he dicho hasta ahora –susurro entre lágrimas– porque nunca he amado a nadie como te amo a ti, Jamie, y eso me acojona. Pero mereces oírlo. Mereces oír lo que estaba a punto de decirte en Halloween cuando todo se fue a la mierda: que te quiero. Que quiero besarte cuando no mire nadie y pintarte solo para mis ojos. Que quiero acurrucarme bajo una manta y ver caer la nieve y reírme con las cosas más extrañas. Porque eres exquisito y precioso para mí. Eres todo lo que quiero tal como eres, sin condiciones ni cláusulas, sin fecha de caducidad ni venganza, solo tú.

Jamie me aprieta contra su pecho en un abrazo feroz y me recorre la sien, la mejilla, el puente de la nariz y finalmente los labios con besos dulces y suaves. Cuando se aparta, me recoge un mechón de pelo tras la oreja. Nuestros ojos se buscan con avidez cuando me dice:

–Tengo una respuesta para tu adivinanza.

Me muerdo el labio, recordando el mensaje que le envié.

–¿Y? –pregunto tímidamente.

–Ah, no tan rápido –dice, deslizando el dedo por mi labio inferior, separándolo de mis dientes–. Antes tienes que repetirlo.

–¡Es que es un chiste muy malo! Bueno, vale. –Carraspeo y repito–: ¿Qué hacen los amantes mientras juegan al ajedrez?

Jamie baja el dedo por mi barbilla sin dejar de besarme.

–Comerse.

–Me sorprende que después de leerlo hayas venido corriendo hacia mí –digo– y no en sentido contrario.

–Es solo otra prueba de lo mucho que te quiero –dice, levantándome en brazos como a una novia, y respondo chillando de placer.

–¿Adónde vamos?

–A mi cama –dice–. Luego al sofá. Luego a la ducha. Me siento aventurero: quizá incluso a un cuarto ropero. Parece que se nos dan bien.

–Oooh, un ropero.

Cuando entramos en su casa, Jamie cierra la puerta con el pie y se dirige al dormitorio, cuya puerta cierra del mismo modo, y el mundo se vuelve dulce y tranquilo. Bajo a tierra deslizándome por su cuerpo, apretándome contra él para verlo y sentirlo, y saber que es real. Está aquí. Es mío.

Me quita lentamente la cazadora y la deja a un lado. Busca mi boca con un suave beso que va creciendo, que promete más. Hoy. Mañana. Siempre.

–Bea –su nariz me roza la mejilla y a continuación me besa–, eres preciosa.

–Tú también –susurro–. Aunque casi no te reconozco. Tienes arrugas en la ropa.

–El teléfono sonó cuando estaba en la ducha. –Otro beso largo y lento–. Luego vi que eras tú. Y me vestí más rápido que nadie en este mundo.

–Mi guapo capricornio –digo, tirándole del cuello de la camisa–. Sigues planchando tu ropa interior, ¿verdad?

–Nunca me he planchado la ropa interior, diablillo.

–¿Sabías...? –digo mientras Jamie me lleva a la cama, se sienta y me pone en sus piernas–. ¿Sabías que cáncer y capricornio son la pareja ideal?

–Sí –responde y me da un beso en la palma de la mano, deslizando sus dedos bajo mi camiseta, acariciándome el estómago, la cintura–. Porque son signos opuestos y comparten una fuerte atracción complementaria.

–Vaya. Primero las arrugas. Ahora conoces el zodíaco. ¿Quién eres?

–El mismo hombre que te amó la última vez que te vio, que está más contento que unas pascuas por tenerte en sus brazos otra vez. Realmente estás aquí –dice, besándome el cuello, acariciándome los pechos. Respiro hondo, me agito en sus muslos y noto el grosor y la dureza bajo sus pantalones.

–Eres ese –digo débilmente–. Y te quiero. ¿Te lo he dicho ya?

Su sonrisa traviesa me desborda el corazón, tiñe el mundo de un delicioso color lavanda.

–Me lo has dicho. –Me quita la camiseta y me tiende sobre la cama–. Pero me pasaría el día entero oyéndotelo decir.

–Te quiero.

Se quita las gafas, se desabrocha la camisa, se quita la blanca camiseta por la cabeza y la lanza a un lado. Me quita las botas, luego los calcetines y me baja los pantalones. Me maravillo al ver cómo se descalza, se quita los pantalones y los calzoncillos y se desliza sobre mí, aplastándome con su cuerpo.

–Otra vez –dice con voz ronca, con su aliento en mi cuello mientras me besa y me saborea. La limpia calidez de su piel calienta la mía y me estremezco–. Dímelo otra vez.

–Te quiero.

–¿Cuánto? –Sus manos sopesan mis pechos mientras con los pulgares juguetea con mis pezones. Su beso es intenso, posesivo. El hombre que es solo para mí, solo conmigo.

–Mmmm. –Me muerdo el labio cuando me recorre de arriba abajo con sus besos–. Te quiero... en una cantidad razonable.

Levanta de golpe la cabeza, con el entrecejo fruncido.

–*Razonable*.

–Uh, ah, oh –me burlo de él y lo sabe. Sabe lo mucho que lo quiero. Se lo he dicho. Y ahora se lo demuestro. Estoy aquí en sus brazos y nunca volveré a dejarlo.

Entrecierra los ojos, pero su boca se mueve como si reprimiera una sonrisa.

–Beatrice.

–¿James?

–No te burles de mí.

Su mano se desliza por mi cadera y se curva hacia abajo.

–¿O qué? –susurro con picardía–. ¿Me ganaré otro de tus «cachetes de pasión»?

En su garganta resuena un gruñido sordo. Entonces me pone boca abajo y me levanta las caderas. Su mano aterriza en mis nalgas con un golpe rápido y dulce y gimo como si me estuviera muriendo. Si se puede morir de placer, acabo de hacerlo.

–Eso es lo que necesitabas, ¿eh? –dice y me besa la espalda, acariciándome el culo, calentándolo.

Asiento febrilmente.

–Más.

–Ya veremos. –Su voz es ronca, pero su boca es dulce, sus caricias aún más dulces, y me arranca un rápido y glorioso orgasmo. Aún estoy mareada de gozo cuando lo oigo tras de mí, frotándose con lubricante y entrando en mí con un lento movimiento de la pelvis. Los dos jadeamos cuando siento en mi interior todos sus centímetros.

–Te quiero –susurro entre lágrimas, con un júbilo que es como un rayo de sol en mi alma.

Me pone boca arriba, su cuerpo entra en el mío, sus brazos me rodean.

–Bea. –Su voz es ronca, sus manos buscan las mías y me las pone por encima de la cabeza–. *Mon coeur*.

La cama cruje. El aire me abandona mientras me posee con embates que reparten placer por todo mi cuerpo ardiente, tembloroso, excitado y necesitado, entre mis muslos, en mis pechos. Tocamos y saboreamos todo nuestro cuerpo, compartiendo aliento, súplicas y promesas.

La excitación aumenta dentro de mí, me lleva a una altura tan elevada que estoy tan aterrorizada como emocionada por saber que voy a caer pronto.

Le rodeo la cintura con las piernas, su ritmo se entrecorta, siento que se hincha dentro de mí.

–Córrete conmigo, Bea. –Sus dientes muerden mi cuello y a continuación me regala un largo y ardiente beso–. Eso es, cariño. Córrete conmigo.

Cuando me arqueo en la cama y estallo y caigo a plomo al vacío, Jamie me sigue.

–Su té Pine-Sol, señor –digo, dejando la taza de Jamie, que tiene forma de gato, encima de la mesita de noche, con mi café al lado.

Me sonríe, aún sin camisa, con el pelo alborotado, brillando de sudor y con las mejillas coloradas. Un retrato que pintaré y titularé *Satisfecho*.

Lo cual me recuerda...

–¿Adónde vas a ir? –dice.

Su voz es baja y tranquila y un poco ronca, con los matices que me doy cuenta que adopta cuando me desea.

Miro por encima del hombro y estiro la mano buscando el teléfono que tengo en la cazadora.

–Tengo que enseñarte una cosa.

–Sea lo que sea, es imposible que sea mejor que lo que veo en este momento.

Me pongo en pie sonriendo y estirando su camiseta,. La llevo puesta y apenas me tapa el culo.

–No sé de qué hablas.

Salto sobre el colchón, me pongo a horcajadas sobre su vientre y le doy un lento y ardiente beso.

–Toma, para ti.

Mira la foto de la pantalla de mi móvil. Un primer plano de un lienzo todavía en el caballete en el estudio de casa. Jamie se pone las gafas para verlo mejor. Su mirada recorre la pintura, con el rostro tenso por la emoción.

–Bea.

Me bajo de su vientre y me acurruco a su lado. Me pone un brazo alrededor.

–He estado trabajando en él durante semanas. Está basado en la foto de Grace de Pinta para alegrarte el corazón, pero me he tomado cierta licencia creativa. En lugar de estar de pie, estamos sentados y jugando al ajedrez, lo cual es por...

–Nuestra primera cita, por supuesto –dice.

–En el fondo, al lado de la fachada del local de Grace, está el karaoke, el salón de tatuajes y la bolera donde fuimos la noche que más vergüenza he pasado en mi vida.

Se echa a reír.

–Solo recuerdo haber estado de rodillas a tus pies, atándote las botas, antes de salir de tu casa. –Sus ojos se fijan en los míos–. No quería levantarme.

Me pongo como un tomate maduro y junto los muslos, recordando el talento de Jamie con la lengua, con las manos y con todo.

–Deja de tentarme. Estoy en plan romántico.

–Me encanta –dice y me da un beso y mira otra vez la imagen. Su sonrisa reaparece–. Por fin tendré mi propio Beatrice Wilmot auténtico.

–El primero de muchos.

Su sonrisa es tan amplia que me canta el corazón.

–¿Qué título tiene? –pregunta.

–Dos errores hacen un acierto.

Baja lentamente el teléfono. Parpadea. Luego vuelve a parpadear y se toquetea el rabillo del ojo. Entonces me doy cuenta de lo que está pasando.

El corazón se me cae al suelo.

–¿Jamie? Te he hecho llorar. Lo siento mucho...

–Ven aquí, cariño –dice tras dejar el teléfono en la mesita de noche y me estrecha con más fuerza –. No lo sientas –murmura al abrazarme–. Es esa molesta alergia otoñal otra vez.

Siento una ola de alivio.

–Así que mi casa no es el único lugar que contiene una astronómica cantidad de polen.

Ríe suavemente, se aclara la garganta y se frota la nariz. Alargo la mano para buscar pañuelos de papel, pero no veo ninguno en la mesilla ni en ninguna otra parte de la habitación.

–Enseguida vuelvo –digo y salgo corriendo hacia el pequeño ropero del pasillo.

Abro la puerta y me pongo de puntillas para alcanzar el estante donde están las cajas de pañuelos, alineadas por colores, como era de esperar. Entonces lo siento... el cálido y alto cuerpo detrás de mí, el glorioso aroma a mañanas frescas y nubladas. Como aquella primera noche en otro armario, cerrado y oscuro, en que compartimos el rumor de nuestras respiraciones en el diminuto espacio.

–Sinceramente, no puedes salir corriendo con solo mi camiseta, que apenas cubre este *beau cul* tuyo, y esperar que no te siga.

Sonrío, me vuelvo y miro a Jamie de frente cuando la puerta se cierra tras él dejándonos dentro. Me sienta en un estante.

–Solo he venido a buscarte pañuelos.

–No necesito pañuelos. Te necesito a ti –gruñe con la boca en mi cuello y me da besos por la clavícula, me separa los muslos y me atrae hacia él hasta que noto lo caliente, duro y dispuesto que está.

–¿Otra vez? –susurro.

–Otra vez. Y otra. Siempre te necesitaré. –Pone mis piernas alrededor de su cintura mientras me sujeto a sus hombros.

Sus besos recorren mi cuello y mis pechos. Echo la cabeza atrás con placer y me golpeo contra el estante de arriba.

–Mierda.

Jamie me frota la cabeza, que cabe entera en su manaza, y me da un beso en la sien.

–Muy bien. Nada de sexo en el armario.

–Es un pequeño coscorrón, no una conmoción cerebral –gimo, estrechándole la cintura con más fuerza.

–Teniendo en cuenta que el médico soy yo, Beatrice, seré yo quien haga el diagnóstico. –Me levanta con los brazos y me da un beso antes de que pueda discutir–. Y ahora abre la puerta.

Hago un puchero, busco el pomo de la puerta y finjo que no soy capaz de girarlo. Lo sacudo para aumentar el dramatismo.

–Joder. Se ha atascado. Supongo que después de todo tendremos que quedarnos aquí y echar un polvo.

Su sonrisa es amable y divertida.

–Sería muy poético –dice–, dado que todo comenzó con los dos encerrados en un armario, y es acogedor, lejos de metomentodos y del ruidoso y desagradable mundo exterior. Pero... –alarga la mano detrás de mí y gira el pomo con toda facilidad– creo que hemos demostrado que podemos apañárnoslas bien ahí fuera, ¿no crees?

–Sí –digo mientras salimos al pasillo y le doy ligeros besos en el hermoso y amado rostro–. Lo creo.

Sonríe y me estrecha con más fuerza, corazón contra corazón. Sus besos susurran amor. Sus brazos son mi hogar.

Si esto es un error, viviré una vida larga y feliz sin aciertos.

Agradecimientos

Supuse que cuando llegara el momento de escribir los agradecimientos de este libro, este sueño hecho realidad, ya no sería una fantasía: que la novela romántica que he escrito, que combina mi devoción por Shakespeare con la convicción de que necesitamos historias que reafirmen que *todo el mundo* merece un final feliz, de alguna manera habría hecho mella en el corazón de un agente, luego en el de un corrector y en el de un editor y finalmente en el del público.

Sigue pareciéndome un sueño.

Así que, mientras sigo pellizcándome, quiero expresar mi más profunda gratitud a mi estelar agente literaria, Samantha Fabien, que amó a Jamie y a Bea desde la primera página y cuya voluntad de aceptar todas las tendencias en las novelas me robó el corazón; gracias a esta actitud me he sentido muy apoyada, escuchada y defendida. Doy las gracias igualmente a Kristine Swartz, correctora extraordinaria, por su entusiasmo por *Tú antes que yo*, por creer en la historia de Jamie y Bea, por apoyar mi voz y mi idea romántica de que todo el mundo merece amar y ser amado y por una sabia orientación que ha moldeado esta historia para que diera lo mejor de sí. Gracias también a todo el personal de Berkley que ha trabajado y apoyado este libro: diseñadores, correctores, publicistas, agentes comerciales y todos los demás.

Quiero expresar también mi gratitud a los queridos amigos que he encontrado gracias a mi amor por la lectura y la literatura romántica. Helen Hoang, no hay palabras para expresar lo mucho que significan para mí tus libros, tu amistad, tu orientación y tu apoyo: eres una joya y un tesoro para mí.

Mazey Eddings y Megan Stillwell, mis neurodivinas reinas, gracias por acompañarme en este viaje con muchas risas, ropa cómoda, aventuras en Airbnb y mucho amor. Elizabeth Everett, Rachel Lynn Solomon, Sarah Hogle, Sarah Grunder Ruiz y Saarah Adams: cada una a su manera, me habéis animado y ofrecido sabiduría cuando me adentraba en el mundo de la edición tradicional y luego me lanzaba de cabeza, y estoy muy agradecida por vuestra amistad. Y a tantos y tantos maravillosos autores y lectores con cuya amistad cuento: espero que sepáis lo mucho que significáis para mí. Vuestra amabilidad y apoyo son regalos que nunca daré por supuestos.

Gracias a mi familia y a mis amigos cotidianos, aunque no sean tan amantes de la lectura. Me queréis como soy, una persona que casi siempre tiene un pie en la historia que está escribiendo o leyendo y el otro en el mundo que compartimos. Me toleráis cuando hablo de metáforas y de primeros besos y de todas las ideas que conjugo para mi siguiente novela. Me consoláis en los desengaños y celebráis mis victorias, y os doy las gracias por teneros en mi vida.

A mis dos traviesos hijos: sois lo mejor que he dado a este mundo. Gracias por ensancharme el corazón y la curiosidad y por animarme para hacer del mundo un lugar mejor. Espero que si alguna vez leéis mis libros (si lo hacéis, hagamos juntos ese camino, ¿de acuerdo?) os sintáis orgullosos de mí, que reconozcáis en ellos lo que espero y sueño para vosotros: vidas construidas con un sano autoconocimiento y con autoestima, con el amor de los amigos, la familia, la familia elegida voluntariamente y –cuando llegue el momento y si vuestro corazón lo desea– con una pareja romántica que os adore por quienes sois, que quiera aprender cómo sois y os envuelva en sus brazos y con quien os sintáis a salvo y reconocidos.

Finalmente, a todas aquellas personas cuyo cerebro y/o cuerpo, como el mío, hace más insegura la existencia en este mundo salvaje, que se sientan marginadas, que se hayan sentido heridas, malinterpretadas o ignoradas y que se cuestionan dónde o cómo pueden encajar. Encajáis y os necesitamos. Sé que queda por recorrer mucho camino hasta que la sociedad sea todo lo inclusiva, accesible y empática que hace falta, pero creo profundamente que algún día lo será. En mi caso, la ficción solidaria que no rehúye la lucha humana mientras se aferra a la esperanza es un lugar cómodo en el que estar mientras esperamos, porque los cambios se producen con demasiada lentitud. Espero que si, al igual que yo, estáis esperando, esta pequeña historia haya sido un lugar seguro para vosotros. El hecho de ver personajes con luchas y vulnerabilidades parecidas a las vuestras que encuentran el amor por ser como son. Espero que historias como la mía y muchas otras, que buscan abrir el corazón de las personas para que empaticen y vean más allá y hagan un sitio en su mesa, supongan una diferencia... Que un día la verdadera inclusividad no sea la excepción sino la regla, que nos sintamos bien donde estamos, aceptados sin reservas en el auténtico corazón de la historia de la vida.

Índice